Andreas Föhr

Karwoche

Kriminalroman

KNAUR TASCHENBUCH VERLAG

Besuchen Sie uns im Internet:
www.knaur.de

Vollständige Taschenbuchausgabe Februar 2013
Knaur Taschenbuch
© 2011 Knaur Verlag
Ein Unternehmen der Droemerschen Verlagsanstalt
Th. Knaur Nachf. GmbH & Co. KG, München
Alle Rechte vorbehalten. Das Werk darf – auch teilweise –
nur mit Genehmigung des Verlags wiedergegeben werden.
Redaktion: Maria Hochsieder
Umschlaggestaltung: ZERO Werbeagentur, München
Umschlagabbildung: FinePic®, München
Satz: Adobe InDesign im Verlag
Druck und Bindung: CPI – Clausen & Bosse, Leck
Printed in Germany
ISBN 978-3-426-50859-6

2 4 5 3

Für Damaris

Prolog

Es war kurz nach sieben, als sie aufstand und das Fenster öffnete. Der Morgen war eisig an diesem ersten Weihnachtstag. Die Kälte der Bergluft, die hereindrängte, überraschte Katharina. Sie hatte unruhig geschlafen. Schlechte Gedanken hatten sie verfolgt. Sie war in Panik erwacht, schweißgebadet. Von unten kam ein Fiepen und Kratzen, das sie schon in ihren Träumen gehört hatte. Es musste der Hund sein.
Sie sah hinunter in den Hof. Gegenüber das ehemalige Wirtschaftsgebäude mit dem Bundwerk im oberen Stock. Im Erdgeschoss der alte Pferdestall, in dem die Antiquitäten standen, die im Haupthaus keinen Platz fanden. Darüber ein blasser, makelloser Himmel eine Stunde vor Sonnenaufgang.
Es war so elend still an diesem Morgen.
Neuschnee.
Othello war unruhig, als Katharina mit Uggs an den Füßen und einem Pullover über dem Nachthemd in die Eingangshalle kam. Er fiepte, hechelte, schabte an der Tür. Als sie öffnete, rannte der Hund hinaus und über den Hof zum ehemaligen Stall, geradewegs, ohne sich im Neuschnee aufzuhalten. Er rannte schnell, als fürchte er, zu spät zu kommen. Die Tür war nur angelehnt und gab nach, als Othello die Pfoten dagegendrückte. Kurz darauf hallte sein verzweifeltes Bellen über den Hof. Die Kälte kroch ihr durch den Pullover.
Leni war tot. Sie lag auf dem Boden, umgeben von alten Möbeln, die auf ihre Renovierung warteten. Die

Körpermitte war zerfetzt. Ein Gemenge aus Pulloverwolle, Blut und inneren Organen. Die Lache auf dem Boden war klein. Ein Teil der Schrotladung hatte das Herz der jungen Frau getroffen. Es hatte sofort aufgehört, Blut durch den Körper zu pumpen. Im Fallen hatte sie einen Biedermeierstuhl umgestoßen.
Katharina rang nach Luft und musste sich auf die Holzdielen setzen. Benommen wanderte ihr Blick durch den Raum, über staubige Möbel, die zerbrochene Glühbirne, die an einem Kabel von der Decke hing, blieb kurz an ihren eigenen, fellgefütterten Schuhen hängen, daneben der schwarze Hund, der unablässig an Lenis Hand leckte, als könne er sie wieder zum Leben erwecken. Katharina zwang sich, zu ihrer Tochter hinüberzusehen. Das Mädchengesicht war weiß wie Marmor. Wären die Augen geschlossen gewesen, hätte es den Anschein von Frieden gehabt. Aber sie waren offen und starrten in die Leere zwischen den staubigen Stuhlbeinen. Wen hatten diese Augen zuletzt gesehen?
Katharina versuchte aufzustehen, knickte ein, versuchte es noch einmal, gab auf und kroch auf allen Vieren zu ihrem Kind. Sie scheuchte den Hund fort und drückte Lenis eisige Hand an ihr Gesicht. Jetzt kamen ihr die Tränen. Sie hatte in diesem Augenblick nur einen Wunsch: bei Leni zu sein.

Als Katharina aus der Tür trat, nahm ihr die kalte Luft fast den Atem. Sie sah hinüber zum Haupthaus. Dort lag alles im Schlaf, und keiner ahnte, was passiert war. Oder vielleicht doch – zumindest einer? Sie spürte das Verlangen, zum Waffenschrank zu gehen und sich einen Gewehrlauf in den Mund zu stecken.

Wie sollte sie nach diesem Morgen weiterleben? Ganz langsam jedoch stieg aus ihrem Inneren, dort, wo ein massiver Klumpen Schmerz gegen die Lungen drückte, ein Gefühl empor, das sie all die Jahre geleitet und überleben lassen hatte: Wenn die Geschehnisse unkanalisiert ihren Lauf nähmen, würde die Familie daran zerbrechen. Nur daran durfte sie jetzt denken. Und sie musste es unter allen Umständen verhindern.

»Wie viel Uhr ist es?«
»Sieben. Komm mit. Es ist etwas Furchtbares passiert.«
Wolfgang, Katharinas Schwager, zog eine Holzfällerjacke über und schlüpfte in abgetragene Joggingschuhe. Von der Remise, in der er wohnte, bis zum Stall waren es fünfzig Meter. Genug Zeit, um nachzufragen. Doch Wolfgang kannte Katharina seit fünfunddreißig Jahren und wusste, dass er nicht fragen, sondern mitkommen sollte. Sie gingen schweigend durch den knöcheltiefen Neuschnee.
Als er vor der Leiche seiner Nichte stand, schlug Wolfgang die Hände vors Gesicht und wimmerte: »O Gott.« Katharina sagte: »Wir müssen den anderen Bescheid sagen. Deck sie zu. Es reicht, dass wir sie so gesehen haben.« Wolfgang rang nach Luft und weinte. Sie nahm seine Hand, drückte sie. Dann ging er weg, eine Decke holen.

Lange standen sie stumm im Raum. Jemand trat versehentlich auf einen Schalter, die Christbaumbeleuchtung ging an. Jennifer fand als Erste Worte.
»Was heißt erschossen?«
»Du weißt, was das heißt.«

»Ich meine, wer … wer sollte so etwas …« Jennifer verstummte, sah für einen Sekundenbruchteil zu Katharinas Mann Dieter, dann auf ihre Fingernägel mit den weiß manikürten Spitzen. Henry, Katharinas jüngerer Sohn, schluckte und vermied es, den anderen in die Augen zu sehen. Seine Freundin wusste nicht, wann sie zu schweigen hatte.
Es wurde wieder still. Katharina sah zu ihrem Mann. Dieter nickte. »Wir sollten wohl die Polizei rufen.«
»Natürlich«, sagte Katharina. »Wir rufen die Polizei. Henry, machst du bitte den Christbaum aus?«
Henry trat auf den Schalter, brauchte aber drei Mal, bis die Kerzen erloschen. Alle anderen warteten, was Katharina noch zu sagen hatte. Sie hatte noch nicht angesprochen, was allen durch den Kopf ging. Wer auch immer Leni mit einer Schrotflinte erschossen hatte – er befand sich vermutlich hier im Zimmer.
»Gestern Abend ist viel gesagt worden. Dinge, die jetzt im Raum stehen und sich nicht mehr ändern lassen. Leni ist tot. Sie kann nichts mehr zurücknehmen. Nicht mehr sagen, ich hatte zu viel getrunken, ich habe das alles nicht so gemeint. Vielleicht hat sie es gemeint. Vielleicht auch nicht. Vielleicht hat sie sich auch einfach nur geirrt. Wir wissen, dass Leni … Probleme hatte. Den einen Tag war sie euphorisch und wollte die Welt umarmen. Am andern war sie verzweifelt und wollte nicht mehr leben. Oder sie sagte den Menschen, die sie liebte, Dinge ins Gesicht, die sie kurz darauf bereute. So war sie, und dafür haben wir sie geliebt – und manchmal gehasst.« Katharinas Kinn zuckte, Tränen liefen über ihre Wangen, sie wischte sie mit zwei Fingern weg. Wolfgang reichte ihr ein Papiertaschentuch.

»Was willst du uns sagen?«, fragte Henry. »Natürlich hat es nichts zu bedeuten, was Leni gestern Abend ... ich meine, sie war sehr aufgeregt und hatte viel getrunken. Aber verdammt – jemand hat sie erschossen. Irgendjemand hat meine Schwester mit einer Schrotflinte erschossen!«

»Lass Mama doch einfach mal ausreden«, sagte Adrian. Er war Henrys älterer Bruder.

»Ja, das ist grauenhaft.« Katharina schneuzte in das Papiertaschentuch und wischte mit einer trocken gebliebenen Ecke weitere Tränen fort. »Wir waren bis heute Morgen eine glückliche Familie. Jetzt liegen schwere Zeiten vor uns. Aber dafür ist eine Familie da. Um schwere Zeiten gemeinsam zu bestehen. Ihr versteht, was ich meine.«

»Ich verstehe es, ehrlich gesagt, nicht ganz. Du willst irgendetwas sagen, aber sprichst es nicht aus.«

»Henry – du bist sehr ungeduldig. Jetzt gilt es, in aller Ruhe nachzudenken.« Sie zog die Nase hoch und schluckte. Der Tränenfluss wollte nicht enden. »Was ich sagen will ist, dass wir nicht noch mehr Unglück über unsere Familie bringen dürfen. Was gestern Nacht in diesem Haus passiert ist, betrifft die Familie. Und nur die Familie. Es geht niemanden sonst etwas an.«

»Aber die Polizei wird Fragen stellen. Die wollen Erklärungen. Und sie werden keine Ruhe geben, bis sie den Täter haben.«

»Ja, die Polizei wird Fragen stellen. Deswegen sollten wir uns gut überlegen, was wir darauf antworten. Es ist die Aufgabe der Polizei, den Täter zu finden. Wir sollten ihr dabei helfen.«

Katharina sah in die Runde. Jennifer gehörte nicht

zur Familie. Sie popelte an ihren manikürten Fingernägeln. Würde sie Schwierigkeiten machen? Oder Henry? Oder Dieter? Auf Adrian war Verlass. Zumindest in diesen Dingen. Andererseits – man wusste nie ...

Gründonnerstag

Kapitel 1

Es ging auf fünf zu an diesem Gründonnerstag im April. Die Sonne stand über den Bergen im Westen und warf ihr Licht auf die noch schneebedeckten Gipfel von Guffert und Halserspitze. An den Apfelbäumen trieben die ersten Knospen, und in den Fallrohren der Regenrinnen gluckste das Schmelzwasser, das jetzt reichlich von den Dächern floss. Nach einem langen Winter war der Frühling in die Berge gekommen.
Der Transporter raste mit furchterregendem Tempo den Achenpass hinab Richtung Tegernsee. Polizeiobermeister Leonhardt Kreuthner würde eine Weile brauchen, um ihn zu überholen. Was bedeutete, dass während des Überholvorgangs längere Zeit niemand entgegenkommen durfte. Kreuthner wartete ab, bis nach einer Kurve eine lange, gut einsehbare Gerade vor ihnen lag. Er zog nach links und setzte sich neben den Laster. Quälend langsam und röhrend schob sich der alte Passat am Laderaum des Transporters vorbei. Kreuthner drückte das Gaspedal bis zum Boden, sein Oberkörper lehnte vor Anspannung fast auf dem Lenkrad. Schweiß trat ihm auf die Stirn. Der Blick stur nach vorn. Niemand kam entgegen. Noch. Aber die Gerade wäre bald aufgebraucht und würde dann in eine lange Linkskurve übergehen. Kreuthner blickte nach rechts aus dem Fenster. Der Spalt zwischen Führerhaus und Laderaum des Transporters zog im Schneckentempo von links nach rechts am Beifahrer-

fenster des Passats vorbei, endlich war er auf Höhe der Fahrertür des Lkw. Ein Blick nach vorn. Das Ende der Geraden war in wenigen Sekunden erreicht. Die Nadel des Tachos stand auf einhundertfünfundvierzig. Kreuthner war unbegreiflich, wie Kilian Raubert den Diesel-Laster so hatte hochfrisieren können. Noch beunruhigender war freilich der Umstand, dass der Spalt zwischen Führerhaus und Laderaum erneut im Beifahrerfenster des Passats auftauchte. Dieses Mal wanderte er von rechts nach links. Kreuthner fiel zurück. Er sah nach vorn. Die Gerade war zu Ende. Die beiden Fahrzeuge schossen Seite an Seite in eine langgestreckte Linkskurve, die man etwa hundert Meter weit einsehen konnte. Der Tacho des Passats zeigte jetzt einhundertachtundvierzig Kilometer pro Stunde, nun wieder geringfügig schneller als der Transporter. Wenn nichts dazwischenkam, würde Kreuthner seinen Gegner in vielleicht zwanzig Sekunden überholt haben. Die Chancen standen freilich schlecht. Es war lange kein Fahrzeug entgegengekommen. Irgendwann musste es passieren. Kreuthner hatte keine Ahnung, was er dann machen würde. Im Augenblick galt es, sich auf das eine entscheidende Ziel zu konzentrieren: vor Kilian Raubert am Bräustüberl in Tegernsee anzukommen!
Angefangen hatte es beim Skifahren in Christlum. Auf der letzten Abfahrt war es zwischen Kreuthner und Raubert um einen Jägertee gegangen. Kreuthner war der bessere Skifahrer, hatte aber die schlechtere Kondition. Nach einer halben Minute Abfahrtshocke brannten ihm die Oberschenkel derart, dass er sich aufrichten musste. Das nutzte Raubert erbarmungslos, um an Kreuthner vorbeizuziehen und dabei zu

lachen, dass man es noch an der Talstation hören konnte. In dynamischer Eihocke nahm er die nächste Kuppe und staunte nicht schlecht, als hinter der Kuppe eine Skilehrerin und in ihrem Gefolge ein Dutzend fünfjähriger Kinder durch den Schnee pflügten und die Piste auf halber Breite versperrten. Trotz veitstanzartiger Verrenkungen konnte Raubert Kollisionen nicht ganz vermeiden. Drei Skizwerge riss er mit in den Schnee, bevor er selbst in einer weißen Wolke versank. Als sich der Schneestaub legte, stand Kreuthner neben Raubert, grinste und sagte, man sehe sich unten zum Jägertee. Dann verschwand er Richtung Talstation, und auch Raubert musste schauen, dass er wegkam, denn die Skilehrerin, die jetzt neben ihm stand, machte einen erregten Eindruck und wollte seinen Namen wissen.

Auf dem Parkplatz forderte Raubert eine Revanche und bot ein Wettrennen zum Bräustüberl in Tegernsee an, in dem man traditionell die Skiausflüge ausklingen ließ. Die Sache erschien Kreuthner geradezu lächerlich eindeutig. Mit seinem Passat war er allemal schneller als Raubert mit dem Transporter. Raubert durfte deshalb zuerst losfahren. Doch der Transporter war aus unerfindlichen Gründen weit schneller, als Kreuthner gedacht hatte.

Kreuthner versuchte zu erkennen, ob zwischen den Stämmen der Fichten, die ihm in der Linkskurve die Sicht versperrten, ein Fahrzeug aufschien. Soweit er feststellen konnte, war da nichts. Kreuthners Wagen war jetzt am Führerhaus des Transporters vorbeigezogen. Nur wenige Sekunden, und er könnte nach rechts einscheren. Da sah er im linken Augenwinkel, dass sich etwas zwischen den Fichten bewegte. Ein

Schweißtropfen lief Kreuthner die Schläfe hinab. Er hoffte, sich getäuscht zu haben. Doch kaum, dass er diesen Wunsch zu Ende gedacht hatte, kam ein Wagen aus der Kurve geschossen – auf der gleichen Fahrbahn wie Kreuthner, nur in entgegengesetzter Richtung. Das andere Fahrzeug war zum Zeitpunkt seines Erscheinens über hundert Meter entfernt. Aber das war unter Berücksichtigung der Geschwindigkeiten, die gefahren wurden, beängstigend wenig. Kreuthner hatte hundertfünfzig auf dem Tacho, der andere vielleicht hundert. Die beiden Autos rauschten also mit zweihundertfünfzig Kilometer pro Stunde aufeinander zu und hatten keine Möglichkeit auszuweichen. Selbst bei beiderseitiger Vollbremsung würde es Stunden dauern, bis man die Leichen aus den zusammengefalteten Fahrzeugen herausgeschweißt hätte. So oder so blieb nur eine Sekunde, um überhaupt zu reagieren. Das Letzte, was Kreuthner sah, war das Gesicht des entgegenkommenden Fahrers. Auch wenn es in der gegebenen Situation letztlich egal war, musste Kreuthner denken: ausgerechnet der!

Just zu dem Zeitpunkt, als Kreuthner und Kilian Raubert sich ein erbarmungsloses Wettrennen vom Achensee zum Tegernsee lieferten und die beiden Kontrahenten Seite an Seite mit bedenklichen einhundertfünfzig Kilometern pro Stunde die Landstraße hinabschossen, waren Kriminalhauptkommissar Wallner und Vera auf der gleichen Landstraße unterwegs, in entgegengesetzter Richtung und mit einer den Verhältnissen angepassten Geschwindigkeit von neunzig Kilometern pro Stunde.

Wallner war in euphorischer Laune, denn er war verliebt. Ganz unvorsichtig und ohne Kompromisse hatte er sich im Herbst auf die LKA-Kollegin mit den kastanienbraunen Locken eingelassen. Es war das erste Mal seit vielen Jahren, dass er sich zu einer Frau so ohne Vorbehalte bekannte. Jetzt waren sie auf dem Weg in ihren ersten gemeinsamen Urlaub an den Gardasee.
Auf der Straße zum Achensee war weniger Verkehr, als Wallner befürchtet hatte. Das Tal lag schon im Schatten. Weiter oben brannte die Nachmittagssonne dieses ersten Frühlingstages Löcher in den Schnee. Endlich ging es dahin mit dem Winter, der dieses Jahr kein Ende hatte nehmen wollen. Während er Veras Hand hielt und sie darüber sprachen, an welcher Raststätte hinter dem Brenner sie den ersten Cappuccino trinken sollten, fuhr Wallner in eine langgezogene Rechtskurve. Die Straße vor ihm war leer, soweit man sie einsehen konnte. Mit einem Mal vermeinte Wallner, das Geräusch von Motoren mit hoher Drehzahl zu hören. Gleich darauf sah er einen weißen Lieferwagen mit atemberaubender Geschwindigkeit entgegenkommen. Neben dem Lieferwagen, auf Wallners Spur, ein roter Passat, wie Kreuthner einen fuhr. Adrenalin überschwemmte Wallners Körper. An Wallners Seite schrie Vera mit ungewohnt schriller Stimme: »Pass auf!« Aber selbst mit einer Vollbremsung hätte Wallner den Zusammenstoß, der vernichtend sein würde, nicht verhindern können.

Kapitel 2

»Mach die Tür auf!«, sagte Kreuthner mit um Festigkeit bemühter Stimme. »Sonst mach ich sie selber auf.«
Statt einer Antwort schnappte und ratschte es. Der gedrungene Mann in grauer Skihose vor dem Heck des Lieferwagens hatte mit einem Mal ein Messer in der Hand. »Versuch's!«, sagte der Mann mit versagender Stimme. Er zitterte, Schweiß stand ihm auf der Oberlippe, die dunkelblonden, talgigen Haare klebten an den Schläfen, unter den Achseln seines langärmligen Skiunterhemds hatten sich pizzagroße Schweißflecken gebildet. Er war untersetzt, halslos, bauchig. In den Augen: Angst und Wut.
»Kilian! Tu das Messer weg. Tickst jetzt aus oder was?«
Kilian Raubert starrte Kreuthner voller Hass an.
»Jetzt mach halt die Kist'n auf, verdammt! Was soll denn das?«
»Ich lass mich einfach nimmer verarschen von dir. So schaut's aus.«
»Ich fordere dich ein letztes Mal auf, den Laderaum zu öffnen!«
»Sonst ...?«
Kreuthner wischte sich den Schweiß von der Stirn. Er trug ebenfalls eine Skihose mit Hosenträgern, einen farbenprächtigen Fleecepullover und Adiletten. Kreuthner musste schnell entscheiden. Die Verhältnismäßigkeit abwägen, auch ein bisschen, dass er

die Situation mitverursacht hatte. Ein Messer (scharf, wie es schien), ein aggressiver Mann, vollgepumpt mit Testosteron, Adrenalin und Empörung – unberechenbar. »Na gut.« Kreuthner hob beide Handflächen langsam in Richtung Raubert. »Ist ja net so wichtig. Zeigst mir halt das nächste Mal, was du im Wagen hast.«
»Das meinst du hoffentlich nicht im Ernst«, mischte sich Wallner ein. Der stand zwei Meter von Kreuthner entfernt mit Vera an seinem Wagen und trug trotz des milden Wetters wie gewohnt seine Daunenjacke. Noch war er nicht am Gardasee in der Wärme, nach der er sich so sehnte. Und selbst am Gardasee konnten die Abende um diese Zeit so kühl werden, dass einer, der wie Wallner an innerer Kälte litt, seine Daunenjacke brauchte. Kreuthner drehte sich verunsichert zum Kommissar.
»Du kannst doch bei einer Kontrolle nicht verhandeln. Wenn du sagst, er soll den Wagen aufmachen, dann macht er den Wagen auf.«
»Dann mach du doch weiter«, schlug Kreuthner vor.
»Ich denk ja gar nicht dran. Du hast den Mann angehalten. Jetzt zieh's durch.«
»Komm, hör auf. Das schaukelt sich doch nur unnötig hoch.« Vera streichelte Wallner beschwichtigend über den Arm.
»Eben!«, sagte Kreuthner. »Ich tu und mach, dass ich hier eine Deeskalation hinkrieg. Und er macht einen auf Rambo.«
»Wenn kontrolliert wird, wird kontrolliert. Sonst machen wir uns unglaubwürdig. Das hat überhaupt nichts mit Hardliner zu tun.«
»Der Mann is nimmer bei sich. Der hat a Messer in der Hand!«

»Seh ich selber. Schon mal was von unmittelbarem Zwang gehört?«
»Ja wie denn? Ich hab doch net amal a Pistole dabei.«
»Das muss man sich halt überlegen, bevor man die Maßnahme einleitet.«
Vera zog an Wallners Arm. »Clemens, komm! Lass uns weiterfahren.«
»Abgesehen davon«, ignorierte Wallner die Bitte seiner Freundin, »fragt sich doch, warum der Mann partout nicht seinen Wagen öffnen will.«
Kreuthner wandte sich an den Mann mit dem Messer. »Kilian – da hat er recht.« Kilian Raubert schnaubte, schluckte, war den Tränen nahe. »Mann! Mach einfach den Wagen auf und gut is.«
Der Angesprochene wischte sich mit der messerbewehrten Hand den Schweiß von der Oberlippe, schlitzte sich dabei um ein Haar den linken Nasenflügel auf und schüttelte den Kopf.
»Irgendwann is mal Schluss. Ich lass mir net alles gefallen.« Geräuschvoll zog er den Rotz hoch.
»Übertreib halt net so! Ich mach a Straßenkontrolle, und?«
»Und?! Wer war denn das mit der Glasscheibe? Das war doch deine Idee.«
Kreuthner wollte sich gegen den Vorwurf verwahren, aber Raubert schnitt ihm das Wort ab. »Ja freilich warst es! Ich bin doch net blöd!!«
»Was meint er mit Glasscheibe?«, wollte Wallner wissen.
»Das tät jetzt zu weit führen.«
Wallner wartete, doch mehr kam nicht.
»Das tut wirklich nix zur Sache. Es war a kleiner Spaß.«

»Gut. Wenden wir uns der aktuellen Frage zu. Warum dürfen wir nicht sehen, was im Laderaum Ihres Wagens ist?«
Kilian Raubert atmete schwer, seine Rechte hielt das Messer so fest, dass die Knöchel sich weiß färbten, seine Stimme klang gepresst. »Is a prinzipielle G'schicht.«
»Aha«, sagte Wallner. »Für uns auch.«
»Für mich nicht«, wandte Kreuthner ein. »Und du stirbst auch nicht, wennst net erfährst, was in dem Wagen ist.«
»Das glaubt er aber«, mischte sich Vera ein. »Komm, Clemens. Sei einmal im Leben kein Kontrollfreak. Lass uns zum Gardasee fahren.«
»Gleich. Ich muss grad noch dem Kollegen Kreuthner beim Vollzug seiner Maßnahme helfen.«
»Ich glaube, der Kollege möchte gar nichts vollziehen.«
»Das sieht nur so aus. Und vielleicht glaubt er es in diesem Moment. Aber wenn er auch nur einen Meter weiterdenkt, wird ihm klarwerden, dass er hier im Landkreis ausgeschissen hat, wenn er seinem Spezl das jetzt durchgehen lässt.«
»Der Kollege Kreuthner ist erwachsen und weiß, was er tut. Hier geht es offenbar darum, dass sich der Herr mit dem Lastwagen privat über Herrn Kreuthner ärgert und sich gerade ziemlich aufregt. Herr Kreuthner wird das schon regeln. Und jetzt komm endlich.«
Vera ging zur Beifahrertür zurück.
»Macht euch der Föhn zu schaffen, oder was ist los?«
Wallner wurde eine Idee lauter, was selten vorkam. »Der Mann fährt hundertfünfzig auf der Landstraße, wird gestoppt, weigert sich, seinen Laderaum zu

öffnen, und bedroht einen Polizisten mit einem Messer. Und ihr sagt: Vergessen wir die Sache?«
Vera war stehen geblieben und hatte sich umgedreht.
»Ich sage nur, es geht dich nichts an. Und dass wir Urlaub haben.«
»Es geht mich aber was an!« Wallner ging an Kreuthner vorbei zum Lastwagen und baute sich unmittelbar vor Kilian Raubert auf. »Sie öffnen jetzt den Laderaum. Ich gebe Ihnen fünf Sekunden.«
Raubert schüttelte den Kopf und versuchte verzweifelt, entschlossen auszusehen. Wallner schubste ihn mit einer Hand zur Seite und betätigte den Hebel der Laderaumtür.
»Vorsicht! Der hat a Messer!«
»Das wird er nicht benützen.«
»Na ja, bei dir vielleicht nicht«, konzedierte Kreuthner.
Wallner hatte recht. Raubert benutzte sein Messer nicht, sondern warf es weg und sprang Wallner auf den Rücken, als der ansetzte, die Laderaumtür aufzuziehen. Rauberts kurze Arme würgten Wallners Hals wie ein Schraubstock, die Beine umklammerten seine Hüften. Der kleine Mann klebte wie ein Pickel auf Wallners Rücken, der einen gewundenen Tanz aufführte, mit den Händen Rauberts Unterarme packte und versuchte, sie von seinem Hals zu lösen. Freilich ohne Wirkung. Kreuthner kam von hinten, steckte seine Arme zwischen Rauberts Brust und Wallners Rücken, zerrte an dem Zwerg, der nicht losließ, brachte beide Männer zu Fall, bekam jedoch, als sie zu Boden gingen, Rauberts Hinterkopf an die rechte Schläfe und torkelte über den Parkplatz. Am Boden ließ Raubert von Wallner ab. Der kleine Mann war be-

hende und schon wieder auf den Beinen, als Wallner noch auf den Knien nach seiner Brille suchte. Raubert nutzte seinen Vorsprung für einen Tritt gegen die linke Kommissarsniere, Wallner stöhnte auf und sank vor Schmerz benommen auf die Seite. Raubert huschte den Wagen entlang zur Fahrerkabine. Dort trat ihm Vera in den Weg, das linke Bein vorgestellt, die linke Handfläche abwehrend nach vorn gestreckt. Raubert ignorierte das Signal und setzte seinen Weg zum Führerhaus fort, bereit, die Frau nötigenfalls mit Gewalt aus dem Weg zu schaffen. Veras rechte Hand, bis jetzt hinten in Reserve gehalten, schnellte vor, rasanter, als Raubert schauen konnte, ein Knacksen, und ihr Handballen hatte sein Nasenbein gebrochen. Raubert rumpelte gegen seinen Lastwagen. Wallner und Kreuthner eilten, leidlich erholt, herbei, warfen sich auf den wankenden Mann und drückten ihn zu Boden. Der wehrte sich und zappelte trotz blutender Nase. Sie mussten ihn zu zweit bändigen und sich mit ihrem ganzen Gewicht auf den Gnom werfen, um seine Hände auf den Rücken zu biegen.
»Holst du bitte das Ladekabel aus dem Kofferraum?«, sagte Wallner vor Anstrengung ächzend zu Vera.
»Kommt ihr immer noch nicht alleine klar?«
»Vielen Dank, Schatz, dass du uns geholfen hast. Aber es wäre super, wenn du das Maß der Güte übervoll machen und uns das verdammte Ladekabel bringen könntest.«
Zwei Minuten später lag Kilian Raubert auf dem Bauch neben seinem Lkw. Die Hände waren auf dem Rücken mit einem roten Starthilfekabel zusammengebunden und solchermaßen daran gehindert, Wallner und Kreuthner weiteren Schaden zuzufügen.

Die beiden klopften sich den Dreck von Händen und Kleidung. Kreuthner hatte ein blaues Auge, das er mit schmutzigem Schnee kühlte.

»Ich hab dir gesagt, der macht Ärger«, sagte Kreuthner und trat Raubert unauffällig in die Rippen. »Das ist so ein nachtragender, kleiner Dreckhammel, der Bursche.« Kreuthner stellte seinen rechten Fuß auf Rauberts Rücken. »Glasscheibe! Du spinnst doch wohl. Das ist ewig her. Außerdem ist da nichts Unrechtes geschehen. Das war Brauchtum.«

Raubert war offensichtlich nicht mit Kreuthners Ausführungen einverstanden, konnte das aber nur mit an menschliche Sprache nicht heranreichenden Mumpf-Lauten zum Ausdruck bringen. Kreuthner hatte im Kofferraum noch eine Rolle Gaffer-Tape gefunden.

»Entschuldige, aber du stehst auf Herrn Rauberts Rücken.« Wallners Miene drückte keine übermäßige Missbilligung aus. Er hatte den Hinweis eher nebenbei fallenlassen, während er etwas in einen kleinen Computer tippte. »Widerstand gegen Vollstreckungsbeamte, Körperverletzung, Bedrohung, Nötigung, Straßenverkehrsgefährdung und noch ein paar Ordnungswidrigkeiten. Da kommt ja was zusammen.«

»Da musst du dich aber nicht drum kümmern, oder?« Vera machte einen zunehmend ungeduldigen Eindruck.

»Ich ... na ja, ich bin natürlich Zeuge. Aber das hat sicher Zeit bis Dienstag.«

»Das will ich mal hoffen.«

»Aber natürlich, Schatz. Wir fahren jetzt an den Gardasee.« Er gab Vera einen Kuss.

»Also, Leo. Bringen wir's hinter uns.« Wallner gab Kreuthner ein Zeichen, den Laderaum zu besichtigen.

»Ja, schauen wir uns gründlich den Laderaum an! Deswegen der ganze Scheiß!« Kreuthner schüttelte fassungslos den Kopf, während er die Tür aufzog.
»Ich würde eher sagen, weil ihr zwei Hornochsen unbedingt Autorennen fahren müsst«, sagte Wallner und wurde sichtlich ungehalten. »Wenn da nicht zufällig diese Parkplatzeinfahrt gewesen wär, dann würden sie uns jetzt alle vier aus unseren Autos kratzen.«
Kreuthner sagte nichts. Er sah so aus, als hätte er etwas erwidern wollen, sei jedoch just in jenem Augenblick schockgefroren worden, der Mund offen, eine Hand halb erhoben. Sein starrer Blick wurde im Inneren des Lkw von etwas festgehalten. Etwas, das ihn von einer Sekunde auf die andere gelähmt, ihn zur Momentaufnahme seiner selbst gemacht hatte. Wallner wurde unruhig. Kreuthner hatte schon viel gesehen. Was vermochte einen wie ihn in diesen Zustand zu versetzen?
»Was ist los?«, fragte Wallner.
Kreuthner hörte ihn nicht.

Kapitel 3

Sie sah aus wie ein riesiges Insekt. Eine Gottesanbeterin in menschlicher Größe. Die Frau im Laderaum des Lkw war auf Knie und Hände gestützt. Die Oberarme lagen am Körper an, die Rückenlinie wies zum Kopf hin nach unten. Der Kopf im Nacken, die grünen Augen weit aufgerissen. Bis auf das Gesicht war die Frau schwarz. Schwarzes Leder, schwarze Stiefel, schwarze Haare. Die linke Hälfte des Gesichts war geschminkt, dezent, denn es war von Natur aus schön und hatte nicht viel Aufwand nötig. Die rechte Gesichtshälfte hingegen war von Brandnarben entstellt, und es fehlte ein Teil des Haupthaares. Das rechte Ohr war zweifellos von Menschenhand geformt, aus der Haut von anderen Körperstellen, nicht ohne Kunstfertigkeit, aber eben doch künstlich.
Wallner sprach die Frau leise an. Als könnte sie zu Staub zerfallen, wenn er ein lautes Wort an sie richtete. Warum er sie überhaupt ansprach, wusste er später nicht zu sagen. Es war offensichtlich, dass die Frau nicht mehr lebte. Dennoch mochte man es nicht recht glauben. Tote liegen, hängen, sitzen. Aber sie knien nicht wie beim Kotau auf der Ladefläche eines Lieferwagens. Kilian Raubert schrie wie ein kleines Mädchen, als er die Leiche sah, spitz und erstickt. Er presste beide Hände auf den Mund und sagte nichts mehr, bis der Notarzt ihn wegbrachte.

Fünfundzwanzig Minuten später kniete Oliver Kaschmann vor der Leiche und stellte Würgemale am Hals fest. Die Leiche lag auf der Seite, immer noch in der Haltung, in der man sie im Laderaum gefunden hatte. Auf dem Rücken war sie nicht stabil gewesen. Es hatte sich herausgestellt, dass es nur zwei Auflagepunkte gab, Gesäß und Hinterkopf, denn die Frau war dünn. Und so kippte sie entweder nach links oder nach rechts weg, sobald man versuchte, sie auf den Rücken zu legen.
Oliver Kaschmann war der neue Kollege im K 3, der Abteilung für Spurensicherung. Er stammte aus Berlin und hatte lange auf eine Stelle im bayerischen Voralpenland gewartet. Er kletterte mit Leidenschaft und hatte ein Auge für Details und Strukturen. Das war eine Eigenschaft, die ihm beim Klettern wie als Spurensicherer von Nutzen war.
Der Gerichtsmediziner aus München würde noch eine Weile auf sich warten lassen. Oliver nutzte die Zeit, um erste Spuren an der Leiche zu sichern. Neben ihm kniete Janette, eine junge Kripokollegin. Soweit Oliver das zu diesem Zeitpunkt beurteilen konnte, war Folgendes passiert: Jemand hatte die Frau, die Hanna Lohwerk hieß, wie aus dem Ausweis in ihrer Handtasche hervorging, erwürgt und sie in den Sessel einer Couchgarnitur gesetzt, die im Laderaum darauf wartete, ausgeliefert zu werden. In dieser Haltung trat die Totenstarre ein, und in dieser Haltung war der steife Körper der Frau während der Fahrt aus dem Sessel gekippt.
»Wieso ist denn die Frau rechts so verbrannt? Weiß das jemand?«, fragte Oliver, während er das Gesicht der toten Frau inspizierte.

»Autounfall. Sie war auf der Fahrerseite eingeklemmt, und der Wagen hat Feuer gefangen. Bis es gelöscht war, war sie auf der rechten Seite völlig verbrannt. Kannst dir vorstellen, wie die damals ausgeschaut hat. Das geht mir heut noch nach«, sagte Kreuthner.
»Wie lang ist das her?«
»Ich war damals Anfang zwanzig. Gut fünfzehn Jahre.«
Oliver drehte die Leiche auf die rechte Seite. Das verbrannte Gesicht verschwand, die unversehrte Hälfte bot sich den Umstehenden dar. Das Monster hatte sich mit einem Mal in eine makellose Schönheit verwandelt. Dieser gespenstische Maskentausch wirkte auf alle Anwesenden beunruhigend.
»Muss brutal sein, wenn du so aussiehst und dann ... so.« Janette wies auf die andere Gesichtsseite.
»Klar«, sagte Oliver. »Ick mein, dit is immer Scheiße. Aber et jibt ja ooch Abstufungen, will ick ma sagen.«
Wenn Oliver nicht dienstlich sprach, verfiel er ins Berlinerische.
»Es war sogar noch schlimmer«, schaltete sich Kreuthner wieder ein.
»Wie das?«
»Die war Schauspielerin. Tja – mit dem Gesicht war natürlich Schluss damit. Da kannst ja nur noch im Horrorfilm mitspielen.« Kreuthner betrachtete die schöne Seite der Leiche und wurde nachdenklich.
»Wie jemand so die Arschkarte ziehen kann. Is schon der Wahnsinn. Gut, andere schauen ihr ganzes Leben lang scheiße aus. Aber wennst mal super ausgeschaut hast ...«
»Absolut«, pflichtete Oliver bei. »Dit is ja letztlich ne Frage der Fallhöhe, wa? Wenn de aussiehst wie

Arsch und Friedrich und kennst nüscht anderes – dit stumpft ab, wa? Kommt denn uff 'n paar Narben mehr oder weniger ooch nich an. Aber wenn se dir uff der Wie-seh-ick-aus-Skala von zehn uff eins minus runterkloppen – bitter.«

»Nachdem wir die philosophischen Aspekte jetzt profunditer ausgelotet haben: Wie wär's mit ein paar Fakten zum Tathergang?« Wallner war hinter Oliver getreten.

»Keene Ahnung, wat dich dit interessiert. Ick hab jedacht, du hättst Urlaub. Aber bitte, is ja nich mein Urlaub. Dit Mädel da drüben«, er deutet auf Vera, »macht mir übrigens 'n zunehmend unjeduldigen Eindruck. Zu Recht, wie ick finde. Aber jut, is deine Freundin. Tathergang, wa?«

»Wär super. Und mach dir bitte keine Gedanken über meinen Urlaub und schon gar nicht über meine Freundin.«

»Hast recht, geht mich 'n feuchten Kehricht an. Pass uff: Hier«, er deutete auf eine regelmäßig unterbrochene Linie am Hals, »könnte 'ne Kette oder so was gewesen sein.« Oliver drehte den Kopf der Leiche so gut es ging zur Seite. Am Nacken waren die zwei Linien, die von der Vorderseite kamen, gegeneinander verschoben. »Hier liegen die beiden Kettenstränge übereinander. Das heißt, der Täter hat sie von hinten gewürgt.«

»Geht das überhaupt mit einer so dicken Kette? Da brauchst du doch übermenschliche Kräfte.«

»Richtig«, sagte Oliver. »Aber die Kettenglieder waren vermutlich so groß, dass der Täter eine dünne Eisenstange oder so was reinstecken konnte. Dann musst du nur noch drehen. Wie bei einer Garrotte.«

Oliver deutete auf die linke Hand der Frau. Sie hatte lange, schwarz lackierte Fingernägel. Zwei davon waren abgebrochen. »Es hat wohl einen kurzen Kampf gegeben. Vermutlich hat sie nach hinten gegriffen, um die Arme des Täters abzuwehren. Soweit ich sehen konnte, sind keine Hautreste unter den Nägeln. Entweder hat sie die Hände des Täters nicht zu fassen gekriegt, oder er hat Handschuhe angehabt.«
»Spricht also alles dafür, dass der Mord vorbereitet war. Ich meine, sonst hast du weder Kette noch Eisenstange noch Handschuhe dabei.«
»Seh ich ähnlich. Ja.«
»He, Oliver, lass dich net von Passanten anquatschen. Und Ermittlungsergebnisse bitte nur an den zuständigen SoKo-Leiter. Is eh klar, oder?«
Mike Hanke war dazugetreten.
»Oh, ich hab mich rein aus Interesse schlaugemacht«, sagte Wallner. »Immerhin hab ich die Leiche entdeckt. Außerdem bin ich Zeuge.«
»Versteh's net falsch – ich will nur wissen, wer jetzt welchen Job macht.« Mikes Mimik schwankte zwischen Ironie und ernstgemeinter Frage.
»Du machst das. Ich mach meine Aussage und bin weg.«

Kilian Raubert hatte man unter Polizeibewachung ins Krankenhaus nach Agatharied gebracht. Dort wurde er wegen des Schocks behandelt, den er beim Anblick der Leiche erlitten hatte – oder vorgab, erlitten zu haben. Mike organisierte inzwischen die Einrichtung einer Sonderkommission. Es war zunächst nicht klar, ob der Aufwand für eine SoKo lohnte. Immerhin war die Leiche im Wagen von Kilian Raubert gewesen, der sich heftig dagegen gewehrt hatte, den Wagen zu öffnen. Es sprach also vieles dafür, dass er – aus welchen Gründen auch immer – den Mord begangen hatte. Wenn er geständig war, konnte man die noch anfallenden Aufgaben mit kleinem Personalaufwand erledigen. Andererseits hieß Rauberts Verhalten nicht, dass er die Tat zugeben würde. Mike entschied sich deshalb für die Sonderkommission, um keine Zeit zu verlieren.

Wallner und Vera waren Zeugen in dieser Sache. Mike bat seinen Chef, mit nach Miesbach zu kommen. Die Sache stank ein bisschen. Da ging es nicht nur um die Leiche, sondern auch um die Frage, warum Kreuthner, der offenbar vom Skifahren kam und eigentlich nicht im Dienst war, einen Bekannten einer Straßenkontrolle unterzogen hatte. Und warum war Wallner dabei gewesen? Wallner zögerte, nach Miesbach zu fahren. Er wollte an den Gardasee. Zumindest musste er mit Vera reden. Er fand seine Freundin im Wagen. Sie telefonierte mit dem Handy. Als sie Wallner sah, machte sie die Tür auf.

»Du, ich brauch noch ein bisschen.«

»Was ist los?«

»Christians Mutter hat mich gerade angerufen. Ich hab den Eindruck, ich sollte mal nach ihr sehen. Sie klang ziemlich verwirrt.«

»Hast du Christian angerufen?«

»Ihm geht's auch nicht so gut. Ich glaube nicht, dass er sich um sie kümmern kann. Tut mir leid. Ich weiß, es ist nicht mehr meine Sache. Aber wenn sie mich anruft ...«

»Nein. Das ist völlig okay. Ich fahr dann mit Mike

nach Miesbach. Er will von mir wissen, was genau abgelaufen ist.«
»Lass uns später telefonieren. Dann schauen wir, ob wir heute noch fahren.«
Mike schlug vor, Wallner in seinem Wagen mitzunehmen. Auf dem Weg könne er ihm ja erzählen, was er wisse. Außerdem deutete Mike an, dass auch er Wallner etwas zu sagen habe. Es sei mehr privater Natur. Als Wallner Näheres wissen wollte, sagte Mike, es gehe um Manfred.

Kapitel 4

Wallner berichtete Mike, was bei der Kontrolle von Kilian Raubert im Einzelnen vorgefallen war. Seine eigene Anwesenheit erklärte sich dadurch, dass Kreuthner mit hundertfünfzig vom Achenpass gekommen sei, dabei den Lkw von Raubert überholt und ihn, Wallner, fast totgefahren habe. Das hatte Wallner neugierig gemacht. Er war umgedreht und war Kreuthner und Raubert gefolgt. Kurz vor Kreuth hätten die beiden auf dem Parkplatz gestanden, und Kreuthner hatte bei Raubert eine Fahrzeugkontrolle durchgeführt. Auch Wallner hatte sich gewundert. In Skihosen? Was dem Ganzen vorangegangen war, wusste Wallner nicht, war sich aber mit Mike darüber einig, dass Kreuthner wieder irgendeinen haarsträubenden Mist verbrochen hatte.

Mike hatte entschieden, in Hausham bei Hanna Lohwerks Wohnung vorbeizufahren. Das lag auf dem Weg. Die Spurensicherer sollten, nachdem sie auf dem Parkplatz fertig waren, zunächst die Spedition von Kilian Raubert durchsuchen. Möglicherweise war die Leiche dort auf den Lkw geladen worden. Aber auch in der Wohnung des Opfers würden sich Hinweise finden, und Mike wollte nicht bis morgen warten.

Hausham unterschied sich von den anderen Gemeinden im Landkreis. Hier war einst Industrie gewesen. Bis in die sechziger Jahre sogar ein Kohlebergwerk. Die Haushamer sprachen auch anders als die Leute im übrigen Landkreis, etwas Fremdes hatte sich in die

Sprache gemischt. Sudetendeutsche und Menschen aus dem Ruhrgebiet hatten ihre Spuren hinterlassen. Aus irgendeinem Grund gab es hier auch eine kleine finnische Kolonie. Hanna Lohwerk hatte an der Peripherie gewohnt, hinter dem ehemaligen Bergwerk.
»Du wolltest mir was sagen. Wegen Manfred.«
Mike schwieg, sah aus dem Wagenfenster, zum Wendelstein am Horizont. Der verschneite Gipfel mit dem Sendemast lag in der Abendsonne. »Ich weiß gar net, ob ich's dir überhaupt erzählen soll. Eigentlich is es a Schmarrn.«
»Was heißt das? Muss ich's aus dir rausprügeln?«
»Ja, ich sag's dir. Es ist aber was, wo ich selber von wem anders gehört hab. Keine Ahnung, ob's stimmt.«
»Halt keine Volksreden, komm zur Sache!«
»Es geht, wie gesagt, um deinen Großvater.«
»Richtig. Hattest du schon erwähnt. Was ist mit ihm?«
»Kann das sein, dass der heute bei der Tafel war?«
»Was für eine Tafel?«
»Miesbacher Tafel. Die geben da Lebensmittel für Bedürftige aus.«
Wallner war fassungslos. »Manfred? Bei der Tafel? Wer erzählt denn so was?«
»Die Frau vom Sennleitner macht Helferin bei der Tafel. Die sagt, sie hätt den Manfred heut gesehen.«
»Der gibt zwei Euro bei der Caritassammlung. Wüsste nicht, dass er sich darüber hinaus sozial engagiert.«
»Das hast du, glaub ich, falsch verstanden. Er arbeitet da nicht mit.«
»Sondern?«
»Na, er ist hingegangen, um … um was zu essen zu bekommen.«
»Wie bitte?!«

»Ich hab ja gesagt, es is a Schmarrn. Aber du wolltst es ja unbedingt hören.«
»Ich frage mich, wieso du diesen Käse überhaupt weiterverbreitest.«
»Entschuldige. Ich dachte, es interessiert dich vielleicht. Außerdem – wer weiß. Alte Menschen werden ja oft a bissl komisch. Wobei ich find, dass er im Vergleich zu seinem Enkel ...«
Wallner gab Mike einen Klaps auf den Hinterkopf. Mike fuhr fast in den Straßengraben.
»Wann soll das gewesen sein?«
»Was?«
»Dass die Sennleitnerin meinen Großvater gesehen hat.«
»Heut Nachmittag.«
»Da haben wir's. Manfred ist bei seinem Bruder in Villingen. Ich hab ihn heut Mittag selber in den Zug gesetzt.«
»Ah so?«
»Ja. Der ist gar nicht in der Stadt. Außerdem brauchst du einen Berechtigungsausweis, wenn du bei der Tafel was kriegen willst. Wer weiß, wen die Sennleitnerin gesehen hat. Manfred kann's jedenfalls nicht gewesen sein.«
»Sag ich doch. Alles Quatsch. Vergiss es einfach.«
Sie bogen in eine Seitenstraße Richtung Osten ab.
»Wie kommt die drauf, dass Manfred da war? Das erfindet man doch nicht einfach.«
»Du weißt doch, wie Gerüchte entstehen.«
Wallner starrte aus dem Fenster. Der Straßenrand war grau. Bald würde der erste Frühlingsregen das Grau wegwaschen, und Gras würde wachsen. Wallner dachte darüber nach, dass die Sennleitnerin eine

geschwätzige Person war. Aber sie hatte gute Augen und kannte jeden in Miesbach. Wie kam es, dass sie Manfred bei der Tafel gesehen hatte?

Das alte Mietshaus war dreistöckig, und die Wandfarbe mochte einst grün oder ocker gewesen sein, hatte im Lauf der Jahre jedoch eine graue Patina angenommen. Pro Stockwerk gab es zwei Wohnungen. Wallner bezweifelte, dass jede ein eigenes Klo besaß. Das Gebäude war als preiswerte Unterkunft für Kleinbürger gebaut worden. Jetzt wohnte niemand mehr darin, genau genommen seit gestern. Die letzte Mieterin war Hanna Lohwerk gewesen.
Auf dem Kiesparkplatz stand der Wagen der Toten. Daneben ein gelber Golf III mit Spoilern und Niederquerschnittsreifen. In dem Sportwagen wartete ein junger Mann in Lederweste und T-Shirt, der sich als Sohn der Hauseigentümerin auswies. Er öffnete den Kommissaren die Wohnung von Hanna Lohwerk und händigte ihnen den Bund mit den Wohnungsschlüsseln aus. Seine Bestürzung über den Tod der letzten Bewohnerin hielt sich in Grenzen. Das Objekt konnte jetzt saniert werden. Auch bat der junge Mann die Kommissare, seiner Mutter eine Liste mit allen Objekten zu schicken, die die Polizei aus der Wohnung entfernen würde. Wegen des Vermieterpfandrechts. Mike sagte, man werde sehen, und verabschiedete den Sportwagenfahrer an der Türschwelle.
Das Treppenhaus war dunkel und schmutzig. Es roch nach faulenden Früchten, verwesenden Mäusen und – unvermutet – nach Putzmittel. Hanna Lohwerks Wohnung lag unter dem Dach. Hinter der Tür betraten die Kommissare ein anderes Universum.

Kapitel 5

Im Flur hing ein Spiegel mit vier Glühbirnen an jeder Seite, wie er in Theatergarderoben benutzt wurde. Links und rechts davon Kleiderhaken mit historischen Mänteln, unterschiedlichsten Kleidern, Phantasiekostümen. Die Küche war karg möbliert. Das meiste sah unbenutzt aus. Im Kühlschrank eine angebrochene Packung H-Milch, Ketchup, Marmelade, Margarine und zwei Dosen eines Energy-Drinks. Neben dem Kühlschrank ein Korb mit einer Packung Knäckebrot, fast leer. Das Kochen war nicht Hanna Lohwerks Leidenschaft gewesen.
Im Wohnzimmer, klein und durch die Dachschräge zusätzlich beengt, hingen Fotos an den Wänden. Sie zeigten bis auf wenige Ausnahmen alle dasselbe Motiv: Hanna Lohwerk. Mal als Rosenkavalier, mal im Tank-Top, verschwitzt, in Tomb-Raider-Pose mit MP-Attrappe, mal in einem Shakespeare-Kostüm. Die Interpretation all dieser Rollen hatte eines gemeinsam: Hanna Lohwerk war immer von der linken Seite zu sehen. Oder sie hatte, falls frontal aufgenommen, den Kopf nach rechts gewandt. Nie war ihre verbrannte rechte Gesichtshälfte im Bild. Wallner und Mike blieben eine Weile vor den Fotos stehen, auf denen eine zerbrechliche Frau von elfenhafter Anmut in all die Rollen geschlüpft war, die sie hätte spielen können, hätte nicht ein Unfall ihr Gesicht entstellt.
In einem Wandregal standen Videobänder und DVDs. Sie waren mit Jahres- und Monatszahlen beschriftet.

Mike legte wahllos ein Video mit der Aufschrift »Mai 2004« in den Rekorder. Es zeigte Hanna Lohwerk in einer Theaterrolle. Die Amateuraufnahme war, wie der Hintergrund offenbarte, hier im Wohnzimmer gemacht worden. Auch auf den anderen Bändern und DVDs waren Aufnahmen der Schauspielerin in bekannten Rollen zu sehen. Immer ohne Partner, immer nur die unversehrte Seite ihres Gesichts zeigend.

»War scheint's besessen von ihrer hübschen Gesichtshälfte.« Mike stellte das Video ins Regal zurück und ging die vier Schritte bis zur Tür des angrenzenden Zimmers.

»Ist wahrscheinlich so, wenn du nur ein halbes Gesicht hast.« Wallner blätterte in einem Fotoalbum, das ebenfalls nicht den geringsten Hinweis auf Hanna Lohwerks Verbrennung enthielt. »Es gibt Menschen, die können ausblenden, was sie nicht sehen wollen.«

»Frau Lohwerk hat das offenbar nicht getan.« Mike hatte den Nebenraum betreten. Er musste das Licht einschalten, denn das Fenster war mit einem lichtundurchlässigen Stoff verhängt. Ein Bett, ein Kleiderschrank, ein Nachttisch. Auch hier Fotos an den Wänden, auf fast allen Hanna Lohwerk. Im Gegensatz zu den Wohnzimmerfotos war auf diesen Bildern auch die verbrannte Gesichtsseite zu sehen. Einige der Aufnahmen zeigten sogar nur die verbrannte Seite. Darunter Porträtbilder, die augenscheinlich von einem Profi gemacht worden waren. Die Fotosammlung mutete an wie das Making-of eines Horrorfilms. Wallner trat hinter Mike in den Raum.

»Mein Gott – hier hat sie geschlafen?«

»Sieht so aus. Ich möchte nicht hier aufwachen.«

»Vielleicht eine Art Therapie. Man gewöhnt sich ja

an alles. Irgendwann kommt dir das Gesicht ganz normal vor.«

»Glaubst du? Bei dem Kult, den sie um ihre hübsche Gesichtshälfte gemacht hat?«

Wallner zuckte mit den Schultern. »Wer ist das auf den anderen Fotos?«

An einer Wand hingen etwa hundert Fotografien, auf denen andere Personen zu allen möglichen Jahreszeiten zu sehen waren, oft vor einer Villa im Heimatstil des Gabriel von Seidl. Wallner blieb vor der Aufnahme einer Frau in den Fünfzigern stehen. Schneelandschaft, im Hintergrund die Villa. Der Blick der Frau war ernst, die Augen dunkel, ein Schatten von Verzweiflung lag über dem schönen Gesicht. Eine Momentaufnahme.

»Das ist doch Katharina Millruth, oder?«

»Glaub schon. Im Fernsehen schauen die immer anders aus.« Mike hatte sich neben Wallner gestellt. »Ja, das ist sie. Wahrscheinlich morgens und ungeschminkt.« Mike ging einen Schritt zurück und blickte sinnierend auf das Foto. »Tele.«

»Teleobjektiv?«

»Definitiv. Die steht an der Remise. Das sind bestimmt fünfzig Meter zum Haus. Auf dem Bild schaut's aber aus, wie wenn sie direkt am Haus steht.«

»Das hast du noch so im Kopf?«

»Wir haben letzte Weihnachten alles vermessen da oben.« Mike hatte Weihnachten Bereitschaft gehabt. Auch Wallner war kurz am Tatort gewesen, hatte sich aber nicht näher mit der Sache befasst. Der Fall war schnell geklärt.

»Was schätzt du, wie weit weg ist die Kamera?«

»Keine Ahnung. Hundert Meter, zweihundert? Du

kannst jedenfalls davon ausgehen, dass sie die Millruth heimlich fotografiert hat.«

Wallner nahm das Foto vorsichtig von der Wand. Es war mit einer Stecknadel angepinnt. Auf der Rückseite stand »25.12.2009«. Er zeigte es Mike.

»Der Tag, als die kleine Millruth erschossen wurde.«

»Da stellen sich doch ein paar Fragen.«

»Zum Beispiel: War das, bevor wir da waren, oder danach?«

»Und?«

Mike betrachtete das Foto genauer. »Ich würde sagen: davor.«

»Warum?«

»Der Schnee. An der Stelle da«, Mike deutete auf das Foto, »ist ein Fußabdruck, oder?«

»Ja. Und?«

»Wir sind mit drei oder vier Einsatzwagen da gewesen. Dazu der Gerichtsmediziner und der Staatsanwalt. Danach war der Schnee platt. Muss also vorher gewesen sein.«

»Wann sind wir verständigt worden?«

»Weiß ich nicht mehr auf die Minute. Muss aber so um halb neun gewesen sein.«

»Was macht Frau Lohwerk am ersten Weihnachtsfeiertag um, sagen wir, acht Uhr morgens mit einem Teleobjektiv am Haus der Familie Millruth?«

»Keine Ahnung.«

Sie sahen sich die restlichen Fotos an. Hanna Lohwerk hatte anscheinend über mehrere Jahre hinweg immer wieder Katharina Millruth und andere Mitglieder der Familie fotografiert. Auf einer Aufnahme waren zwei Männer im Alter zwischen sechzig und siebzig Jahren abgebildet.

»Das ist Wolfgang Millruth. Den kennst du ja eh.«
»Der ist wie noch mal mit ihr verwandt?«
»Der Schwager. Und das hier ist ihr Mann Dieter. Der Bruder von Wolfgang. Dieter Millruth ist auch Schauspieler. Hast du bestimmt schon mal im Fernsehen gesehen.«
»Kann sein«, sagte Wallner, konnte sich aber nicht erinnern.
Es gab auch Fotos von jüngeren Personen um die dreißig, die Mike als Kinder des Ehepaares Millruth identifizierte – oder Partner der Kinder. So genau hatte er die Familienverhältnisse nicht mehr im Kopf. Eine Aufnahme zeigte Leni Millruth, die Tochter, die Weihnachten erschossen worden war. Sie stand im T-Shirt an einem Fenster. Es war Winter. Das Mädchen zart, bleich, mit Ringen um die Augen. Sie hatte viel von dem schönen Gesicht ihrer Mutter. Ihr Blick war trüb und in die Ferne gerichtet. An den Armen waren Flecke, Mike erinnerte sich, dass man Brandnarben von ausgedrückten Zigaretten auf der Leiche gefunden hatte.
»Das ist die kleine Millruth?«, fragte Wallner.
»Ja. Muss kurz vorher gewesen sein. Bevor es passiert ist.« Mike nahm das Foto ab. Es trug auf der Rückseite das Datum des vierundzwanzigsten Dezembers 2009.
Wallner inspizierte eines der Fotos aus nächster Nähe. Es zeigte Wolfgang Millruth mit einer Decke, auf dem Weg vom Haupthaus zum ehemaligen Stall; in der Tür des Haupthauses stand Katharina Millruth. Die Aufnahme war am fünfundzwanzigsten Dezember gemacht worden. »War die Leiche unter einer Decke?«
»Ja, sie haben sie zugedeckt. Hat auch schlimm ausgesehen. Warum?«

»Dann muss das ziemlich bald nach der Entdeckung der Leiche gewesen sein.« Wallner deutete auf das Foto.
»Sind das eigentlich digitale Fotos?«
»Schätze schon. Warum?«
»Weil ich hier keinen Computer gesehen hab.«
Sie gingen zurück in das andere Zimmer und suchten nach einem Computer. Vergeblich. Wallner stellte mit seinem Handy fest, dass es eine W-LAN-Verbindung gab. Den Router entdeckten sie im Flur unter dem Theaterspiegel. Der dazugehörige Computer aber blieb verschwunden.
»Da war jemand vor uns da.«

Kapitel 6

Es schneite ohne Unterlass an diesem Vormittag des vierundzwanzigsten Dezember. Katharina Millruth sah die Schneeflocken vor dem Fenster herabschweben, als ihre Augen nach hinten rollten. Dieter war vor einer Stunde beim Schneeschaufeln vom Garagendach gefallen und saß mit geschwollenem Knöchel im Haupthaus. Er würde sich nicht von der Stelle rühren. Der Gedanke gab Katharina Millruth einen Stich und erregte sie gleichzeitig. Wolfgang über ihr atmete schneller, sein Gesicht war angestrengt. Es ging mit großen Schritten aufs Ende zu. Sie musste sich beeilen. Sie kamen fast immer gleichzeitig. Erstaunlich nach über dreißig Jahren, fand Katharina.
Wolfgang war dreiundsechzig. Die Falten hatten ihn älter gemacht, doch seine edlen Gesichtszüge hatten sich gehalten. Das eine oder andere Mal hatte sie daran gedacht, ihren Schwager gegen einen jüngeren Liebhaber auszutauschen. Aber es hätte nur ihre Eitelkeit befriedigt, sich zu beweisen, dass sie auch einen Fünfunddreißigjährigen haben konnte. Und so hatte sie die Dinge gelassen, wie sie waren. Im Grunde war sie eine treue Natur mit Sinn für Beständigkeit. Sie betrog Dieter seit dreißig Jahren mit seinem Bruder, und nie hatte sie mit Wolfgang geschlafen, wenn Dieter im Haus war. Heute war das erste Mal.
Wolfgang presste die Augen zusammen, und die Adern an seinen Schläfen schwollen an. Katharina war unwohl bei dem, was sie gerade tat. Hatte sich

ihr Respekt vor Dieter so sehr verflüchtigt? Wolfgang stieß seit einer halben Minute zu, ohne Luft zu holen, sein Gesicht war bedenklich dunkel geworden und glänzte vor Schweiß. Manchmal quälte sie die Vorstellung, dass er tot über ihr zusammenbrechen würde. Endlich ließ Wolfgang mit einem röhrenden Geräusch die letzte Luft hinausströmen, sank schwer atmend auf Katharina nieder und beklagte sich, dass sie nicht bei der Sache sei. Sie müsse an Weihnachten und die Kinder denken, sagte Katharina.

Das Mädchen sah billig aus und fühlte sich nicht wohl in dem Salon mit all den Büchern. Der Pullover, die Jeans, die Schuhen – billig. Katharina störte sich an billigen Schuhen. Beim Rest konnte man ein Auge zudrücken, billige Schuhe waren unverzeihlich. Irgendein Vorstadtfriseur aus Laim oder Pasing hatte ihr Strähnchen in die blondierten Haare gefärbt. Sie versuchte zu lächeln und tat Katharina ein wenig leid. Was hatte Henry dazu bewogen, sie mitzubringen?
»Das ist Jennifer. Sie arbeitet bei mir im Krankenhaus.« Er deutete auf Katharina. »Katharina, meine Mutter.«
»Hallo, Jennifer. Willkommen in unserem Haus!« Katharina strahlte und nahm Jennifers Hand herzlich in die ihren.
»Grüß Gott, Frau Millruth.« Jennifer lächelte eingeschüchtert.
»Sag bitte Katharina. Wir duzen uns hier alle. Du bist eine Freundin von Henry, also gehörst du dazu.«
Jennifer versuchte, sich erfreut zu geben. Aber sie spürte, dass keines von Katharinas Worten aufrichtig war.

»Das ist Dieter, mein Vater. Er geht im Winter gern aufs Dach zum Schneeschaufeln. Heute hat er's ein bisschen eilig gehabt runterzukommen. Sollen wir uns den Knöchel mal ansehen?«

»Lass die Finger von meinem Bein. In diesem Haus heilt so was ohne Quacksalber.« Dieter lag auf einer Chaiselongue. Sein rechter Fuß war bandagiert.

»Ja natürlich. Viel Spaß dabei.«

»Wollt ihr nicht nach oben gehen und euch frisch machen?«, schlug Katharina vor.

»Frisch machen? Die sind doch gerade reingekommen. Draußen hat's zehn Grad minus.«

»Dann packen sie halt ihre Sachen aus. Du bist heute ein bisschen nörgelig.«

»Überhaupt nicht.« Dieter gab Henry ein Zeichen. »Geht nur und achtet nicht weiter auf mich. Wenn ich Morphium brauche, sag ich Bescheid.« Die beiden waren noch nicht zu Tür hinaus, als Dieter Katharina zu sich zog und nicht besonders leise sagte: »Schlafen die beiden im gleichen Zimmer?«

»Ja ... ich denke, das werden sie tun. Henry ist zweiunddreißig«, sagte Katharina gepresst.

»Henry!«, rief Dieter seinem Sohn hinterher, der im Begriff war, die Tür hinter sich zu schließen. »Welcher Art ist denn eure Beziehung? Du verstehst, was ich meine.«

»Dieter!« Katharina gab Henry ein Zeichen, dass er sich nicht provozieren lassen sollte.

»Jetzt mach dir nicht ins Hemd«, röhrte Dieter. »Ich finde, so was klärt man gleich am Anfang. Dann gibt's keine Missverständnisse.«

»Bei Adrian hast du ja auch nie gefragt.«

»Bei dem war's klar. Die Mädels hast du nach Weihnachten nie wieder gesehen. Aber er ...«, Dieter deutete mit dem Kopf auf seinen Sohn, »... er hat doch noch nie eine mitgebracht. Wie sollen wir da wissen, woran wir sind?«

»Was genau willst du wissen?« Henry klang gereizt.

»Ob du extra Bettzeug für die Couch brauchst. Ist doch nicht so schwer zu verstehen.«

Henry lachte peinlich berührt in Richtung Jennifer. »Wir kommen klar. Danke der Nachfrage.«

»Ihr könnt euch von mir aus die Seele aus dem Leib vögeln«, rief Dieter ihnen hinterher. »Ich will nur nichts davon mitkriegen, okay?«

Katharina schloss die Tür. »Das war nicht nett dem Mädchen gegenüber. Sie ist ohnehin ein bisschen gehemmt. Und dann kommst du noch.«

»Wollt ihr sie in dem Glauben lassen, sie kriegt einen netten Schwiegervater?«

Katharina stellte sich hinter die Chaiselongue und streichelte Dieters Brust. »Die kriegt schon selber raus, wie du bist. Und so schlimm, wie du gern wärst, bist du bei weitem nicht.« Katharina war immer noch heiß, und sie schwitzte am Haaransatz nach. Ihre Wangen waren leicht gerötet. Sie stand deshalb lieber hinter Dieter. Andererseits – er würde sowieso nichts merken. Ein Mann, der sich dreißig Jahre lang betrügen ließ, wollte nichts merken.

Ende der achtziger Jahre hatte Katharina die alte Landhausvilla über dem Schliersee gekauft. Vor dem Ersten Weltkrieg war sie im Besitz eines zu seiner Zeit bekannten Münchner Kunstmalers gewesen. Das Gebäude war von dem damaligen Stararchitekten Gabriel von Seidl auf dem Grundstück eines alten landwirtschaftlichen Anwesens errichtet worden. Von dem früheren Hof hatte er den alten Pferdestall stehen lassen und zum Atelier umfunktioniert. Das Haus wurde von den Einheimischen das »Millruth-Schlössl« genannt.

Henry saß bei Katharina in der Küche und schnitt Zwiebeln für das Mittagessen. Er hatte Jennifer nach der derben Begrüßung durch Dieter beruhigen müssen und ihr erklärt, dass sein Vater kein schlechter Mensch sei, ein wenig kauzig zwar, der aber das Herz am rechten Fleck trage. Jennifer hatte ihre Zweifel an dieser Darstellung. Dennoch hatte Henry sie Dieter überlassen, um mit Katharina alleine reden zu können. Dieter erzählte Jennifer inzwischen Geschichten aus seinem Schauspielerleben, von denen Henry hoffte, dass sie nicht mit schlüpfrigen Details gespickt waren.
»Sehr nettes Mädchen«, sagte Katharina. »Bist du glücklich mit ihr?«
»Ich kenne sie erst seit vier Wochen.«
»Aber du bringst sie schon mit.«
»Jennifer hatte keine Lust, zu ihren Eltern zu fahren. Die streiten an Weihnachten immer. Ist doch in Ordnung, dass ich sie mitgebracht habe?«
»Aber natürlich. Du weißt, in unserem Haus ist jeder willkommen.«
Henry schnitt die Zwiebel auf dem Holzbrettchen vor ihm in winzige Würfel. Eine Zeitlang konzentrierte er sich auf diese Tätigkeit und sagte nichts. Auch seine Mutter schwieg. Schließlich legte er das Messer zur Seite. »Warum fragt eigentlich keiner, was Jennifer macht?«
Katharina wich Henrys Blick aus und wirkte ertappt.

»Ich beurteile Leute nicht danach, was sie von Beruf sind«, sagte sie und widmete sich dem Fleisch auf dem Herd.
»Ach so. Ich dachte schon, ihr hättet Angst zu hören, dass sie Krankenschwester ist.« Henry fuhr fort, die Zwiebel zu sezieren.
»Komm, lass mich das machen. Sonst wird das heute nichts mehr mit dem Gulasch.« Katharina nahm Henry das Zwiebelbrettchen weg. »Ich habe nichts gegen Krankenschwestern. Wie kommst du darauf?«
»Du findest aber auch nicht, dass es ein großartiger Beruf ist, oder?«
»Doch, es ist ein großartiger Beruf. Ich bewundere jeden, der es macht. Und wenn sie ein nettes Mädchen ist, ist es doch egal, was sie für einen Beruf hat. Warum musst du immer alles so kompliziert machen?«
»Ich möchte nicht, dass ihr ...« Er stockte.
»Dass wir was?«
»Dass ihr sie eure Geringschätzung spüren lasst.«
Katharina ging zu ihrem Sohn, nahm ihn in den Arm und gab ihm einen Kuss. »Sei nicht so dumm. Ich mag die Kleine. Und wenn du sie liebst, dann gehört sie ab sofort zur Familie. Ist das klar?«
Henry nickte, sie zerwuschelte ihm das Haar, küsste ihn noch einmal und wandte sich wieder dem Gulasch zu. »Hast du eine Ahnung, wann Adrian kommt?«
»Du weißt, dass ich nicht mit ihm telefoniere.«
Katharina gab die Zwiebeln zum Fleisch und verzog keine Miene.
»Er kommt ohnehin, wenn er kommt. Du kennst das doch.«
Katharina rührte in dem Gemenge aus Fleischstücken

und Zwiebeln. Sie gab einen Teelöffel Salz dazu.
»Und Leni?«
»Hat sie nicht angerufen?«
»Nein, sonst würde ich dich nicht fragen.«
»Ah ja ...« Henry ging zum Kühlschrank und nahm eine Packung Birnensaft heraus.
»Ihr habt offenbar telefoniert.«
Henry goss sich ein Glas ein, nippte, sah aus dem Fenster auf den Schliersee hinunter. Es hatte aufgehört zu schneien. »Ja. Sie hat heute Morgen angerufen.«
Katharina hielt inne, wartete auf weitere Ausführungen. Es kam nichts. »War irgendwas?«
»Na ja – sie hat gesagt, sie kommt nicht. Und da dachte ich, sie ruft dich an, um es dir selber zu sagen. Ich meine, vielleicht hat sie es sich inzwischen wieder anders überlegt.«
»Was heißt, sie kommt nicht?«
»Na, dass sie eben nicht kommt. Über Weihnachten.«
Katharina fand einen Moment lang keine Worte. Seit diese Familie existierte, hatten sie Weihnachten gemeinsam gefeiert. In manchen Jahren waren andere dazugekommen. Freundinnen, Freunde, Bekannte. Aber immer war die Familie vollzählig gewesen. Mit einer einzigen Ausnahme: Letztes Jahr war Henry in Südafrika gewesen. Er hatte dort ein halbes Jahr als Arzt gearbeitet.
»Hat sie ... ich meine – warum? Was ist denn los?«
»Sie hat gesagt, sie hat Angst.«
»Angst? Wovor?«
»Was weiß ich! Du kennst sie doch.«
»Nein, nein. Wenn sie Angst hat, dann immer vor etwas Bestimmtem. Vor Gewitter, vor dem Nach-

barshund, vor der Vereinsamung. Egal, was es ist, sie kann es benennen.«
»Sie wollte es nicht sagen. Sie hat nur ... eigentlich hat sie ziemlichen Unsinn geredet.«
»Was genau hat sie gesagt?«
»Dass über dem Haus ein Fluch liegt und dass sie nie wieder einen Fuß über die Schwelle setzen wird und ähnlichen Unfug.«
Katharina war verstört.
»Mama – du glaubst doch nicht, dass das irgendwas zu bedeuten hat. Die kann in fünf Minuten hier auftauchen, ist bester Laune und behauptet, es wär nie was gewesen.«
»Ja. Wahrscheinlich hast du recht.« Katharina goss Wasser ins Gulasch und starrte auf die brodelnde Masse. »Sie war doch früher nicht so. Oder war sie früher so, und ich hab's nicht gemerkt?«
»Nein. Sie war früher ganz normal. Erst seit sie in Erlangen ist ... aber das weißt du besser als ich.«
»Aber warum? Was ist passiert?«
Henry zuckte nur mit den Schultern.

Kapitel 7

Kilian Raubert war von seinem Schock genesen und saß in Mikes Büro. Ebenso Kreuthner, von dem ein paar Erklärungen erwartet wurden. Da Wallner noch nicht nach Italien aufbrechen konnte, gesellte er sich dazu. Sollte er Anstalten machen, die Sache an sich zu ziehen, würde Mike ihn unverzüglich vor die Tür setzen. Als zweite offizielle Beamtin war Janette zugegen.
»Du hast also eine Straßenkontrolle durchgeführt«, eröffnete Mike das Gespräch, nachdem Kreuthner Platz genommen hatte.
»Korrekt.« Kreuthner rutschte nervös auf seinem Bürostuhl herum.
»Warum?«
»Weil ... weil das Fahrzeug kam mir verdächtig vor.«
»Aus welchem Grund?«
»Überhöhte Geschwindigkeit.«
Raubert wurde von einem Fassungslosigkeit ausdrückenden Lachen überwältigt und schüttelte kichernd den Kopf.
»Er scheint das anders zu sehen«, sagte Mike zu Kreuthner.
»Der is g'fahren wie die Sau. Er da kann des bezeugen.« Kreuthner deutete mit dem Kopf auf Wallner.
»Ich tät sagen, ihr seid beide gefahren wie die Sau«, ergänzte Wallner Kreuthners Darstellung.
»Ging ja net anders. Ich hab ihn überholen müssen. Der hat doch auf nix reagiert.«

Raubert murmelte kopfschüttelnd Sätze wie »Ich pack's net« oder »Ja freilich!«.
»Is ja sonst net deine Art. Ich mein, dass du dich in deiner Freizeit um Verkehrssünder kümmerst.«
»Eben. Der war ja net amal im Dienst!«, räsonierte Raubert.
»Ich kann mich jederzeit in den Dienst versetzen. Aber davon hast ja du keine Ahnung. Also sei still.«
»Du willst mir hier allen Ernstes erzählen, dass du ihn angehalten hast, weil er zu schnell gefahren ist?«
»Zu schnell? Der is hundertfünfzig gefahren. Des war Straßenverkehrsgefährdung.« Kreuthner blickte in die Runde. Die Blicke seiner Kollegen signalisierten, dass er aufhören sollte, sie zu verarschen. Raubert gab weiterhin fassungsloses Gegrunze in einer Art von sich, dass man ihn langsam für debil halten musste.
»Vielleicht war's auch so a Eingebung. Gibt ja Leut, die sagen, ich hätt an sechsten Sinn für Leichen. Ja, ja ...« Kreuthner sah sinnierend zur Deckenlampe und klopfte sich auf die Brust. »Irgendwas da drin hat mir gesagt, dass was net stimmt.«
»Was sagen Sie dazu?« Mike hatte Kilian Raubert angesprochen.
Kreuthner sandte einen scharfen Blick in Rauberts Richtung. »Pass fei auf, was d' sagst. Du stehst hier unter Eid, gell!«
»An Schmarrn steht er«, sagte Mike. »Also – was war da los heut Nachmittag?«
»Um an Fuchzger is ganga. Ganz sicher war er sich, dass er mich mit seinem Passat steh lasst.«
»O mei, o mei – jetzt kommt er mit irgendwelche frei erfundene G'schichten! Komm Mike, des is doch Zeitverschwendung. Mir ham an Mord aufzuklären.«

»*Du* hast gar nix aufzuklären. Und wie ich ermittle, musst schon mir überlassen.«

»Ja bitte, ermittle! Ermittle, was du willst. Magst wissen, was ich heut zu Mittag gegessen hab? Meine Schuhgröße? Frag einfach.«

»Ich würd mir gern anhören, was der Herr Raubert zu sagen hat.«

Kreuthner machte eine wegwerfende Handbewegung und rollte mit verschränkten Armen auf seinem Bürostuhl in eine Ecke.

»Fünfzig Euro?«, wandte sich Mike wieder Raubert zu. »Für was?«

»Wer zuerst in Tegernsee is. Vom Parkplatz in Christlum bis zum Bräustüberl.«

Jetzt ließ Kreuthner fassungsloses Gekicher hören, als hätten sie vereinbart, die Rollen zu tauschen.

»Sie? Mit dem Transporter?«

»Das war doch der Witz. Unter uns g'sagt: Der Motor is aufbohrt – da fallt dir nix mehr ein!« Raubert neigte sich verschwörerisch zu Mike. »Des war die Chance, dass ich's ihm endlich mal heimzahl.«

»Aha. Ist da noch mehr im Spiel?«

»Ach geh! Jetzt kommt er wieder mit der Glasscheib'n!« Kreuthner machte den Eindruck, als wollte er gelangweilt den Raum verlassen.

»Also warst es doch du, oder? Gib's halt endlich zu!« Raubert wurde lauter, das Thema schien seine Erregung anzufachen.

»Ich geb gar nix zu. Und selbst wenn, ja? Selbst wenn! Dann wär des so was von kindisch, dass mir da gar net drüber reden brauchen.«

»Na gut«, sagte Mike, nachdem die Kontrahenten eine Weile geschwiegen hatten. »Die Glasscheibe scheint mir nicht das Entscheidende zu sein. Jedenfalls seid ihr Autorennen gefahren. Hab ich das richtig verstanden?«

»Jawohl. Wer zuerst am Bräustüberl is. Um an Fuchzger.«

Mike sah Kreuthner fragend an.

»Mei – ich geb zu, der Mann hat a beeindruckende Phantasie. Auf so an Schmarrn musst erst amal kommen. Was soll ich sagen – da steht Aussage gegen Aussage. Das könnts euch jetzt aussuchen, ob ihr am Polizeikollegen glauben wollts oder einem, wo a Leich im Auto spazieren fahrt. Liegt ganz bei euch.«

Der Blick in die Runde offenbarte Kreuthner, dass Kollegialität in Glaubwürdigkeitsfragen offenbar nicht das erhoffte Gewicht hatte.

»Lassen wir das mal im Raum stehen. Herr Raubert ...« Mike nahm sich einen Stuhl, stellte ihn unmittelbar vor Raubert und nahm rittlings darauf Platz, so dass er sich mit den Armen auf die Rückenlehne stützen konnte. »Wieso haben Sie sich geweigert, den Laderaum zu öffnen?«

»Das ist doch wohl klar. Erst mach ma a Wette, und dann winkt er mich raus und macht a Kontrolle. Und warum? Weil ihn sein Vorgesetzter gesehen hat, wie er mit hundertfuchzig unterwegs is. Ich hab's einfach sattgehabt, dass ich jedes Mal der Blöde bin. Verstehen S' des? Des is ja net das erste Mal. Seit mir uns kennen, lasst er mich immer wieder auflaufen. Und die G'schicht mit der Glasscheib'n – des war kein Spaß. Des war le-bens-gefährlich!«

Alle Blicke wanderten zu Kreuthner, der die Augen zur Decke verdrehte.

»Und diesmal, hab ich mir denkt, diesmal lass ich *dich* auflaufen!« Rauberts Augen funkelten bedenklich, sein Kinn zitterte.

»Langsam interessiert mich das ja doch mit dieser Glasscheibe«, sagte Mike. »Scheint ja ein traumatisches Erlebnis gewesen zu sein. Worum geht's denn da?«

Kapitel 8

Zum Verständnis von Kilian Rauberts Zorn muss man eines der dunkelsten Kapitel in Kreuthners an Unrühmlichkeiten nicht armen Lebensgeschichte aufschlagen: Ein halbes Jahr zuvor hatte Kilian Raubert eine Sigi Haltmaier geheiratet. Sigi mochte die Freunde ihres Bräutigams nicht, namentlich Kreuthner. Denn mit Kreuthner und dessen Freunden zechte Kilian die Nächte durch, kam stinkend nach Hause, redete wenig und undeutlich, bevor er ins Bett sackte und bis zum Nachmittag schlief. Kreuthner seinerseits mochte Sigi nicht, weil sie versuchte, Raubert die geselligen Abende mit seinen Freunden auszutreiben. Wäre Kreuthners Verhältnis zu Sigi von etwas mehr Wärme geprägt gewesen, hätte er sich womöglich nicht so ins Zeug gelegt, als es um den obligatorischen Schabernack in der Hochzeitsnacht ging. In Kreuthners Kreisen war es üblich, die Wohnung der Brautleute so zu präparieren, dass auf das Paar bei seiner nächtlichen Heimkehr lustige Überraschungen warteten. Zu den harmloseren Streichen gehörte das Hartkochen aller Eier im Kühlschrank, das Verrücken von Einrichtungsgegenständen oder das Verstecken von Weckern in der Wohnung, deren Alarm man vorher auf unterschiedliche Uhrzeiten gestellt hatte. Auch das vollständige Verfüllen des Schlafzimmers mit Luftballons war beliebt. Wer es eine Spur härter mochte, vernagelte den Zugang zum Schlafzimmer. Echte Profis mauerten es zu.

Mit solchen Kindereien wollte Kreuthner sich freilich nicht zufriedengeben, wenn es um Sigi ging. Zuerst gebar er die Idee, mit einem effektvolleren Material als Ziegeln zu arbeiten. Die Schlafzimmertür sollte mit einer großen, bruchsicheren und vor allem unsichtbaren Glasscheibe verschlossen werden. Als sich Kreuthner und seine Freunde ausmalten, wie das ahnungslose, trunkene Brautpaar nach der Hochzeitsfeier versuchte, das Schlafzimmer zu betreten, wollte das Feixen kein Ende nehmen. Was Kreuthner an der Vorstellung ein bisschen störte, war der gemächliche Gang, mit dem das müde Brautpaar sein Schlafgemach vermutlich betreten würde. Die Optimierung des Plans wurde durch einen Bericht des Sennleitner angeregt, der sich von seiner eigenen Hochzeit her noch erinnerte, wie verdammt eilig er es zu Hause hatte, auf die Toilette zu kommen. Und seine Braut auch. Wenn auch aus unterschiedlichen Gründen. Die Gründe waren letztlich unerheblich. Entscheidend war das Tempo, mit dem Raubert, Sigi oder beide Bekanntschaft mit der Glasscheibe machen würden. Und so verschlossen Kreuthner und seine Kumpane in einer generalstabsmäßig geplanten Aktion nicht die Schlafzimmer-, sondern die Badezimmertür der künftigen Ehewohnung mit einer Panzerglasscheibe. Kreuthner dachte in letzter Sekunde noch daran, das Licht im Bad brennen zu lassen und die Birne in der Dielenlampe herauszuschrauben, so dass keine verräterische Spiegelung den Spaß vereiteln konnte.
In früheren Zeiten wurde die Freude an derlei Streichen oft durch den Umstand getrübt, dass die Initiatoren nicht dabei sein konnten, wenn die Falle zu-

schnappte. Das Problem ließ sich heutzutage durch eine kleine Kamera lösen, die die Bilder auf einen Computer übertrug. Kurz nachdem das Brautpaar die Hochzeitsfeier verlassen hatte, versammelten sich also Kreuthner, Sennleitner und ein paar andere im Hinterzimmer der Wirtschaft um einen Laptop. Auf dem Bildschirm sah man alsbald den Bräutigam einen dunklen Flur entlangtorkeln. Ziel des Mannes war das hell erleuchtete Bad mit der Toilette am Ende des Ganges. Abrupt und wie durch Geisterhand wurde Kilian Raubert an der Badezimmertür gestoppt. Zuerst kam der Kopf zum Stehen, Sekundenbruchteile später klatschte der restliche Körper gegen die unsichtbare Wand und verursachte ein schreckliches Geräusch im Computerlautsprecher, das freilich im Gejohle und Schenkelklopfen der versammelten Spitzbuben unterging. Kilian Raubert war mit großer Wucht gegen die Scheibe geknallt. Er sackte lautlos zusammen, und innerhalb von Sekunden wuchs ihm ein gewaltiges Horn auf der Stirn. Sigi, die beim Wettrennen zur Toilette wegen ihrer hohen Absätze ins Hintertreffen geraten war, betrat jetzt den Flur, sah ihren Gatten vor dem Badezimmer liegen und stieß laute Verwünschungen aus, dass der sich auf der Hochzeitsfeier so hatte volllaufen lassen. Nachdem sie ihn an den Füßen aus dem Weg gezogen hatte, schürzte sie den Rock ihres Brautkleides und trippelte mit hastigen, kleinen Schritten Richtung Toilette – die sie natürlich nicht erreichte, denn auch Sigi donnerte mit einer Wucht gegen die Panzerglasscheibe, dass es aus dem Laptop klang, als habe jemand eine Glocke geläutet. Sigi sackte nicht sofort zusammen, sondern vollführte zum Gaudium der Zuschauer erst eine Pirouette, bevor sie mit dem Kopf gegen den Türstock des Badezimmers prallte und im Zubodensinken das Telefontischchen mit sich riss. Kreuthner liefen die Tränen aus den Augen, während er von einem Lachkrampf geschüttelt auf dem Boden saß und mit einem sägend-röhrenden Geräusch versuchte, Luft in seine Lungen zu saugen.

Als sich die Beteiligten nach einigen Minuten beruhigt hatten, fiel auf, dass die Brautleute immer noch auf dem Boden lagen. Aus dem Ohr der Braut lief Blut auf das Hochzeitskleid, und es wurde leise um den Laptop. Kreuthner fingerte sein Handy aus dem Sakko und tippte 1-1-2 ein.

Kurz darauf sah man zwei Sanitäter und einen Notarzt an den beiden Opfern arbeiten. Sigi kam auf Ansprache durch den Notarzt zwar zu Bewusstsein, sah aber, soweit man den Gesprächsfetzen entnehmen konnte, doppelt, worauf der Notarzt einen Schädelbasisbruch diagnostizierte. Den Grund für die Fraktur konnte ihm Sigi nicht mehr nennen. Sie wurde wieder ohnmächtig. Die jungvermählten, bewusstlosen Eheleute wurden vorsichtig auf Tragen verladen. Als man die beiden hinausgeschafft hatte und der Flur wieder leer war, hörte man die Worte: »Wartets unten auf mich. Ich muss noch kurz aufs Klo.« Dann erschien der Notarzt im Bild. Kurz darauf musste ein weiterer Notarztwagen angefordert werden. Zum Glück für alle Beteiligten hatte die letzte Kollision gut sichtbare Blutspuren an der Scheibe hinterlassen, weshalb sich die Zahl der Opfer letztlich in Grenzen hielt.

Während Kilian Raubert am nächsten Tag mit einer Beule entlassen werden konnte, verbrachte Sigi die Flitterwochen im Krankenhaus.

Kapitel 9

Kilian Raubert, der immer noch seine Skihose trug, sah in die Runde, in Erwartung angemessener Empörung und Bestürzung auf den Gesichtern seiner Zuhörer. »So. Und jetzt san Sie dran. Sie«, er deutete auf Mike, »an meiner Stelle – hätten Sie den Wagen aufgemacht?«

Kreuthner imitierte hinter Rauberts Rücken mit der Hand einen auf- und zugehenden Mund.

»Na ja – vielleicht nicht«, sagte Mike. »Aber es fragt sich, ob das der einzige Grund war. Wollen Sie übrigens einen Anwalt?«

»An Anwalt? Wieso das denn?«

»Sie sind im Augenblick unser einziger Verdächtiger. Was glauben denn Sie, was Sie sind, wenn Sie eine Leiche spazieren fahren?«

Raubert blickte panisch um sich. »Nein, jetzt hören S' amal auf. Des is a Irrtum. Ich hab die Frau da net reingetan.«

»Und auch net ... ermordet?«

»Natürlich nicht. Des is doch ...« Raubert fehlten die Worte.

»Wie kommt dann die Leiche in Ihren Wagen?«, sagte Janette.

»Das weiß ich nicht. Irgendwer hat sie da reingetan.«

»Sie haben keine Vermutung, wer das gewesen sein könnte?«

Raubert schüttelte den Kopf.

»Wer hat den Wagen zuletzt gefahren?«

»Ich. Gestern Nachmittag. Die Möbelgarnitur hätten wir nach Kiefersfelden fahren sollen. Aber die Inntalautobahn war wegen am Unfall dicht. Da haben wir gesagt, wir liefern's am Samstag.«
»Sie haben den Wagen auf dem Parkplatz Ihrer Spedition abgestellt?« Mike übernahm die Vernehmung wieder.
»Ja. So um siebzehn Uhr.«
»Ich nehme an, Sie haben den Laderaum abgeschlossen.«
»Das Schloss ist kaputt. Das kann man nicht mehr zusperren.«
»Das heißt, die Tür war die ganze Nacht offen?«
»Ja.«
»Ziemlich leichtsinnig, oder?«
»Ich bin noch nicht dazugekommen, das Schloss auszuwechseln. Außerdem bricht keiner in an Lieferwagen ein, der wo nachts auf am Parkplatz von einer Spedition steht.«
»Wieso nicht?«
»Weil da normalerweise nix drin is. Der Wagen kommt zurück auf den Parkplatz, wenn das Frachtgut ausgeliefert ist.«
»Na gut. Theoretisch konnte also in dem Zeitraum von gestern siebzehn Uhr bis heute Nachmittag sechzehn Uhr jeder den Wagen öffnen.«
Raubert nickte.
»Kennen Sie die Tote?«
»Sicher. Hanna Lohwerk. Die hat jeder in Hausham gekannt. Mit dem Gesicht ...«
»Haben Sie mit ihr zu tun gehabt?«
Raubert zögerte. »Was meinen Sie mit ›zu tun gehabt‹?«

»Waren Sie mit ihr befreundet? Hatten sie privaten Kontakt?«
»Nein ...«
»Sie zögern?«
»Nein. Überhaupts net. Ich hab die Frau nur vom Sehen gekannt.«
In diesem Augenblick klingelte ein Handy. Der Ton kam aus der Ecke, in der Wallner saß. Der griff mit einer entschuldigenden Geste in die Innentasche seiner Daunenjacke und zog sein Handy hervor. Er sah auf das Display und sagte: »Oliver!« Das Telefonat war kurz. Wallner blickte zu Raubert, während er in den Hörer lauschte. »Alles klar. Danke.« Dann legte er auf. »Er hat versucht, hier anzurufen. Aber ihr habt das Telefon offenbar umgestellt.«
»Weil es sonst alle zwei Minuten klingelt.«
»Ich weiß. Aber Oliver hat was gefunden, das ihr euch ansehen solltet. Eine Videoaufnahme. Er hat sie gemailt.«

Kapitel 10

Das Video zeigte einen nächtlichen Parkplatz mit Transportfahrzeugen und den Eingang zu einem kleinen einstöckigen Verwaltungsgebäude. Neben der Tür hing ein Firmenschild, dessen Aufschrift nicht zu erkennen war. Ein Fenster des Gebäudes war erleuchtet, die anderen beiden dunkel.
Anfangs war nicht viel zu erkennen. Irgendetwas spielte sich jenseits des von der Kamera überwachten Geländes ab, in der Dunkelheit des im Hintergrund liegenden Gewerbegebietes. Links oben am Bildrand bewegte sich etwas hinter dem Maschendrahtzaun, der das Speditionsareal umgab. Ein Wagen tauchte hinter dem Zaun auf und wurde am Straßenrand geparkt. Jemand stieg aus und ging zum Eingang des Geländes. Der Timecode zeigte einundzwanzig Uhr vierzehn an. Rechts neben dem geschlossenen Einfahrtstor war eine Tür im Zaun. Der Unbekannte öffnete sie. Man konnte das Gesicht zunächst nicht erkennen, denn dieser Teil des Geländes war in Dunkelheit getaucht. Auf dem Weg zum Verwaltungsgebäude löste die Person einen Bewegungsmelder aus. Eine Lampe über dem Hauseingang schaltete sich ein und warf Licht auf die Gestalt. Es war eine Frau. Sie trug schwarze Jeans und eine schwarze Lederjacke. Ihr Gesicht war zweigeteilt. Die linke Hälfte war makellos, die rechte war entstellt, wie man selbst auf einem Video minderer Qualität sehen konnte.
»Hanna Lohwerk.« Janette sah zu Raubert, der sich

den Schweiß von der Oberlippe wischte. Er schwieg und starrte ins Leere.
Lohwerk ging mit festen Schritten auf die Eingangstür zu und versuchte, sie aufzudrücken. Sie war offenbar verschlossen. Lohwerk klingelte, sprach etwas in die Gegensprechanlage, wartete. Nach zwanzig Sekunden wurde die Tür von jemandem geöffnet, der nicht vollständig ins Bild trat. Ein Vordach verdeckte sein Gesicht. Es folgte ein kurzer Wortwechsel, in dessen Verlauf Hanna Lohwerk aus ihrer Handtasche ein Blatt Papier zog und es dem anderen zeigte, der es kurz entgegennahm und Hanna Lohwerk gleich darauf zurückgab. Während des weiteren Gesprächs machte der Mann zwei Schritte nach vorn und enthüllte dabei der Kamera sein Gesicht. Es war Raubert. Schließlich wandte sich Hanna Lohwerk von Raubert ab und ließ im Weggehen mit großer Geste das Blatt Papier zu Boden fallen. Raubert hob es auf, betrachtete es ein paar Sekunden, schien beunruhigt. Nachdem er das Blatt sorgfältig zusammengefaltet und in seine Hose gesteckt hatte, sah er dem sich entfernenden Wagen von Hanna Lohwerk nach, öffnete das Einfahrtstor, bestieg einen Transporter und fuhr vom Gelände.
»Stopp!«, sagte Mike. »Ich will das Kennzeichen.«
Janette hielt das Bild an. Das Kennzeichen war gut beleuchtet, jedoch so unscharf, dass man es nicht entziffern konnte. Mike wandte sich an Raubert. »Ist das der Wagen von heute Nachmittag?«
Raubert hatte die Hände vor der Brust verschränkt und schwieg.
»Meinst du, Vera kriegt das so scharf, dass man's lesen kann?«

»Mit Sicherheit«, sagte Wallner. »Leider hat sie gerade Urlaub.«

Janette ließ das Video weiterlaufen. Das Bild veränderte sich nicht mehr. »Ich spul mal vor«, sagte Janette. Der Timecode setzte sich in Bewegung, Sekunden flogen, Minuten tropften, die Stundenanzeige sprang auf zweiundzwanzig. Das Bild blieb unverändert, bis auf zwei Stellen, an denen am oberen Bildrand ein Auto am Speditionsgelände vorbeifuhr. Um zweiundzwanzig Uhr sieben brach das Bild ab. Gegriesel füllte den Bildschirm.

»Wo ist der Rest der Nacht?«

»Jedenfalls nicht auf dieser Datei«, sagte Janette und klickte das Bild weg.

Mike rief Oliver an und bat um die fehlenden Videoaufzeichnungen. Fehlanzeige, sagte Oliver. Sie existierten nicht. Jemand habe um zweiundzwanzig Uhr sieben das Kabel der Überwachungskamera durchgeschnitten. Ab da sei Sendeschluss.

Die Anwesenden wandten sich Raubert zu. Dessen Gesicht verriet, dass er unangenehme Fragen auf sich zukommen sah.

Kapitel 11

Raubert schüttelte den Kopf. »Ich tät doch net das Kabel von der Kamera durchschneiden. Ich muss doch nur die Anlage ausschalten.«
»Da sprechen zwei Dinge dagegen: Erstens müssen Sie dazu zurück ins Gebäude, was die Kamera aufzeichnen würde. Zweitens wüsste man sofort, dass *Sie* die Überwachungskamera ausgeschaltet haben. Weil ja nur Sie an die Anlage drankommen. Das heißt: Wenn Sie einen Funken Hirn haben, werden Sie die Anlage nicht ausschalten, sondern das Kabel durchschneiden, damit man meint, dass es jemand anders war.«
Raubert konnte Mikes Argumenten nichts entgegensetzen. Also schwieg er.
»Was war das für ein Papier, das Ihnen Frau Lohwerk gezeigt hat?«
»Das geht niemand was an.«
»Das geht uns verdammt viel an. Es sieht nämlich so aus, als hätten Sie Frau Lohwerk umgebracht. Da geht uns alles was an.«
»Ich war's aber nicht!«
»Warum dann dieses Geheimnis um das Papier?«
Raubert schwieg.
Janette hatte die Vergrößerung eines Standbildes auf dem Bildschirm. Der Ausschnitt zeigte das Papier, das Lohwerk Raubert gegeben hatte. Es war sehr verschwommen. Was immer auf dem Blatt stand, es war nicht zu lesen. Wallner saß in seiner Ecke und ver-

folgte schweigsam das Gespräch und Janettes Bemühungen, dem Standbild mittels eines speziellen Programms Schärfe einzuhauchen. Sein Handy klingelte leise. »Vera? ... Ich ruf dich gleich zurück.« Wallner stand auf und verabschiedete sich. »Also Kinder – haut rein. Wenn ich am Dienstag wiederkomme, ist der Fall gelöst.«
»Wenn du noch ein paar Tage dranhängen willst – tu dir keinen Zwang an«, sagte Mike und lächelte Wallner listig zu.
»Mal sehen. Ach übrigens – ihr solltet euch das Video noch mal an der Stelle anschauen, an der die beiden miteinander reden. Oberer Bildrand.« Wallner verließ das Büro.

Vera war inzwischen in München bei der Mutter ihres Ex-Mannes Christian. Wallner ging auf den Gang vor dem Vernehmungszimmer und rief sie an.
»Entschuldige. Aber ich war gerade in der Vernehmung von Herrn Raubert.«
»Ist das dieser widerspenstige Zwerg von heute Nachmittag?«
»Ja, der mit der Leiche im Wagen.«
»Und? War er's?«
»Keine Ahnung. Aber er lügt wie gedruckt. Wie sieht's aus? Fahren wir noch zum Gardasee?« Durch die großen Fenster sah man die letzten Strahlen der Abendsonne auf dem Parkplatz. Zwischen den Autos lief ein Mann im T-Shirt. Wallner fröstelte bei dem Anblick, hoffte aber, morgen auf der Hotelterrasse im leichten Sommerhemd zu frühstücken.
»Willst du wirklich fahren?«
»Das haben wir doch besprochen.«

»Ich möchte aber nicht, dass du fährst, weil wir das besprochen haben.«

»Ich will fahren, weil ich mit dir an den Gardasee will, okay?«

»Ich weiß.«

»Aber?«

»Wenn wir jetzt fahren, wird dein Kopf in Miesbach bleiben. Und wenn du von Italien aus anrufst, hast du ein schlechtes Gewissen. Und wenn du es nicht tust, bist du unruhig, weil du es nicht unter Kontrolle hast.«

»Vera ...«

»Nein, hör zu: Ich versteh das. Klar wollten wir über Ostern wegfahren. Aber jetzt ist dieser Mord dazwischengekommen. Das ist nun mal der Job.«

»Unsinn. Mike macht das genauso gut wie ich.«

»Das glaubst du nicht wirklich.«

»Natürlich nicht. Aber es bringt nichts, wenn ich mich für unentbehrlich halte.«

»Du hältst dich aber für unentbehrlich.«

»Ich *bin* unentbehrlich. He – warum machst du dir solche Gedanken über meinen Seelenzustand?«

»Weil ich dich liebe. Und weil ich dich ganz für mich haben will, wenn wir Urlaub machen.«

Wallner überlegte und gestand sich ein, dass Vera recht hatte. Aber da war noch etwas anderes. »Wieso habe ich das Gefühl, dass du selber gar nicht fahren willst?«

»Will ich auch nicht. Weil ich denke, dass wir nicht viel davon haben werden.«

»Nein, nein. Da ist noch was anderes. Hat das was mit Christians Mutter zu tun?«

»Nur bedingt. Christian ...« Sie zögerte.

»Ja?«

»Christian geht's mal wieder ziemlich schlecht und seiner Mutter nicht viel besser. Psychisch jedenfalls. Wenn wir ohnehin nicht fahren, würde ich bis morgen in München bleiben und mich um Edith kümmern. Aber wir können auch fahren. Für mich kein Problem. Die Frau ist nicht mehr meine Schwiegermutter. Ich hab da keinerlei Verpflichtungen.«
»Es ist eh schon spät. Dann lass uns heute noch hierbleiben.«
»Ist das wirklich okay für dich?«
»Ja. Kein Problem.«
»Ich meine, dass ich mich um die Mutter von meinem Ex kümmere? Du musst wirklich sagen, wenn's dir auf die Nerven geht.«
»Mir macht das nichts aus. Ich hab mit der Frau ja nichts zu tun.«
»Du würdest es mir sagen, wenn's dich nervt, oder?«
»Ja. Und wir sollten jetzt besser auflegen, bevor unser Gespräch anfängt zu nerven.«
»Von mir aus können wir auch gerne an den Gardasee fahren. Ich muss mich nicht mit Edith treffen.«
»Scha-atz!!«
»Okay. Ich kümmer mich um Edith. Und du ermittelst.«
»O nein. Ich bin im Urlaub. Ich seh nur zu und lass Mike das machen.«
»Der arme Kerl. Die ganze Verantwortung, und dann noch dich im Genick.« Sie schickte einen Kuss durch die Leitung. »Wir sehen uns morgen bei dir.«

»Was heißt ›nur so dabei sein‹? Entweder du hast Urlaub, oder du schmeißt den Laden. Wenn du Urlaub hast, dann geh zum Skifahren oder deiner Verwandtschaft auf den Wecker. Ich sag dir am Dienstag, was los war.«

»Mensch Mike, stell dich nicht so an. Was ist denn schon dabei, wenn ich ein bisschen rumhänge und schau, was läuft? Du bist der Boss. Und wenn ich nerve, schmeiß mich raus. Aber schmeiß mich nicht raus, ohne zu wissen, ob ich nerve.«

»Du nervst allein schon deshalb, weil du ein Kontrollfreak bist. *Deswegen* willst du dabei sein. Weil du glaubst, dass es niemand so gut kann wie du. Und weil dich die Erkenntnis, dass der Laden vielleicht auch ohne dich läuft, ins Grab bringen würde.«

»Das sind aber harte Worte …«

»Was, wenn ich dich tatsächlich rausschmeiße? Das krieg ich nächste Woche doch zurück.«

»Kann ich nicht ausschließen. Bin auch nur ein Mensch.«

»Nein. Du bist ein kleinkarierter Beamtenarsch mit Egoproblemen so groß wie Kanada. Weil du mir aber aus unerfindlichen Gründen ans Herz gewachsen bist, darfst du bleiben.« Mike hob seine Arme zur Decke, als wolle er die Zehn Gebote in Empfang nehmen. »Meine Gutmütigkeit wird mich noch ins Verderben stürzen.«

»Ich wusste, dein Herz würde siegen«, sagte Wallner. »Was habt ihr rausbekommen? Während ich weg war?«

»Nicht viel«, sagte Janette. »Raubert sagt nichts mehr. Ich hab das Bild mit dem Blatt Papier bearbeitet, das Lohwerk Raubert gegeben hat. Hier …« Janette klickte ein Foto auf den Bildschirm. Das Bild war schärfer als ursprünglich. Lesen konnte man trotzdem nichts. »Bringt uns das weiter?«, fragte Wallner.

»Möglicherweise. Wir können immerhin das grobe Schriftbild erkennen.«

»Was kann man daraus ableiten? Ob's ein Brief war oder eine Liste?«

»Ich hab's mal ausgedruckt.« Sie nahm ein Blatt aus der Ablage und reichte es Wallner. Der betrachtete es an seinem ausgestreckten Arm, während Janette am Computer hantierte. »Und jetzt sieh dir das an.« Auf dem Bildschirm erschien eine Facebook-Seite. »Die Struktur ist die gleiche wie bei Facebook.«

»Die Frau hat Raubert den Ausdruck einer Facebook-Seite gezeigt?«

»Sieht so aus.«

»Das heißt, wenn wir den E-Mail-Verkehr des Opfers haben, kriegen wir vermutlich auch raus, was das für eine Seite war.«

»Da gibt es natürlich ein paar Fragezeichen. Wir haben Hanna Lohwerks Computer nicht. Natürlich können wir trotzdem ihre Facebook-Kontakte checken. Nur – wenn sie sehr viele Kontakte hatte, wird's schwierig. Das können leicht hundert Leute werden, die wir überprüfen müssen. Und wir wissen nicht einmal, nach welchen Kriterien. Andererseits – wenn sie einen Ausdruck gemacht hat, dann müsste man das im Drucker nachvollziehen können. Zumindest die Uhrzeit. Wenn die mit einem Facebook-Kontakt korrespondiert, dann haben wir die gesuchte Person.«

»Das Problem ist nur, dass wir keinen Drucker haben. Der ist genauso wie der Computer verschwunden«, sagte Mike.

»Tja – das könnte der Grund sein. Der Täter will nicht, dass wir den Facebook-Kontakt nachvollziehen können.« Janette betrachtete nachdenklich den Computerbildschirm. »Ihr habt sicher keinen Drucker gesehen?«

Mike und Wallner sahen sich an. Wallner zuckte mit den Schultern. »Mir ist keiner aufgefallen.«

Janette rief Tina an. Die Spurensicherung war jetzt in der Wohnung von Hanna Lohwerk. Weder der Computer war aufgetaucht noch der Drucker. Beides hatte aber offenbar bis vor kurzem auf einem Sideboard gestanden.

»Wir müssen bis morgen warten«, entschied Mike. »Dann kriegen wir die Verbindungsdaten von ihrem Provider. Wenn's nicht anders geht, müssen wir halt alle Facebook-Kontakte abklopfen.«

»Habt ihr euch das Video noch mal angesehen?« fragte Wallner.

»Haben wir.« Mike ging zum Computer und rief das Video auf.

»Und?«

»Sieht wirklich merkwürdig aus. Schauen wir's uns noch mal an.« Mike spulte bis zu der Stelle vor, an der Raubert aus der Haustür trat, um mit Hanna Lohwerk zu reden. Sie hatten beim ersten Sichten des Bandes auf die Personen geachtet und den Rest des Bildes kaum wahrgenommen. »Da kommt es.« Mike deutete mit dem Finger auf die rechte obere Ecke des Bildschirms. Hier schob sich aus der Dunkelheit etwas ins Bild. Es hatte eine unklare Kontur, diffuse Streifen, kam sehr langsam heran, verharrte einen Augenblick und zog sich wieder zurück.

»Was meinst du, was das ist?«, fragte Wallner.

»Ein Auto. Ich hab einen Frame bearbeitet.« Janette setzte sich neben Mike und holte einen vergrößerten Standbildausschnitt aus den Tiefen des Rechners.

Man konnte jetzt erkennen, dass die diffusen Streifen Spiegelungen auf dem Autolack waren.
»Die Frage ist: Warum fährt es so langsam? Das ist Echtzeit. Aber der Wagen bewegt sich in Zeitlupe.« Mike begleitete die Fahrt des Wagens mit dem Zeigefinger.
»Sieht so aus, als würde er vorsichtig um die Ecke lugen.«
»Und fährt zurück, weil er selbst nicht gesehen werden will.«
»Von Hanna Lohwerk?«
Mike deutete durch eine Geste an, dass er das zwar für möglich, wenn auch unwahrscheinlich hielt. »Vielleicht will er auch von Raubert nicht gesehen werden.«
»Oder so.«
»Weder noch. Der Grund, warum der Wagen zurückgefahren ist, war ein anderer.« Janette ließ den Wagen noch einmal ins Bild fahren und hielt es dann an.
»Wenn man genau aufpasst, dann kommt in diesem Moment die A-Säule des Wagens ins Bild. Das heißt, der Fahrer kann genau jetzt, wenn er sich vorbeugt, die Kamera sehen. Hanna Lohwerk steht hier, weiter links. Die war für den Fahrer schon ein paar Augenblicke früher zu erkennen. Wohingegen er Raubert vermutlich überhaupt noch nicht gesehen hat. Denn der ist noch vom Haus verdeckt.«
»Das heißt, der Fahrer des Wagens wollte nicht von der Videokamera erfasst werden.« Wallner spielte mit einem Kugelschreiber.
»Der oder die Unbekannte hat Hanna Lohwerk möglicherweise bis zur Spedition verfolgt. Und danach vielleicht auch.«

»Du meinst, bis er sie dann umgebracht hat?« Mike war skeptisch.
»Ja«, sagte Janette. »Ist das irgendwie unlogisch?«
»Nicht gerade unlogisch«, sagte Wallner. »Der Täter müsste allerdings ziemlich schlau sein. Er sieht Hanna Lohwerk bei Raubert, sieht, dass sie von der Videokamera gefilmt wird. Er verfolgt sie, bringt sie um, kehrt zurück zur Spedition, schaltet die Kamera aus und verstaut die Leiche in einem der Transporter auf dem Parkplatz.«
»Vielleicht hat der Wagen da oben in der Bildecke gar nichts mit dem Mord zu tun. Vielleicht war jemand auf der Suche nach einer Adresse. Vielleicht ist tatsächlich nur Raubert der Lohwerk nachgefahren, hat sie umgebracht und im Lastwagen verstaut. Und bevor er zurückgekommen ist, hat er die Videokamera abgeklemmt. Nicht besonders konsequent, nicht besonders schlau. Würde sich aber nicht unbedingt mit Rauberts geistigen Fähigkeiten beißen.«
Janette druckte ein weiteres Dokument aus. Es war eine Liste von Namen. »Das sind die Verwandten des Opfers, soweit wir sie bis jetzt ermitteln konnten.«
Mike betrachtete die Liste. »Die meisten leben in Kasachstan.«
»Ihre Eltern waren Russlanddeutsche.«
»Da kann man jetzt jedenfalls nicht anrufen. Da ist es mitten in der Nacht. Was ist mit dem Halbbruder in Göttingen?«
»Ist verreist. Ich hab ihm auf die Box gesprochen, dass er zurückrufen soll. Müssen wir ihre engeren Freunde verständigen?«
»Nein«, sagte Mike. »Aber wir sollten mit ihren Freunden reden.«

Janette druckte eine weitere Liste aus und reichte sie Mike. »Ich hab mir von Oliver alle Nummern geben lassen, die im Handy des Opfers waren. Also auch, mit wem sie in letzter Zeit telefoniert hat. Die Namen sind nach Häufigkeit geordnet. Kennt ihr da einen?«
Mike und Wallner warfen einen Blick auf die Liste. »Ach, schau an«, sagte Mike und tippte auf den Namen, der ganz oben stand.

Kapitel 12

Als sie in die kleine Straße einbogen, die den Berg hinaufführte, war es bereits dunkel. Nach einer Weile konnten sie die Lichter am Ufer des Schliersees von oben sehen. Die Straße wurde steiler, die Häuser am Straßenrand spärlicher. Wallner saß in seiner Daunenjacke auf dem Beifahrersitz und blickte in die Nacht hinaus, versuchte, sich in der Dunkelheit zu orientieren. An Weihnachten war er hier gewesen, aber nur kurz. Den Fall hatte Mike bearbeitet. Er kannte sich daher besser aus.
Nach einer Weile tauchte ein schmiedeeisernes Tor im Scheinwerferkegel auf. Die Lampen auf den Torpfosten warfen ein gelbliches Licht auf die Einfahrt. Im Nordschatten der Mauer, die das Grundstück umgab, lagen noch Schneereste. Sie klingelten, warteten, klingelten erneut. Keine Antwort. Sie hörten Geräusche, dann sahen sie, wie sich jemand durch die Dunkelheit bewegte. Sie riefen »Hallo«, doch niemand antwortete. Mike drückte auf die schmiedeeiserne Klinke des Einfahrtstores, es ließ sich öffnen. Sie ließen den Wagen draußen; sie hatten keine Berechtigung, das Grundstück zu betreten, geschweige denn zu befahren.
Die Villa, das Haupthaus, war dunkel. Gegenüber im ehemaligen Stall brannte schwaches Licht. Die Tür war angelehnt. Mike rief hinein, ob jemand da sei. Es blieb still, bis auf ein Geräusch, das aus einem angrenzenden Raum kam. Mike trat durch die Tür, Wallner folgte ihm. Der Geruch von Holz und alten,

modrigen Mauern schlug ihnen entgegen. Im Licht einer einzelnen Glühbirne standen alte Schränke und Anrichten, Kommoden und Stühle unterschiedlicher Stilrichtungen, teilweise mit Tüchern abgedeckt, teils ungeschützt. Viele Stücke waren restaurierungsbedürftig. Es roch nach Holzspänen. Wallner sah sich um. »Hier ist das Mädchen erschossen worden?«
Mike wies auf eine Stelle am Boden. Sie war immer noch etwas dunkler als die Umgebung. »Da hat sie gelegen. Bauchschuss mit Schrot. Kannst dir vorstellen, wie das ausschaut.«
Wallner verwandte nicht zu viel Phantasie darauf. Sie verstummten für einen Moment und nahmen hinter der Tür zum nächsten Raum erneut ein schabendes Geräusch wahr. »Da ist doch was«, sagte Wallner.
»Dem Klang nach tät ich auf Hausbock tippen.«
»Hausbock?«
»Die Larven machen so ein sägendes Geräusch, wenn s' dir deinen Dachstuhl wegfressen. Mir ham s' grad im Haus. Des is vielleicht a G'schiss.« Man hörte hinter der Tür einen metallischen Gegenstand zu Boden fallen.
»Die arbeiten mit Werkzeug?«
»Ist vielleicht doch wer anders. Lass uns nachschauen«, sagte Mike und ging zu der Tür. In diesem Moment zerriss ein Schuss die Stille, ließ das Fenster splittern und zerfetzte die Rückenlehne eines Bauernstuhls, der, einen halben Meter von Mike entfernt, auf einem Arbeitstisch stand. Ein zweiter Schuss traf die Glühbirne. Es wurde finster. Wallner und Mike warfen sich auf den Boden.
»Du hast nicht zufällig a Waffe dabei?«, fragte Mike leise.

»Ich bin im Urlaub, du Spaßvogel. Was ist mit dir?«
»Ich bin so gut wie im Feierabend. Ich hätt nicht gedacht, dass ich noch eine brauch.«
Der dritte Schuss machte einer Empire-Teekanne den Garaus. Der Henkel landete auf dem Holzboden vor Wallners Gesicht. Er betrachtete das Stück in der Dunkelheit. »Der Bursche hat auch vor gar nichts Respekt. Ist das unser Zeuge?«
»Unwahrscheinlich. Unser Zeuge restauriert alte Möbel. Da macht man so was doch net, oder?«
Ein kalter Luftzug kam von der Tür zum Hof. Sie stand einen Spaltbreit offen. Der Lauf einer Jagdbüchse schob sich durch den Spalt.
»Polizei! Lassen Sie die Waffe fallen«, rief Mike dem Gewehr zu. Der folgende Schuss riss nur wenige Zentimeter von Wallner entfernt ein Loch in die Holzdielen. Wallner und Mike flüchteten auf den Knien hinter einen Bauernschrank, der ausweislich seiner Bemalung aus dem Jahr 1834 stammte, aber keine Rückwand mehr besaß. Der nächste Schuss stanzte ein Loch in die Schranktür, bevor er hinter Wallner und Mike im Wandverputz stecken blieb. Anschließend hörte man ein ratschendes Geräusch. Wallner fingerte sein Handy aus der Jacke. »Was wird das denn?«, flüsterte Mike.
»Ich dachte, wir könnten ein bisschen Hilfe gebrauchen.«
»Bis die da ist, samma tot. Vor allem, wenn der Kerl das Display aufleuchten sieht.«
»Du hast auch an allem was zu meckern.« Wallner steckte das Handy wieder in die Jacke zurück. Sie hörten Schritte auf dem Holzboden. Wallner spähte durch das Loch in der Schranktür und sah im fahlen

Gegenlicht die Silhouette eines großen Mannes mit Pudelmütze und Gewehr im Anschlag. »Und jetzt?«, fragte Wallner.

»Hast des Geräusch nach dem Schuss gehört?«

»Er hat nachgeladen?«

»Exakt. Des is a Repetierer«, sagte Mike. »Wir müssen ihn nach dem nächsten Schuss erwischen, bevor er nachladen kann.«

»Guter Plan. Du bist im Dienst. Du gehst zuerst raus.« Durch das Loch sah Wallner, wie der Unbekannte den Gewehrlauf anhob und auf den Schrank zielte. Wallner warf sich auf Mike, als der Schuss ein zweites Loch in die Schranktür riss. Den Bruchteil einer Sekunde später sprangen beide Männer auf und stürzten in Richtung des Schützen. Noch bevor sie ihn erreichten, krachte ein weiterer Schuss durch die Nacht. Der Unbekannte hatte eine Pistole in der Hand, das Gewehr lag auf einer Jugendstilkommode neben ihm. Mike und Wallner blieben wie angewurzelt stehen.

»Haben Sie gedacht, ich muss nachladen?« Der Mann zielte auf die Kommissare. »Ich werde jetzt von meinem Hausrecht Gebrauch machen und Sie erschießen.«

»Ich bin Kommissar Hanke von der Kripo Miesbach. Sie kennen mich. Ich war Weihnachten da und hab Sie auch später noch mal vernommen.«

»Kann mich leider überhaupt nicht erinnern. Wenn Sie jetzt bitte die Hände hinter den Kopf nehmen.« Mike und Wallner taten, wie ihnen geheißen.

»Ich bin Kommissar Wallner. Ein Kollege von Herrn Hanke. Vielleicht könnten wir unsere Unterhaltung irgendwo fortsetzen, wo es mehr Licht und weniger Schusswaffen gibt.«

»Sie behaupten also, Sie sind Polizisten. Aber Poli-

zisten dringen nicht einfach in ander' Leuts Häuser ein. Es sei denn, sie haben einen Durchsuchungsbeschluss. Haben Sie so was?«
»Nein. Wir haben geklingelt. Es hat aber keiner geöffnet.«
»Das gilt gemeinhin als Zeichen, dass man Sie nicht empfangen möchte.«
»Wer ist der Kerl? Hält der sich für einen James-Bond-Bösewicht, oder was zieht er da für eine Schmierenkomödie ab?«
»Das ist Dieter Millruth«, sagte Mike. »Der Vater der jungen Frau, die an Weihnachten hier ...«
»Ach – Schmierenkomödie!« Dieter Millruth schien ein wenig schneller zu atmen. »Ich weiß nicht, ob Sie je Theater gespielt haben. Aber das wird jedenfalls Ihre letzte Vorstellung werden. Tut mir leid, wenn sie nicht Ihren künstlerischen Ansprüchen genügt. Hinknien!«
»Wieso läuft der Kerl eigentlich noch frei rum?« Wallner suchte Mikes Blick. Doch Mike kniete bereits.
»War nicht zu erkennen, dass er einen an der Waffel hat. Komm runter, ich glaub, der meint's ernst.«
Auch Wallner kniete sich auf den Boden.
»Meine Herren«, sagte Dieter Millruth, »nehmen Sie Abschied von dieser Welt. Ich muss Sie jetzt in Notwehr erschießen. Tut mir leid. Aber ich kann kein Risiko eingehen, denn ich bin nur ein schwacher alter Mann.«
Er richtete die Waffe auf Wallner. Der stand unvermittelt auf und ging auf Dieter Millruth zu.
»Spinnst du?! Der knallt dich ab!«, rief Mike.
»Glaub ich nicht«, sagte Wallner und ging weiter.
»Komisch. Das häuft sich heute.«

Kapitel 13

Von der Tür zum angrenzenden Raum fiel Licht herein. Dort stand Wolfgang Millruth im Blaumann mit einem Kopfhörer um den Hals, dessen Kabel in der Brusttasche seiner Latzhose endete. Er versuchte vergeblich, die Lampe einzuschalten.
»Lass es. Die Birne ist kaputt«, sagte sein Bruder.
Wolfgang Millruth starrte in die Dunkelheit und trat aus dem Licht. Der Raum hinter ihm war eine Werkstatt, wie man jetzt erkennen konnte. Mike erhob sich von den Knien, während Wallner Dieter Millruth die Pistole aus der Hand nahm.
»Was ist denn hier los?«
»Zwei Burschen, die unberechtigt in unser Besitztum eingedrungen sind.« Dieter Millruth war jetzt unbewaffnet. Wallner entfernte das Magazin aus der Pistole.
»Die sind von der Polizei«, sagte Wolfgang Millruth. Seine Stimmlage verriet, dass er etwas konsterniert war.
»Umso schlimmer.«
Wolfgang Millruth sah sich um und versuchte, das Szenario zu erfassen. »Du hast die beiden doch nicht mit der Pistole bedroht?«
»Doch. Das war mein gutes Recht. Ich war gerade dabei, sie abzuknallen. Aber dann bist du leider dazwischengekommen.«
»Sie dürfen ihn nicht ernst nehmen«, wandte sich Wolfgang Millruth an die Kommissare. »Er ist – wie

soll ich es nennen – ein bisschen kauzig. Darf ich kauzig sagen?«
»Ja, durchaus, nenn mich kauzig. Ich habe nichts gegen diese Bezeichnung.«
»Kauzig!«, sagte Wallner. »Nun, wenn Sie mit kauzig meinen, dass man Leute über den Haufen schießt, dann ist Ihr Bruder wohl ein schlimmer Kauz.«
»Er hat nicht wirklich auf Sie geschossen. Er tut nur so martialisch.«
»Ich glaube nicht, dass Sie das beurteilen können. Sie waren nämlich nicht dabei. Wir hatten hinter diesem Schrank Deckung gesucht. Wenn Sie mal schauen möchten.« Wallner trat zur Seite, so dass das Licht aus der Werkstatt auf den Bauernschrank fiel. Die beiden Einschusslöcher waren deutlich zu sehen.
»O nein!«, rief Wolfgang Millruth aus. »Bist du vollkommen irre geworden? Du kannst doch nicht auf den Schrank schießen!«
»Er hat verdammt noch mal auf *uns* geschossen!« Mike wurde langsam ungehalten.
»Ich habe so hoch gezielt, dass ich Sie nicht treffen konnte. Mir war klar, dass Sie feige am Boden kauern würden.«
»Ich hau ihm grad mal eine aufs Maul«, sagte Mike und schickte sich an, sein Vorhaben in die Tat umzusetzen. Wallner hielt ihn zurück.
»Hast du noch einen Augenblick Zeit? Ich würde von Herrn Millruth gerne hören, was der Scheiß sollte, solange er noch Zähne hat.«
»In seinem nächsten Film spielt er einen schießwütigen Gangsterboss«, sagte Wolfgang Millruth. »Ich denke, er hat sich ein wenig eingestimmt.«
Wallner und Mike waren sichtlich irritiert.

»Unsinn. Ich habe mein Eigentum verteidigt. Und vielleicht erzählen Sie uns jetzt mal, was Sie hier wollen. Es geht ja wohl nicht wieder um die Geschichte an Weihnachten?«
»Nein. Das ist ja nun erledigt. Ist übrigens interessant, wie locker hier immer noch mit Schusswaffen umgegangen wird«, sagte Mike. Dieter Millruth sagte nichts darauf. Es war in dem Licht nicht auszumachen, ob ihn Mikes letzter Satz in irgendeiner Weise berührt hatte. »Wir wollten Herrn Wolfgang Millruth sprechen. Es geht um Hanna Lohwerk.«
»Haben Sie die alte Hexe verhaftet?«, fragte Dieter Millruth.
»Sie wurde ermordet.«
»Oh – sehr gut!«
Wallner und Mike wunderten sich in Anbetracht der vorangegangenen Ereignisse nicht allzu sehr über Dieter Millruths Reaktion. Wolfgang Millruth hingegen sah seinen Bruder missbilligend an.
»Ja, ich weiß. Du siehst das anders. Aber zum Teufel, sie war eine Hexe. Mit oder ohne ihr Gesicht.« Dieter Millruths Aussage blieb unkommentiert. »Gut, dann lass ich Sie mal alleine. Kann ich meine Pistole wiederhaben?«
»Sonst noch was?«, sagte Mike und steckte die Waffe ein. Beim Hinausgehen murmelte Dieter Millruth etwas, das wie »kleinkarierter Spießer« klang. Mike rief ihm nach, er werde noch von der Polizei hören.

Wolfgang Millruth hatte während der Schießerei ein Brett für die Rückwand des Bauernschranks zurechtgehobelt. Sie wurde, wie bei vielen antiken Schränken, nicht geleimt, sondern gesteckt. Bei der Arbeit

hatte Wolfgang Millruth Musik auf seinem MP3-Player gehört und infolgedessen die Schüsse nicht sofort wahrgenommen.
»Wer sollte die Frau umbringen wollen?«, fragte er.
»Wir dachten, Sie könnten uns dabei weiterhelfen. Sie haben oft mit ihr telefoniert. Was für eine Beziehung hatten Sie zu ihr?« Mike ließ ein Diktiergerät mitlaufen.
»Wir waren befreundet. Mehr nicht. Ich glaube, sie hatte nicht viele Freunde.«
»Wegen ihres Äußeren?«
»Teils. Teils auch, weil sie nicht ganz einfach war. Das hing wohl ebenfalls mit ihrem entstellten Gesicht zusammen.«
»Inwiefern?«
»Seit ihrem Unfall hat sie sich ausgemalt, wie ihr Leben verlaufen wäre, wenn das nicht passiert wäre. Sie hatte all die Jahre einen unglaublichen Zorn in sich.«
»Auf wen?«
»Na ja – auf das Schicksal, wenn man so will. Und natürlich auf unsere Familie.«
»Die Familie Millruth?«
»Ja.« Wolfgang Millruth zögerte. »Ach, das wissen Sie gar nicht?«
»Ich fürchte nein.«
»Es war vor zwölf Jahren. Hanna wollte meine Schwägerin besuchen. Sie spielten im gleichen Film und wollten das Drehbuch zusammen durchgehen. Kurz vor dem Haus lief meine Nichte auf die Straße, Hanna musste ausweichen und stürzte den Berg runter. Der Wagen hat Feuer gefangen, Hanna war darin eingeklemmt. Ihr Gesicht haben Sie ja gesehen.«

»Ihre Nichte, das war die junge Frau, die Weihnachten ...«

»Ja. Sie war damals acht Jahre alt.« Wolfgang Millruth zündete sich eine selbstgedrehte Zigarette an. Wallner sah sich in der Werkstatt um. An den Wänden standen Bretter aus altem Holz, zum Teil wurmstichig. Es wurde allem Anschein nach zum Restaurieren antiker Möbel verwendet. »Sie hat Ihre Familie für ihr Unglück verantwortlich gemacht?«

»So in etwa. Meine Schwägerin hat ihr seitdem eine kleine Rente bezahlt, obwohl niemanden eine Schuld traf. Jedenfalls juristisch. Dass Katharina ihr Geld gab, hat Hanna eher in ihrer Überzeugung bestärkt, dass es Schuldige gibt.«

»Ihre Nichte hat sie nicht verantwortlich gemacht?«

»Ein achtjähriges Kind? Nein. So verbohrt war sie auch wieder nicht. Ich glaube, es hing eher mit Katharinas Erfolg als Schauspielerin zusammen. Da war viel Neid und Verbitterung im Spiel. Wenn Sie zusehen müssen, wie die Frau Karriere macht, deren Kind Ihre eigene Karriere zerstört hat ... Ich denke, so hat sie es gesehen.«

»Warum waren dann *Sie* mit ihr befreundet?«

»Ich glaube, ich war für sie nie Teil der Familie. Ich stand außerhalb. Vielleicht kam es ihr auch gelegen, jemanden zu haben, den sie nach Familieninterna fragen konnte. Sie hat den Werdegang unserer Familie seit diesem Unfall damals immer mit großer Aufmerksamkeit verfolgt.«

»Haben Sie ihr etwas verraten?«

»Ja. Wenn es harmlos war. Warum nicht? Es gibt hier keine Skandale zu berichten. Wir sind eine saubere Familie. Nett und langweilig.«

»Von letztem Weihnachten mal abgesehen«, sagte Mike. Wolfgang Millruth erwiderte nichts.

»Was ist Ihre Position in der Familie?« Wallner fielen Wolfgang Millruths Arbeiterhände auf.

»Ich lebe von meines Bruders Gnaden und vom Geld meiner Schwägerin. Nicht übermäßig angenehm. Aber ... es gibt Schlimmeres.«

»Woher kommt diese Abhängigkeit?«

»In dem Alter, in dem andere Karriere machen, hatte ich nur den Weltfrieden, Sex und Drogen im Kopf. Und mit Geld konnte ich noch nie umgehen.«

»Sie restaurieren Möbel. Bringt das nichts ein?«

»Wenig. Die meisten Möbel gehören Katharina. Die mache ich natürlich umsonst. Und der Rest – ich arbeite so gründlich, dass ich auf einen Stundenlohn von zwei Euro komme. Das hat Katharina mal ausgerechnet.«

»Gab es jemanden, der einen Grund gehabt haben könnte, Hanna Lohwerk umzubringen?«

»Ach Gott – schwierige Frage. Hier in der Familie war sie jedenfalls nicht sehr beliebt. Sie kam immer an den Feiertagen vorbei. Weihnachten, Ostern, Pfingsten. Und ging allen auf den Wecker. Sie setzte sich einfach dazu und machte Smalltalk. Eigentlich nicht unangenehm. Sehr freundlich. Sie lobte das Haus und die Kinder. Aber jedem war klar, weshalb sie kam.«

»Nämlich?«

»Um in Erinnerung zu halten, dass es sie gab. Und dass wir an ihrem Unglück schuld waren. Aber um auf Ihre Frage zurückzukommen: Jeder war genervt von ihr. Trotzdem bringt man deswegen ja niemanden um.«

»Wenn Sie sagen, sie war schwierig, dann gab es doch bestimmt noch andere, mit denen sie über Kreuz war?«

»Konkret wüsste ich niemanden.«

»Und abstrakt?«

Wolfgang Millruth zögerte und strich mit der Hand über das gehobelte Brett für den Bauernschrank, nahm einen Zug aus der Zigarette. »Sie hat in letzter Zeit Andeutungen gemacht. So in der Richtung, dass es an der Zeit sei, sich was vom großen Kuchen abzuschneiden, wenn Sie verstehen, was ich meine.«

»Offen gesagt – ich versteh's nicht.«

»Sie hatte Bilder von diesem afghanischen Mädchen gesehen, dem der Ehemann die Nase abgeschnitten hatte. Irgendein plastischer Chirurg in Amerika hat ihr eine neue gemacht. Und das sah gar nicht so schlecht aus. Jedenfalls wollte Hanna zu diesem Arzt, um sich operieren zu lassen. Aber dafür brauchte sie Geld. Viel Geld. Das wollte sie sich besorgen.«

»Und wie?«

»Wenn ich es richtig verstanden habe, dann wusste sie einige unschöne Dinge über ein paar Leute. Und dieses Wissen wollte sie wohl zu Geld machen.«

»Erpressung?«

»Ich denke, Sie würden das so nennen.«

»Wen konkret sie erpressen wollte, wissen Sie nicht?«

»Wir waren zwar relativ vertraut. Aber das hat sie für sich behalten. Ich habe sie einmal gesehen, wie sie in Hausham am Straßenrand mit einem Mann geredet hat. Keine angenehme Unterhaltung. Das konnte man sehen.«

»Können Sie den Mann beschreiben?«

»Stämmig, kompakt. Ziemlich klein. Dunkelblonde,

fettige Haare. So um die vierzig. Das Gesicht war vielleicht mal ganz ansehnlich.«

Mike sah Wallner an. »Kommt dir der bekannt vor?«

»Vage«, sagte Wallner. »Sagt Ihnen der Name Raubert etwas? Kilian Raubert?«

»Ein Spediteur?«

»Richtig.«

»Ja, der hat gelegentlich größere Möbelstücke für mich transportiert. Stimmt. Jetzt wo Sie's sagen. Der ist ein oder zwei Mal selbst gekommen.« Wolfgang Millruth nickte. »Ja. Das war der Mann. Als ich ihn mit Hanna auf der Straße gesehen habe, kam er mir schon irgendwie bekannt vor. Aber ich wusste nicht, wo ich ihn hintun soll. Raubert!«

»Haben Sie eine Ahnung, was Hanna Lohwerk über Raubert wusste?«

»Nein. Da kann ich Ihnen nicht weiterhelfen. Irgendein schmutziges kleines Geheimnis, denke ich mal.«

Kapitel 14

Mike entschied, Raubert eine Nacht im Gefängnis schmoren zu lassen. Er hatte ein Geheimnis, das er nicht preisgeben wollte. Entweder beim Finanzamt, der Polizei oder der Ehefrau. Damit waren wohl achtundneunzig Prozent der Möglichkeiten abgedeckt. War das Geheimnis so schmutzig, dass er einen Mord begehen würde, um es zu wahren? Wie auch immer – Raubert war kein besonnener Killer. Die Chancen standen gut, dass er am nächsten Morgen mit den Nerven am Ende sein würde.
Mike war entschlossen, Dieter Millruth anzuzeigen. Wegen Mordversuchs. Aber das stand juristisch auf dünnen Beinen. Zumal sie sich rechtswidrig auf dem Grundstück aufgehalten hatten. Wallner riet Mike, die Sache zu vergessen. Dann trennten sich ihre Wege.
Gegen zweiundzwanzig Uhr kam Wallner nach Hause. Die Heizung lief, obwohl Wallner sie ausgeschaltet hatte, bevor er in den Urlaub aufgebrochen war. Es war niemand im Haus. Irgendetwas stimmte nicht. Wallner nahm das Telefon und rief bei Manfreds Bruder Alfred an. Das hatte er schon den ganzen Abend tun wollen, es aber immer wieder vergessen. Manfred war jetzt neunundsiebzig und körperlich noch robust. Er zitterte ein wenig. Das war alles. Die paar Tage, die Wallner mit Vera am Gardasee verbringen wollte, wäre Manfred wohl allein zurechtgekommen. Aber Wallner mochte den Gedanken nicht, dass sein Großvater die Feiertage über allein

war. Deshalb hatte er einen Besuch bei Manfreds Bruder Alfred organisiert. Alfred wohnte bei seiner Tochter, Wallners Tante Angelika, in Villingen. Er war zweiundachtzig, litt an Inkontinenz und weigerte sich aus diesem Grund kategorisch, aus dem Haus zu gehen. Manfred sprach von seinem großen Bruder meist als »der alte Depp«.
Wallners Tante Angelika und ihr Mann waren Realschullehrer und konnten Manfred deswegen nur in den Schulferien aufnehmen. Manfreds Besuch war ein Ganztagsjob. Man konnte die beiden Alten nicht sich selbst überlassen, irgendwann fingen sie unweigerlich an zu streiten. Manfred war körperlich stärker, Alfred hinterlistiger, und jeder der beiden durchaus in der Lage, den anderen zu verletzen. An Silvester hatte Manfred seinem Bruder im Streit um eine Wunderkerze einen Finger ausgerenkt und sich selbst eine Platzwunde auf der Stirn zugezogen, weil Alfred ihm tags darauf den Krückstock zwischen die Beine geschoben hatte, als Manfred auf dem Weg zum Kühlschrank war. Angelika hatte für die Osterwochen eingewilligt, weil ihre erwachsenen Kinder zu Besuch kommen und einen mäßigenden Einfluss auf die rabiaten Senioren ausüben sollten. So jedenfalls war der Plan.
Zu Wallners Erstaunen war Manfred nie in Villingen eingetroffen. Er hatte mittags angerufen und mitgeteilt, er müsse aus gesundheitlichen Gründen – die er nicht näher ausführte – von dem Besuch Abstand nehmen. Wallner sah in Manfreds Zimmer nach. Das Bett war unberührt.
Als Wallner das Zimmer verlassen wollte, hörte er Motorengeräusch vor dem Haus. Vom Fenster aus be-

obachtete er einen Kleinwagen, aus dem sein Großvater stieg. Kurze Verabschiedung vom Fahrer des Wagens, dann ging Manfred ins Haus.
Manfred wunderte sich ein wenig darüber, dass Licht im Haus brannte, vermutete jedoch, dass er es selbst hatte brennen lassen. Das kam vor in seinem Alter. Beschwingten Schrittes ging er in die Küche und sang dabei den Heinz-Rühmann-Schlager »Ich breche die Herzen der stolzesten Frauen«. Im Kühlschrank verschmähte er sein geliebtes Weißbier und kramte stattdessen von weit hinten eine Flasche Piccolo hervor, die er in ein Sektglas füllte.
»Was gibt's denn zu feiern?«, sagte Wallner, der in der Küchentür stand.
Manfred quiekte vor Schreck, verschüttete seinen Sekt und drehte sich, die freie Hand auf seinem Herzen, zu Wallner um. »Herrschaftszeiten! Willst mich ins Grab bringen? Was machst denn du da?«
»Komisch. Die Frage lag mir auch auf der Zunge. Das letzte Mal habe ich dich heute in einem Zug nach Villingen gesehen.«
»Villingen?«
»Das liegt Richtung Schwarzwald. Dein Bruder lebt da.«
»Ja, ja. Das weiß ich doch.«
»Warum bist du dann hier?«
»Ich bin … in München ausgestiegen und bin wieder zurückgefahren.«
Dazu kam von Wallner kein Kommentar. Nur ein Ausdruck milden Erstaunens auf seinem Gesicht.
»Na ja – die G'schicht is die: Ich bin aus einem bestimmten Grund net nach Villingen gefahren.«
»Klingt spannend.«

Manfred wog seine Worte sehr genau ab, bevor er sie aussprach. »Ich hab Angst.«
»Angst?«
Manfred nickte schwer, und seine Augen wurden groß und dunkel, dass man hätte meinen können, der Leibhaftige stünde vor ihm.
»Angst vor der Zugfahrt?«
»Nein«, hauchte Manfred. »Angst vor meinem Bruder.«
»Jetzt komm …«
»Du redst dich leicht. Letztes Mal hab ich mir's Hirn aufgeschlagen, weil mir der Dreckhammel, der mistige, seinen Hackelstecken zwischen die Füß geschoben hat.«
»Du hattest eine kleine Platzwunde am Kopf.«
»Das nennt man Hirn aufgeschlagen in Bayern. Ich hätt genauso gut tot sein können. Der Kerl is unberechenbar und hinterfotzig. Ich bin dem doch schutzlos ausgeliefert.«
»Ein bisschen hast du ja auch dazu beigetragen damals.«
»Ich? Wieso? Was hätt ich denn g'macht?«
»Hast du ihm nicht vorher einen Finger ausgerenkt?«
»Des war doch a Spaß.«
»Unglaublich lustig.«
»Net, dass der Finger rauskemma is. Wir ham a bissl – wie sagt man: gerangelt. Zur Gaudi halt.«
»Ihr habt euch um eine Wunderkerze gestritten. Zwei achtzigjährige Männer!«
»Er hat net loslassen wollen. Was hätt ich denn machen sollen?«
»Vielleicht – loslassen?«
»Des hätt eahm passt!«

Es war offensichtlich, dass dieses Gespräch zu nichts führen würde. Wallner schlug eine andere Richtung ein. »Na gut. Du bist also in München ausgestiegen und wieder zurückgefahren. Und dann?«
»Ich bin a bissl in der Stadt rumgelaufen.«
»Bist du da bei der Tafel vorbeigekommen?«
»Tafel? Tafel?«
»Wo sie Essen für arme Leute ausgeben.«
»Ach *die* Tafel! Wie kommst jetzt da drauf?«
Wallner ging zum Kühlschrank und holte sich ein Weißbier heraus. »Magst auch ein Weißbier?«
»Ach sei so gut.«
Wallner öffnete zwei Flaschen Weißbier und füllte sie in Gläser. »Miesbach ist eine Kleinstadt. Da bleibt keiner unbeobachtet.«
»Scheint so.«
»Also, du warst bei der Tafel, oder wie?«
»Ja. Und?«
»Ich hab mich nur gefragt, was du da machst?«
»Ich hab halt mal geschaut, ob ich mich irgendwie nützlich machen kann.«
»Sehr löblich. Du hast nie erzählt, dass du dich sozial engagierst.«
»Mei – es ist ja nur ein kleiner Beitrag, den wo ich leisten kann. Um den Ärmsten das Leben ein bissl zu erleichtern. Grad jetzt, wo die Feiertage kommen. Aber ich möcht mich net damit brüsten. Tue Gutes und red net drüber. Das ist mein Motto.«
»Gutes Motto. Wirklich.« Wallner nahm einen herzhaften Schluck von seinem Weißbier. »Was mich nur ein bisschen irritiert ... wie soll ich's ausdrücken?«
Manfred sah Wallner aufmunternd an, als wollte er sagen: Nur frisch geredet, mir kannst du alles sagen.

»Jemand meinte, du hättest da selber Lebensmittel abgeholt.«

»Echt?« Manfred schien leicht verunsichert, starrte sein Weißbierglas an. »Unglaublich, was die Leut für einen Schmarrn reden. Oder?«

»Vielleicht hat es der Betreffende auch nicht richtig gesehen. Aber wie kommt so ein Eindruck zustande?«

»Vielleicht ... Ach, ich weiß! Die ham mir an Apfel mitgeben. Ham sich bedankt, dass ich helfen hab wollen. Und dann ham sie gesagt, dann nimmst wenigstens an Apfel mit. Dass du net ganz umsonst da warst. Und das hat derjenige wohl gesehen. Wer war denn das überhaupts?«

»Die Sennleitnerin. Die sagte auch, sie hätten dir die Sachen in eine ...«, Wallner zögerte, sein Blick fing sich an einem Gegenstand auf der Anrichte, »... eine rote Tüte getan.« Dort auf der Anrichte stand eine rote Plastiktüte. Sie enthielt, wie Wallner jetzt feststellte, mehrere Äpfel, einen Viertellaib Brot, eine Packung Butter, Käse, Wurst und eine kleine Packung Kaffee. Wallner leerte die Tüte auf dem Küchentisch aus und sah Manfred an.

»Die drängen dir des Zeug praktisch auf.«

»Jetzt mal ernsthaft – was soll das? Unser Kühlschrank ist voll. Geld haben wir auch genug. Du musst nicht zur Tafel gehen.«

Manfred kramte die Lebensmittel wieder zusammen und stopfte sie in die Tüte. »Ich bring sie ja zurück. Des war a Irrtum. Kann doch mal passieren.«

»Irrtum? Was für ein Irrtum? Hast du versehentlich geglaubt, du bist obdachlos? Ich begreife, offen gestanden, nicht, was da passiert ist. Und das beunruhigt mich.«

»Dann begreifst es halt net. Ist doch meine Sache.«
»Nicht ganz. Ich werde ja drauf angesprochen.«
»Dann sagst einfach, dein Großvater hätt sich letztes Silvester 's Hirn ang'haut.«
Wallner war fassungslos. Dass manche Menschen nicht der gleichen Logik folgten, die Wallner für gültig hielt, war ihm bekannt. Aber Manfred gehörte nicht zu diesen Menschen. Er war alt, aber ziemlich klar im Kopf. Die einzige Erklärung für sein Verhalten war: Er wollte Wallner etwas verheimlichen. Das konnte Wallner so auf keinen Fall stehen lassen. Aber er wusste, dass Manfred erst eine Nacht hinter sich bringen musste, um seine Verstocktheit abzulegen.

Kapitel 15

Ihre Augen strahlten in der letzten Nachmittagssonne, der Atem kam in einer Kondenswolke aus ihrem lachenden Mund. Die Zähne weiß und groß, Sommersprossen unter den Augen. »Hallo, Mama, ich bin's. Na los! Küss mich, nimm mich in den Arm. Mach irgendwas. Aber schau nicht so.« Leni fiel ihrer Mutter um den Hals und drückte sie an sich, als sei sie von einer zweijährigen Weltreise zurückgekehrt.
»Schatz! Wie wunderbar, dass du da bist. Ich ... wir haben schon gar nicht mehr damit gerechnet.«
»Dass ich komme?«
»Na ja ...« Katharina wollte Leni nicht mit dem konfrontieren, was Henry erzählt hatte. Nicht nach der Begrüßung.
»Mama! Es ist Weihnachten. Wieso glaubst du, ich komme Weihnachten nicht heim?«
»Glaub ich ja nicht. Komm endlich rein. Wir wollten gerade anfangen.«
»Wie – ohne mich?«
»Du bist spät dran. Es wird bald dunkel.«
Sie umarmten sich noch einmal. Leni küsste ihre Mutter mehrfach auf beide Wangen und auf den Mund. Inzwischen waren Wolfgang, Henry, Jennifer, Adrian und Othello dazugekommen. Nachdem Leni allen Familienangehörigen um den Hals gefallen war, ein Feuerwerk an Küssen und Umarmungen abgebrannt und sich mit Othello auf dem Boden der Eingangshalle gewälzt hatte, wurde ihr Jennifer

vorgestellt. Leni strahlte sie an, hieß sie in der Familie auf das Herzlichste willkommen und fand es aufregend, endlich die große Schwester zu haben, die sie sich immer gewünscht hatte. Katharina hielt das für voreilig, schwieg aber und tauschte einen Blick mit ihrem Ältesten Adrian, der ihre Meinung offensichtlich teilte. Lenis Vater Dieter konnte seine Chaiselongue nicht verlassen oder behauptete das zumindest. Er thronte im Salon und wartete, dass seine Tochter ihm ihre Aufwartung machte. Nachdem auch Dieter begrüßt worden war, erfuhr Leni, dass dieses Jahr Richard III. gelesen würde. Ein Schrei des Entzückens entfuhr ihr. Angeblich hatte sie seit ihrer Kindheit darauf gewartet, dass dieses grandiose Theaterstück endlich an die Reihe käme.

Es war Tradition in der Familie Millruth, dass am Nachmittag des Heiligen Abends ein Theaterstück in verteilten Rollen gelesen wurde. Es war ebenso Tradition, dass Katharina das Stück auswählte und die Wahl den anderen Familienmitgliedern erst an Heiligabend bekanntgegeben wurde. Katharina und Dieter erarbeiteten vor Weihnachten eine gekürzte Fassung, die in ausreichender Stückzahl auf dem Sideboard im Wohnzimmer auslag, wenn die Familie eintraf. Katharina verteilte auch die Rollen. Nie wählte sie Komödien, nie Liebesdramen. Beides empfand sie als unangemessen für den Anlass. Dieter durfte Richard III. spielen. Die Rolle kam ihm entgegen. Nicht nur war seine Laune verletzungsbedingt schlecht, Dieter liebte das Zynische und schien nichts jemals ernst zu nehmen. Dies hatte ihm zahlreiche Schurkenrollen beim Fernsehen eingebracht. Den Liebhaber durfte er nie geben. Dieter redete sich ein, dass die Bösewichte ohnehin die interessanteren Rollen seien, und schluckte seinen Neid auf den Erfolg seiner Frau in großen Brocken hinunter.

Das Spiel war heute anders als sonst. Ein Grund war Jennifer. Sie wollte an der Lesung nicht teilnehmen, da ihr jedes Talent zum Theaterspielen fehle, wie sie sagte. Das ließ Katharina nicht gelten und drängte die junge Frau freundlich, aber bestimmt zum Mitmachen. Es ginge um den Spaß, und sie solle sich nicht davon einschüchtern lassen, dass professionelle Schauspieler mit von der Partie seien. Ihre eigenen Kinder hätten sich in beschämender Weise geweigert, das Talent ihrer Eltern zu erben, und spielten, dass einem die Haare zu Berge stünden. Jennifer war Katharina und ihren Nötigungen nicht gewachsen und willigte schließlich ein. Eine Bereicherung für die Runde war sie in der Tat nicht. Sie hatte Probleme, flüssig zu lesen und die englischen Namen auszusprechen. Insbesondere »Gloucester« verursachte jedes Mal einen Moment der Peinlichkeit, der dadurch gesteigert wurde, dass Jennifer sich nicht einmal von der korrekten Aussprache der anderen Mitwirkenden belehren ließ, sondern stur an »Glossester« festhielt. Henry starrte zu Boden, vermied jeden Blickkontakt mit den anderen und wartete darauf, dass das Martyrium vorüberging.

Der zweite Grund, warum an diesem Nachmittag nicht die gewohnte Stimmung aufkam, war Leni. Sie hatte die Rolle der Anne und spielte sie auf eine Weise emotional, dass Katharina unbehaglich wurde. Leni ging, obgleich sie wenig schauspielerisches Talent besaß, in ihren Rollen vollkommen auf. Das war man gewohnt. Heute, fand Katharina, überschritt sie freilich die Grenze zum Schmierentheater. Vor allem als Richard alias Dieter ihr während des Trauerzugs für den alten König einen Heiratsantrag machte und Anne ihn empört ablehnte – das waren echte Tränen. Irgendetwas war nicht in Ordnung mit Leni. Hatte sie Henry nicht gesagt, dass sie gar nicht kommen wolle? Was war los mit ihrer Tochter? Seit Leni von zu Hause ausgezogen war, war sie beunruhigend labil und sprunghaft. In der einen Minute war sie euphorisch und wollte die ganze Welt umarmen, im nächsten Augenblick versank sie in Depressionen.

Der Himmel war sternenklar, über dem Wendelstein hing der Orion. Mit Glühwein und in Daunenjacken gehüllt saßen Katharina und Leni auf der Terrasse und rauchten. Katharina hatte vor ein paar Jahren ein Rauchverbot im Haus verhängt, letzten Sommer aber selbst wieder angefangen. Das Rauchverbot war geblieben. Mutter und Tochter waren die letzten Raucher in der Familie, wenn man von Wolfgang absah, der sich ab und an eine Selbstgedrehte ansteckte, und Dieter, der drei Mal im Jahr eine Zigarre rauchte.
»Geht's dir gut?«, fragte Katharina.
»Ja. Sehr gut. Ich kann dir gar nicht sagen, wie ich mich auf das hier gefreut habe. Weihnachten! Ich glaube, ich weiß erst jetzt, was mir die Familie bedeutet.«
Katharina legte ihren Arm um Leni und zog sie zu sich heran, küsste sie. »Ich bin so glücklich, dass du doch noch gekommen bist.«
Leni schwieg.
»Was war los? Warum wolltest du nicht kommen?«
»Wer sagt das?«

»Henry.«
Leni blies auf den lauwarmen Glühwein, nahm zwei Schlucke, klebrig-süß, zog, wütend mit einem Mal, an ihrer Zigarette und starrte mit zitterndem Kinn zu den verschneiten Bergen hinüber. Katharina sah Tränen über Lenis Wangen laufen, an den Mundwinkeln vorbei und auf die Ärmel der Daunenjacke tropfen.
»Tut mir leid, Schatz. Was hab ich denn gesagt?«
Leni zog die Nase hoch und schüttelte den Kopf.
»Nichts.«
Katharina legte ihre Hand auf Lenis Arm. Die rührte sich nicht, war erstarrt. Es war einer dieser Momente: Jemand hatte den Schalter umgelegt. Aus einem glücklichen Mädchen wurde ohne Übergang ein verzweifeltes Wesen, das niemanden an sich heranließ. Leni betrachtete die Glut der Zigarette und führte sie zu ihrem linken Handgelenk. Katharina hielt sie auf.
»Lass es. Bitte!« Die Zigarette fiel auf den Schnee zu ihren Füßen.
»Was ist es?«, sagte Katharina. »Was hat dich so verändert, seit du von zu Hause fortgegangen bist?«
»Das möchtest du nicht wissen«, sagte Leni.
Katharina überlegte, ob sie es wissen wollte. Ja, sie musste es wissen.
»Ist etwas passiert in Erlangen?«
»In gewisser Weise. Ja.«
»Sag's mir.«
Leni schwieg und zündete sich eine neue Zigarette an.
»In Erlangen ist etwas passiert, das dir Angst macht?«
Leni schüttelte den Kopf.
»Nein?«
»Nein und ja.« Sie sah ihrer Mutter in die Augen.

Katharina spürte einen kalten Hauch, kälter noch, als die Nacht ohnehin schon war. Die Augen, die sie ansahen, waren dunkel, tief. Und voller Furcht.
»Das, wovor ich Angst habe«, sagte Leni, »ist hier. In unserer Familie.«
»In unserer Familie?« Katharina schüttelte ungläubig und abwehrend den Kopf.
»Du spürst es nicht, oder? Hast du es nie gespürt?«
Katharina schwieg. Die Worte steckten ihr im Hals, aber wollten nicht hinaus in die Nacht. Eine Tür wurde geöffnet, jemand trat aus dem Haus auf die dunkle Terrasse.
»Stör ich?«, sagte eine dünne Stimme.
»Stören? Das ist wirklich der beschissenste Moment, um rauszukommen.« Leni lachte. »Mann bin ich froh, dass du da bist! Setz dich her, Glossester.« Leni nahm Jennifers Hand und zog sie zu sich auf die Bank.
»Das spricht man nicht so aus, oder? Ich überleg schon den ganzen Abend.«
»Das spricht man so aus. Lass dir von diesen borniertten Holzköpfen nichts einreden. Weißt du was, Jennifer? Ich finde dich großartig. Auf so eine wie dich hat die Familie schon lange gewartet.«
Jennifer schwieg verlegen.
»Hab ich recht, Mama?«
»Ja. Jennifer ist ganz wundervoll. Ich hoffe, du fühlst dich wohl in unserer Familie.«
»Sehr. Ihr seid sehr ... nett zu mir.«
Leni gab Jennifer einen Kuss und legte den Arm um sie. Katharina war nicht klar, ob sie das tat, um zu provozieren, oder ob sie das ungebildete Mädchen aus unerklärlichen Gründen wirklich ins Herz geschlossen hatte. Jennifer sah scheu zu Katharina, die

lächelte. Jennifer lächelte zurück und blickte zu Boden. Sie war definitiv ungebildet, aber nicht dumm. Dass sie hier nicht wirklich willkommen war, spürte sie. Katharina tat es leid, dass die Kleine ein unerfreuliches Weihnachten durchlitt. Aber ihre Beziehung zu Henry würde nicht von Dauer sein und die Harmonie in der Familie nicht gefährden. Wenn sie so schlau war, wie Katharina vermutete, würde sie in drei Tagen begriffen haben, dass sie in Henrys Welt ein Fremdkörper war, und sich jemanden suchen, der besser zu ihr passte.
Jennifers Auftauchen hatte verhindert, dass Leni den Grund ihrer Angst offenbarte. In gewisser Weise war Katharina erleichtert. Aber es war klar, dass diese Offenbarung noch bevorstand.
»Sag mal«, Leni nahm unvermittelt die Hand ihrer Mutter. »Weißt du eigentlich, wo mein altes Plüschlamm ist?«

Karfreitag

Kapitel 16

Der Karfreitag fing für Kreuthner schlecht an. Nicht nur, dass er am Feiertag Dienst hatte. Mike, der wegen der Mordermittlungen ebenfalls im Dienst war, hatte ihn zu sich ins Büro gebeten. Der Anlass war unerfreulich. Es ging um die Vorfälle vom Vortag. Mike sprach Kreuthner zunächst seine Anerkennung aus und bekräftigte im Namen aller, dass Kreuthner eine hervorragende Nase für Mordopfer besaß. In gewissen Polizeikreisen kursiere sogar schon der Spitzname »Leichen-Leo«. Kreuthner empfand das als durchaus schmeichelhaft.

»Soweit der angenehme Teil unserer Unterhaltung. Leider können wir die G'schicht, wie es zu dem Leichenfund gekommen ist, net ganz untern Tisch fallen lassen.«

»Dass ich in Zivil a Straßenkontrolle durchgeführt hab?«

»Dass du auf öffentlichen Straßen Autorennen fährst. Mit hundertfuchzig. Du bist echt komplett wahnsinnig.«

»Ich hab den Mann stoppen müssen. Ging doch net anders. Der hat a Leiche im Laderaum gehabt. Was hätte ich denn tun sollen?«

»Ihr habts a Wette abgeschlossen.«

»Das behauptet *er*. Einer, wo unter Mordverdacht steht! Das kann doch net sein, dass ihr dem glaubt.«

»Es ist die einzige Erklärung für den Schmarrn, die mir sofort einleuchtet.«

»Glaubst du wirklich, ich tät mich auf so einen lebensgefährlichen Blödsinn einlassen?«
»Ich möchte wetten, dass du das vorgeschlagen hast.« Kreuthner verwandelte sich in eine einzige große Gebärde der Fassungslosigkeit.
»Es ist im Übrigen völlig wurscht, was ich glaube. Das werden die in Rosenheim oder München untersuchen. Ich wollte dir nur sagen, dass ich die Sache weitergeben muss. Nicht, dass du aus allen Wolken fällst.«
»Mike – muss das sein? Die ham's doch seit der Lumpenball-G'schicht eh auf mich abgesehen.«
»Das war ja nur noch blöd. Da musst dich net wundern.«
»Wieso? Das hat schon länger mal gemacht gehört, dass mir an Faschingsball kontrollieren. Immerhin ham mir zehn Gramm Koks gefunden.«
»Komischerweise genau bei dem Wirt, der keine Freikarten für die Polizei rausrücken wollte.«
»Das zeigt ja schon mal, dass der Mann zu Recht und Gesetz a gespanntes Verhältnis hat.«
»Außerdem wart ihr voll wie die Haubitzen.«
»Entschuldige, das war um dreiundzwanzig Uhr. Da kannst ja schlecht verlangen, dass mir nüchtern san. Am Rosenmontag!«
»Gut. Das müssen wir jetzt nicht diskutieren. Ich hoffe, du kommst da einigermaßen ungeschoren raus. Aber weiterleiten muss ich es.«
»Herr im Himmel! Da steht Aussage gegen Aussage. Was soll denn da rauskommen?«
»Gibt ja noch Zeugen.«
»Was denn für Zeugen?«
»Den Kollegen Wallner und seine Freundin.«

Wallner hatte das Kennzeichen eingegeben, und auf dem Bildschirm erschien der Name der Halterin: Jana Kienlechner, geboren 1979 in Rosenheim, wohnhaft in Irschenberg. Er war heute Morgen mit Vera übereingekommen, über die Feiertage hierzubleiben. Am Gardasee hatten sie schweren Regen angesagt, während es in Oberbayern ein nachgerade sommerlich schönes Osterwochenende werden sollte. Vera wollte heute noch einmal nach ihrer Ex-Schwiegermutter sehen. Wallner konnte sich daher im Büro herumtreiben, schauen, was die SoKo so trieb, und nachforschen, was sein Großvater bei der Tafel zu schaffen hatte.

»Servus, wie geht's?«

Wallner drehte sich zur Tür, in der Kreuthner lässig lehnte. »Gut. Selber?«

»Super. Machst jetzt doch keinen Urlaub?«

»Doch doch. Ich hab nur privat was nachgeschaut.«

»Ah ja. Und? Alles klar?«

»Äh, ja ... « Wallner war leicht irritiert. »Kann ich dir irgendwie helfen?«

»Mir? Nein nein, ich hab nur gedacht, ich schau mal bei dir vorbei.«

»Ah so.«

Kreuthner betrat das Zimmer und machte es sich auf dem Besprechungstisch bequem.

»Ich bin ein bissl – erstaunt«, sagte Wallner. »Du kommst ja sonst nie einfach so vorbei.«

»Siehst – das hab ich mir auch gedacht. Wo mir doch schon so lange Kollegen sind, hab ich mir gedacht, da schaust amal beim Clemens rein. Mein Gott, was ham mir net schon zusammen erlebt, oder?«

»Ja, ja, sicher. Einiges.« Die Sache wurde Wallner langsam unheimlich.

»Das war immer total kollegial mit dir. So dieses Zusammenarbeiten. Und sich gegenseitig helfen. Dafür ist man ja Kollege.«

»Unter anderem.«

Kreuthners Blick wanderte zu Wallners Computerbildschirm. »Ah geh! A Halterabfrage. Ist dir wer reingefahren?«

»Wie? Nein. Das hat … andere Gründe.«

Kreuthner war aufgestanden und zu Wallner an den Schreibtisch getreten. Er sah den Zettel, auf dem sich Wallner die Daten notiert hatte. »Jana Kienlechner. Geboren neunzehnneunundsiebzig. Da schau her! So ein Hund!« Kreuthner verpasste Wallner einen Stoß vor die Brust.

»Nicht, was du denkst.«

»Du, mir ist des doch egal. Diese Lippen hier …« Kreuthner zog mit zwei Fingern einen Reißverschluss über seinen Mund. »Und dein Gspusi geht des schon drei Mal nix an, oder?«

»Geh Leo – ich beabsichtige nicht, die Bekanntschaft dieser Dame zu machen.«

»Nein. Natürlich nicht. Des hätt ich doch nie vermutet«, feixte Kreuthner. Wallner war mit seiner Geduld am Ende. Was wollte Kreuthner von ihm?

»Die Dame hat Manfred gestern nach Hause gefahren. Es hat mich nur interessiert, wer sie ist. Sonst gar nichts.«

»Wieso fährt die deinen Opa nach Hause?«

»Keine Ahnung.«

»Das tät mich aber schon interessieren, wenn ich du wär. Hast den Manfred net g'fragt?«

»Nein. Ist aber auch nicht so wichtig. Jetzt weiß ich, wer's ist, und gut.«

Kreuthner nahm ungefragt den Zettel und betrachtete ihn eingehend. »Jana Kienlechner, Irschenberg. Der Name kommt mir irgendwie bekannt vor. Vielleicht hab ich die schon mal kontrolliert.«
»Ah ja?« Wallner konnte nicht verhindern, dass er neugierig wurde.
Kreuthner legte den Zettel bedächtig auf den Schreibtisch zurück. »Wenn du möchtest, dreh ich heut mal a Runde in Irschenberg. Wer weiß, vielleicht kommt ja irgendwas raus.«
»Das musst du wirklich nicht.«
»Geh, Clemens! Dafür samma doch Kollegen. Da hilft man sich gegenseitig.« Wallner spürte eine kollegiale Hand auf seiner Schulter und rollte mit dem Bürostuhl aus Kreuthners Reichweite und tat so, als suche er etwas Wichtiges in seiner Ablage.
»Danke. Das ist wirklich sehr nett von dir. Aber lass es einfach. Du hast bestimmt genug anderes zu tun.«
Bevor Kreuthner antworten konnte, läutete Wallners Telefon. Janette war dran.
»Hi. Ich wollte nur wissen, ob du da bist.«
»Ja. Aber nicht im Dienst. Außerdem geh ich gleich wieder.« Wallner sah zu Kreuthner, ob der die Gelegenheit wahrnahm, sich zu verabschieden. Er nahm sie nicht wahr. »Kann ich was für dich tun?«, sagte Wallner ins Telefon.
»Nein. Aber wenn du dich langweilst, kannst du im SoKo-Raum vorbeikommen. Wir haben hier eine Liste mit den Facebook-Kontakten des Mordopfers. Rat mal, wie viele es sind?«
»Ich schätz mal, so an die tausend.«
Am anderen Ende der Leitung blieb es eine Sekunde

lang still. »Hey! Ziemlich gut geschätzt. Hast du die Liste schon gesehen?«
»Sollte eigentlich ein Scherz sein«, sagte Wallner.
»Habt ihr schon irgendwas entdeckt?«
»Nein. Es ist das komplette Chaos. Vielleicht kannst du ja was in dem Datensalat finden.«
»Okay. Ich komm rüber.«

Kapitel 17

Die Namen von Hanna Lohwerks Facebook-Freunden samt dazugehörigen Internetadressen füllten fast dreißig Seiten. Viele der Namen waren Pseudonyme oder gaben nur die Vornamen der betreffenden Personen preis. Es gab daher eine zweite Liste mit Klarnamen, Adressen und Telefonnummern. Das hatte bereits einige Vorarbeit verursacht, bei der die aus den Mailadressen ersichtlichen Provider kontaktiert und um Auskunft gebeten worden waren.
Die meisten Namen sagten ihnen nichts. Abgesehen von Katharina und Wolfgang Millruth und einer Handvoll weiterer Schauspieler. Neunhundertsiebzig Unbekannte blieben übrig, darunter viele Personen aus dem Ausland. Ein Name fehlte: Kilian Raubert. Doch dass Raubert und Hanna Lohwerk nicht miteinander befreundet waren, war ohnehin zu vermuten gewesen.
»Wenn wir irgendwas hätten, womit wir die Namen abgleichen könnten. Aber im Augenblick wissen wir nicht, wonach wir eigentlich suchen.« Mike blätterte gedankenverloren in dem Stapel Papier. Fast die gesamte SoKo mit dreißig Beamten war um Mike versammelt.
»Was ist mit dem Video der Spedition? Ist das schon ausgewertet?«, fragte Wallner.
»Was genau meinst du?« Janette fühlte sich angesprochen.
»Das Auto am oberen Bildrand. Sind wir da irgendwie weitergekommen?«

»Ist noch beim LKA. Wenn wir Glück haben, kriegen die den Wagentyp und vielleicht die Farbe raus. Das werden natürlich Tausende sein.«

»Okay. Aber man kann es ja zunächst auf den Landkreis oder Oberbayern beschränken. Wenn wir da einen Namen auf beiden Listen hätten, wäre das ein konkreter Anhaltspunkt.«

»Gute Idee für jemanden, der eigentlich im Urlaub ist«, sagte Mike.

»Tut mir leid. Ich halt jetzt auch meine Klappe.«

Kreuthner drängte sich zu Mike nach vorn. »Könnt ich da mal einen Blick drauf werfen?« Er deutete auf die Liste mit den Facebook-Freunden.

»Was machst denn du da? Hast du keinen Dienst?«

»Des is ja wohl Dienst.«

»Dein Dienst ist da draußen. Da solltest du jetzt mit dem Streifenwagen rumfahren und den Landkreis sicherer machen.«

»Darum geht's ja. Ich bin nämlich – im Gegensatz zu euch – draußen unterwegs. Und deswegen krieg ich auch mehr mit. Wenn ich demnächst wen kontrolliere, wär's ja net ung'schickt, wenn ich wüsst, ob der auf der Liste steht.«

Mike nahm den Packen Papier und hielt ihn Kreuthner unter die Nase. »Du willst jetzt also mal schnell tausend Namen auswendig lernen, oder was hast du vor?«

»Herrschaftszeiten, ich will doch nur mal draufschauen.«

Mike wandte sich genervt an Janette. »Sei so gut: Druck ihm a Liste aus und schmeiß 'n raus.«

»Da …«, sagte Kreuthner und deutete auf die Liste in Mikes Hand. »Da hamma's doch schon.«

Mike sah Kreuthner mit einer Mischung aus Unglauben und Erwartung an.

»Gib amal her.« Kreuthner bemächtigte sich der Liste, vergewisserte sich, dass er sich nicht verlesen hatte, und verkündete mit großer Geste: »Eindeutig. Sofia Popescu! Kenn ich doch.«

Mike riss Kreuthner den Papierstapel aus der Hand und warf einen Blick darauf. »Du kennst jemanden aus Rumänien?«

»Ich hab die kontrolliert. Ist erst a paar Tage her.«

»Die wohnt aber in Bukarest.«

»Deswegen kann ich sie ja trotzdem hier kontrollieren. Da kommen viele mit dem Auto. Die ham da unten diese – wie heißen die ...?«

»Dacia«, assistierte einer der Anwesenden.

»Dacia! Die schauen zwar net so aus, aber mit dene kannst von Bukarest bis hierher fahren. Die san auch gar net so schlecht. Ist im Prinzip a Renault. A Freund von mir hat einen. Einwandfrei.«

»Warum hast du die Frau kontrolliert?«

»Ja entschuldige – rumänisches Kennzeichen. Die ziang ma immer raus.«

»Hat die Kontrolle was ergeben?«

»Nein. War sauber. Und mir ham a Dreiviertelstund aber auch alles kontrolliert. Sitze raus, Radkappen runter. Was du willst.« Kreuthner deutete noch einmal auf die Liste. »Popescu! Lustig, oder? Hab ich mir g'merkt.«

»Das heißt aber, die Frau ist hier«, sagte Janette. »Ich frag mal in Bukarest an, wo sie zu erreichen ist. Kann irgendjemand hier Rumänisch?«

Es fand sich schnell jemand, der rumänisch konnte. Eine Sekretärin am Landratsamt, die mit dreizehn Jahren aus Siebenbürgen nach Deutschland gekommen war. Es stellte sich heraus, dass Sofia Popescu von der rumänischen Polizei gesucht wurde. Die junge Frau war vor knapp einer Woche mit ihrem Auto in Richtung Deutschland aufgebrochen. Das letzte Telefonat hatte sie mit ihrem Bruder von Österreich aus geführt. Seitdem hatte sie sich nicht mehr gemeldet. Ihr Handy war ausgeschaltet. Vor zwei Tagen hatte ihre Familie sie als vermisst gemeldet. Die Meldung hätte längst an die deutsche Polizei weitergeleitet werden sollen; warum das unterblieben war, war nicht mehr zu ergründen.
Mike veranlasste, dass Sofia Popescus Kennzeichen an alle Streifenbeamten in Oberbayern verteilt wurde. Zwar hatte man keinen konkreten Hinweis darauf, dass die vermisste Frau mit dem Mord an Hanna Lohwerk zu tun hatte. Es war dennoch unwahrscheinlich, dass es sich hier um ein zufälliges Zusammentreffen von Umständen handelte. Hanna Lohwerk hatte vor zwei Wochen erstmals mit Sofia Popescu per E-Mail kommuniziert und bis zu ihrem Tod noch mehrere weitere Male. Popescu war daraufhin nach Miesbach gekommen und hier verschwunden, Hanna Lohwerk etwa zur gleichen Zeit ermordet worden. Da musste es einen Zusammenhang geben.
Offen blieb, ob der Internetausdruck, den Hanna Lohwerk in der Nacht ihres Todes Kilian Raubert gezeigt hatte, die Facebook-Seite von Sofia Popescu war. Das sollte Kilian Raubert selbst beantworten.

# Kapitel 18

Mike und Janette führten die Vernehmung. Wallner hatte sich in sein Büro zurückgezogen. Was er da trieb, wusste Mike nicht, noch interessierte es ihn. Er war froh, dass er ein Mal unbeaufsichtigt ermitteln konnte.
»Herr Raubert – die Sache wird langsam eng für Sie. Sehr eng«, sagte Mike und löffelte mit aufreizender Gelassenheit Früchtequark aus einem Plastikbecher. Kilian Rauberts Körpersprache war eindeutig: hochgezogene Schultern, verschränkte Arme, besorgter, um nicht zu sagen verzweifelter Blick. Mike legte eine kleine Pause ein, um seinen Satz wirken zu lassen. Rauberts Eingeweide würden sich jetzt zu einem schmerzhaften Klumpen verdicken, und das Atmen würde ihm schwerer werden. »Die Sache ist nämlich die: Nicht nur, dass wir die Leiche von Hanna Lohwerk in Ihrem Wagen gefunden haben. Nicht nur, dass Sie der Letzte sind, der mit der Frau vor ihrer Ermordung gesehen wurde. Nicht nur, dass Sie uns anlügen und uns Dinge verheimlichen – jetzt ist auch noch eine weitere Frau auf mysteriöse Weise verschwunden. Können Sie sich denken, wen ich meine?«
Raubert schüttelte stumm den Kopf.
»Ich geb Ihnen einen Tipp: Sie kommt aus Rumänien.«
Der letzte Satz erzeugte bei Raubert eine Reaktion, als hätte man ihm eine Stahlklinge in den Leib getrieben. Janette, die seitlich von ihm saß und im Ruf

stand, ein gutes Gespür dafür zu haben, wann jemand bei einer Vernehmung kurz davor war zusammenzubrechen, nickte stumm in Richtung Mike.
»So, jetzt hören wir mal auf mit dem Kindergeburtstag. Entweder Sie sagen uns, was es mit Sofia Popescu und Hanna Lohwerk auf sich hat, oder Sie sitzen wegen zweifachen Mordes auf der Anklagebank.«
Raubert wich die Farbe aus dem Gesicht. »Das ... das ist Irrsinn! Ich hab weder der einen noch der anderen was getan. Warum soll ich die denn umbringen?«
»Ganz ruhig und von vorn: Dieser Facebook-Ausdruck, den Ihnen Frau Lohwerk gezeigt hat, ist ja wohl ...«
»Ja. Der von Sofia Popescu. Das wissen S' doch eh schon.«
»Sie kennen also die Frau?«, fragte Janette.
Raubert nickte.
»Ja gemma. Jetzt lassen S' sich net alles aus der Nase ziehen.«
Raubert knetete seine kurzen, dicken Finger, wog ein letztes Mal ab, ob es einen Weg zurück gab, und stellte fest, dass er die Brücken hinter sich abgerissen hatte. Es musste jetzt raus. »Ich kenn die Sofia Popescu schon länger.«
»Wie lange?«
»Über zwölf Jahre. Sie war damals ...« Ein letztes Zaudern überkam ihn.
»Ja?«
»Ich möchte, dass des hier vertraulich behandelt wird. Was ich Ihnen jetzt sag, geht niemand was an.«
»Die Sache ist so«, sagte Janette. »Wenn das, was Sie uns sagen, für ein Gerichtsverfahren wichtig ist, wird es da auch zur Sprache kommen. Und Gerichtsver-

fahren sind öffentlich. Es hängt natürlich von uns ab, was wir für wichtig halten, verstehen Sie?«

Raubert verstand nicht ganz.

»Wenn Sie uns net weiter die Zeit stehlen und endlich mal reden«, sagte Mike, »dann könnt es sein, dass das meiste unter uns bleibt. Ham S' das jetzt verstanden?«

»Denk schon«, sagte Raubert.

»Also: Wieso kennen Sie diese Frau Popescu seit zwölf Jahren?«

»Sie war damals achtzehn und als Au-pair-Mädchen in Deutschland. Ich hab sie am Waldfest in Ostin kennengelernt. Und – mei, wie's halt so is ...«

»Sie hatten was mit ihr?«

Raubert nickte.

»Ist ja eigentlich nicht so schlimm.«

»Ich war halt damals schon mit meiner jetzigen Frau zusammen. Und meine Frau ist ... wie soll ich sagen – sie neigt zur Eifersucht.«

»Äußerst attraktiv, die Frau Popescu.« Janette hatte inzwischen Sofia Popescus Facebook-Seite aufgerufen. »Hat Hanna Lohwerk gedroht, Ihrer Frau was zu sagen?«

Raubert nickte stumm.

»Woher hat sie gewusst, dass damals was zwischen Ihnen und Sofia Popescu war?«

»Die Hanna Lohwerk hat zu der Zeit tageweise bei uns in der Spedition gearbeitet. Das war noch vor ihrem Unfall.«

»Ich denke, sie war Schauspielerin.«

»Ja, schon. Aber das hat nicht gereicht. Sie hat was dazuverdienen müssen. Jedenfalls hat sie mich mal mit der Popescu beobachtet.«

»Sie wollte Geld?«
»Fünftausend.«
»Das wollten Sie aber nicht zahlen?«
»Ich hab ihr zweitausend geboten. Sie hat aber unbedingt fünftausend wollen. Das war mir einfach zu viel. Ich wollt noch mal mit ihr reden und bin ihr deswegen hinterhergefahren.«
»Wo ist sie hingefahren?«
»Zu sich nach Hause. Ich hab sie da abgefangen und ihr klargemacht, dass ich mir so viel net leisten kann. Mir ham uns dann auf dreitausend geeinigt.«
»Und danach?«
»Bin ich wieder zurückgefahren.«
»Das hat aber lang gedauert.«
»Ich bin noch bei einem Freund vorbeigefahren. Wegen dem Geld. Ich kann das ja net einfach aus der Firmenkasse nehmen. Außerdem geht's mir im Augenblick finanziell net so gut.«
»Schreiben Sie uns bitte Namen, Adresse und Telefonnummer Ihres Freundes auf.«
Janette schob Raubert einen Zettelblock über den Tisch.
»Kaffee?« Mike hielt Raubert eine Glaskanne mit einem Rest eingekochtem Kaffee vor die Nase. Raubert schüttelte den Kopf und vervollständigte die Angaben auf dem Zettel.
»Wieso kommt Frau Lohwerk jetzt nach zwölf Jahren mit dieser Geschichte?«
»Ich glaub, sie ist wegen einer anderen Sache auf die Sofia Popescu gestoßen. Oder hat sie im Internet gesucht. Das hat sie mir nicht im Detail erzählen wollen.«
»Und dabei ist ihr eingefallen, dass sich aus der

Geschichte noch Geld machen lässt, oder wie muss man das verstehen?«

»Ich schätze, so war's. Mehr oder weniger.«

»Eins versteh ich nicht: Hanna Lohwerk hätte doch jederzeit zu Ihrer Frau gehen und ihr von Sofia Popescu erzählen können. Dazu braucht sie doch kein Facebook.«

»Mei – zum einen war's, wie gesagt, so, dass es ihr bei der Gelegenheit wieder eingefallen ist. Und dann hat sie ihr, also der Popescu, Mails geschrieben, wo drinsteht, dass sie sie von mir grüßen soll und wir hätten doch so a romantische Zeit gehabt damals. Und die Sofia hat dann zurückgemailt: Ja, ja, es wär ganz toll gewesen mit mir, und sie denkt heut noch dran und der ganze Kas. Die ist einfach drauf reingefallen.«

»Ganz schön durchtrieben, die Frau Lohwerk. Das hätte sie quasi als Beweis Ihrer Frau vorgelegt.«

»Ja. Das Luder, das mistige.«

»Jetzt wollen wir mal nicht so schlecht über Tote reden, Herr Raubert.«

Raubert grunzte trotzig.

»Sie sagten, Hanna Lohwerk wäre wegen einer anderen Sache auf Frau Popescu gestoßen. Haben Sie irgendeine Idee, was das gewesen sein könnte?«

Raubert schüttelte nachdenklich, aber bestimmt den Kopf. »Keine Ahnung.«

»Sofia Popescu war Au-pair, haben Sie gesagt. Vor zwölf Jahren?«

»Ja, genau.«

»Das war dann zu der Zeit, als Hanna Lohwerk ihren Autounfall hatte?«

»Richtig. Der Autounfall war in der Zeit, wo die hier war.«

»Bei wem war sie denn Au-pair?«
»Bei wem war die jetzt noch gleich ... In Schliersee! Bei dieser Schauspielerin ...«
»Katharina Millruth?«
»Millruth! Genau.«

Kapitel 19

Während Mike und Janette mit Raubert beschäftigt waren, hatte sich Wallner die Akten des Gerichtsverfahrens in Sachen Leni Millruth vorgenommen. Seit Wallner die Fotos von Leni und anderen Mitgliedern der Familie Millruth in der Wohnung von Hanna Lohwerk gesehen hatte, wurde er den Verdacht nicht los, dass es einen Zusammenhang gab zwischen dem Tod von Leni Millruth und dem Tod von Hanna Lohwerk. Noch etwas nährte diesen Verdacht. Es war diese makabre Verbindung zwischen den beiden Opfern: Leni Millruth war schuld an dem Unfall, der zu Hanna Lohwerks entstelltem Gesicht geführt hatte. Wallner wusste zu diesem Zeitpunkt nicht, dass es eine weitere Verbindung zwischen den beiden Mordopfern gab, nämlich Sofia Popescu.

Nach den weitgehend übereinstimmenden Aussagen der Zeugen – das waren die Angehörigen der Familie Millruth und eine junge Frau namens Jennifer Loibl – war Leni Millruths Leiche gegen halb neun Uhr morgens von Katharina Millruth entdeckt worden. Sie hatte daraufhin ihren Schwager Wolfgang geweckt, der eine Decke geholt und über die Leiche gebreitet hatte. Anschließend seien die Familienmitglieder von der Tragödie informiert und die Polizei verständigt worden.

Das war der erste Punkt, der Wallner irgendwie seltsam erschien. Er war zu Oliver gegangen und hatte nach den Fotos aus Hanna Lohwerks Wohnung ge-

fragt. Oliver und Tina hatten sie sichergestellt. Besonders ein Foto interessierte Wallner, auf dem Wolfgang Millruth mit der Decke in der Hand zum ehemaligen Stall ging. Das Foto musste unmittelbar nach Entdeckung der Leiche aufgenommen worden sein. Wallner hatte Oliver und Tina zu Rate gezogen.
»Es scheint noch relativ dunkel gewesen zu sein, als das Foto gemacht wurde.«
»Das kann man so nicht sagen«, wandte Tina ein. »Die Lichtverhältnisse werden durch die Kamera verfälscht. Je nach Blende und Belichtungszeit.«
»Was ist das da im Hintergrund?« Wallner zeigte auf einen dunklen Punkt jenseits des Hauses in Richtung Tal.
Oliver legte das Foto unter eine Lampe. »Schneepflug?«
Tina nickte.
»Wann kommt denn da der Schneepflug normalerweise vorbei? Die fangen doch ziemlich früh an.«
Tina und Oliver konnten in dem Punkt nicht weiterhelfen. Deshalb rief Wallner Michael Lipek von der Gemeindeverwaltung Schliersee auf dessen Handy an. Wallner kannte ihn noch von der Grundschule. Er gab die Auskunft, dass die Straßen in der Gegend um das Millruth-Anwesen sehr spät, für gewöhnlich zwischen sieben und acht geräumt wurden. Am Morgen des ersten Weihnachtsfeiertages war Lipek selbst mit ausgerückt, weil einige seiner Leute entweder im Weihnachtsurlaub oder krank gewesen waren. Um kurz vor acht hatte er den Schneepflug zurückgebracht. Das wisse er, weil er danach noch zum Spitzingsee gefahren sei, um den Sonnenaufgang zu erleben. Und der sei am ersten Weihnachtsfeiertag ziem-

lich genau um acht. Er sei also, mit anderen Worten, irgendwann zwischen Viertel nach sieben und halb acht bei den Millruths vorbeigekommen.

Den Polizeiakten nach hatte Katharina Millruth um acht Uhr zweiundvierzig bei der Polizei angerufen und den Tod ihrer Tochter gemeldet. Wenn Wolfgang Millruth auf dem Foto gerade die Decke zur Leiche brachte und das Foto zum spätestmöglichen Zeitpunkt, das heißt um halb acht aufgenommen worden war, dann hatte man sich über eine Stunde Zeit gelassen, um die Polizei zu verständigen.

»Das ist der Schock«, sagte Oliver. »Manche Leute sind da wie gelähmt.«

»Da waren mindestens ein halbes Dutzend Leute im Haus«, erinnerte sich Tina, die damals die Spuren gesichert hatte. »Da muss doch wenigstens einer die Nerven gehabt haben, die Polizei anzurufen.«

»Ja«, sagte Wallner. »Ich sollte mal mit jemandem reden, der damals die Ermittlungen geleitet hat …«

Kapitel 20

Staatsanwalt Jobst Tischler war nicht direkt ein enger Freund von Wallner. Dass sie sich hassten, wäre allerdings zu viel gesagt. Eine gediegene gegenseitige Abneigung prägte das Verhältnis der beiden Männer. Tischler ließ nie den geringsten Zweifel daran, dass er als Staatsanwalt Herr des Ermittlungsverfahrens war. Bemerkenswert gering war hingegen seine Neigung, die aus diesem Selbstverständnis folgende Verantwortung zu übernehmen. Anders ausgedrückt: Tischler mischte sich ein, wo er nur konnte. Und wenn die Sache in die Hose ging, war's die Polizei. Wallner war seiner Natur gemäß stets um eine sachliche Zusammenarbeit mit allen Beteiligten bemüht. Bei Tischler freilich erlag auch er manchmal dem menschlichen Verlangen, Leuten, die man nicht leiden konnte, eine reinzuwürgen. Mag sein, dass dieses Bedürfnis – wenn auch weit unten – auf der Liste der Gründe stand, die Wallner dazu bewogen, Tischler an einem Feiertag in München anzurufen.
»Herr Wallner – wie schön, von Ihnen zu hören. Es scheint wohl sehr wichtig zu sein, wenn Sie mich zu Hause anrufen.«
»In der Tat. Es geht um den Tod der Millruth-Tochter.«
»Die Sache ist erledigt. Das Urteil ist rechtskräftig.«
»Ja, meine Mitarbeiter waren so freundlich, mir davon zu berichten. Es haben sich inzwischen aber neue Erkenntnisse ergeben.«
»Schwer vorstellbar. Ich meine, dass sich Erkennt-

nisse ergeben haben, die irgendeinen Einfluss auf die Beurteilung der Sache haben könnten. Der Täter ist geständig. Das Gericht ist dem Antrag der Staatsanwaltschaft gefolgt. Was soll jetzt noch kommen?«

»Sie greifen sehr weit vor. Im Augenblick sind mir nur ein paar Dinge aufgefallen, die … nun ja, nicht ganz zusammenpassen.«

»Sie meinen: Widersprüche in den Ermittlungen?«

»Wenn Sie es so nennen wollen.«

»Oh – das wäre natürlich schlecht. Aber ich kann mir nicht vorstellen, dass die Polizei schlampig recherchiert hat.«

»Nein, das ist an sich nicht denkbar. Zumal die Staatsanwaltschaft ja sämtliche Ermittlungsschritte sorgfältig überwacht und zum großen Teil auch vorgegeben hat.«

»Ich will Sie nicht drängen, Herr Wallner. Aber ich muss zum Essen zu meinen Schwiegereltern. Also – worum geht es?«

»Wie Sie vermutlich wissen, hat sich gestern hier im Landkreis ein Mord ereignet.«

»Ich habe davon gehört. Das macht die Kollegin Kesselbach.«

»Richtig. Nun – in der Wohnung des Mordopfers haben wir Hinweise darauf gefunden, dass die Polizei erst eine Stunde nach dem Auffinden von Leni Millruths Leiche verständigt wurde.«

»Wenn Sie diese Hinweise jetzt erst gefunden haben, dann konnte man das ja bisher nicht wissen.«

»Natürlich. Es geht hier – anders, als Sie vielleicht vermuten – in keiner Weise darum, den Schwarzen Peter herumzuschieben. Ich will mir nur einen Überblick in dem neuen Mordfall verschaffen.«

»Wie war die Frage?«

»Die Frage ist, ob Ihnen damals irgendwelche Widersprüche aufgefallen sind bei den Aussagen zum Zeitpunkt des Leichenfundes. Also rückblickend betrachtet.«

»Nein. Damals haben alle, die wir vernommen haben, übereinstimmend ausgesagt, dass die Leiche um … wann? Halb neun?«

»Halb neun.«

»Dass die Leiche um halb neun gefunden wurde. Beziehungsweise, dass sie von Katharina Millruth um die Zeit verständigt wurden.«

»Nun ja – alle nicht.«

»Wer denn nicht?«

»Dieter Millruth. Der hat ausgesagt, es sei halb acht gewesen. Er wurde darauf aufmerksam gemacht, dass die Angabe im Widerspruch zu den Aussagen der anderen stand. Daraufhin hat er auf halb neun korrigiert. Es wurde nicht weiter nachgefragt, aus welchem Grund er vorher etwas anderes gesagt hatte.«

»In der Tat bedauerlich. Zumal Sie Ihren Leuten mit Sicherheit einschärfen, in solchen Fällen nachzuhaken.«

»Ständig tu ich das. Aber das nützt natürlich nichts, wenn die Vernehmung vom Staatsanwalt geführt wird.«

»Ach ja. Ich erinnere mich. Na ja, die Sache war ziemlich klar. Der Mann hatte gerade seine Tochter verloren. Dass er da durcheinander war, ist ja logisch. Außerdem ist Herr Millruth von eher übersichtlicher Intelligenz.«

»Nun, wie es jetzt aussieht, hat er als Einziger die Wahrheit gesagt. Was seine Intelligenz anbelangt,

will ich gar nicht widersprechen. Aber das könnte auch der Grund gewesen sein, dass er als Einziger zu dämlich war, sich die verabredeten Aussagen zu merken.«
»Ich versteh nicht ganz, worauf Sie hinauswollen.«
»Ich will wissen, was damals wirklich passiert ist. Möglicherweise gibt uns das wichtige Hinweise für die Aufklärung des gestrigen Mordes. Auch das mit der Tatwaffe verstehe ich nicht ganz. Es wurden keine Fingerabdrücke auf der Flinte gefunden.«
»Der Angeklagte hatte sie abgewischt. Aber das steht in der Akte.«
»Schon. Nur – warum macht er das? Es war sein eigenes Jagdgewehr. Natürlich wären da seine Fingerabdrücke drauf. Das allein würde ihn nicht verdächtig machen.«
»Tja – beantworten *Sie* die Frage.«
»Es ist zu früh, um Schlussfolgerungen zu ziehen. Bleiben wir erst mal dabei, dass es Ungereimtheiten gibt.«
»Haben Sie jemals ein Strafverfahren ohne Ungereimtheiten erlebt?«
»Sehr selten.«
»Eben. Wenn Sie einen geständigen Täter haben, und alles passt zusammen ...«
»Was es im Augenblick nicht tut.«
»Was es aber damals tat. Jedenfalls gab es keinen Anlass, jede kleinste Ungereimtheit aufzuklären.«
»Weshalb vermutlich auch die Therapeutin des Opfers nicht vernommen wurde, wie von Herrn Hanke vorgeschlagen.«
»Die Frau war vier Wochen im Urlaub. In Guatemala. Und die Aussage hätte rein gar nichts gebracht.«

»Die Behauptung erscheint mir etwas voreilig, wenn Sie gar nicht wissen, was sie ausgesagt hätte. Aber lassen wir's mal so stehen.«

»Herr Wallner – was ist der Grund Ihres Anrufs? Mir ans Bein zu pinkeln? Da kommen Sie zu spät. Das hätten Sie vor dem Prozess machen sollen. Aber Sie wissen genauso gut wie ich, dass das nichts geändert hätte. Und deshalb versuchen Sie es jetzt mit Nachtarocken.«

»Oh, es tut mir ausgesprochen leid, dass ich mich so missverständlich ausgedrückt habe. Ich wollte mich nur vergewissern, dass es nicht noch irgendetwas gibt, das nicht in den Akten steht.«

»In der Tat. Da habe ich Sie ein bisschen missverstanden. Es kam bei mir fast so an, als wollten Sie meine Arbeit madig machen.«

»Um Gottes willen, nein! Aber gut, dass wir so offen über diese Dinge reden. Vielleicht noch eine letzte Frage zu dem Millruth-Prozess: Sie hatten nie das Gefühl, dass da irgendetwas merkwürdig läuft?«

»Ganz und gar nicht. Ich hoffe, ich konnte Ihnen behilflich sein.«

Kapitel 21

Adrian hatte ein ausgeprägtes Kinn und Lachfalten, dunkle, fast schwarze Haare und leichte Schatten um die braunen, jungenhaften Augen, was ihn noch attraktiver machte, als er ohnehin schon war. Und wenn Adrian lächelte, dann war es, als würde jemand an einem sonnigen Frühlingstag den Vorhang vom Fenster ziehen.

»Echt? Du hast viel von mir gehört?«, sagte er. »Ich bin erstaunt, dass er mich überhaupt erwähnt hat.«

»Wieso? Vertragt ihr euch nicht?«, fragte Jennifer. Sie wusste, dass Henry und Adrian nicht miteinander auskamen.

»Das weißt du doch.« Adrian schenkte ihr ein warmes Lächeln. »Du willst mich aushorchen. Du willst wissen, was mein schweigsamer Bruder dir vorenthalten hat.«

»Na ja – so ein bisschen. Aber du musst es mir nicht erzählen. Reden wir von was anderem.«

»Nein, nein! Ich weiche keiner Frage aus.« Er fasste kurz ihre Hand. Eine vordergründig beschwichtigende Geste. Doch hielt er sie einen Augenblick zu lange fest. Ein wohliger Schauer durchströmte Jennifer. Warum machte Adrian das? Vermutlich aus Gewohnheit. Männer wie Adrian gaben jeder Frau das Gefühl, sie zu umwerben, selbst wenn sie nicht an ihr interessiert waren. Oder gab es Unterschiede?

»Wir waren uns immer irgendwie fremd. Ich bin mehr der bequeme Familienmensch, weißt du. Ich

mag Menschen um mich herum. Henry – Henry macht Karriere. Ich wette, er ist ein verdammt guter Arzt. So ein Dr. House, der am Ende immer rauskriegt, was dem Patienten fehlt. Henry hat nicht nur was im Kopf, er hat auch die Disziplin, was draus zu machen.«
»Die hast du nicht?«
»Nicht im Geringsten. Ich lavier mich durch's Leben und wickel die Leute um den Finger. Dafür habe ich ein gewisses Talent. Ich glaube, ich bin ein ganz passabler Schauspieler. Da komm ich nach meiner Mutter.«
»Du arbeitest doch als Schauspieler, oder?«
»Ja. An der Bayerischen Volksbühne. Hat er das wenigstens erzählt?«
»Mhm. Und dass du ... na ja, ein Händchen für Schauspielerinnen hast.«
»Das hat er nett gesagt – wenn er's so gesagt hat. Ich hab früher jedes Jahr eine andere mitgebracht. Wirklich wahr.« Er schlug die Augen nieder und lächelte in sich hinein. Dann hob er den Blick und sah sie an. Seine dunkel geränderten Augen waren jetzt melancholisch, fast traurig. »Leider nie eine Frau wie dich.«
Jennifer hätte zu gern gewusst, was er damit meinte. Aber das wäre Fishing for compliments gewesen.
»Was meinst du damit?«, sagte sie.
»Es gibt Frauen, mit denen bist du eine Zeitlang zusammen. Und wenn's vorbei ist, hast du sie nach zwei Tagen vergessen. Und es gibt die anderen. Da weißt du, es wird lange weh tun. Du gehörst zu den anderen.«
»Du kennst mich doch gar nicht.«

»Das habe ich in dem Moment gespürt, als ich dich gesehen habe. Und deswegen bin ich scheißneidisch auf meinen Bruder.«
»Du bist ein ziemlicher Süßholzraspler.«
»Mag sein.« Er lächelte verträumt. »Ja, es stimmt wahrscheinlich. Als Frau weißt du nie, ob ich es ehrlich meine.« Er sah ihr direkt in die Augen. »Ich finde das übrigens sehr schade.«
»Was genau?«
»Dass du Zweifel hast, ob ich es ehrlich meine.«
Es war kurz vor sieben. Sie saßen, umgeben von den anderen Mitgliedern der Familie, auf der Couch im Wohnzimmer. Einst als Künstlersalon gedacht, war der protzige Pomp unter Katharinas Händen kultivierter Gemütlichkeit gewichen. Sie wollte ein Heim, in das jeder gerne zu Besuch kam. Das einem die Seele wärmte und einlud, Geschichten zu erzählen und Rotwein zu trinken. In der Ecke neben dem Kamin stand der Christbaum – fast vier Meter hoch, bis zur Zimmerdecke. Es war nicht ungefährlich gewesen, ihn zu schmücken. Jetzt strahlte er wie jedes Jahr. Katharina erwartete mit Ungeduld, dass sich die Lichter des Baumes wieder in Kinderaugen spiegelten. Noch hatte sie keine Enkel. Sollte Henry, der all die Jahre nie ein Mädchen nach Hause gebracht hatte, der Erste sein, der Kinder haben würde? Die Mutter eine Krankenschwester, die nicht wusste, wie man Gloucester aussprach?
»Lass dich von ihm nicht einseifen.« Leni war zu Adrian und Jennifer an die Couch gekommen und nahm auf der Rückenlehne Platz. Sie hielt ein Glas Punsch in der Hand. »Findest du ihn nett?«
Jennifer errötete. »Ja ... er ist ... bezaubernd.«

»Was sollst du auch sagen. Natürlich ist er bezaubernd. Aber was glaubst du, wie viele Mädchen hier schon heulend aus dem Haus gelaufen sind.«
»He, du Ekelpaket!« Adrian kniff seine Schwester ins Bein. »Warum sagst du so was?«
»Das hat sehr weh getan«, sagte Leni und blickte ohne den geringsten Ausdruck von Schmerz auf ihr Bein. »Macht es dir Spaß, Frauen weh zu tun?«
»Ach komm! Fang bitte nicht wieder an, Terror zu machen. Es ist Heiligabend.« Er nahm ihre Hand und küsste sie. »Lass uns einfach zwei schöne Tage zusammen haben.«
»Aber natürlich.« Sie zog ihre Hand weg. »Spielen wir wieder Liebhaben. Für das Stück müssen wir auch kein Skript auslegen. Das proben wir ja seit zwanzig Jahren.«
»Ist es eine gute Idee, dass du so viel Punsch trinkst?« Eine gewisse brüderlich-gütige Herablassung war nicht zu überhören.
Leni leerte das halbvolle Punschglas und kaute auf einem Fruchtstück herum. »Denke schon. Wie soll ich den Abend sonst überstehen?« Sie wandte sich an Jennifer. »Du solltest auch mehr trinken. Dann spürst du's nicht so, wenn sie dich mit diesem Schau-mal-Henry-hat-eine-Krankenschwester-mitgebracht-Blick ansehen.« Sie drückte Jennifer mit theatralischer Geste einen Kuss auf die Stirn und ging.
Adrian hatte ein weiteres, Jennifer noch unbekanntes Lächeln aufgelegt. Es besagte: Das sieht schlimm aus, aber ich hab's im Griff. »Du darfst sie nicht ernst nehmen. Sie kann der liebste Mensch der Welt sein, und im nächsten Moment spuckt sie dich an. Sie kann nichts dafür.«

»War das schon immer so?«

»Nein. Seit vielleicht zwei Jahren. Seit sie nach Erlangen gegangen ist, ist sie so ... unausgeglichen. Um die Wahrheit zu sagen – manchmal könnte ich sie erwürgen.«

»Sie hat nie gesagt, warum sie so geworden ist?«

Adrian lachte. »Sie merkt nicht, wie sie ist.«

»Doch, sie merkt es.« Jennifer sah sich um. Gemütliches Plaudern umgab sie. »Ihr habt noch nie darüber geredet? Auch nicht ohne sie?«

»Es ist nicht so wichtig. Frauen sind nun mal launisch. Wenn du sie drauf ansprichst, wird's nicht besser. Glaub mir.« Adrians Lächeln signalisierte, dass er gern zu angenehmeren Themen zurückkehren würde.

»Ich glaube, Leni würde schon darüber reden.«

»Aber?«

»Ich habe das Gefühl, deine Mutter möchte nicht, dass es angesprochen wird.«

Adrians Lächeln verweilte noch einen Moment auf seinem Gesicht, wurde dann zusammengefaltet, eingepackt und durch einen nachdenklicheren Gesichtsausdruck ersetzt. »Du hast eine bestimmte Vermutung, was mit Leni los ist?«

Die hatte Jennifer. Sie hatte zwei Jahre in der Psychiatrie gearbeitet und von der leichten Neurose bis zur schweren Schizophrenie alles gesehen, was dem menschlichen Geist an Störungen widerfahren kann.

»Nein«, sagte sie.

Kapitel 22

Die Welt war ungerecht. Da hatte Kreuthner eine Leiche entdeckt, die man vielleicht sonst nie gefunden hätte. Das Opfer eines heimtückischen Mordes, wie sich herausstellte. Aber statt ihn vorzeitig zu befördern, wollten sie ihm ein Disziplinarverfahren anhängen. Und die Kollegen? Kameradschaft, Solidarität oder auch nur Menschlichkeit – so etwas gab es heute nicht mehr. Nur noch eiskalte Bürokraten.
Früher, wenn sie einen angehalten hatten, weil er Schlangenlinie gefahren war, und es war ein Kollege, da hatten sie gefragt, wie weit er es noch nach Hause hatte. Wenn man verstehen konnte, was er sagte, und es noch ein, zwei Kilometer waren, da hatte man halt ein Auge zugedrückt und gesagt: Komm, schleich di. Und gib a bissl Obacht. Oder die Bierfahrer von der Brauerei – die mussten bei jeder Wirtschaft, wo sie das Bier hingeliefert haben, einen Obstler trinken. Das war so. Da hat's keine Ausrede gegeben. Das hat denen aber nicht geschadet. Die konnten auch nach zwanzig Wirtschaften noch geradeaus fahren. Weil die das jahrelang geübt hatten. Nur – so ein Alkoholmessgerät weiß das ja nicht. Aber ein Polizist. Und so hat man die Bierfahrer eben in der Früh kontrolliert und nicht am Abend. Oder vor ein paar Jahren, da hat der Haitinger-Bauer auf der Wache anrufen können und fragen, ob die Polizei an dem Tag bei ihm in der Gegend Verkehrskontrollen macht. Da hat man gewusst, dass der

Haitinger-Bub heut mit dem Traktor unterwegs ist. Der war halt erst acht. Der Bub, nicht der Traktor. Ja mein Gott! An dem Tag ist dann eben woanders kontrolliert worden. Zu Weihnachten hat es dann von Haitinger für jeden Polizisten eine Gans gegeben. So hat jeder was davon gehabt. Und passiert ist auch nie was. Bis auf einmal. Aber da hat der Haitinger selber gesagt, das wär Schicksal gewesen und dass da keiner was dafür gekonnt hat. Der Haitinger-Bub hat danach sowieso nicht mehr Traktor fahren können, und als Hoferbe kam er auch nicht mehr in Frage. Insofern hatte sich die Geschichte eh erledigt. Aber unterm Strich musste man sagen: Es war halt schon eine menschlichere Zeit gewesen damals. Kreuthner jedenfalls dachte mit viel Wehmut daran zurück.
Im Augenblick war Kreuthner auf fatale Weise von Wallner abhängig. Denn der war der einzige Zeuge des Wettrennens mit Kilian Raubert – mal abgesehen von Wallners Freundin. Leider war Wallner keiner, der unter die Kategorie »Spezl« fiel. Kein schlechter Kerl. Aber wenn es darum ging, fünfe gerade sein zu lassen, nicht zu gebrauchen. Trotzdem – auch Wallner hatte so was wie ein Herz. Deswegen konnte es nicht schaden, wenn Kreuthner ihm einen kleinen Gefallen tat.
Zunächst musste sich Kreuthner einen Durchsuchungsbeschluss besorgen. Natürlich nicht wie die Kollegen von der Kripo, die es erst dem Staatsanwalt sagen mussten, und der bekam den Beschluss dann vom Untersuchungsrichter. Solche Beziehungen hatte Kreuthner nicht. Aber er kannte die Podgorny Monika. Die war Schreibkraft beim Amtsgericht in Miesbach, und Kreuthner wusste um deren Schwä-

che für die spanische Vanilletorte der örtlichen Konditorei.

»Du Moni«, sagte Kreuthner, während die mit seligem Blick das zweite Stück Torte verzehrte, »du musst mir an Gefallen tun.«

»Jeden«, sagte Monika und nahm einen Schluck Cappuccino. »Was brauchst denn?«

»Mir wollen wem an Streich spielen.«

»Mei – er oiwei! Nur an Schmarrn im Kopf«, lachte Monika.

»Kennst mich ja. Jedenfalls brauch ich dafür einen Durchsuchungsbeschluss. Du hast die doch im Büro im Computer.«

»An Durchsuchungsbeschluss?« Monikas Heiterkeit verflog.

»Ist doch bloß a Gaudi. Und dafür muss es echt ausschauen. Ich bin halt Perfektionist.«

»Das kann man wohl sagen. Die G'schicht mit der Glasscheib'n – mein lieber Herr Gesangsverein.«

»Ja du hast doch am dreckertsten g'lacht.«

»War ja auch lustig, wie sie die Pirouett'n draht hat.« Die Erinnerung an die Szene ließ Monika in ein raspelartiges Lachen von beträchtlicher Lautstärke verfallen, dem der bayerische Ausdruck »g'schert« nur annähernd gerecht wurde.

»Du und deine Gartenschlauchlache«, scherzte Kreuthner.

»Gartenschlauch?«

»Lang und dreckert!«

Monikas darauf folgender Heiterkeitsausbruch hätte jedem Fischweib zur Ehre gereicht.

»Begründung müss ma auch reinschreiben.« Monika

hatte Namen und Adresse ausgefüllt. Sie waren in ihrem Büro im Amtsgericht, das an diesem Karfreitag völlig verwaist war.

»Da schreibst: Wegen Verdacht auf Straftaten gegen das Betäubungsmittelgesetz, wo sich aus den Aussagen von mehreren Zeugen äh ... ergibt.«

»Meinst, *wo* ist richtig?«

»Wieso? Wie sagst du denn?«

»Ja, auch *wo*. Aber in so einem Beschluss sagen die irgendwie anders.«

»Und wie?«

»Keine Ahnung. Ich schreib doch bloß, was die diktieren.«

»Dann lass es. Das passt schon. Und drunter: Dr. Leonhardt Kreuthner, Untersuchungsrichter.«

»Das darfst fei auch nicht. Das mit dem Doktor.«

»Das ist aber wurscht, weil ich darf's weder mit noch ohne Doktor.«

»Da hast auch wieder recht.« Sie hielt kurz inne und sah Kreuthner besorgt an. »Das gibt doch keinen Ärger, oder?«

Auch Kreuthners junger Kollege Benedikt Schartauer hatte Bedenken, ob das rechtens wäre mit so einem Durchsuchungsbeschluss, der gar keiner war.

»Der ist ja nur für den Fall, dass die sich anstellen, verstehst? Dass mir noch ein Druckmittel in der Hand haben.«

»Wie war jetzt genau der Plan?«

»Wir müssen rausfinden, was diese Frau Kienlechner mit dem Großvater vom Wallner zum schaffen hat. Und dafür ...«

»Wieso müssen mir das rausfinden? Steht da irgenda Straftat inmitten?«

»*Inmitten*!? Wo hast denn des her?«

»Von der Fortbildung ›Materielles Strafrecht‹ letzte Woch.«

»Im Augenblick steht gar nix *inmitten*. Es geht darum, dass mir am Kollegen an Gefallen tun.«

»Hat der Wallner gefragt, ob mir des für ihn machen?«

»Nein. Hat er nicht.« Kreuthner wurde langsam ungeduldig. Schartauers Begriffsstutzigkeit war berüchtigt. Aber heute hatte er einen besonders lahmarschigen Tag. »Man kann einem Kollegen auch einen Gefallen tun, wenn der nicht danach fragt. Des is praktisch a vorauseilender Gefallen.«

»Und wenn die uns net sagen, was mit dem Großvater war?«

»Dann zieh ich den Durchsuchungsbeschluss aus der Tasche, und dann schauen wir uns a bissl um bei dene Koksnasen. Da wirst du staunen, wie die 's Plaudern anfangen.«

»Bist sicher, dass die was im Haus ham?«

»Gibt's in der Kirch an Weihrauch? Des san die typischen Drogenkonsumenten. Als erfahrener Polizist hast an Blick für so was.«

Schartauer nickte, gab aber ein skeptisches Grunzen von sich.

»Was ist denn noch?«, fragte Kreuthner.

»Mei – ich frag mich halt, was passiert, wenn das mit dem Durchsuchungsbeschluss aufkommt.«

»Da kommt nix auf. Wieso soll da was aufkommen?«

»Weil er net echt ist. Und ob des so gut war, dass du mit Dr. Leonhardt Kreuthner unterschrieben hast …«

»Mei o mei! Du hast ja überhaupts keinen Humor.

Des is doch der Gag. Und glaubst, die rufen in Miesbach an und fragen, ob's den Richter gibt?«

»Wieso net?«

»Grundwissen Polizeipsychologie: Wenn mir auftauchen, kriegt der Normalbürger an Schreck. Des is a Instinkt. Selbst wenn er gar nix ausg'fressen hat. So. Und jetzt stell dir an Straftäter vor, der wo Drogen im Haus hat. Was glaubst, wie dem die Düse geht, wenn mir zwei plötzlich vor ihm stehen. Noch dazu mit am Durchsuchungsbeschluss. Der verfällt in eine Schreckstarre. Wie das Kaninchen vor der Schlange. Der macht gar nix mehr. Da schau …« Kreuthner zog den Durchsuchungsbeschluss aus der Uniformjacke. »Der ist echt. Mit Stempel, Staatswappen und allem. Des wär aber auch völlig wurscht. Du könntst einem Straftäter genauso a Kochrezept vor die Nase halten. Kein Mensch liest so an Papierfetzen durch.«

»Meinst?«

Kreuthner seufzte und schüttelte den Kopf. »Du musst noch sehr viel lernen, bis aus dir mal so was wie a Polizist wird.« Die Straße führte aus dem Wald. Ein Gehöft mit einem Windrad davor wurde sichtbar.

Kapitel 23

Sie näherten sich dem ehemaligen Bauernhof. Die tibetischen Gebetsfahnen und selbstgetöpferte Keramik vor dem Haus zeigten an, dass Menschen mit alternativer Gesinnung hier lebten. Die Wiese vor dem Haus war schon grün und mit Frühlingsblumen übersät. Zwei Kirschbäume standen in Blüte. Die Sonne schien golden und versprach ein mildes Osterwochenende. Langsam rollte der Streifenwagen den unbefestigten Feldweg entlang.
Im ehemaligen Kuhstall des Bauernhauses war eine Werkstatt untergebracht. Über dem Eingang ein poppiger Schriftzug:

SURFER'S PARADISE – BOARDS CUSTOM MADE

In der Sonne vor dem Stall arbeiteten ein junger Mann und eine junge Frau am Rohling eines Surfbretts. Als der Polizeiwagen in den Hof fuhr, hörten sie auf und sahen den beiden Polizisten beim Aussteigen zu.
»Servus mit'nand«, sagte Kreuthner. Der junge Mann sagte nichts, nickte aber zurückhaltend. »Schön habts es hier.« Kreuthner sah sich um. Sein Blick verfing sich an einer der großen Tonkugeln, die ohne erkennbares System auf dem Gelände verteilt waren. »Witzig. Hat des was zum bedeuten mit die Kugeln?«
»Feng Shui«, sagte der junge Mann und sah zu der jungen Frau. »Oder? War doch Feng Shui.«
»Glaub schon.«

»Feng Shui«, sagte der junge Mann zu Kreuthner. »Is was Japanisches.«

»Des mit die kleinen Bäume?«, fragte Kreuthner.

»Bäum? Na, glaub net. Oder? Irgendwas mit Strahlen.«

»Ja«, sagte die junge Frau. »Die Silke sagt, da gehen irgendwelche Strahlen durch. Is jedenfalls besser, wenn die Kugeln da san.«

»Ja, ja,« sagte Kreuthner. »Des is bestimmt besser. Mal was ganz anderes – Sie kennen einen älteren Herrn? Manfred Wallner heißt er.«

Die junge Frau zuckte sichtlich zusammen, sah Kreuthner aber aufsässig an und sagte: »Na.«

»Komisch. Wo Sie ihn doch mit dem Auto gestern heimgefahren haben.«

»Was wird denn das für a Nummer?«

»Kennen Sie den Mann, oder kennen S' ihn nicht?«

»Wieso wollen S' des wissen?«

»Mir ermitteln gegen den Mann.«

»Weswegen?«

»Äh, wegen … das kann ich Ihnen net sagen. Amtsgeheimnis.«

Die jungen Leute sahen Kreuthner misstrauisch an.

»Nur so viel: Der Mann ist gefährlich.«

»Gefährlich?«

»Der schaut so possierlich aus, gell? Aber lassen S' Eahna net täuschen. Der wenn ausrastet – da möchten Sie nicht dabei sein.«

Der junge Mann blickte zu der jungen Frau. »Was erzählt 'n der für an Scheiß? Der hat doch kaum selber laufen können.«

»Du bist jetzt mal ruhig.« Die junge Frau wandte sich wieder Kreuthner zu, ihre Sprache wurde förmlich.

»Das Gespräch ist beendet. Sie verlassen bitte unseren Hof. Sie dürfen nämlich gar nicht auf unserem Grundstück sein!«

Kreuthner griff in seine Brusttasche. »Da muss ich Sie eines Besseren belehren. Ich darf auf diesem Grundstück sein. Hier der Durchsuchungsbeschluss. Sie sind Dirk Henninger und Jana Kienlechner?«

Die beiden jungen Leute wurden blass, starrten auf das Papier, das Kreuthner ihnen vors Gesicht hielt, und nickten.

»Hier wohnt noch eine Silke Wokylak?«

»Die … die ist heut in München«, stammelte Dirk Henninger.

»So«, sagte Kreuthner. »Dann schauen mir uns mal um.«

»Einen Moment«, sagte Jana Kienlechner und betrachtete mit argwöhnischer Miene den Durchsuchungsbeschluss. »Dr. Leonhardt Kreuthner – der ist Richter in Miesbach?«

»Wenn er unterschrieben hat, wird's wohl so sein«, sagte Kreuthner und war um ein lässiges Lächeln bemüht.

»Seit wann ist der da? Den kenn ich nämlich gar net.«

»San Sie schon so oft vor Gericht gestanden, oder wieso täten Sie jetzt alle Richter in Miesbach kennen?«

»Ich hab bis vor drei Monaten als Anwaltssekretärin gearbeitet. Mir ham hauptsächlich Strafrecht gemacht. Ich kenn eigentlich alle Strafrichter in Miesbach.«

Kreuthner zuckte mit den Schultern.

»Darf ich mal Ihren Polizeiausweis sehen?«

»Was soll denn das jetzt?« Kreuthner lachte fassungslos. »Sie sehen doch, dass mir Polizisten san.«

»Ich seh nur, dass Sie einen Durchsuchungsbeschluss von einem Richter dabeihaben, den ich net kenn und der anscheinend net amal an Hauptschulabschluss hat. Hier ...« Sie wies auf die Beschlussbegründung. »›Straftaten gegen das Betäubungsmittelgesetz, wo sich aus den Aussagen von mehreren Zeugen ergibt.‹ Erstens heißt es Straftaten *nach* dem Betäubungsmittelgesetz, zweitens heißt es *ergeben* und nicht *ergibt*. Und *wo sich ergibt* ist ja wohl Pidgindeutsch. Ich kenn keinen Richter, der so einen Unsinn schreibt.«

»Das ... das hat wahrscheinlich die Sekretärin geschrieben. Die können doch heut alle kein Deutsch mehr.« Kreuthner vermied den Blickkontakt mit Schartauer.

»Sie wollten mir Ihren Ausweis zeigen.«

Kreuthner wurde heiß unter der Dienstmütze. Er fingerte nervös den Ausweis hervor und hielt ihn Jana Kienlechner eine halbe Sekunde ganz nah vor die Augen.

»Tut mir leid«, sagte sie. »So schnell kann ich das nicht lesen.«

Kreuthner hielt ihr den Ausweis länger hin.

»Ihr Finger verdeckt genau den Namen.«

Kreuthner tat erstaunt. Der Moment der Wahrheit war gekommen. Zögernd bewegte er den Finger. Jana Kienlechner las den Namen, sah Kreuthner ungläubig an und verglich den Namen mit dem des Richters auf dem Durchsuchungsbeschluss. Kreuthner wog währenddessen fieberhaft seine Optionen ab.

»Ich erwarte eine Erklärung, Herr Kreuthner. Ich kann aber auch gleich meinen früheren Arbeitgeber anrufen. Also – was wird das hier?«

Kreuthner lachte und wandte sich an Schartauer. »Herrschaft! Jetzt hat sie's doch gemerkt.« Er lachte Jana Kienlechner an. »War natürlich a Spaß.«
»Ah so?«
»Aber Ihnen kann man anscheinend nix vormachen. Super, wie Sie da reagiert haben. Hut ab, echt.«
»Wenn Sie nicht in fünf Sekunden dieses Grundstück verlassen haben, werden Sie mich kennenlernen, Herr Kreuthner!«

Sie fuhren zunächst schweigend auf den Feldweg, der vom Hof zur Straße führte.
»In so einer Situation kommt's drauf an, dass du flexibel bleibst. Hast des g'sehen, wie ich des g'macht hab? Innerhalb von einer Sekunde total umswitchen. Das musst können. Dann ist der Gegner so verwirrt, dass er sich gar nimmer auskennt.«
»Mann! Die zeigt uns an!«, räsonierte Schartauer.
»An Schmarrn macht die. Halt amal an.«
Sie waren an die Stelle gelangt, wo der Feldweg in die Landstraße mündete. Auf einem Pfosten war ein amerikanischer Briefkasten angebracht, der die Namen der drei Bewohner des alternativen Anwesens trug. Büsche verhinderten von hier aus die Sicht auf das Haus. Kreuthner stieg aus dem Wagen und ging zu dem Briefkasten.
»Was machst denn jetzt schon wieder? Lass den Blödsinn.«
»Am End lassen die sich Drogen mit der Post schicken. Und dann hamma s', die Dreckhammeln. Dann tun die uns nimmer ans Bein pinkeln.« Kreuthner war bereits dabei, den Inhalt des Briefkastens, der gestern offenbar nicht geleert worden war, zu unter-

suchen. Zunächst schien nichts Verdächtiges dabei zu sein. Doch mit einem Mal stutzte Kreuthner.
»Was ist?«, wollte Schartauer wissen.
Kreuthner hielt einen Brief hoch. »Die G'schicht hier wird noch interessant. Schau mal, was da draufsteht!«

Kapitel 24

Jana Kienlechner sah mit einiger Fassungslosigkeit die beiden Polizisten aus dem Wagen steigen. Sie wandte sich an Dirk und sagte so laut, dass Kreuthner und Schartauer es hören konnten: »Sind das die Bullen, die mir grad rausg'schmissen ham?«

»Ja, ja. Den einen erkenn ich wieder. Der hat so an verschlagenen Blick.«

»Das war der mit dem falschen Durchsuchungsbeschluss. Ich glaub, jetzt ruf ich doch mal bei seinem Chef an.«

»Grüß Gott beinand«, sagte Kreuthner, als habe er nichts von alldem gehört.

»Servus, Bulle«, sagte Jana Kienlechner. »Wisst's was — ich zeig euch jetzt an. Wegen Hausfriedensbruch.«

»Jetzt machen S' mal langsam. Wir sind wegen was ganz anderem da.«

»Is mir wurscht. Ich red mit euch net. Aber vielleicht erklären S' mir, was das mit dem falschen Durchsuchungsbeschluss sollte.«

»Des ... des is a Untersuchung. Polizeiintern, verstehen S'? Dass mir rausfinden, wie der Bürger, äh, amtliche Schriftstücke liest. Ob der überhaupts checkt, was da drin steht.«

»Und das macht ihr Bullen, indem ihr mit falschen Gerichtsbeschlüssen zu den Leuten geht?«

»Wie sollen mir's denn sonst machen?«

Jana Kienlechner zog ihr Handy aus der Hose und tippte eine Nummer ein.

»Hören S' halt erst mal zu. Ich hätte da eine wichtige Frage.«

»Reden Sie. Ich hör Ihnen zu.« Sie hielt das Handy ans Ohr und wartete auf die Verbindung.

»Wohnt hier noch jemand außer Ihnen?«

»Nein.« Sie drehte sich leicht zur Seite. »Grüß Gott. Kienlechner ist mein Name. Ist heute jemand von der Kripo da? ... Ah, sehr gut. Dann würde ich Herrn Hanke gerne sprechen. Es geht um eine Hausdurchsuchung, die für heute angeordnet wurde ...«

»Es is ja nix angeordnet worden. Das hab ich Ihnen doch gesagt.«

Jana Kienlechner drehte sich wieder Kreuthner zu. »Haben Sie noch Fragen zu den Hausbewohnern?«

»Gibt's bei Ihnen Besuch aus dem Ausland?«

Jana Kienlechner zögerte einen Moment. Ihr Interesse war geweckt. »Wozu wollen Sie das wissen?«

»Weil wir jemand suchen.«

»Ja, grüß Gott, Herr Hanke. Kienlechner. Sie sind im Augenblick der Verantwortliche?«

»Das ist überhaupts net mein Chef.«

Jana Kienlechner wandte Kreuthner den Rücken zu, der kopfschüttelnd und auf Zustimmung hoffend Schartauer ansah. »Es sind gerade zwei Polizisten hier, die haben mir einen Durchsuchungsbeschluss präsentiert. Der ist von einem Miesbacher Richter namens Dr. Leonhardt Kreuthner unterschrieben ...«

»Ich hab's Ihnen doch erklärt.« Kreuthners Stimme hatte ein beschwörendes Timbre angenommen.

»Ja, der Polizist heißt auch so ... aha, hatten Sie schon vermutet.« Kreuthner suchte scheinbar gelangweilt den Frühlingshimmel nach irgendetwas ab. »Ja, ich hab ihn gefragt. Er hat erst gesagt, es sei ein Spaß.

Daraufhin hab ich ihn rausgeworfen. Dann hat er die Dreistigkeit gehabt, noch mal hier aufzutauchen, und behauptet, es handle sich um eine polizeiinterne Untersuchung, ob die Bürger solche gerichtlichen Beschlüsse genau lesen ... ja, er steht neben mir.« Sie hielt Kreuthner wortlos das Handy hin.
»Servus Mike!«, sagte Kreuthner und war um einen möglichst familiären Ton bemüht, um Frau Kienlechner zu beeindrucken. »Du, des hört sich jetzt wahrscheinlich a bissl schräg an, aber ... ja, jetzt lass mich halt amal erklären. Es bestand der dringende Verdacht auf ...« Kreuthner blickte verstohlen zu den Hofbewohnern, die sein Gespräch mit Interesse verfolgten, und ging ein paar Schritte zur Seite. »Ich kann jetzt grad net frei reden«, murmelte er ins Handy. »Die Verdächtigen stehen ja praktisch neben mir. Jedenfalls war einfach keine Zeit für Staatsanwalt und den ganzen Kas. Da hab ich mir den Beschluss halt aufm kurzen Dienstweg besorgt ... Ja, ich erklär dir alles, wenn ich zurück bin ... Ich weiß, dass ich mir nix mehr leisten kann. Aber wenn's mal blöd läuft, dann kommt halt immer alles zusammen. Das kennst doch.«
Kreuthner lächelte etwas beklommen, als er der jungen Frau ihr Handy zurückgab. Sie fragte: »Wir sind verdächtig? Wegen was?«
»Nein! Des ham S' falsch verstanden. Ich hab dem halt irgendwas erzählen müssen. Aber jetzt lass ma mal die G'schicht mit dem Beschluss.«
»Ich werde die Sache weiter verfolgen.«
»Is ja gut. Kann ich jetzt meine Frage stellen?«
»Machen Sie halt endlich.«
Kreuthner ließ eine kurze Pause, um die Dramatik zu

steigern, und sagte dann in nahezu hochdeutschem Tonfall: »Ist Ihnen eine rumänische Staatsangehörige mit Namen Sofia Popescu bekannt?«

Jana Kienlechner sah Kreuthner unbeugsam in die Augen und sagte: »Nein.«

Kreuthner blickte zu Schartauer. Der schüttelte langsam und ernst den Kopf, als wollte er seinen Kollegen von etwas sehr Dummem abhalten. Kreuthner ignorierte Schartauers Warnung und zog etwas aus seiner Uniformjacke. Es war ein Brief. »Wieso steht auf diesem Brief: Sofia Popescu, c/o Jana Kienlechner?«

Auf der hübschen Stirn der jungen Frau bildete sich eine Falte zwischen den Augen. »Wo haben Sie den her?«

»Aha, Sie kennen die Dame also?«

»Ich will wissen, wo Sie den Brief herhaben.«

»Das tut nichts zur Sache. Wir ermitteln in einem Mordfall.«

»Mordfall?«

»Gestern ist eine Frau erwürgt worden. Sie hat der Frau Popescu vor ihrem Tod E-Mails geschrieben. Frau Popescu ist daraufhin offenbar aus Rumänien hergekommen. Dann ist die andere Frau ermordet worden.«

»Ach so. Und jetzt glauben Sie, dass Sofia Popescu die Frau umgebracht hat.«

»Vielleicht. Vielleicht ist sie aber auch eine wichtige Zeugin. Wir würden gern mit ihr reden. Uns interessiert vor allem, was die Tote von ihr gewollt hat und weshalb sie hergekommen ist.«

Jana Kienlechner sah Kreuthner argwöhnisch an. »Sofia Popescu kann diese Frau nicht umgebracht haben.«

»Wieso?«

»Weil sie noch gar nicht da ist. Sie kommt erst. Irgendwer hat ihr schon mal Post an diese Adresse geschickt.«

Der Anflug eines Lächelns legte sich über Kreuthners Gesicht. Er spürte Oberwasser. »Ah so! Die Frau Popescu ist noch gar net da.«

»Nein.«

»Ganz bestimmt?«

Jana Kienlechner schien verunsichert.

»Die war schon am Wochenende da.« Kreuthner legte die Hände hinter seinen Rücken und wippte auf den Fußballen. »Das weiß ich. Und sie gilt seit zwei Tagen als vermisst. Hat sich nimmer gemeldet bei ihrer Verwandtschaft in Rumänien.«

»Oh«, sagte Jana Kienlechner. »Sie hat nicht einmal zu Hause angerufen?«

»Nein. Seit mehreren Tagen nicht.«

Die junge Frau wurde blass, ihr Blick flackerte. Sie sah ihren Freund Dirk an. Der hatte auch nur ein besorgtes Gesicht für sie. »Ja, okay, sie war hier. Wir kennen uns von früher. Sie war damals als Au-pair-Mädchen in Schliersee.«

»Wann haben Sie die Frau zuletzt gesehen?«, wandte sich Kreuthner an Dirk.

Dirk zuckte mit den Schultern. »Paar Tage her.«

»Versuchen Sie, sich zu erinnern. Wann war das?«

Jana Kienlechner dachte nach. Mit einem Mal zog Kreuthner wieder ihren Blick auf sich. »Woher wussten Sie, dass sie schon am Wochenende da war?«

»Ich …«, Kreuthner wählte seine Worte mit Bedacht. »Ich hab sie mal getroffen. Zufällig.«

»Sie haben Sie kontrolliert, stimmt's?«

Kreuthner machte eine unschlüssige, aber nicht direkt verneinende Gebärde.

»Sie waren das! Sie haben ihr eine ganze Stunde lang den Wagen auseinandergenommen.«

»Eine Stunde? Zehn Minuten. Viertelstunde Maximum. Sehr nette Frau übrigens.«

»Ich sag der Polizei alles, was ich über Sofia Popescu weiß. Aber net Ihnen. Ich werd nur mit diesem Herrn Hanke reden.« Sie drückte auf die Wahlwiederholung ihres Handys.

»Sie, das geht net. Das hab ich entdeckt, dass Sie was mit der Frau Popescu zu tun haben.«

»Ja, hier Kienlechner. Können Sie mich noch einmal mit Herrn Hanke verbinden?«

»Dann sagen Sie wenigstens, dass ich da draufgekommen bin!«

Jana Kienlechner lächelte Kreuthner maliziös an. »Ich werde Sie erwähnen, Herr Kreuthner. Keine Sorge.«

Kapitel 25

Noch einmal war der Winter zurückgekehrt an diesem Palmsonntag. Mit großer Kälte und so viel Schnee, dass eine Hirschkuh bis zum Bauch darin versank. Den Vormittag über hatte er sich von der bereits vollzählig für die Osterzusammenkunft versammelten Familie abgesetzt, war durch die Wälder gestreift und hatte nach dem Sechzehnender Ausschau gehalten, von dem er gehört hatte, er sei von der Inntalseite herübergekommen. Gefunden hatte er ihn nicht. Aber die Stunden an der kalten Luft hatten ihn erfrischt. Nicht mehr lange würde sich der Winter halten. Für die morgen beginnende Karwoche hatten sie Frühlingswetter vorhergesagt.
Die Frau stand neben einem Wagen, etwa dreihundert Meter entfernt. Er war noch im Wald, so dass sie ihn nicht bemerkte. Obwohl sie ein Fernglas benutzte, wie er jetzt durch seinen eigenen Feldstecher sah. Der Motor des Wagens lief. Das erkannte er an den Auspuffgasen, die bei der Kälte gut sichtbar hinter dem Kofferraum aufstiegen. Die Frau schien die alte Villa zu beobachten. War sie kunstinteressiert? Sammelte sie Material für eine Arbeit über Gabriel von Seidl? Sie wäre nicht die Erste, die sich für den Erbauer der Villa interessierte. Nur – dafür hätte sie klingeln oder vorher anrufen oder mailen können, wie es die anderen taten.
Der Wagentyp war selten, das Nummernschild nicht zu erkennen. Auch nicht das Nationalitätenkenn-

zeichen. Die Form der Karosserie erinnerte an ältere französische Modelle. Es musste ein Dacia sein. Das bedeutete, die Frau hatte nicht viel Geld. Vielleicht doch eine Architekturstudentin? Sie stieg jetzt in den Wagen, wendete und fuhr hinunter ins Tal. Das Länderschild konnte er immer noch nicht lesen, doch im Rückfenster lag ein blau-gelb-rot gestreiftes Kissen. Das waren die Farben Rumäniens. Wie alt mochte die Frau gewesen sein? Anfang dreißig? Er spürte, wie seine Nebennieren einen kleinen Schuss Adrenalin in seine Blutbahn pumpten und ihm Stirn und Schläfen heiß wurden. Sie war also tatsächlich gekommen. War sie eine Gefahr? Er stapfte durch den tiefen Schnee aus dem Wald. Der schwarze, bärenartige Hund lief mit wuchtigen Sprüngen voraus. Sie hatte ihr Kommen nicht angekündigt, ja nicht einmal geklingelt. Er blieb stehen und blies Kondenswolken in Richtung Schliersee. Die Frau verhielt sich nicht wie jemand, der Gutes im Sinn hatte. Eilig marschierte er zu seinem Wagen.

Sofia war von Jana, Silke und Dirk mit warmer Herzlichkeit empfangen worden. Sie hatten den Kontakt im Verlauf der zwölf Jahre verloren. Jetzt war Sofia wie durch ein Wunder wieder aufgetaucht. Jana und Dirk waren zu der Zeit noch zur Schule gegangen. Es war ihr Abiturjahr. Schon damals ein inniges Paar, hatten sie Sofia auf dem Waldfest kennengelernt. Danach hatte Sofia jede freie Minute mit den beiden und deren Freunden verbracht. Einen unbeschwerten Sommer lang, bevor für sie alle das Erwachsenwerden begann.
Sofia wurde Lehrerin in Rumänien, hatte nie geheira-

tet und führte ein Leben am Existenzminimum. Für die Fahrt nach Deutschland musste sie von ihrem Bruder Geld leihen. Es war aber von großer Wichtigkeit, dass sie kam. Leni war tot. Das war grausam für Sofia. Auch wenn sie den letzten Brief an Leni vor sechs Jahren geschrieben hatte, hegte sie für das kleine Mädchen von damals immer noch tiefe Gefühle. Sofia hatte keine eigenen Kinder, und Leni war ihr in dem einen Jahr sehr ans Herz gewachsen. Sie hätte alles für das Kind getan und es mit ihrem Leben beschützt. Näher konnte auch eine Mutter ihrem Kind nicht sein. Es gab ein Geheimnis um Lenis Tod, das Sofia aufklären konnte, wenngleich sie noch nicht wusste, was es war. Sofia war entschlossen, es herauszufinden.

Nachdem Dirk und Jana ihrem Gast das Haus gezeigt hatten, die holzgetäfelte Bauernstube mit den alten Möbeln, die Dirk selbst restauriert hatte, die Zimmer im ersten Stock mit den Kastenfenstern, Fichtenholzböden und Ikea-Betten, schließlich die Werkstatt, in der Dirk und Jana Surfbretter nach Kundenwünschen modellierten, nachdem man Tee getrunken und Sofias Bett bezogen hatte, mussten Dirk und Jana nach Miesbach fahren. Sofia blieb zurück und wollte die Gegend erkunden. Sie sah dem Wagen ihrer Gastgeber von ihrem Zimmer aus nach, als er vom Hof fuhr. Auf der Landstraße, in die der Schotterweg mündete, stand ein Wagen in einer Bushaltestelle. Der Fahrer des Wagens registrierte, dass ein Fahrzeug den Hof verließ. Durch sein Fernglas konnte er erkennen, dass zwei Menschen in dem Wagen saßen. Sofia war nicht dabei. Er war ihr von der Millruth-Villa bis hierher gefolgt und hoffte auf eine Gelegenheit, sie zu treffen.

Doch sollte es zufällig erscheinen. Erneut richtete der Mann sein Fernglas auf den Hof. Sofia Popescu verließ in diesem Moment in Joggingkleidung das Haus und ging zu ihrem Wagen.

Der Waldweg war geräumt, der Schnee griffig. Sie erklomm mit schnellen Schritten eine leichte Steigung. Die kalte Luft rötete Sofias Wangen und biss in Stirn, Kinn und Ohren, obwohl sie eine Mütze trug. Der Himmel über den Bäumen war aus Blei, der Schnee am Boden von einem diffusen Weiß. Nur die dunklen Stämme der Bäume, die das Weiß mit dem Grau des Himmels verbanden, gaben Struktur. Sofia hörte ihren Atem und ihre Schritte auf dem harten Schnee. Darin mischte sich ganz entfernt das Geräusch eines Motors. Sofia sah sich um. Es war nichts zu sehen, und das Geräusch verstummte. Als sie sich wieder nach vorn drehte, war es wieder da. Sofia hielt an, lauschte in den Stangenwald. Wieder Stille. Um sie herum sah alles in jeder Richtung gleich aus. Mal mehr Buchen, mal mehr Fichten. Sonst alles gleich. Baum auf Baum, gleich dick, gleich hoch. Eine gigantische Säulenhalle ohne jedes Leben darin, so schien es Sofia, und es überkam sie ein beklemmendes Gefühl. Die Ahnung, nicht allein zu sein in diesem Wald. Sie atmete schwer, versuchte, leise zu sein, um zu hören, ob noch jemand da war. Es war unfassbar still. Die Dämmerung und ein eisiger Hauch aus der Niederung kündeten vom Kommen der Nacht. Mit einem Mal flogen Krähen auf. Ein halbes Dutzend, etwa hundert Meter von Sofia entfernt. Sie fing wieder an zu laufen. Schneller dieses Mal. Sie wollte raus aus dem Wald.

Ihr Auto stand am Ende des Waldweges, wo er auf eine kleine, kaum befahrene Teerstraße traf. Aber es stand nicht alleine da. Ein Geländewagen war neben dem Dacia geparkt worden, während sie beim Laufen gewesen war. Ihr Blick streifte durch das Stangengewirr des Waldes, der Besitzer des Wagens war nicht zu sehen. Ein leises Bellen drang an ihr Ohr. Es kam aus dem Geländewagen. Sofia hörte auf zu rennen und ging jetzt mit zögernden Schritten auf die Autos zu. In dem fremden Wagen konnte sie einen riesigen schwarzen Hund ausmachen, neben dem sich in der Scheibe die Bäume spiegelten. Im Spiegelbild eine zuckende Bewegung, am Stamm eines Baumes. Sofia krampfte sich das Herz zusammen, sie blieb stehen, versuchte zu erkennen, welcher Baum des wirklichen Waldes dem zuckenden Spiegelbild entsprach. Es musste der Baum sein, dessen untere Hälfte hinter dicht stehenden jungen Fichten verborgen war. Sie musste dort vorbei, wenn sie zu ihrem Wagen wollte. Sie zögerte, überlegte, ob sie umkehren sollte. Doch das war albern. Wer sollte ihr hier in der kalten Wildnis auflauern? Sie griff in die Tasche ihrer Jogginghose und umfasste den Autoschlüssel mit der Faust, so dass er wie ein Dorn zwischen Mittel- und Ringfinger herausragte. Das hatte sie in einem Selbstverteidigungskurs für Frauen gelernt. Dann gab sie sich einen Ruck und rannte los. Keine zwei Sekunden später trat ein Mann mit Gewehr hinter den Fichten hervor und stellte sich Sofia in den Weg. Sie erschrak, blieb stehen und starrte den Mann an. Der Mann starrte seinerseits Sofia an. Verwunderung im Blick.
»Sofia?«, sagte der Mann.
Sofia atmete noch schneller, versuchte, im Dämmer-

licht das Gesicht des Mannes unter der Jägerkappe zu erkennen.

»Kennst du mich nicht mehr?« Der Mann trat einen Schritt auf Sofia zu. Ja, sie kannte ihn. Die Angst fiel wie ein Stein von ihr ab.

»Hallo«, sagte Sofia. »Was machst denn du hier?«

»Hier soll es irgendwo einen Sechzehnender geben.« Sofia sah den Mann verständnislos an. »Das ist ein Hirsch. Mit einem großen Geweih.«

»Ah! Er hat sechzehn ...« Ihr fiel das Wort nicht ein. Ihr Deutsch war etwas rostig geworden.

»Spitzen«, half der Mann.

»Spitzen. Genau.« Sofia lächelte. Der Mann lächelte auch.

»Bist du schon lange hier?«

»Nein, ich bin heute gekommen.«

»Verstehe. Du wirst uns doch bestimmt besuchen?«

»Ja, sicher. Ich werde euch besuchen. Ich wohne bei Jana und Dirk.«

Der Mann schien sich nicht zu erinnern.

»Ich habe damals viel mit ihnen gemacht. Sie waren noch in der Schule.«

»O ja. Ich erinnere mich. Die beiden waren sehr nett.« Er sah sie prüfend an, und das Lächeln verschwand aus seinem Gesicht. »Du weißt, was passiert ist?«

»Du meinst ... Leni.«

»Ja.«

»Ich ... ich habe davon gehört. Wie ist es passiert?«

»Eine schlimme Geschichte. Leni war sehr krank.« Er legte eine Hand auf sein Herz. »Ihre Seele war krank. Ich kann dir davon erzählen. Aber vielleicht in Ruhe.«

»Wenn ich zu euch komme?«

»Wir können uns auch alleine treffen.«
Sofia blickte ihn fragend an.
»Ich schlage das vor«, sagte der Mann, »weil die meisten bei uns im Haus nicht darüber reden wollen. Es ist zu frisch und tut noch zu weh. Ich glaube, Katharina hat es immer noch nicht wirklich begriffen. Wir sollten uns irgendwo anders treffen.«
Sofia nickte. Vielleicht wäre das keine schlechte Idee.
»Du kannst natürlich trotzdem vorbeikommen. Sollen wir uns vorher verabreden?«
»Ja. Ich muss dich auch ein paar Dinge fragen.«
»Was denn?«
»Es geht um ... Leni. Ich bin gekommen, weil ich etwas wissen muss.«
»Aha?«
»Darüber reden wir in Ruhe, okay?«
»Natürlich. Du hast ein Handy?«
Sofia nickte. Nachdem sie ihre Handynummern ausgetauscht und sich für den übernächsten Tag verabredet hatten, stieg Sofia in ihren Wagen und fuhr fort. Der Mann sah ihr besorgt hinterher. Warum war sie nach all den Jahren zurückgekehrt? Hatte sie irgendeine Ahnung von den Dingen, die an Weihnachten passiert waren? Er beschloss, nicht in Panik zu verfallen. Aber eines war jetzt klar: Sofia Popescu war nicht zufällig hier.

Kapitel 26

Mike war im SoKo-Raum und erkundigte sich nach den Fortschritten der einzelnen Mitarbeiter. Oliver und Tina hatten Hunderte Spuren an der Leiche, im Lastwagen und in der Spedition von Raubert gesichert. Die DNA-Spuren wurden mit polizeilich gespeicherten Proben aus dem gesamten Bundesgebiet verglichen. Bislang ohne Ergebnis. Inzwischen hatte man außerdem von sämtlichen Mitarbeitern der Spedition, die nicht in den Urlaub gefahren waren, Speichelproben und Fingerabdrücke genommen. Es blieb einiges übrig, das nicht zugeordnet werden konnte. Man konnte davon ausgehen, dass die meisten Spuren von Kunden oder anderen Leuten stammten, die mit der Firma Raubert zu tun hatten.

Mehrere Mitarbeiter waren damit beschäftigt, nach Zeugen zu suchen, die in der Mordnacht etwas im Umfeld der Spedition beobachtet hatten. Ein Schichtarbeiter war um kurz nach zehn auf seiner abendlichen Joggingrunde am Speditionsgelände vorbeigekommen und hatte einen Wagen am Straßenrand gesehen. Der Wagen war ihm aufgefallen, weil dort gewöhnlich nur zwei Autos ohne Kennzeichen standen. Außerdem sei auf der Motorhaube kein Tau gewesen. Der Mann hatte daraus geschlossen, dass der Motor noch warm war. Ihm sei beim Joggen immer langweilig, fügte er entschuldigend hinzu, da gehe ihm eben so ein Schmarrn durch den Kopf. Bei der Frage nach dem Fabrikat des Wagens musste der Jogger passen.

Nur dass es ein Geländefahrzeug war, wusste er, die Farbe braun, grün oder rot. Er sei rotgrünblind und könne einige Farben nicht genau voneinander unterscheiden. Weiß, schwarz, silber, blau und gelb könne er aber mit Sicherheit ausschließen. Tina hatte das Überwachungsvideo aus der Spedition ans LKA geschickt. Vielleicht war es möglich, den Typ des mysteriösen Wagens zu ermitteln, der sich langsam ins Bild geschoben hatte.

Am Ende seines Rundgangs wurde Mike von Wallner erwartet. Der teilte ihm mit, dass er ein paar Befragungen im Umkreis der Familie Millruth vornehmen wolle.

»Glaubst, dass wir da geschlampt haben?«

»Ich glaube, Tischler wollte die Sache damals durchpeitschen. Die Leitung der Staatsanwaltschaft in Traunstein war neu zu besetzen. Da hat er sich wohl Hoffnungen gemacht.«

»Die Sache war aber auch für mich ziemlich klar.«

»Schon. Aber du hättest noch ein paar Ermittlungen mehr angestellt, wenn Tischler dich gelassen hätte. Zum Beispiel die Therapeutin des Opfers vernommen.«

»Hätte das was gebracht?«

»Das weiß ich nicht. Aber ich weiß jetzt, dass an der Sache irgendwas faul ist. Die haben nach der Entdeckung der Leiche über eine Stunde gewartet, bis sie die Polizei angerufen haben. Und ich werde das Gefühl nicht los, dass der Mord an Hanna Lohwerk eine Verbindung zu der Weihnachtsgeschichte hat.«

»Das glaube ich inzwischen auch. Die Lohwerk hatte vor ihrem Tod doch intensiven E-Mail-Kontakt mit dieser Sofia Popescu.«

»Die Rumänin, die der Kreuthner kontrolliert hat?«

»Genau. Raubert hat uns erzählt, dass die vor zwölf Jahren schon mal hier war. Als Au-pair. Und jetzt rat mal, bei wem.«
»Doch nicht bei den Millruths?«
»Aber ja. Nur gefunden haben wir sie noch nicht.«
»Aber ich«, meldete sich Kreuthner, der gerade gekommen war.
»Ach, der Kollege Kreuthner. Sag mal – was treibst du da eigentlich?«
»Das is alles sehr kompliziert zum erklären. Das mit dem Durchsuchungsbeschluss war vielleicht a bissl ung'schickt. Aber es hat auch keiner ahnen können, dass des Miststück mal beim Anwalt gearbeitet hat.«
»Er wollte mit einem gefälschten Beschluss eine Hausdurchsuchung durchführen«, wandte sich Mike an Wallner. »Und anscheinend hat er auch noch mit Doktor Leonhardt Kreuthner unterschrieben.«
»Geh Schmarrn«, sagte Wallner. »So blöd kann kein Mensch sein.«
Kreuthner starrte erst auf den Boden, dann, als das Schweigen unerträglich wurde, sah er Wallner an, zuckte mit den Schultern und lächelte gequält.
»Na gut«, seufzte Wallner. »Du hast diese Frau Popescu gefunden?«
»Jawoll. Und zwar hat die bei den Verdächtigen gewohnt, wo ich die Durchsuchung ... also bei dieser Jana Kienlechner.«
»Wieso hast du mir das nicht gesagt? Dann hätt ich einen Beschluss besorgt«, sagte Mike.
»Da hab ich das ja noch gar net gewusst, dass die Popescu da wohnt. Das hat sich erst herausgestellt.«
»Aha ... und was wolltest du dann mit der Durchsuchung?«

»Das tät im Augenblick zu weit führen. Jedenfalls ist klar, dass die Popescu da wohnt oder gewohnt hat.«

Eine junge Frau wurde durch die Sicherheitstür hereingelassen.

»Ah, da ist sie ja.«

»Die Popescu?«

»Na, die Kienlechner. Die wollt uns erzählen, wo die Popescu hin ist.« Kreuthner winkte Jana Kienlechner zu und bedeutete ihr, zu ihnen zu kommen.

»Ich suche Herrn Hanke«, sagte die junge Frau. »Ich möchte eine Aussage machen. Zu Sofia Popescu.«

»Das bin ich«, sagte Mike. »Ich schlage vor, wir gehen in mein Büro.« Zu Wallner gewandt, fügte er hinzu: »Willst du's dir anhören?«

»Ich komm vielleicht noch nach. Muss kurz mit Vera telefonieren.«

Mike und Jana Kienlechner setzten sich in Bewegung. Da auch Kreuthner sich ihnen anschloss, fühlte sich Mike bemüßigt, noch einmal stehen zu bleiben. »Du willst ja wohl nicht mitgehen.«

»Wieso nicht? Ich mein, ich hab das rausgefunden, dass sie was mit der Popescu zu tun hat.«

»Ich halt dich auf dem Laufenden«, sagte Mike und ließ Kreuthner stehen.

»Du, Clemens, wart mal …« Kreuthner war Wallner auf den Parkplatz gefolgt. »Pass auf – die G'schicht mit dem Durchsuchungsbeschluss, das hab ich eigentlich für dich gemacht.«

»Für mich? Danke, aber das wär nicht nötig gewesen.«

»Du weißt doch gar net, worum's geht. Kienlechner! Kommt dir der Name nicht bekannt vor?«

Wallner überlegte. »Irgendwo hab ich den heute schon gelesen.«

»Das ist die Frau, die wo den Manfred gestern nach Hause gefahren hat. Klingelt's?«
»Ach so! Stimmt. Aber was hast du damit zu schaffen?«
Kreuthner lehnte sich an das Auto, das neben Wallners Wagen stand, und legte ein Bein über das andere.
»Ich hab gar nix damit zum schaffen. Aber wenn ich am Kollegen an Gefallen tun kann – warum nicht?«
»Und welchen Gefallen gedenkst du mir zu tun?«, fragte Wallner verunsichert.
»Ich hab mir mal ang'schaut, wie die wohnen.«
»Und?«
»Des san so Alternative, wo Surfbretter machen, und dann ham s' so Feng-Shui-Zeug im Garten. Und wahrscheinlich die Bude voll mit Drogen. Nicht, dass die deinen alten Herrn noch anfixen, verstehst.«
»Schmarrn. Der ist achtzig.« Wallner hielt kurz inne. »Andererseits – ich will's nicht ganz ausschließen. Vielen Dank jedenfalls. Aber das hättest du wirklich nicht tun müssen.«
»Kein Problem. Eine Hand wäscht die andere.« Kreuthner gab Wallner einen Klaps auf die Schulter und ging mit federnden Schritten zu seinem Streifenwagen.
Wallner rief Vera an. Sie verabredeten, dass Vera später nach Miesbach kam. Sie würden zusammen mit Manfred zu Abend essen.

»Ich hab keine Ahnung, was Herr Kreuthner mit dem Durchsuchungsbeschluss wollte. Milch? Zucker?«
Mike hatte Jana Kienlechner eine Tasse Kaffee aus der Glaskanne der Kaffeemaschine eingeschenkt. Der Kaffee roch ausnahmsweise frisch. Mike schob ihr

eine Dose mit Kondensmilch über den Tisch. Sie saßen mit Janette am Besprechungstisch in Mikes Büro. »Der Mann ist kein schlechter Polizist. Er hat nur manchmal eine sehr eigene Art.«
»Das hab ich gesehen.«
»Wenn Sie eine Dienstaufsichtsbeschwerde einreichen wollen, werden wir der Sache natürlich nachgehen. Falls nicht, wasch ich ihm den Kopf, und dann vergessen wir die Sache.«
»Machen Sie, was Sie für richtig halten. Aber sorgen Sie bitte dafür, dass er uns nicht mehr belästigt.«
»Wird nicht wieder vorkommen.« Mike stellte die Kaffeekanne in die Maschine zurück. In diesem Augenblick kam Wallner herein, grüßte stumm und gab durch Handzeichen zu verstehen, dass er nur zuhören und nicht stören wollte. »Und jetzt zu Frau Popescu«, begann Mike die Befragung.

Kapitel 27

Jana Kienlechner und Sofia Popescu waren vor zwölf Jahren Freundinnen geworden. Nachdem Sofia nach Rumänien zurückgekehrt war, schrieben sie sich. Anfangs Briefe, später E-Mails, dann wurden auch die seltener. Schließlich schrieben sie sich nur noch zu den Geburtstagen.

Jana hatte in dem Jahr, als Sofia in Schliersee war, ihr Abitur gemacht und anschließend eine Ausbildung zur Anwaltssekretärin, um ihren Beitrag zu größerer Gerechtigkeit zu leisten. Nach dem Ende der Ausbildung hatte sie für einen Strafverteidiger in Rosenheim gearbeitet, einem der wenigen Spezialisten für Strafsachen auf dem Land. Nach vielen Jahren im Dienst der Gerechtigkeit hatte Jana Bilanz gezogen und festgestellt, dass ihre Kanzlei in der Hauptsache für Leute arbeitete, die betrunken Auto fuhren, Ausländer ausbeuteten, ohne sie bei der Sozialversicherung anzumelden, oder sich ihren Lebensunterhalt mit dem Verkauf von Drogen finanzierten, statt zu arbeiten. Gewiss, es hatte Fälle gegeben, in denen sie zu Unrecht Beschuldigten geholfen hatten. Aber es waren wenige Fälle gewesen. Jana wollte nicht ihr Leben damit verbringen, Kriminellen zur Seite zu stehen. Sie beschloss, ökologisch bewusst zu leben, sich so zu ernähren, dass weder Tiere noch Menschen zu Schaden kamen, und zusammen mit ihrem Freund Dirk maßgeschneiderte Surfbretter zu bauen. Ende des vergangenen Jahres hatte sie gekündigt und sich ganz dem Landleben zugewandt. Als an Weihnachten Leni Millruth starb, hatte Jana an Sofia gedacht und ihr schreiben wollen. Doch Sofia hatte mittlerweile eine neue E-Mail-Adresse. Die hatte sie Jana vor einiger Zeit zwar mitgeteilt, aber Jana hatte die Mail gelöscht, ohne die Adresse zu sichern. Sie nahm sich vor, Sofias neue Adresse herauszufinden, schob die Ausführung dieses Vorhabens aber so lange vor sich her, bis sich im März überraschend Sofia selbst meldete. Sie hatte durch Hanna Lohwerk von Lenis Tod erfahren und wollte nach Deutschland kommen. Nach einigem Hin und Her war die Wahl auf das Wochenende vor Ostern gefallen.

»Hat sie gesagt, warum sie herkommen wollte?«

»Es hatte mit dem Tod von Leni zu tun. Sie wollte natürlich ans Grab. Aber es gab auch irgendetwas, das sie aufklären wollte.«

»Die Sache war doch geklärt. Wusste sie nichts von dem Prozess?«

»Sie hielt es für möglich, dass man den Falschen verurteilt hatte.«

»Wie kam sie darauf?«

»Das hat diese Frau behauptet. Die mit dem verbrannten Gesicht, von der sie erfahren hat, dass Leni tot war.«

»Hanna Lohwerk?«

»Ja, Hanna. Das war, glaub ich, ihr Name. Sie hat Sofia gebeten, etwas mitzubringen.«

»Was war das?«

»Ein Plüschtier. Ein Lamm.«

Mike sah etwas ratlos drein.

»Es hatte Leni gehört. Sie hat es Sofia geschenkt, als die nach Rumänien zurückgegangen ist.«

»Ich vermute, Sie wissen nicht, was es mit diesem Plüschtier auf sich hat?«

Jana Kienlechner schüttelte den Kopf.
»Haben Sie es gesehen?«
»Ja. Es war ziemlich groß. So etwa.« Sie hielt die Hände etwas mehr als schulterbreit auseinander.
»Äußerlich war nichts Besonderes zu erkennen?«
Jana Kienlechner verneinte. »Die Farbe war allenfalls etwas ungewöhnlich für ein Lamm. Es war pink.«
»Was wissen Sie über den Verbleib des Lamms?«
»Sofia hat am Dienstag diese Hanna besucht. Soweit ich weiß, hat sie es bei ihr gelassen.«
Mike konnte sich nicht erinnern, in Hanna Lohwerks Wohnung Plüschtiere gesehen zu haben. Auch die Spurensicherung hatte nichts erwähnt. »Wann ist Sofia Popescu wieder gefahren?«
»Am Dienstag. Sie wollte sich mit jemandem treffen und dann zurückfahren, um Ostern mit ihrer Familie zu verbringen.«
»Sie ist nie in Rumänien angekommen.«
»Was … was heißt das? Ist ihr … was passiert?«
Mike zuckte mit den Schultern. »Gab es irgendeinen Hinweis, wen sie treffen wollte?«
»Es war wohl jemand, den sie von früher kannte. Aber wer …«
»Vielleicht Kilian Raubert?«
»Ich glaube, der wollte sie nicht mehr sehen. Seine Frau ist anscheinend ziemlich eifersüchtig.«
»Vielen Dank, Frau Kienlechner, dass Sie sich die Zeit genommen haben. Und entschuldigen Sie noch mal unseren etwas chaotischen Kollegen.«
»Kein Problem. Aber vielleicht sollten Sie ihm mal eine Therapie spendieren. Er macht einen recht wirren Eindruck.«
»Ich werde es höheren Ortes anregen.«

Als Jana Kienlechner weg war, gingen Mike und Wallner gemeinsam durch, was sie in der Sache wussten.
»Das Kennzeichen ist an alle Polizisten in Bayern durchgegeben worden. Aber von dem Wagen gibt's keine Spur.«
»Was ist mit Sofia Popescus Handyverbindungen?«
»Rumänische Telefongesellschaft. Das kann dauern. Aber wir sind natürlich dran.«
»Vielleicht ist dieses Plüschtier eine Spur.« Wallner sah nachdenklich auf die Akte des Mordfalls, die auf Mikes Schreibtisch lag.
»Tja, ich hab mehr und mehr das Gefühl, dass du recht hast und es Zusammenhänge gibt.«
»Sagtest du schon.«
»Ich hab dir noch nicht alles gesagt.«
Wallner wurde neugierig.
»Die in München haben das Video bearbeitet. Der Wagen, der in Zeitlupe ins Bild gefahren ist und wieder zurück – das war vermutlich ein metallicgrauer Mercedes M-Klasse.«
»Wie viele gibt's davon?«
»Viele. Einer gehört Dieter Millruth. Zumindest ist so ein Wagen auf ihn zugelassen.«
»Interessant.«
»Wenn du dich langweilst, kannst du ja zu den Millruths fahren. Ich muss mich hier leider um die SoKo kümmern.«
»Ich wollte da ohnehin ein paar Sachen klären. Vielleicht komm ich morgen kurz rein. Dann sag ich dir, was rausgekommen ist.«
»Du glaubst, du kommst morgen mal *kurz* rein?«
»Ja. Was soll dieser ironische Blick?«

Kapitel 28

Der Prozess hatte nur zwei Tage gedauert. Die zwanzigjährige Leni Millruth, Tochter des Schauspielerehepaars Katharina und Dieter Millruth, war am ersten Weihnachtstag in den frühen Morgenstunden mit einer Schrotflinte erschossen worden. Der Angeklagte hatte in der Nacht Geräusche gehört, war aufgestanden und hatte eine Jagdflinte aus dem Waffenschrank genommen. Die Geräusche seien aus dem ehemaligen Pferdestall gekommen. Da in den vergangenen Wochen mehrfach versucht worden war, auf dem Grundstück einzubrechen, habe er vermutet, dass die Diebe dieses Mal Grundstücksmauer und Alarmanlage überwunden hatten und in das Wirtschaftsgebäude eingedrungen waren. Dort lagerten größere Mengen antiker Möbel, zum Teil wertvoll. Die Tür zum Stall habe offen gestanden, es habe aber kein Licht gebrannt. Der Angeklagte betrat leise den Stall und konnte sehen, dass sich im Dunkeln jemand bewegte. Er sprach die Person an und forderte sie auf, sich zu ergeben. Die Person habe aber nicht geantwortet, sondern sich umgedreht. Ihr Gesicht sei wegen der schlechten Lichtverhältnisse nicht zu erkennen gewesen. Im Schein des von außen einfallenden Mondlichts habe der Angeklagte deutlich ein Gewehr gesehen, das die unbekannte Person in der Hand hielt und auf den Angeklagten richtete. Er habe es daraufhin mit der Angst zu tun bekommen und sein Gegenüber aufgefordert, die Waffe fallen zu lassen, was der

Angesprochene aber nicht getan habe. Vielmehr habe der andere die Waffe gehoben. Darauf habe der Angeklagte geschossen. Die unbekannte Person sei sofort zusammengesunken. Erst als der Angeklagte das Licht einschaltete, habe er erkennen können, dass es sich bei der anderen Person um Leni Millruth handelte. Sie hielt eine Jagdbüchse in der Hand. Die Schrotladung hatte der jungen Frau Brust und Bauchraum zerfetzt. Der Tod war sehr schnell durch Herzstillstand eingetreten.

Der Angeklagte habe nach der Tat unter Schock gestanden und sei nicht in der Lage gewesen, angemessen zu reagieren. Er habe das Gewehr, das seine Nichte in der Hand hielt, in den Gewehrschrank gestellt. Gegen acht Uhr dreißig entdeckte Katharina Millruth die Leiche ihrer Tochter und verständigte die Polizei. Kurz nachdem die Beamten eingetroffen waren, legte der Angeklagte ein umfassendes Geständnis ab.

Die Angaben des Angeklagten wurden von den anderen Familienmitgliedern bestätigt. Demnach hatten im Vorfeld tatsächlich etliche Einbruchsversuche stattgefunden. Das Verhalten des Opfers erklärte sich daraus, dass Leni Millruth am Borderline-Syndrom litt und sich seit mehreren Monaten in therapeutischer Behandlung befand. Ein neutraler Sachverständiger bestätigte, dass Borderline-Patienten äußerst suizidgefährdet seien. Es sei nicht auszuschließen, dass sich das Opfer in suizidaler Absicht mit der Jagdbüchse in den ehemaligen Stall begeben hatte. Die Reaktion auf die Ansprache durch den Angeklagten könnte so erklärt werden, dass es die junge Frau möglicherweise darauf abgesehen hatte, vom Angeklagten erschossen zu werden.

Das Gericht tat sich nicht leicht mit der rechtlichen Beurteilung des Falles. Notwehr lag objektiv betrachtet nicht vor. Jedenfalls ging das Gericht nicht davon aus, dass das Opfer den Angeklagten erschießen wollte. Dennoch hatte der Angeklagte Grund, eine Notwehrsituation anzunehmen. Es blieb die Tatsache, dass ein psychisch krankes Mädchen mit einer Schrotflinte erschossen worden war. Offenbar widerstrebte es dem Gericht, den Angeklagten freizusprechen. Andererseits machte er den Eindruck, selbst am meisten unter den tragischen Ereignissen zu leiden. Der Angeklagte wurde schließlich wegen fahrlässiger Tötung zu einer Freiheitsstrafe von achtzehn Monaten auf Bewährung verurteilt. Wolfgang Millruth nahm die Strafe mit sichtlicher Verzweiflung an und verzichtete auf Rechtsmittel.

Kapitel 29

Der Parkplatz vor dem Haus war voll, als Wallner eintraf. Die Familie Millruth war für die Osterfeiertage zusammengekommen. Katharina Millruth begrüßte Wallner herzlich, führte ihn in den Salon und bot Tee und Kaffee an. Wallner hatte seinen Besuch telefonisch angekündigt.

Im Salon saßen neben Wallner und Katharina Millruth ihr Mann Dieter, Henry, mittlerweile wieder Single, stattdessen Adrian in Begleitung einer neunzehnjährigen Schauspielschülerin namens Franzi sowie Wolfgang, der Jeans und einen abgetragenen Pullover mit Sägespäneresten trug, offenbar seine Arbeitskleidung. Katharina stellte Wallner die Familienmitglieder vor und erklärte, der Kommissar sei nicht in offizieller Mission hier, sondern wolle ein paar Hintergrundinformationen, die, wie er hoffte, für die Aufklärung des Mordes an Hanna Lohwerk von Nutzen sein könnten.

»Es gibt Hinweise, dass der Mord an Hanna Lohwerk und der Tod von Leni Millruth in Zusammenhang stehen. Wie dieser Zusammenhang konkret aussieht, ist derzeit noch unbekannt. Nur eines vorweg: Ich weiß, dass der Strafprozess für alle Beteiligten sehr schmerzlich war und grausame Erinnerungen wieder wachgerufen hat. Ich werde trotzdem nicht umhinkönnen, auch dazu Fragen zu stellen.«

»Steht denn nicht alles in den Akten?«, fragte Katharina Millruth.

»Leider nicht. Und auch das, was drinsteht, wirft die eine oder andere Frage auf. Aber dazu später.«

Katharina warf ihrem Sohn Adrian einen unauffälligen Blick zu. Er reagierte sofort und nahm die Hand seiner Freundin Franzi. »Schatz, wenn du noch mal deine Rolle für heute Abend durchgehen möchtest, wir hätten Verständnis.«

»Die sitzt eigentlich ganz gut ...« Franzi bemerkte, dass Adrians Blick irgendwie seltsam war. »Aber ich seh sie mir lieber noch mal an«, sagte sie, ein wenig beleidigt, dass man sie nicht dabeihaben wollte.

Wallner fuhr mit dem Finger über ein Blatt, auf dem er sich seine Fragen an die Familie Millruth notiert hatte. »Es wäre nett, wenn Sie mir bei ein paar Unklarheiten helfen könnten. Womit fangen wir an ...« Er sah sich im Raum um, bis sein Blick an Wolfgang haften blieb. »In der Akte steht, dass auf der Tatwaffe keine Fingerabdrücke waren. Sie haben die Flinte abgewischt, nachdem Sie geschossen hatten?«

»Ja«, sagte Wolfgang. »Ich stand unter Schock. Und ich hatte wohl erst nicht beabsichtigt, mich der Polizei zu stellen.«

»Das Gewehr gehörte doch Ihnen?«

»Ja. Es war zusammen mit den anderen Gewehren der Familie in diesem Waffenschrank.« Er deutete auf einen mit Jagdwaffen reichlich bestückten Schrank, den man durch die offene Tür auf dem Flur sehen konnte.

»Dann wäre es doch normal gewesen, dass Ihre Fingerabdrücke drauf sind.«

»Stimmt. Wie gesagt, ich stand unter Schock. Da denkt man nicht klar.«

»Ja, da tut man oft die seltsamsten Dinge. Haben Sie

eigentlich Licht gemacht, als Sie morgens zusammen mit Ihrer Schwägerin in den Stall gingen?«

»Nein. Es war schon hell. Warum?«

»Im Bericht der Spurensicherung steht, dass die Glühbirne am Tatort kaputt war. Offenbar hatte ein Holzsplitter sie getroffen, den der Schuss herausgeschlagen hat. Auf der Leitung lag Strom, mit anderen Worten: Das Licht war eingeschaltet. Da es niemand nach dem Auffinden der Leiche eingeschaltet hat, muss es wohl gebrannt haben, als die Birne zerstört wurde.«

»Was wollen Sie damit sagen?« Katharina stand auf und ging erregt zu Wallner. »Dass mein Schwager seine Nichte sehenden Auges erschossen hat?«

»Nicht notwendigerweise. Aber so weit sind wir noch nicht. Ich hätte noch eine Frage an alle.«

Es wurde sehr still im Raum.

»Wann und wie haben Sie von Lenis Tod erfahren?« Er sah Henry an.

»Meine Mutter hat mich geweckt. Also meine damalige Freundin und mich. Wir sind nach unten in den Salon gegangen, und da hat sie es uns gesagt. Das war so um halb neun.«

»Bei mir war es genauso«, sagte Adrian. »Meine Mutter hat mich gegen halb neun geweckt.«

»Ich wurde etwas früher von meiner Schwägerin geweckt, wie Sie wissen. Ich habe eine Decke geholt und die Leiche zugedeckt.«

Wallners Blick kam jetzt auf Dieter zu ruhen. »Na ja, ich bin auch um halb neun oder so geweckt worden. Wir ... wir schlafen in getrennten Zimmern. Ich schnarche.«

»Warum haben Sie Ihren Schwager geholt und nicht Ihren Mann?«

Katharina zögerte. »Weil ... ich weiß auch nicht. Oder doch – mein Mann hatte sich am Fuß verletzt. Er konnte schlecht laufen. Das war's wohl.«
»Verstehe«, sagte Wallner. »Was mich an der Sache etwas irritiert ist Folgendes: Wir haben Fotos von diesem Haus hier in Hanna Lohwerks Wohnung gefunden.«
»Wundert mich nicht«, sagte Dieter. »Die verdammte Hexe hat uns verfolgt.«
»Ich verstehe nicht ganz, was das mit Ihrer vorangegangenen Frage zu tun hat«, sagte Katharina.
»Nun – die Fotos stammen teilweise vom Morgen des fünfundzwanzigsten Dezember. Sie müssen etwa um die Zeit gemacht worden sein, als Sie Ihre Tochter entdeckt haben. Schon ein bisschen eigenartig, dass Frau Lohwerk am Weihnachtstag in aller Herrgottsfrühe um Ihr Haus schleicht und Fotos macht. Hat jemand sie gesehen?«
Niemand antwortete.
»Sie hat ihr Leben zum großen Teil nachts gelebt«, sagte Wolfgang. »Wegen ihres entstellten Gesichts. Ich habe sie einige Male nachts oder früh morgens in der Nähe des Hauses getroffen.«
»Das hast du nie erzählt.« Katharina schien ernsthaft überrascht.
»Ich hab auch nie erzählt, dass ich die ganze Zeit Kontakt zu ihr hatte. Es hätte euch nur unnötig beunruhigt.«
»Wieso hattet ihr Kontakt?«
»Ich denke, sie wollte mich über die Familie aushorchen.«
»Ach so? Großartig!« Katharina lachte fassungslos.
»Was hätte ich ihr schon erzählen können? Passiert ja nie was in diesem Haus.«

Katharina schien das nicht zu besänftigen.

»Auf einem der Fotos sind Sie«, Wallner sah Wolfgang Millruth an, »zu sehen, wie Sie mit der Decke zum Stall gehen. Im Hintergrund ist der Schneepflug zu erkennen, der an diesem Tag – wir haben das recherchiert – zwischen Viertel nach sieben und halb acht hier vorbeigekommen ist. Das heißt, Sie haben die Leiche vor halb acht entdeckt. Das wiederum bedeutet: Sie haben eine Stunde gewartet, bevor Sie die Polizei verständigten.«

Katharina starrte etwas ratlos auf einen Punkt an der Wand. »Wir ... es war ein großer Schock für uns alle. Irgendwie war keiner in der Lage, richtig zu reagieren.«

»Das heißt, Sie standen so unter Schock, dass erst eine Stunde später jemand in der Lage war, die Polizei zu rufen?«

»Ja. Letztlich war es wohl so.«

»Das hätten Sie der Polizei doch sagen können. Stattdessen haben Sie ausgesagt, Sie hätten die Leiche erst um halb neun gefunden.«

Katharina sah sich hilfesuchend um. Aber keiner der anderen sprang ihr bei. »Es hätte einen seltsamen Eindruck gemacht, dass wir so lange gewartet haben.«

»Verstehen Sie mich nicht falsch. Das ist keine Kritik. Aber ich glaube, es hätte mich in Ihrer Situation wenig interessiert, was für einen Eindruck ich mache.«

»Da haben Sie sicher recht. Aber wie gesagt – unter Schock tut man die seltsamsten Dinge.«

»Dafür, dass Sie unter Schock standen, haben Sie der Polizei ziemlich diszipliniert alle die gleiche Lüge über den Zeitpunkt des Leichenfunds erzählt.« Er wandte sich an Dieter. »Bis auf Sie. Aber das haben Sie dann korrigiert.«

»Herr Wallner ...«, Katharina hob ihr Kinn nach oben, »... ich finde, Ihr Ton wird gerade höchst eigenartig. Wollen Sie uns irgendetwas unterstellen?«

»Ich bin weit davon entfernt, etwas zu unterstellen. Im Augenblick stelle ich nur Fragen. Die Schlussfolgerungen daraus werde ich mir sorgfältig überlegen. Aber ich kann Ihnen schon mal sagen, was dabei herauskommen könnte.«

»Da bin ich sehr gespannt«, sagte Adrian. »Ich rate Ihnen dringend, hier niemanden ohne Beweise zu verdächtigen. Abgesehen davon wüsste ich auch nicht, wessen Sie jemanden verdächtigen wollten.«

»Ich verdächtige im Augenblick niemanden. Nur – das, was ich bislang erfahren habe, nährt gewisse Zweifel in mir. Zweifel, ob das, was Sie der Polizei gesagt haben, der Wahrheit entspricht.«

»Wollen Sie uns alle als Lügner bezeichnen?«

»Wir haben doch gerade festgestellt, dass Sie die Polizei angelogen haben. Die Leiche wurde eine Stunde früher entdeckt, als Sie ausgesagt haben. Das nenne ich Lüge. Die Frage ist, was Sie in dieser Stunde gemacht haben. Da kann ich natürlich nur spekulieren. Dass Sie alle in Schockstarre herumgesessen sind, halte ich für – nun sagen wir – die unwahrscheinlichste Variante. Schon eher kann ich mir vorstellen, dass Sie sich beraten haben, was zu tun ist.«

Das Schweigen im Raum war mit Händen zu greifen.

»Dass Sie«, er sah Wolfgang an, »behaupten, Sie hätten die Fingerabdrücke von der Waffe gewischt, obwohl es Ihre eigene war, und sagen, Sie hätten Ihre Nichte bei Dunkelheit erschossen, obwohl doch zum Zeitpunkt der Tat Licht brannte, lässt mich vermuten ...«

»Lässt Sie was vermuten?«, fragte Katharina.
»Dass Sie mit dem tatsächlichen Ablauf der Tat nicht wirklich vertraut sind.«
Es wurde noch stiller.
»Ich glaube, ja, ich bin mir fast sicher: Vor drei Wochen wurde der Falsche verurteilt. Wie gesagt, meine ganz persönliche Meinung.«
»Welchen Sinn sollte es für mich machen, ein falsches Geständnis abzulegen?«
»So etwas geschieht relativ häufig. Über mögliche Gründe will ich jetzt nicht spekulieren. Nur – sollten Sie tatsächlich nicht der Täter sein, dann muss ein anderer Ihre Nichte erschossen haben. Und es spricht einiges dafür ...«, Wallner ließ seinen Blick der Reihe nach über die Anwesenden wandern, »... dass sich derjenige hier im Raum befindet.«
»Es reicht, Herr Wallner!« Katharina war zur Tür gegangen, die nach draußen führte. »Meine Familie wird sich das nicht länger anhören. Auf Wiedersehen.«
Wallner trank seinen Kaffee aus und erhob sich. »Ich bedaure, dass wir so auseinandergehen müssen. Vor allem, da ich noch nicht am Ende meiner Fragen angekommen bin. Es hätte mich zum Beispiel interessiert, was Sie am Mittwochabend bei der Spedition Raubert in Hausham zu tun hatten.« Wallner sah Dieter Millruth an.
»Nichts. Ich war dort gar nicht.«
»Ihr Geländewagen ist auf einem Überwachungsvideo.«
»Falls das überhaupt meiner ist: Den Wagen fährt jeder in der Familie. Der Schlüssel hängt neben der Eingangstür.«

»Ist dann vielleicht jemand anders am Mittwochabend mit dem Mercedes gefahren?«

»Nein«, sagte Katharina Millruth. »Wenn Sie genauere Auskünfte wollen, bitten Sie den Staatsanwalt, mit uns zu reden. Auf Wiedersehen.«

»Vielen Dank für Ihre Gastfreundschaft. Und sollte jemand nachdenklich geworden sein – Sie erreichen mich über die Kripo in Miesbach. Frohe Ostern!«

Kapitel 30

Kreuthners Urgroßvater war Dorfpolizist in Dürnbach gewesen und hatte sich Anfang Mai 1945 den einrückenden amerikanischen Truppen entgegengestellt. Da zu dieser Zeit außer ihm keiner mehr in Dürnbach an den Endsieg glaubte, musste er es allein mit mehreren Panzern aufnehmen. Der Waffengang dauerte dreiundzwanzig Sekunden. So viel Zeit hatte man dem Urgroßvater eingeräumt, um aus dem Weg zu gehen, und ihn dann abgeknallt.
Die Familie Kreuthner war als Verlierer aus dem Krieg hervorgegangen. Der dem Heldentod anheimgefallene Urgroßvater eignete sich vorzüglich dazu, ihm alle möglichen Untaten anzuhängen, die die Nazis vor Kriegsende am Tegernsee begangen hatten. Er kam aus kleinen Verhältnissen und war rechtzeitig in die Partei eingetreten, um nach der Machtübernahme einigen »Großkopferten«, die ihn vorher wie Dreck behandelt hatten, gehörig in den Arsch zu treten. Jetzt musste die Familie dafür büßen. Dabei traf sie nicht nur die Rache der vom Uropa Drangsalierten. Auch die früheren Parteigenossen wandten sich ab und ließen sich mit Hinweis darauf, dass Kreuthner so ziemlich alle Verbrechen in der Gegend begangen hatte, Persilscheine ausstellen. Das brachte einen gewissen Niedergang der Kreuthners mit sich, der bei einem Teil der Familie eine Neigung zu kriminellen Berufen bewirkte. Der andere Familienzweig hingegen blieb arm, aber anständig, soweit das unter den

obwaltenden Umständen möglich war, und schaffte es sogar, einige seiner Kinder im Polizeidienst unterzubringen. So gelang es, die Dorfpolizistentradition des Urgroßvaters in ungebrochener Linie fortzuführen. Doch auch in dieser Linie hielt sich ein Hang zum Unseriösen, der mal mehr, mal weniger zutage trat. Kreuthner lag, verglichen mit seiner Verwandtschaft, im Mittelfeld. Ernsthafte Straftaten beging er nicht, erlaubte sich aber die eine oder andere lässliche Sünde, ein Begriff, der sich in Bayern einer weiteren Auslegung erfreute als anderswo.
Zu den lässlichen Sünden zählte Kreuthner auch das Schwarzbrennen, worin er im Grunde seines Herzens überhaupt kein Unrecht erkennen konnte. Was sollte an der Herstellung von Alkohol falsch sein? Eine innige Geschäftsbeziehung verband Kreuthner mit seinem Onkel Simon, der seit über fünfzig Jahren dem Gewerbe des Obstlerbrennens nachging, welches er wiederum von seinem Vater erlernt hatte. Ein Brennrecht hatte er nicht. Aber in der Familie hatte noch nie jemand ein Brennrecht gebraucht. Das wurde, wie etwa auch Führerscheine, als sinnloser Papierkram betrachtet, der noch nie irgendwem Nutzen gebracht hatte. Kreuthner nahm seinem Onkel jedes Jahr an die hundert Flaschen Obstler ab, um sie an Freunde zu verschenken oder zu verkaufen. Simons Brände waren wegen ihrer besonders rauhen Machart geschätzt. Männerschnäpse eben. Das Rauhe rührte daher, dass Simon Verschwendung verabscheute und viel von dem, was andere als Vor- und Nachlauf beim Brennen aussonderten, dem Brand zuschlug und so einen exorbitanten Anteil an Fuselölen in seinen Destillaten erzeugte. Simon verstand sich nicht nur aufs Bren-

nen, sondern hatte seine Finger auch in allen möglichen anderen krummen Geschäften, die im Landkreis betrieben wurden. Er war daher eine sichere Quelle für delikate Informationen jeglicher Art. Allerdings war Onkel Simon nicht sehr freigiebig mit solchen Informationen und musste bisweilen gedrängt werden.

Das Bauernhaus stammte aus dem siebzehnten Jahrhundert. Es war niedrig und geduckt, das flachwinklige Dach mit Wackersteinen beschwert, damit sich die Holzschindeln bei Sturm nicht in den nahegelegenen Bergwald verabschiedeten. Das untere Stockwerk war gemauert und verputzt, doch der Zahn der Zeit und die Gleichgültigkeit des Hauseigentümers hatten große Teile des Putzes verkommen lassen, so dass man Einblick in die Struktur des darunterliegenden Mauerwerks hatte. Von Bachkugeln bis zu Backsteintrümmern war alles verarbeitet worden, was den Erbauern in die Hände gefallen war. Die Fenster waren, soweit vorhanden, Originale, klein, mit Sprossen und einfach verglast. In der kalten Jahreszeit wurden Winterfenster davorgehängt und der Zwischenraum mit Moos ausgepolstert. Wo keine Fenster mehr waren, hatte man Bretter davorgenagelt. Um das Haus herum lagerten alte Traktorreifen, Zementziegel, verrostete Stacheldrahtrollen und eine Menge anderer Dinge, die scheinbar ohne Zutun einer ordnenden Hand ihren Platz gefunden hatten und nicht den Eindruck machten, als würden sie ihn je wieder verlassen.
Simon war beim Ansetzen der Maische, die neben verfaultem Obst auch ein gerüttelt Maß an Zucker und Hefe enthielt, als Kreuthner die Werkstatt betrat. Sie befand sich im hinteren Teil des Hauses,

wo einst der Kälberstall gewesen war. Schartauer hatte Kreuthner im Streifenwagen zurückgelassen. Das voraussichtlich stattfindende Gespräch konnte von Fremden leicht missverstanden werden. Simon schüttete einen Zehn-Kilo-Sack Zucker in ein großes weißes Plastikfass, das zu vier Fünfteln mit Maische gefüllt war.
»Kruzifix, mach die Scheißtür zu!«, begrüßte er Kreuthner. Simon achtete peinlich genau auf eine Raumtemperatur von achtzehneinhalb Grad während des Gärvorgangs. Kreuthner beeilte sich, die Tür zu schließen. Es war die einzige dicht schließende Tür im gesamten Haus. »Ich hab erst nach Ostern wieder was.« Simon rührte mit einer Stange die Maische um.
»Ich brauch nix. Ich wollt dich nur mal besuchen. Alles klar auf der Andrea Doria?«
»Passt scho. Du willst doch irgendwas von mir.« Simon war ein dünnes, sehniges Männchen von fast siebzig Jahren mit riesigen, von Hornhaut überzogenen Arbeiterpranken. Er trug Jeans mit Hosenträgern, schwarze Gummistiefel und ein kragenloses, gestreiftes Hemd, dessen Ärmel er aufgekrempelt hatte, so dass man die von Muskelsträngen durchzogenen Unterarme sehen konnte.
»Wieso glaubst du, dass ich was von dir will?«
»Weil du net einfach so vorbeischaust. Verarschen kann ich mich selber.« Simon riss eine Packung Turbohefe auf und ließ deren Inhalt im Plastikfass verschwinden. Dann zündete er sich eine längliche, zur Hälfte gerauchte Zigarre an.
»Ich wollt amal fragen, ob du an Wagen für mich weißt. Du kennst doch Leut, die wo einem was Günstiges besorgen können.«

»Wie günstig sollt's denn sein?«
»Sehr günstig. Meinetwegen irgendwas aus'm Osten. Dacia oder so.«
Simon sah seinen Neffen voller Argwohn an. »Dacia? Kein Mensch sucht an Dacia. Jedenfalls net so was, wie du suchst. Sag einfach, was du wirklich wissen willst.«
Kreuthner steckte sich eine Zigarette an und blies Kringel in die Luft. »Es gibt ja Leut, wo immer mal schauen, ob irgendwo a Auto verlassen umeinandsteht.«
»Aha? Gibt's die?«
»Ja, die gibt's. Mich tät interessieren, ob so jemand in letzter Zeit an Dacia mit rumänischem Kennzeichen gesehen hat. Und wenn ja, wo.«
»Da bist bei mir an der falschen Adresse. Woher soll ich so was wissen? Ich bin a einfacher Bauer.«
»Seit wann bist denn du Bauer?«
Simon wandte sich seiner Hefe zu und sagte nichts mehr.
»Geh, Simon! Du hast in deinem Leben schon so viele – ich nenn's amal – ›Gebrauchtwagen‹ vermittelt. Du weißt, wenn was läuft im Landkreis.«
»Du, ich hab jetzt grad überhaupts keine Ahnung, was du meinen könntst.«
»Echt net?«
Simon blies eine blaue Rauchwolke aus und schüttelte den Kopf. Daraufhin nickte Kreuthner nachdenklich, drückte seine Zigarette in einer alten Büchse für Luftgewehrkugeln aus und sah sich interessiert in der Werkstatt um.
»Was ist denn das da?« Er deutete auf den Destillierapparat.

»Was wird's sein? A Kühlschrank?«
»Des schaut ja fast so aus, wie wenn du Schnaps brennen tätst.«
»Wie kommst denn da drauf?«
Kreuthner war an der Destille angelangt und begutachtete sie. »Ja verreck! Des is a Destillierapparat!«
»Ja, den hast du mir damals besorgt.«
»Komisch – kann ich mich gar nimmer dran erinnern. Aber sag mal – hast du a Brennrecht?«
»Ha!?«
»Und normalerweise müsst des Teil ja auch verplombt sein.«
»Verplombt?«
»Das macht der Finanzbeamte. Da ist immer einer vom Finanzamt beim Brennen dabei und schaut, wie viel du brennst. Und damitst net in der Zwischenzeit heimlich ohne eahm brennst, verplombt er den Apparat.«
»Schon. Aber wenn keiner vom Finanzamt da is, dann wird auch nix verplombt. Is ja irgendwo logisch.«
Kreuthners Miene schwankte zwischen Überraschung und Entsetzen. »Du willst mir net sagen, dass du ... schwarzbrennst?«
»Ich will dir sagen, dass du mir mal am Hut 'naufsteigen kannst. Wer kauft denn hundert Flaschen jeds Jahr?«
»Ja, aber ich hab doch net wissen können, dass des alles illegal ist. Um Gottes willen! Du bringst mich da echt in Schwierigkeiten. Die eigene Verwandtschaft lebt vom Schwarzbrennen! Und des mir, als Polizist!«
Simon sah aus, als habe er den Verdacht, dass ihn Kreuthner in einen Spaß mit versteckter Kamera gelockt hatte. »Was wird'n des hier?«, fragte er ungläubig.

»Ja, das frag ich mich auch. Alles illegal hier. Ein Hort des Verbrechens. Du, Simon, bei aller Verwandtschaft: Da kann ich meine Augen nicht mehr verschließen.« Er zückte sein Handy und wählte eine Nummer. »Beni, kommst du mal rein?«
Augenblicke später betrat Kreuthners Kollege Benedikt Schartauer die Werkstatt. »Tür zu! Zefix!«, brüllte Simon.
»Was gibt's?«, fragte Schartauer.
»Das ist der Kreuthner Simon. Weitläufig verwandt mit mir. Der möchte uns etwas sagen.«
»Dir hab ich gar nix zum sagen, du aufg'stellter Mausdreck, du meineidiger.«
»Das sagt der Richtige.« Kreuthner blieb ruhig. »Onkel Simon, jetzt mach dich net unglücklich. Red! Es geht nimmer anders. Jetzt ist mein Kollege da. Das heißt, die G'schicht is offiziell.«
Simon funkelte Kreuthner hasserfüllt an. »Was willst jetzt hören?«
»Vielleicht irgendwas über diesen – Dacia?«
Simon war überrascht. Deswegen das ganze Theater. »Der scheint ja extra wichtig zu sein, der g'schissene Dacia. Was willst denn mit dem?«
»Das muss dich net kümmern. Hast du irgendwas gehört?«
»Vielleicht. Informationen kosten normalerweise Geld. Wennst verstehst, was ich mein.«
»In dem Fall gibt's sogar an ganzen Batzen Geld dafür.«
»Ah geh?« Die Augen in Simons faltigem Gesicht leuchteten sehnsuchtsvoll beim Gedanken an eine reiche Entlohnung.
»Die ganze Kohle, wo's du dir sparst, wenn s' dir dei-

nen ›Kühlschrank‹ da net beschlagnahmen.« Kreuthner wies auf die Destille. »Is des a G'schäft?«
»Dreckhammel, elendiger. So was nennt sich Verwandtschaft!« Die Sehnsucht zwischen den Falten wich ehrlicher Verbitterung.
»Jetzt scheiß di net ein und ruck endlich raus mit der Info. Also: Dacia. Gemma!«
Simon dachte kurz darüber nach, ob es Sinn machte, sich zu verweigern. Dann beugte er sich der Staatsmacht: »Der Lintinger hat was verzählt. A recht a merkwürdige G'schicht mit am Dacia …«

Kapitel 31

Johann Lintinger saß an einem Campingtisch in den letzten Strahlen der Frühlingssonne und vesperte. Hinter ihm ragte ein Berg Autowracks in den blauen Himmel. Ein zwanzig Jahre alter Renault wurde von einem Kran, den Johanns Sohn Harry bediente, angehoben und zur Schrottpresse geschwenkt, wo er seinem Schicksal als Würfel entgegensah. Johann Lintinger viertelte eine Zwiebel auf einem fleckigen Holzbrettchen. Eines der Zwiebelviertel steckte er sich in den Mund, schnitt ein Stück Knoblauchwurst ab, schob es hinterher und wischte die Klinge des Messers an seiner öligen Arbeitshose ab. Beim Kauen schlüpfte ein Stück Zwiebel aus seinem Mundwinkel und blieb im grauen Bart hängen. Das Gemisch aus Zwiebel und Knoblauchwurst schickte er mit einer halben Flasche Bier nach unten, und weil er rohe Zwiebeln zwar für sein Leben gern mochte, nicht jedoch sein Magen, ließ er einen herzhaften Schluck aus der Obstlerflasche für Ruhe in den Eingeweiden sorgen. Johann Lintinger schraubte die Flasche zu, rülpste und hörte ein Auto näher kommen. Kurz darauf bog der Streifenwagen in den Schrottplatz ein.

»Ja Kreuthner – was treibt dich denn her?« Lintinger nahm noch einen Zug aus der Bierflasche und stand auf, um den Polizisten entgegenzugehen. »Brauchst an neuen Auspuff für deine derhaute Schäs'n? Hast es ja ganz schön krachen lassen, wie man hört.«

»Servus, Lintinger. Mir san dienstlich hier. Es geht um an Mordfall.«

»Mord? Da kann ich euch g'wiss net weiterhelfen. Mir hocken hier friedlich auf unserm Schrottplatz und verdienen rechtschaffen und im Schweiße unseres Angesichts unser karges Brot.«

»Jetzt heult er gleich«, sagte Kreuthner zwinkernd zu Schartauer, der nicht wusste, was er von Lintinger halten sollte. »Sag amal: Es hat geheißen, du tätst Autos verkaufen, die wo net so hundertprozentig sauber sind. Ich weiß, es wird viel g'redt. Aber wenn ich mich jetzt umschauen tät, könnt des passieren, dass ich da irgenda Kist'n entdeck, wo jemand anderer vermisst?«

»O mei! Wer behauptet denn so was? So klein und unbedeutend kannst gar net sein, dass sich net doch noch a Neider find. Mein linker Arm soll mir auf der Stelle abfallen, wenn ich jemals in meinem Leben unrecht Gut an mich genommen, geschweige denn verkauft hätt!«

Kreuthner ertappte sich dabei, wie er auf Lintingers linken Arm starrte. Es tat sich nichts. Offenbar hatte jemand da oben nicht zugehört. »Wahrscheinlich is es, weilst halt deine Autos gar so günstig anbieten tust. Das g'fallt der Konkurrenz natürlich net.«

»Ja weil ich alles selber reparier mit meiner Hände Arbeit.« Er streckte Kreuthner zwei ölverschmierte Pranken mit schwarz umrandeten Fingernägeln entgegen. »Außerdem bin ich net so gierig wie diese Gebrauchtwagenwucherer. Aber wem sag ich das. Selbst die Polizei kauft bei mir. Oder, Kreuthner?«

»Äh ... Ja, ja. Steht hier zufällig a alter Dacia rum?«

»Dacia? Is des was Russisches?«

»Rumänisch.«

»Wüsst gar net, wie so was ausschaut. Wie kommst drauf, dass der bei mir wär?«

»Is sonst a recht a zuverlässige Quelle, wo mir das gesagt hat. Der Wagen is übrigens nicht als gestohlen gemeldet. Aber wenn er ohne Kennzeichen irgendwo im Unterholz rumsteht, heißt das noch lang net, dass er niemand g'hört.«

»Nein, nein. Ein Wagen gehört immer wem. Bis er hier landet. Und dann gehört er mir.« Lintinger kicherte ein wenig vor sich hin, dachte über seinen eigenen Satz nach, befand ihn offenbar für witzig und kicherte kopfschüttelnd weiter.

»Des is net unbedingt richtig. Aber lass ma des. Also – noch mal: Hast du den Dacia?«

»Was wär, wenn ich ihn hätte?«

»Aha, du hast ihn also.«

»Hab ich überhaupts net g'sagt.« Er wandte sich an Schartauer. »Hab ich g'sagt, ich hätt an Dacia? Hab ich das g'sagt?«

»Mei ...«, murmelte Schartauer überfordert.

»Lass gut sein«, sagte Kreuthner, und zu Lintinger gewandt: »Du bleibst hier. Und keine linken Tricks.« Dann setzte er sich mit Schartauer in Bewegung, um den Schrottplatz einer Inspektion zu unterziehen.

Sie waren keine zwanzig Meter gegangen, da deutete Kreuthner auf einen Wagen, der mit anderen neben dem Berg Schrottautos stand. »Das ist er, oder? Den ham mir doch kontrolliert.«

»Möglich«, sagte Schartauer.

Kreuthner konnte nicht sehen, dass Johann Lintinger hinter seinem Rücken heftig gestikulierte und seinem Sohn Harry in dem Kran Zeichen gab. Kurz bevor die

Polizisten am Wagen anlangten, senkte sich der Magnet des Krans auf das Wagendach, worauf sich der Dacia vor ihnen in die Luft erhob und die kurze Reise zur Schrottpresse antrat.

»He! Spinnst du? Lass den Wagen runter, du hirnamputierter Hornochse! Harry! Zefix! Runter mit der Kist'n!«

Harry Lintinger kam Kreuthners Wunsch augenblicklich nach. Der Dacia senkte sich nach unten und verschwand mit fürchterlichen Geräuschen in der Schrottpresse. Kreuthner starrte fassungslos auf den Kran, Harry Lintinger glotzte blöde, wie meist, aus dem Führerhaus.

»Ja hat der den Arsch offen oder was?«

»Um Gott's willen! Wär des der Wagen gewesen?« Kreuthner musste sich nicht umdrehen. Eine Wolke aus Alkohol, Zwiebel und Knoblauch umwaberte ihn. Johann Lintinger hatte zu den Polizisten aufgeschlossen. In diesem Augenblick plumpste ein Metallwürfel aus der Schrottpresse. »Das ist jetzt wahrscheinlich schwer zu sagen, ob der das war?«

»Sehr witzig«, sagte Kreuthner. »Wo habt ihr die Kiste her? Mehr will ich gar net wissen.«

Lintinger betrachtete angestrengt den Metallwürfel. »Es ist, wie gesagt, schwer zu erkennen, welcher Wagen das war. Aber wir bekommen die Fahrzeuge eigentlich nur ordnungsgemäß von den jeweiligen Eigentümern.«

»Du magst mich heut irgendwie provozieren, oder?«

»Geh Kreuthner, wie kannst denn so was sagen! Da tät ich mich ja der Sünd'n fürchten.«

»Tatsächlich. Dann lüg mich halt net so ausg'schamt an. Wie seids ihr an den Wagen gekommen?«

»Ganz legal. Was willst denn hören?«

»Gut. Fragen wir mal so: Hast du irgendeine Idee, wo das Auto gestanden haben könnt, bevor es – ganz legal – hierhergekommen ist?«

»Da könnt ich jetzt nur Vermutungen äußern.«

»Ist mir wurscht.«

»Ach, da fällt mir ein: Krieg ich net noch a Kohle für den Passat?«

»Ha?«

»Doch doch. Mir ham g'sagt an Hunderter extra, weil ich die breiten Felgen draufgelassen hab. Die wären ja normal gar net dabei gewesen.«

»Und ich hab g'sagt, das verrechnen mir mit der Kohle, wo mir der Harry vom letzten Schafkopf schuldet.«

»Das hast *du* g'sagt. Mir ist des doch wurscht, was dir der Harry schuldet.«

»Nein nein. So geht des net. Ich hab auch an Zeugen. Der Sennleitner. Letzte Woch im Mautner. Da ham mir das ab'gmacht.«

»Der Sennleitner! Der hat doch noch an bessern Rausch im G'sicht g'habt wie du.«

»Zeuge is Zeuge.«

Lintinger zog eine weinerliche Miene. »Ah, so is des! Na gut. Dann verrechne's halt.«

»Na geht doch. Und was war jetzt mit dem Wagen?«

Lintinger sagte nichts, verschränkte die Arme vor der Brust und ließ seinen Blick beleidigt über den Schrottplatz wandern.

»Herrgott!«, fluchte Kreuthner. »Du bist a so a Zicke!« Er zog seinen Geldbeutel hervor und fingerte einen Fünfziger und zwei Zehner heraus. »Du Beni, hast du dreiß'g Euro einstecken?«

»Keine Ahnung.«

»Dann schau nach!«

Schartauer hatte nur zwanzig im Portemonnaie. Kreuthner nahm sie ihm aus der Hand und gab Lintinger die neunzig Euro. Der zählte die Scheine durch. »Jetzt mach bloß keinen Aufstand wegen die zehn Euro!«

Lintinger steckte das Geld in die Latztasche seiner Arbeitshose. »Lass amal überlegen«, begann er nachdenklich und stützte seinen Kopf in die rechte Hand, »wo so ein Wagen umeinandsteh kannt.«

Kapitel 32

An Heiligabend gab es ein Buffet bei den Millruths. Das war schon immer so gewesen. Katharina mochte die Weihnachtspartys in Amerika. Das Millruthsche Weihnachten war ein Kompromiss aus Stehparty und deutscher Weihnacht. Es gab viel Fisch in allen Variationen, die sich für ein Buffet eigneten, aber auch Wiener Würstchen, Schnittchen mit Tartar und seit einigen Jahren Austern.

Jennifer stand allein vor dem Buffet und tat, als würde sie sich einen Überblick über das Angebot verschaffen. Mit Fisch konnte sie nicht viel anfangen, auch nicht mit rohem Fleisch. Blieben nur die Wiener. Seit einer Viertelstunde hatte niemand mit ihr geredet. Die anderen waren in Gespräche vertieft, die sich um die Familie, das Theater oder die Jagd drehten. Zu keinem der drei Themen konnte Jennifer etwas beitragen. Nachdem er sie vorhin angeflirtet hatte, war auch Adrian weggegangen und redete nun leise mit seiner Mutter. Jennifer hatte den Eindruck, dass es um sie ging. Henry fachsimpelte mit Wolfgang und Dieter über Jagdgewehre und sah gelegentlich mit besorgter Miene zu Jennifer. Sie tat, als bemerke sie seinen Blick nicht. Ihr war zum Heulen. Sie war dazu verdammt, dieses ganze verfluchte Weihnachten mit Menschen zu verbringen, die auf sie herabschauten. Jennifer legte ein Paar Wiener auf ihren Teller und fragte sich, ob es als unmäßig angesehen wurde, dass sie sich zwei Würstchen auf einmal auftat.

»Du bist Krankenschwester, hab ich gehört.« Dieter war zum Buffet getreten, um seinen Teller mit Tartar-Schnittchen und Lachs zu bestücken.

»Ja, das stimmt. Henry und ich arbeiten auf der gleichen Station.«

»Ist mal ein anständiger Beruf. Kennen wir sonst gar nicht in unserer Gauklersippe.« Eine gewisse Verachtung für anständige Berufe klang durch.

»Henry ist doch Arzt.«

»Soll das ein anständiger Beruf sein? Leuten den Bauch aufschlitzen? Krankenkassen betrügen und sich von der Pharmaindustrie schmieren lassen?«

»Du hast aber ein schlechtes Bild vom Arztberuf.«

»Merkt man das?« Dieter ließ seine von Altersflecken übersäten Hände über den Schnittchen kreisen. Jennifer überlegte, was sie sagen sollte. Offenbar war sie jetzt dran.

»Ich hoffe, deine Meinung von Krankenschwestern ist ein bisschen besser.«

»Absolut. Wer schmiert schon Krankenschwestern – und vor allem wozu?«

Jennifer lachte scheu, wenngleich sie den Subtext verstanden hatte.

»Ich würde dir gerne eine etwas heikle Frage stellen. Aber du darfst mich nicht bei meiner Frau verpetzen.«

Jennifer hatte Bedenken. Sie hatte sich bereits am Nachmittag Dieters schlüpfrige Theatergeschichten anhören müssen. »Ist es was Privates?«

»Nein. Was Berufliches.«

»Dann kann's ja nicht so schlimm sein. Was willst du denn wissen?«

Dieter hatte drei Tartarschnittchen und einen Berg

Lachs auf seinen Teller geladen. Er sah verstohlen zu Katharina, die immer noch mit Adrian redete. Er rückte eng an Jennifer heran und reckte ihr konspirativ den Kopf entgegen. Sie musste sich leicht nach vorn beugen, um die Vertraulichkeit des Gesprächs zu gewährleisten, denn Dieter war einen halben Kopf kleiner als sie. »Wenn ihr einen Patienten mit zwei eingegipsten Armen habt, so dass der nicht mehr an seinen Schniedel rankommt, geht ihr dem mal zur Hand?«
»Wie?«
»Na, ob ihr ihm einen runterholt?« Dieter biss von einem Schnittchen ab.
Jennifer blieb kurz die Luft weg. »Glauben die Leute, dass wir das machen?«
»Weiß nicht. Denk schon. Jedenfalls träumen Männer von so was. Mich interessiert ja nur, ob da was dran ist.«
»Nein! Um Gottes willen. Das machen wir nicht.«
»Wieso nicht? Ihr wischt den Kerlen doch auch den Arsch ab. Mal ganz ehrlich, was findest du ekliger?«
Jennifer starrte auf das Wiener Würstchen auf ihrem Teller und wusste nicht, ob sie auf die Frage antworten sollte.

»Na, wenigstens hat sich dein Vater erbarmt, mit dem Mädchen zu reden. Ich glaube, sie kann mit uns nicht viel anfangen.« Katharina und Adrian sahen zum Buffet, an dem Dieter auf Jennifer einredete.
»Ist mir, offen gesagt, ein Rätsel, weshalb Henry sie mitgebracht hat«, sagte Adrian leise.
»Ich finde es ein bisschen unangenehm, wenn du an Weihnachten jemanden da hast und man sieht, dass

er sich nicht wohl fühlt. Irgendwie hat dann jeder das Gefühl, er wär dafür verantwortlich.«
»War das bei meinen Mädels auch so?«
»Nein. Ich bitte dich! Das waren Schauspielerinnen und Studentinnen. Mit denen konnte man reden. Ich verstehe nicht, warum du mit keiner von ihnen zusammengeblieben bist. Die Letzte war wirklich nett. Wie hieß sie noch?«
»Berrit.«
»Berrit! Norwegisch, oder?«
»Ja. Norwegisch.« Er zog seine Mutter an sich und küsste sie auf die Schläfe. »Noch habe ich keine gefunden, die auch nur annähernd an dich heranreichen würde.«
»Du alter Charmeur.« Sie nahm seine Hand. »Weißt du, was mich wirklich freut?«
»Was?«
»Dass dich Annegret am Volkstheater angenommen hat.«
»Mal sehen, was draus wird.«
»Nein nein nein nein. Das ist der Ritterschlag. Annegret machst du nichts vor. Die Frau ist kalt und unbestechlich. Wir waren damals zusammen an der Folkwangschule, wie du weißt.«
»Hast du mal gesagt.«
»Also, wenn diese alte Hexe findet, dass du gut bist, dann bist du verdammt gut. Und das hat nichts damit zu tun, dass du Millruth heißt. Das hast du dir ganz und gar selbst verdient.« Sie drückte ihren Sohn an sich, und er erwiderte ihre Umarmung. Katharina sah nicht, dass ein Schatten über Adrians Gesicht huschte.
»Was ist eigentlich mit Leni los?«, fragte er, als sie sich aus der Umarmung gelöst hatten.

»Ich weiß es nicht. Henry sagt, sie hätte vor irgendetwas Angst.«
»Ah ja?«, sagte Adrian und sah sich suchend im Raum um.
»Was meinst du mit *ah ja*?«
»Nichts. Ich ... ich hab nur das Gefühl, dass heute noch irgendetwas Unangenehmes passiert.«
»Hast du jetzt auch schon diffuse Ängste?«
»Meine Ängste sind ziemlich konkret. Leni ist eine Zeitbombe. Und ich fürchte, sie geht heute hoch.«
»Macht ihr euch Sorgen wegen mir?« Leni war wie aus dem Nichts aufgetaucht.
»Oh, da steckst du«, sagte Adrian.
»Ich hör euch schon eine Weile beim Flüstern zu. Es macht den Eindruck, als würdet ihr über Anwesende schlecht reden.«
»Komm, Leni, beruhige dich.« Katharina nahm die Hand ihrer Tochter, doch Leni zog sie weg.
»Hast du auch Angst vor mir?« Leni lächelte, und etwas Maliziöses spielte um ihre Mundwinkel. »Tick tick tick tick ...«

Kapitel 33

Jennifer Loibl hatte das Geld genommen. Zwanzigtausend war Katharina Millruths Angebot gewesen. Viel Geld für jemanden, der im Münchner Hasenbergl aufgewachsen war. Dafür musste Jennifer nicht nur schweigen. Die Annahme des Geldes war auch mit der Auflösung des Verhältnisses, wie Katharina Millruth es bezeichnete, zu Henry verbunden. Außerdem musste sie sich eine Stelle an einem anderen Krankenhaus suchen. Ihre erste Reaktion war Abscheu gewesen. Die reichen Leute wollten sie kaufen. Allein, dass man davon ausging, dass sie sich kaufen ließ, war eine Beleidigung! Nach dem ersten Wutausbruch hatte Katharina Millruth sie zur Seite genommen und ihr erklärt, dass jeder Mensch käuflich sei. Sie, Katharina, habe sich schon viele Male verkauft, Rollen gespielt, die sie nicht mochte, weil sie Geld brauchte, Dinge gesagt, die sie nicht meinte, weil ihre Fans sie hören wollten. Bevor Jennifer ablehne, solle sie in Ruhe darüber nachdenken und das Für und Wider abwägen, sich fragen, ob sie wirklich ihre Seele verkaufen würde oder nicht eigentlich das täte, was sie ohnehin früher oder später tun würde, nur dass sie dafür noch Geld bekäme.
Jennifer hatte einen halben Tag über das Angebot nachgedacht und war zu folgendem Schluss gelangt: Henry war ein Waschlappen, er würde sich nie gegen seine Familie und vor allem nicht gegen seine Mutter auflehnen. Er hatte sich während der zwei Tage am Schlier-

see nicht auf ihre Seite gestellt, hatte nicht gesagt: Das ist die Frau, die ich liebe, und ich erwarte, dass ihr sie mit Respekt behandelt. Statt einen zermürbenden Kampf zu führen und am Ende doch zu verlieren, konnte sie Henry auch gleich zum Teufel jagen. Hinzu kam, dass Henry nicht eine Sekunde darüber nachgedacht hatte, der Polizei die Wahrheit zu sagen. Natürlich war der Druck der Familie enorm. Andererseits: Seine Schwester war ermordet worden. Hätte Henry so was wie Eier gehabt, hätte er sich anders verhalten.

Was ihre eigene Beteiligung an der Vertuschung der Vorgänge anbelangte, so hielt sich die moralische Belastung in Grenzen. Sie musste nicht lügen. Sie musste nur sagen, was sie positiv wusste – und das war nicht viel. Zu den interessanten Antworten, die sie gehabt hätte, wurden nämlich keine Fragen gestellt. Jennifer war jetzt zwanzigtausend Euro reicher, hatte eine neue, besser bezahlte Stelle im Krankenhaus am Rotkreuzplatz und ein helles Apartment in der Nähe des Nymphenburger Kanals. Zwei der Assistenzärzte und ein Oberarzt auf ihrer Station waren Singles, sahen annehmbar aus und hatten keine Zeit, eine Frau außerhalb des Krankenhauses kennenzulernen. Das Leben meinte es im Großen und Ganzen gut mit Jennifer. Allerdings waren ganz unten in den Kellergewölben ihres Gewissens ein paar lästige Schuldgefühle, die an den Kerkertüren rüttelten, hinter die sie sie verbannt hatte. Und dann war da eines Tages Anfang Februar dieser Anruf.

»Hallo, Jennifer, hier ist Hanna. Du wirst dich an mich erinnern. Mein Gesicht vergisst man nicht. Weihnachten bei den Millruths.«

Natürlich konnte sich Jennifer erinnern. Am Morgen hatten sie Leni gefunden, dann war die Polizei da gewesen, und am frühen Nachmittag stand mit einem Mal diese Horrorgestalt im Salon. Nicht dass Jennifer noch nie entstellte Menschen gesehen hätte. Sie war Krankenschwester und in der Hinsicht einiges gewohnt. Der Schock beim Zusammentreffen mit Hanna Lohwerk rührte daher, dass Jennifer sie zuerst von der intakten linken Seite gesehen hatte. Jemand sagte, das ist Hanna Lohwerk, sie ging zu ihr, um ihr die Hand zu geben – und Hanna Lohwerk drehte ihr das ganze Gesicht zu. Viel mehr hätte Jennifer an diesem Tag nicht verkraftet. Hanna Lohwerk war angeblich gekommen, weil sie von Lenis tragischem Ende erfahren hatte. Ihren eigenen Worten zufolge hatte ihr Leni sehr viel bedeutet. Das Schicksal habe sie und Leni ja gewissermaßen zusammengeführt. Auch wenn Leni nie davon erfahren hatte. Jennifer war nicht klar, was Hanna Lohwerk damit meinte, und niemand der Anwesenden nahm den Faden auf, so dass Jennifer mit ihrer Irritation allein blieb. Das Thema war offensichtlich unerwünscht und peinlich. Dass Hanna Lohwerk es an einem solchen Tag ansprach, fand Jennifer erstaunlich. Die Frau hatte aus unbekannten Gründen Macht über die Millruths. Hanna Lohwerk erkannte sofort, dass Jennifer eine Außenseiterin in der Familie war, und suchte den Kontakt zu ihr. Die beiden Frauen sprachen eine Viertelstunde miteinander, bis Hanna schließlich von Katharina hinauskomplimentiert wurde. Sechs Wochen später rief sie Jennifer an. Sie hatte sich irgendwie ihre Telefonnummer besorgt. Jennifer wusste nicht recht, was sie von der Frau halten sollte. Ihr war klar,

dass sie in der Familie Millruth nicht beliebt war. Unklar war, warum. Und warum sie dort aufgetaucht war. Das Interesse an Hanna Lohwerks Geheimnis war letzten Endes stärker als die Angst vor ihr. Die beiden Frauen verabredeten sich in München.
»Wie geht's Henry?«, begann Hanna Lohwerk das Gespräch.
»Wir sind nicht mehr zusammen«, sagte Jennifer.
»Oh – warum das?«
»Ich glaube nicht, dass ich in die Familie passe.«
»Da hast du wohl recht. Ich habe einen Blick dafür, wenn sie jemanden verachten. Dich haben sie verachtet. Ich nehme an, alle waren wahnsinnig nett zu dir.«
»Ja. Aber es war trotzdem die Hölle.«
»Das haben die uns voraus.« Hanna Lohwerk rührte in ihrem Irish Coffee. Jennifer hatte gesehen, wie der Kellner förmlich Anlauf nehmen musste, um mit Contenance an ihren Tisch zu kommen. Sein Blick flackerte, wurde immer wieder von diesem halben Gesicht angezogen. Hanna Lohwerk hatte sich offenbar an solche Reaktionen gewöhnt. Wenn es sie störte oder verlegen machte, so zeigte sie es nicht. Als sie den Kellner nach der Toilette fragte, fügte sie hinzu, sie wolle sich abschminken, um gleich darauf klarzustellen, dass es sich zum einen Scherz gehandelt habe. Der Kellner wusste nicht, was er sagen sollte, und verschwand, den Blick auf dem Teppichboden, in Richtung Kuchentheke. Hanna Lohwerk genoss diese kleinen Quälereien. Der Kellner würde morgen seinen Seelenfrieden wiedergefunden haben. Sie aber würde immer noch mit ihrem Gesicht herumlaufen.
»Was haben die uns voraus?«

»Sie machen dich fertig, ohne dass du sagen könntest, was sie eigentlich getan haben.«
»Ja, das können sie gut.«
»Ich bin an Weihnachten reingekommen, habe dich gesehen und gedacht: Ach du Scheiße – ein richtiger Mensch. Was will die denn hier?«
»Ehrlich?« Jennifer lachte.
»Ach du Scheiße hast du wahrscheinlich auch gedacht, als du mich gesehen hast.«
»Ehrlich gesagt – ja.« Jennifer pulte verlegen ein Stück Zucker aus dem Papier.
Hanna Lohwerk nahm Jennifers Hand. »Das ist völlig normal. Du darfst auch drüber lachen.«
»Ich weiß nicht, ob ich drüber lachen will.«
»Doch, willst du.« Sie sah Jennifer in die Augen. Und Jennifer sah Hanna Lohwerk in die Augen. Und wenn sie sich auf die Augen konzentrierte, wurde auch die rechte Gesichtshälfte menschlich, fast normal.
»Wie ist das passiert mit deinem Gesicht?«
Hanna Lohwerk erzählte Jennifer die Geschichte. Wie Leni Millruth ihr vor zwölf Jahren vors Auto gelaufen war, der Unfall, das Feuer, die Schmerzen und der Selbstmordversuch, nachdem sie ihr Gesicht zum ersten Mal im Spiegel gesehen hatte. Katharinas kleine Rente ließ sie weg.
»Wahnsinn«, sagte Jennifer. »Ich glaube, ich hätte es nicht geschafft.«
»Das weiß man erst, wenn man's erlebt hat. Lass uns von anderen Dingen reden.«
»Was möchtest du wissen?«
»Was möchte ich wissen ...? Wer bist du? Was hast du vor im Leben? Und vor allem ...«, Hanna Lohwerk nahm den letzten Schluck Irish Coffee aus ihrer

Tasse, bevor sie den Satz beendete, »… was ist Weihnachten passiert?«

Jennifer verkrampfte unwillkürlich. Was wusste die Frau über die Sache an Weihnachten? Eigentlich konnte sie nicht mehr wissen als die Polizei. »Du weißt, was passiert ist«, sagte sie.

»Ja, ja. Die offizielle Version. Aber mal ehrlich, das ist doch lächerlich. Da steckt mehr dahinter.«

Jennifer fühlte sich in der Pflicht, Hanna Lohwerk von Weihnachten zu erzählen. Hatte die sich nicht auch ihr gegenüber geöffnet? Oder war sie von vornherein nur gekommen, um sie auszuhorchen? Jennifer mochte Hanna Lohwerk, auch wenn sie sich erst kurz kannten. Es war wohl nicht nur Seelenverwandtschaft. Es war die Solidarität der zu kurz Gekommenen. Die Frau mit dem halben Gesicht war vom Leben mit Füßen getreten worden. Aber sie war eine Kämpferin. Sie wollte ihrem verunstalteten Leben etwas abtrotzen. Das gefiel Jennifer. Außerdem hatte sie es satt zu schweigen und das Geheimnis der Millruths wie ein zentnerschweres Gewicht mit sich herumzutragen. Es drängte sie, jemandem von dem, was sie gesehen hatte, zu erzählen. Aber es gab niemanden, mit dem sie guten Gewissens darüber hätte reden können.

»Versprichst du mir, dass du damit nicht zur Polizei gehst?«

»Oh! Das klingt ja interessanter, als ich zu hoffen wagte. Warum willst du die Millruths schützen?«

»Das kann ich dir nicht sagen. Aber ich habe Gründe.«

Hanna Lohwerk verstand und lächelte. Jennifer war eine wie sie. Der Kontakt würde sich lohnen. »Keine Polizei. Versprochen.«

Kapitel 34

Als Jennifer mit ihrer Erzählung zu Ende war, stocherte Hanna Lohwerk nachdenklich in den Resten ihrer Sachertorte und sagte wie nebenbei: »Wie viel haben sie dir gegeben?«
»Zwanzigtausend.«
Hanna Lohwerk lachte. »Ein Taschengeld.«
»Ich hab genommen, was sie mir angeboten haben. War das zu wenig?«
»Überleg mal, worum es geht. Katharina Millruth hat Millionen. Ich hab mal gelesen, dass sie dreihunderttausend pro Film kriegt. Und die dreht einige im Jahr.«
»Mir ist das egal. Die Sache ist abgeschlossen. Ich will nichts mehr damit zu tun haben.«
Hanna Lohwerk schob den letzten Bissen Torte in den Mund. »Das Problem ist«, sagte sie kauend, »dass da zwar viel geredet wurde, aber man kann nichts beweisen. Es wäre kein Problem für die Millruths, alles abzustreiten. Und da kann man sich ausrechnen, wem die Polizei glaubt.«
»Ich sagte doch: Ich will nicht, dass die Polizei ins Spiel gebracht wird.«
»Keine Angst, wird sie nicht. Aber stell dir vor, sie zahlen uns ... eine Million. Für jeden von uns eine halbe.«
Jennifer zuckte die Schultern, wurde aber nachdenklich.
»Eine halbe Million! Dann musst du keinen Arzt mehr heiraten. Und wenn du es trotzdem tust, wird keiner hinter deinem Rücken sagen: Guck mal, die hat sich

den reichen Sack geangelt. Dann bist *du* die gute Partie. Und sie werden dir alle in den Arsch kriechen.«
Hanna Lohwerk hatte Jennifer ins Herz getroffen. Sie hatte recht. Vielleicht würde Jennifer einen anderen Arzt finden. Aber würde es ihr mit dessen Familie besser ergehen als bei den Millruths? Niemand würde sie mit offenen Armen als Schwiegertochter empfangen. Alle würden davon ausgehen, dass sich die Krankenschwester aus dem Hasenbergl nach oben schlafen wollte.
»Überleg mal! Gibt es außer dem Gerede nicht irgendeinen konkreten Beweis? Einen Zeugen oder so was?« Hanna Lohwerk war jetzt sicher, dass sie die junge Frau am Haken hatte.
»Nicht dass ich wüsste. Das Einzige …« Jennifer dachte nach, überprüfte ihre Erinnerung.
»Das Einzige …?«
»Sie hat die ganze Zeit ein Plüschtier gesucht. Ein rosa Lamm. Im Speicher, im Keller. Das Haus ist ziemlich groß.«
»Hat sie gesagt, warum?«
»Ich hab sie gefragt, warum sie nach all den Jahren jetzt unbedingt ihr Plüschlamm wiederhaben will. Sie hat gesagt, ich würde es verstehen, wenn die Zeit gekommen sei. Mit diesem Lamm ließe sich ihr ganzes Leben erklären.«
»Aha. Das klingt ja sehr seltsam.«
»Henry hat gesagt, sie war schon immer etwas … wie nennt man das …?«
»Dramatisch veranlagt.«
»Ja genau.«
»Das war sie. Aber sie hat keinen Unsinn geredet. Irgendwas wird schon dahinter gewesen sein. Wenn

ich das richtig verstehe, hat sie das Lamm nicht gefunden.«

»Nein. Aber sie hatte eine Idee, wo es sein könnte.« Jennifer zögerte. Hanna Lohwerk wartete.

»Als Leni acht Jahre alt war, gab es in der Familie ein Au-pair-Mädchen aus Bulgarien.«

»Rumänien.«

»Stimmt. Rumänien. Sofia, oder?«

Hanna Lohwerk nickte.

»Und der hat sie das Lamm offenbar zum Abschied geschenkt. Leni ist das eingefallen, nachdem sie es nirgends finden konnte.«

Hanna Lohwerk atmete tief durch und drehte nachdenklich am Henkel ihrer Kaffeetasse. »Sofia Popescu. Das kleine Luder hat dieses Plüschlamm?«

»Vielleicht.«

»Wusste Leni, wo Sofia heute lebt?«

»Nein. Sie wollte sich auf die Suche machen. Aber das war am Tag vor ihrem Tod. Ich glaube nicht, dass sie weit gekommen ist.«

»Weiß sonst jemand in der Familie, dass das Lamm in Rumänien ist?«

»Ich glaube, Leni hat nur mit mir darüber geredet. Also ich vermute das, weil sie so ein Geheimnis darum gemacht hat.«

»Wir werden es herausfinden.«

»Was hast du vor?«

»Mit Sofia Kontakt aufnehmen. Ich will das Lamm.«

»Und was willst du damit? Ich meine, selbst wenn es noch existiert – was kann ein zerzaustes, altes Plüschtier schon beweisen?«

»Wenn es für Leni so wichtig war, dann steckt da irgendwas dahinter.«

Kapitel 35

Die Polizei würde in den nächsten Tagen vermutlich Kontakt mit Jennifer Loibl aufnehmen. An und für sich dürfte bei der Sache nichts herauskommen. Das Mädchen hatte viel Geld bekommen und machte nicht den Eindruck, dass es Probleme hätte, den Mund zu halten. Andererseits – dieser Kripokommissar war dahintergekommen, dass mit der Geschichte an Weihnachten etwas nicht stimmte. Es war nicht anzunehmen, dass er auch nur ahnte, was wirklich passiert war. Das überstieg wohl selbst die Vorstellungskraft eines geschulten Polizisten. Aber würde er weitergraben, bis er auf den Grund der Dinge gestoßen war?
Je mehr er darüber nachdachte, desto mehr beunruhigte ihn die Sache. Und noch ein Gedanke machte ihm zu schaffen: Wo war dieses verfluchte Plüschlamm? Sofia Popescu hatte es nicht gehabt und Hanna Lohwerk auch nicht. Jedenfalls nicht in ihrer Wohnung. Hanna Lohwerk und Jennifer Loibl hatten an Weihnachten länger miteinander gesprochen. Hatten die beiden danach Kontakt gehabt? Auch diese Frage bedurfte der Klärung.

Er hatte in der Zentrale angerufen, wo man ihm gesagt hatte, dass Jennifer Loibl in der Neurologie arbeitete. Karfreitag war die Station nur mit dem nötigsten Personal besetzt. Jennifer Loibls Dienst endete um neunzehn Uhr. Er wartete hinter dem Krankenhaus bei den

Personalparkplätzen. Kurz nach sieben kam sie mit einem Mann in den Dreißigern aus dem Gebäude. Der Mann war unscheinbar, mittelgroß, leicht schütteres Haar, Brille, akademischer Gesamteindruck. Er stieg in einen 1er BMW. Vermutlich Arzt. Die Art, wie sie miteinander redeten, sich ansahen und lachten, trug eindeutig flirtive Züge.

Auf der neurologischen Station merkte er sich den Namen »Ingeborg Meichsner«. Er stand an einer der Zimmertüren, an denen er vorbeikam. Das Schwesternzimmer war unbesetzt. Er ging zwei Schritte hinein, um die Aushänge an der Pinnwand zu lesen. Einer der Zettel sah aus wie ein Dienstplan.

»Kann ich Ihnen helfen?«, fragte eine weibliche Stimme. Eine Schwester war in den Raum getreten.

»Oh, entschuldigen Sie, ich habe nur geschaut, ob jemand da ist. Ich suche Frau Meichsner. Ingeborg Meichsner.«

»Kommen Sie mit«, sagte die Schwester.

»Es reicht, wenn Sie mir sagen, wo das Zimmer ist.«

»Na, kommen Sie mit. Ich bin eh grad in der Richtung unterwegs.«

Als sie um eine Ecke bogen, deutete die Schwester auf eine alte Frau, die in einer Sitzecke saß und eine Zeitung vor sich liegen hatte. Sie starrte zwar auf die Zeitung, machte aber nicht den Eindruck, als würde sie sie lesen.

»Frau Meichsner! Da ist Besuch für Sie.«

Die angesprochene Dame sah auf und blickte ihn argwöhnisch an.

»Sind Sie ein Verwandter?«, fragte die Schwester.

»Nein, ich bin ein … ehemaliger Nachbar. Mein Name ist Peters.«

»Frau Meichsner, das ist Herr Peters. Den kennen Sie noch von früher. Herr Peters war Ihr Nachbar.«

Frau Meichsner nickte mit offenem Mund. Doch ganz wich der Argwohn nicht aus ihrem Gesicht.

»Ich glaube nicht, dass sie Sie erkennt. Durch den Schlaganfall ist viel verschüttet worden. Bringen Sie doch Fotos von dem Haus mit. Das aktiviert oft die Erinnerung.«

»Das werde ich tun. Sagen Sie – ich habe vorhin mit einer Schwester telefoniert, die hieß Jenny oder so ähnlich ...«

»Jennifer.«

»Genau. Die hat jetzt keinen Dienst mehr, oder?«

»Nein. Hätten Sie was Bestimmtes von ihr gebraucht?«

»Sie war sehr hilfsbereit. Ich wollte mich nur bei ihr bedanken. Wann hat sie denn wieder Dienst?«

»Ich seh mal nach. Warten Sie.«

Als die Schwester fort war, wandte er sich lächelnd an Frau Meichsner. »Na, Frau Meichsner – wie geht's Ihnen denn?«

Frau Meichsner durchbohrte ihn mit Blicken und schwieg.

»Ist sicher nicht ganz einfach nach einem Schlaganfall. Aber das wird bestimmt wieder. Die Schwestern scheinen ja alle sehr nett zu sein.«

»Ja, ja. Sehr nett. Alle ausgesprochen zuvorkommend.« Frau Meichsners Aussprache war schleppend.

»Tut mir leid.« Die Schwester war wieder da. »Schwester Jennifer hat morgen Frühschicht und dann bis Dienstag frei. Dann lass ich Sie jetzt mal mit Frau Meichsner alleine. Schönen Abend noch.«

Als er sich zu Frau Meichsner drehte, lag eine Spielesammlung vor ihr auf dem Tisch. »Können Sie Halma?«

Kapitel 36

Wallner hatte eine Lachsforelle von einem Bekannten mitgebracht, der eine eigene kleine Zucht betrieb. Vera und Wallner hatten angeboten zu kochen, aber das ließ Manfred nicht zu. Den guten Fisch wollte er nicht von unkundigen Händen zubereitet wissen. Immerhin durfte Vera den Salat machen, Wallner den Wein entkorken. Ein wenig machte sich Wallner Sorgen, denn der Geschmackssinn seines Großvaters hatte altersbedingt nachgelassen, und er neigte zum Überwürzen. Zum Glück gab es nicht viel zu würzen, der Fisch hatte einen wunderbaren Eigengeschmack, und man musste nur darauf achten, dass er saftig blieb. Und das gelang Manfred hervorragend.
»So schaut das also aus, wenn ihr zwei in den Urlaub fahrt«, sagte Manfred, als man zusammen am Tisch saß.
»Na ja, ich musste wegen der Geschichte mit dem Kreuthner nach Miesbach, und die Vera hatte noch was in München zu erledigen. Ist halt dumm gelaufen.«
»Jetzt schiebt er's auf dich«, sagte Manfred und legte seine Hand auf Veras Arm, so dass sie die Gabel mit dem Fischbissen nicht zum Mund führen konnte.
»Dabei will er bloß net, dass der Mike in dem Mordfall ohne ihn ermittelt.«
»Suchst du gerade Verbündete? Ich meine, ich könnte auch sagen: So sieht das aus, wenn du zu deinem Bruder fährst.«

»Falsch. So schaut das aus, wenn man mich zu meinem Bruder abschieben will.«

»Abschieben? Jetzt schlägts aber dreizehn! Wir haben das doch gemeinsam beschlossen. Gut, vielleicht habe ich gefragt, ob du nicht über Ostern nach Villingen fahren willst, wo wir nicht da sind. Aber es war letzendlich deine Entscheidung.«

»Weil du gesagt hast, du tätst dir Sorgen machen, wenn ich so lang allein bin im Haus.«

»Ja, mach ich mir auch. Aber das hab ich nicht gesagt, um dich unter Druck zu setzen.«

Er sah hilfesuchend zu Vera.

»Du wolltest Manfred sicher nicht unter Druck setzen«, sagte sie. »Aber vielleicht hat er sich irgendwie verpflichtet gefühlt, weil er nicht wollte, dass du dir im Urlaub Sorgen machst.«

»Hast du dich verpflichtet gefühlt?«

»Mei ...« Manfred pulte eine Gräte aus einem Stück Fisch.

»Echt? Entschuldigung. Das hab ich so nicht gesehen.«

»Ich hab mir gedacht, ich sag einfach ja, damit mir net ewig diskutieren müssen.«

»Das heißt, du wolltest nie wirklich fahren?«

Manfred schwieg und suchte nach weiteren Gräten.

»Hattest du von Anfang an vor, in München umzudrehen?«

»Ja, Herrschaft! Ich kann ganz gut amal a Wochenende allein sein.«

»Ich hab gedacht, gerade an Ostern wär's schöner, wenn du bei deiner Familie bist.«

»Ich bin noch net so alt, dass du mir's Denken abnehmen musst.«

»Tja – tut mir leid, dass ich dich um ein sturmfreies Wochenende gebracht hab.«

»Viel Unterschied is eh net. Bist ja die ganze Zeit bei der Arbeit.«

Wallner hatte Manfred eigentlich noch fragen wollen, was es mit Jana Kienlechner auf sich hatte. Doch um die Stimmung nicht weiter zu belasten, nahm er davon Abstand. Der Rest des Essens verlief eher schweigsam, zumal auch Vera heute nicht die Gesprächigste war.

»Das tut mir wirklich leid«, sagte Wallner, als er mit Vera im Arm im Bett lag. »Ich dachte, er würde gerne zu seinem Bruder fahren. Wie kommt das zu so einem Missverständnis?«

»Ich glaube, du projizierst deine eigenen Wünsche auf Manfred. *Du* wolltest, dass er nach Villingen fährt, damit du kein schlechtes Gewissen haben musst. Fragt sich, warum du ihn nicht die paar Tage allein lassen wolltest. Du kannst doch mal in den Urlaub fahren. Dafür hat Manfred mit Sicherheit Verständnis.«

»Was glaubst du, warum ich das nicht wollte?«

»Ich denke, du hast ein ungutes Gefühl, wenn du nicht alles unter Kontrolle hast. Ich meine, das ist ja auch irgendwo der Grund, weshalb du jetzt ständig im Büro herumhängst und Mike auf die Finger siehst. Mal ganz ehrlich.«

»Nein, das mache ich nicht. Ich ... ich gehe ganz anderen Spuren nach, um die er sich ohnehin nicht kümmern kann.«

»Mike kann sich um alles kümmern. Er ist der Leiter der SoKo. Der kriegt das hin.«

»Ja, kann sein, dass ich ... ich sag mal, die Gelegen-

heit genutzt habe, um mich da ein bisschen einzumischen, nachdem du ja mit Edith in München zu tun hattest … Aber wir können immer noch fahren.«
»Nein, können wir nicht. Morgen ist schon Samstag. Außerdem ist schlechtes Wetter am Gardasee.«
Wallner schwieg eine Weile. Auch Vera schien ihren Gedanken nachzuhängen.
»Du bist wahrscheinlich nur deswegen so viel in München, damit ich mich hier ungestört wichtigmachen kann, oder?«
Vera ließ sich Zeit mit der Antwort. »Nein. Aber … ich weiß, dass du mit dem Kopf gerade woanders bist. Das ist okay. Du bist halt so. Und das ist dein Beruf. Wir versuchen es einfach im Mai noch mal mit Italien.«
»Ja. Das machen wir. Fährst du morgen wieder rein?«
»Ich hab mich verabredet. Ist doch okay, oder?«
»Natürlich.« Wallner drückte sie an sich. »Ich werde an mir arbeiten. Versprochen. Ich werde mich ernsthaft bemühen loszulassen.«
Sie lächelte und gab ihm einen Kuss. Er zog sie näher zu sich, doch Vera war heute nicht in Stimmung für Sex.
»Es macht dir doch mehr zu schaffen, als du sagst, oder? Mein Verhalten?«
»Nein. Es hat nichts mit dir zu tun. Ich bin nur ein bisschen schlecht drauf. Mach dir keine Gedanken, ja?«
Aber Wallner machte sich Gedanken.

Karsamstag

Kapitel 37

Am nächsten Tag kehrte er ins Krankenhaus zurück und hoffte, dass die Polizei ihm nicht zuvorgekommen war. Er wusste noch nicht genau, wie er vorgehen sollte. Sie direkt ansprechen? Sich mit ihr verabreden? Oder einfach abwarten, was passierte?
Der Mann mit dem schütteren Haar, der gestern mit Jennifer Loibl die Klinik verlassen hatte, hieß Dr. René Weber und war Oberarzt in der Neurologie. Er saß mit zwei unscheinbaren Frauen, die vermutlich Assistenzärztinnen waren, sowie Jennifer Loibl am Tisch in der Kantine, hielt gestenreich Vorträge und stocherte dabei in seiner Salatschüssel. Wenn er einen Scherz machte, lachte Jennifer Loibl laut. Weber wandte ihr jedes Mal den Blick zu, um sicherzugehen, dass sie sich amüsierte. Das Mittagessen würde vermutlich noch eine Weile dauern.

Das Stationszimmer war verwaist. Eine Tür führte in ein weiteres Zimmer, ein Bereich, der nur für das Klinikpersonal bestimmt war. Er hatte Webers Handynummer von einer Liste im Stationszimmer abgeschrieben und wählte sie jetzt. Aus einer schwarzen Umhängetasche klingelte es. Das Handy steckte in einem Seitenfach der Tasche. Er ging zur Tür und sah nach, ob sich jemand dem Stationszimmer näherte. Eine Schwester kam den Gang entlang und bog ins Zimmer ein. Dort verharrte sie, dachte kurz nach und verschwand wieder nach draußen. Er beeilte sich,

die SIM-Karte aus Webers Telefon zu entfernen und durch eine Prepaid-Karte zu ersetzen. Weber würde zunächst nur bemerken, dass sein Nummernspeicher leer war. Heute Abend, vielleicht auch erst morgen früh würde ihm auffallen, dass ihn niemand anrief. Irgendjemand würde sich beschweren, dass er sich nicht am Handy meldete. Telefonate mit der Telefongesellschaft würden folgen. Die Telefongesellschaft würde Weber mitteilen, dass alles normal funktioniere. Wenn sie ihm auf die Box sprachen, würde ihn das freilich nicht erreichen. Bis Weber auf die abwegige Idee verfiele, dass seine SIM-Karte ausgetauscht worden war, wäre Ostern vorbei. Eilige Schritte näherten sich dem Stationszimmer. Er steckte das Handy in die Tasche zurück und trat zur Tür. In diesem Moment kam die Schwester von vorhin herein.
»Entschuldigen Sie«, sagte er, »irgendwie ist die Station wie ausgestorben.«
»Mittags sind die Leute beim Essen. Was kann ich für Sie tun?«
»Ich wollte Frau Meichsner besuchen.«
»Oh ...«, sagte die Schwester und wurde ein wenig bleicher. »Es tut mir sehr leid. Frau Meichsner ist letzte Nacht ... verstorben.«

Wallner passte Jennifer Loibl ab, als sie die Kantine verlassen wollte. Da im Augenblick wenig zu tun war und es nur eine Viertelstunde dauern sollte, erklärte sie sich bereit, einen Kaffee mit Wallner zu trinken. Im Eingangsbereich der Kantine gab es Stehtische und Kaffeeautomaten.
»Ich habe noch ein paar Fragen zu dem, was an Weihnachten passiert ist.«

»Ist die Sache nicht abgeschlossen?«
»Ich habe trotzdem Fragen.«
»Ich habe alles gesagt, was ich weiß.« Katharina Millruth hatte Jennifer gestern überraschend angerufen und angekündigt, dass sie wahrscheinlich jemand von der Polizei aufsuchen würde. Zwar machte sie das etwas nervös, weil sie nicht gerne log. Andererseits – sie wusste tatsächlich nicht, was in jener Nacht passiert war. Und die Geschichte, auf die sie sich geeinigt hatten, war so simpel, dass sie kein Polizist widerlegen konnte.
»Wären Sie so nett, es noch einmal zu erzählen. Was an jenem Morgen vorgefallen ist.«
»Was genau passiert ist, weiß ich ja gar nicht.«
»Sie sollen mir nur erzählen, was sie selbst erlebt haben.«
Sie rührte den Kaffee in dem gerillten Plastikbecher um und versuchte, sich zu konzentrieren. »Es fing damit an, dass wir geweckt wurden. Von Henrys Mutter.«
»Katharina Millruth?«
»Ja. Sie hat an die Tür geklopft und gesagt: Zieht euch an und kommt runter. Ich muss euch allen was sagen.«
»Wann war das?«
»Viertel nach acht, halb neun.«
»*Euch* – das waren Sie und Henry Millruth?«
»Ja.«
»Wie lange haben Sie gebraucht, bis Sie unten waren?«
»Nicht lange. Fünf Minuten. Ich weiß nicht mal, ob wir uns die Zähne geputzt haben. Wir haben uns beeilt. Es klang, als wäre was Furchtbares passiert. War es ja auch.«

»Sie sind wohin gegangen?«

»In den Salon. Dort waren schon die anderen. Katharina hat uns dann gesagt, dass Leni tot ist. Und dass sie jetzt die Polizei anrufen würde.«

»Was war mit Wolfgang Millruth zu dem Zeitpunkt?«

»Er stand neben ihr. Sie hat aber nicht gesagt, dass er es war. Vielleicht hat sie es selber noch nicht gewusst.«

»Frau Millruth hat also allen mitgeteilt, dass Leni tot ist. Und dann?«

»Wir waren natürlich geschockt. Sie hat dann die Polizei angerufen.«

»Unmittelbar nach der Mitteilung?«

»Davon geh ich mal aus. Die Polizei war jedenfalls fünfzehn Minuten später da.«

»Das stimmt nicht«, sagte Wallner.«

Jennifer Loibl schwieg und bemühte sich, ahnungslos auszusehen.

»Die Leiche wurde zwischen sieben und halb acht gefunden. Frau Millruth hat aber erst um acht Uhr zweiundvierzig bei der Polizei angerufen. Was ist in der einen Stunde vorgefallen?«

Jennifer Loibl wirkte verunsichert. »Nein. So lange hat das nicht gedauert. Da war keine Stunde dazwischen. Ehrlich gesagt – ich kann mich heute nicht mehr erinnern, was genau wann passiert ist. Das ist Monate her. Warum rollen Sie die ganze Sache eigentlich wieder auf?«

Wallner zerknüllte seinen leeren Plastikbecher und warf ihn in einen Papierkorb, der sich neben dem Stehtisch befand. »Sie kennen Hanna Lohwerk. Ich nehme an, Frau Millruth hat Ihnen, als Sie telefoniert haben, gesagt, dass Frau Lohwerk ermordet wurde.«

»Frau Millruth hat mich nicht angerufen.«

»Nein?« Wallner suchte ihre Augen, fand sie aber nur den Bruchteil eines Augenblicks, dann wich sie ihm aus. »Sei's, wie's mag. Was Sie vielleicht noch nicht wissen: Sofia Popescu ist seit ein paar Tagen spurlos verschwunden.«

Jennifer Loibl versuchte, möglichst wenig Regung zu zeigen. Doch sah Wallner an ihren Backenmuskeln, dass sie die Kiefer aufeinanderbiss.

»Ich weiß nicht, was Sie für eine Vereinbarung mit den Millruths haben. Ich bitte Sie aber, Folgendes zu bedenken: Sie wissen mehr, als Sie der Polizei erzählen. Und wer immer sich bis jetzt auf Ihre Verschwiegenheit verlassen hat, könnte irgendwann Zweifel bekommen, ob Sie durchhalten.«

Wallner durfte für drei Sekunden Jennifer Loibls leuchtend blaue Augen sehen. Drei Sekunden, in denen sie in seinen Augen forschte, wie ernst er es meinte und ob man sich auf ihn verlassen konnte, wenn es hart wurde.

»Ich muss wieder hoch auf die Station«, sagte sie. Er schob ihr seine Visitenkarte über den Tisch. Sie steckte sie in ihren Kittel und ging zu den Aufzügen. Wallner sah ihr nach.

Und noch ein Augenpaar verfolgte die hübsche, nachdenklich wirkende Schwester. Jemand, den es nicht verwunderte, dass Wallner Kontakt mit der jungen Frau aufgenommen hatte. Die Körpersprache der beiden verriet zwar, dass Wallner nicht erfahren hatte, was er wissen wollte. Allerdings gab es Anzeichen dafür, dass Jennifer Loibls Widerstand bröckelte. Zügiges Handeln war geboten.

Kapitel 38

Als Kreuthner an diesem Morgen in Höhnbichlers Büro trat, erwartete ihn ein unerfreulicher Anblick. Höhnbichler war der Dienststellenleiter der Schutzpolizei und damit Kreuthners oberster Chef in Miesbach. Dass er an einem Samstag ins Büro gekommen war, verhieß nichts Gutes. Er saß hinter seinem Schreibtisch. Neben ihm, mit verschränkten Armen, Mike. Vor dem Schreibtisch hockte Monika Podgorny zusammengekauert auf einem Stuhl, in der Hand ein zusammengeknülltes Papiertaschentuch. Ihre Augen waren gerötet. Als Kreuthner hereinkam, heulte sie kurz auf.
»Setz dich«, sagte Höhnbichler.
Kreuthner zog einen Stuhl vom Besprechungstisch heran und setzte sich. Es war einigermaßen klar, was hier verhandelt werden sollte.
»Die Frau Podgorny steckt in ziemlichen Schwierigkeiten. Weil sie einen Durchsuchungsbeschluss ausgedruckt hat. Ohne Richter.«
»Geh Monika, was machst denn für G'schichten?«, sagte Kreuthner und war um einen mitfühlenden Tonfall bemüht.
»Er hat gesagt, es kann nix passieren!«, greinte Monika Podgorny. Ihre geschwollenen Augen füllten sich mit neuen Tränen, und in den Mundwinkeln bildeten sich Blasen beim Sprechen. Kreuthner reichte ihr ein frisches Papiertaschentuch. Monika Podgorny schlug ihm die Hand weg und verfiel in ein ruckartiges Fiep-

sen. Mike nahm Kreuthners Taschentuch und gab es der Frau.
»Du sollst die Frau Podgorny angestiftet haben. Heißt es. Ich geb dir hiermit Gelegenheit zur Stellungnahme.«
»Ich hab's doch schon gesagt: Ich hab keine Zeit gehabt, dass ich zum Staatsanwalt geh.«
»Seit wann gehst *du* zum Staatsanwalt. Bist du bei der Kripo?«
»Ich möchte die Kollegen halt nicht mit jeder Kleinigkeit belästigen.«
Höhnbichler sah Kreuthner frustriert an. Er hatte schon einige Gespräche dieser Art hinter sich. Die Fälschung einer richterlichen Anordnung markierte allerdings einen neuen Höhepunkt unter Kreuthners Verirrungen. »Was machst denn ständig so an Scheiß? Und auch noch andere mit reinziehen.«
»Sie hat doch nichts dafür können. Ich … ich hab gesagt, ich hol mir noch die Unterschrift vom Richter.«
Höhnbichler nahm das inkriminierende Papier in die Hand und betrachtete es durch seine Lesebrille. »Da steht Dr. Leonhardt Kreuthner bei der Unterschrift. Sieht für mich so aus, wie wenn sie die G'schicht vorsätzlich mitgemacht hätt. Ich mein, das hat doch sie geschrieben.«
Monika Podgorny heulte erneut auf.
»Jetzt lasst's es halt gehen. Des is auf meinem Mist gewachsen. Sie hat ja nur helfen wollen.«
»Frau Podgorny …« Die Angesprochene wandte ihren Blick Höhnbichler zu, konnte ihn aber vermutlich durch den Tränenschleier nur grob erkennen. »Sie können gehen. Und es wär hilfreich, wenn S' den Schmarrn net auch noch rumerzählen.«

»Vielen, vielen Dank«, schluchzte Monika Podgorny mit verstopfter Nase und beeilte sich, den Raum zu verlassen. Bevor sie die Tür zuzog, warf sie Kreuthner einen sehr bösen Blick zu. Es war keine gute Woche für Freundschaften.

»Also Leo, auf geht's! Erzähl uns irgendwas halbwegs Plausibles.«

»Ja, des war a bissl kurz gedacht. Geb ich auch zu. Es tut mir echt leid. Vergess ma die G'schicht einfach.«

»Vergessen? Du hast eine richterliche Anordnung gefälscht! Dafür allein gehörst schon geschlagen. Und dann hältst das Ding auch noch einer ehemaligen Anwaltssekretärin unter die Nase. Das ist doch mit Fleiß blöd!«

»Das kann ich doch net ahnen. Des hinterfotzige Luder hat ausg'schaut wie eine von dene alternativen Marihuana-Schicks'n. Das war a totsichere Sach. Und ich wett immer noch, dass die zentnerweis Stoff im Haus ham.«

»Das ist mir wurscht. Sag mir nur eins: Warum?! Warum der Durchsuchungsbeschluss?«

»Weil ...« Kreuthner brauchte ein wenig, um sich eine Begründung auszudenken und fuchtelte zur Überbrückung der Zeit mit den Armen. »Weil ich hab eine heiße Spur wegen dieser Sofia Popescu gehabt. Ich hätt einfach a paar Informationen von denen gebraucht. Des G'schwerl redt ja net mit der Polizei. Da brauchst a Druckmittel.«

»Was geht dich diese Frau Popescu an?«

»Ja, entschuldige mal – ich bin der Einzige hier, wo die Frau jemals gesehen hat. Vom Kollegen Schartauer abgesehen. Aber sonst kennt die doch keiner. Und die ist enorm wichtig. Da hängt der ganze Lohwerk-Mord dran. Oder? Stimmt doch?«, wandte sich Kreuthner an Mike.

»Kann sein. Mir ist trotzdem nicht klar, was du da herumermittelst. Das ist nicht dein Job.«

»Ja, wenn ihr euern Job net machts.«

»Die Kollegen von der Kripo machen ihren Job schon. Da musst du dir net den Kopf zerbrechen«, sagte Höhnbichler.

»Ah so? Habts die Popescu schon?«

»Wir sind dran. Lass uns einfach arbeiten.«

»Dran! Ihr seids immer dran, wenn nix weitergeht. Ich – ich bin net dran, ich *weiß*, wo die ist.«

Mike war erstaunt. »Was heißt, du weißt, wo sie ist?«

Kapitel 39

Die Praxis war in einem Altbau in der Nähe des Schlossgartens in Erlangen untergebracht. An den Decken spärliche Stuckverzierungen, das Streifenparkett knarrte gediegen unter Wallners Schritten. Auf dem Plexiglasschreibtisch stand ein Apple-Computer. Frau Dr. Pesternich bat den Kommissar, auf einem Ledersessel Platz zu nehmen. Sie selbst setzte sich ihm schräg gegenüber, zwischen ihnen ein kleiner Tisch mit Kaffeetassen und einer Schale Schokoladeneier. Die Psychotherapeutin war Mitte vierzig und trug ein teures Kostüm, dazu einen Kaschmirpullover, beides in kühlen Grautönen. Diese perfekte Inszenierung störte nur Frau Dr. Pesternichs Gesicht. Mit den fülligen Bäckchen, der Entennase, den aufgeworfenen Lippen und dem semmelblonden Topfschnitt nährte es die Vermutung, dass die Vorfahren der Therapeutin sich einst in Kaschubien mit dem Hüten von Schweinen durchschlagen mussten. Die stets weit aufgerissenen Augen irritierten Wallner. Hatte die Frau in zwanzig Berufsjahren nicht genug Elend gesehen, um nicht bei jeder Kleinigkeit erstaunt zu sein?
»Es ist sehr freundlich, dass Sie mich am Wochenende empfangen.«
»Aber das ist doch selbstverständlich«, sagte Frau Dr. Pesternich und riss ihre Augen auf. »Hatten Sie gedacht, ich werfe Sie wieder raus?« Sie griff nach einem gelb verpackten Osterei und sagte, bevor Wall-

ner auf ihre Frage antworten konnte: »Möchten Sie ein Schokoladenei? Die Füllungen sind sensationell.« Wallner erwog den Bruchteil einer Sekunde, eines der Schokoladeneier zu essen. Doch hatte er in der vorösterlichen Zeit ziemlich zugenommen. »Danke. Aber mein Großvater zwingt mich täglich, seine selbstgebackenen Osterleckereien zu essen. Mein Appetit auf Süßes hält sich daher in Grenzen.«
Die Therapeutin hatte Wallners Zögern sorgsam registriert. »Sie wollen von mir etwas über Leni Millruth erfahren?«
»Man hatte Sie ja als Zeugin für den Prozess gegen den Onkel Ihrer Patientin vorgesehen. Aber Sie waren in der Zeit im Ausland. Und da hat man auf Ihre Aussage verzichtet.«
»Es lag wohl ohnehin ein Geständnis vor.«
»Richtig. Mich würde trotzdem interessieren, was Sie zu sagen haben.«
»Sie wissen, ich unterliege der Schweigepflicht.«
»Wenn Ihre Patientin Sie nicht mehr davon entbinden kann, müssen Sie selbst entscheiden, was im Sinne Ihrer Patientin wäre.«
»Stimmt.« Frau Pesternich nahm ein grünes Ei und wickelte es aus. »Warum würde Frau Millruth wollen, dass ich Ihnen etwas über die Therapie erzähle?«
»Weil mir das hilft, ihren Mörder zu finden.«
»Ich denke, der ist schon verurteilt.«
»Wolfgang Millruth wurde wegen fahrlässiger Tötung verurteilt. Ich bin aber überzeugt, dass jemand anderer Leni Millruth ermordet hat.«
Frau Pesternich schickte ihre Augenbrauen in Richtung Haaransatz.
»Es gibt Hinweise, dass der Onkel die Tat auf sich ge-

nommen hat, um jemanden in der Familie zu schützen.«

»Ich nehme nicht an, dass Ihre Vorgesetzten begeistert sind, wenn Sie abgeschlossene Fälle wieder aufwärmen.«

»Nun, das stößt nicht nur auf Gegenliebe.«

»Warum machen Sie es dann?«

»Pflichtbewusstsein.«

»Aha. Vielleicht auch aus – ich sag mal: Freude darüber, recht zu behalten?«

»Sie meinen Rechthaberei?«

»Wenn Sie es so nennen wollen.«

»Interessanter Gedanke. Aber ich bin eigentlich nicht zur Therapie hier.«

»Entschuldigen Sie. Das steckt einfach in mir.« Sie knüllte das grüne Stanniol zusammen und legte es neben das Schälchen auf den Tisch. Dann sah sie Wallner prüfend an. »Sie würden nie zu einer Therapie gehen, stimmt's?«

»Eine gewagte Aussage. In Anbetracht des Umstandes, dass wir uns gerade mal fünf Minuten kennen. Aber in der Tat würde ich nicht zu einer Therapie gehen.«

»Warum nicht?«

»Ich will ja überhaupt nicht bestreiten, dass manchen Leuten eine Therapie hilft. Aber ich kenne zu viele Menschen, von deren Therapie nur einer profitiert: der Kontostand ihres Therapeuten. Das ist jetzt nichts gegen Sie. Aber ich finde, den meisten Menschen wäre mehr geholfen, wenn sie ehrlicher zu sich selbst wären.«

»Da haben Sie gar nicht mal unrecht. Nur – die meisten Menschen sind es eben nicht.«

»Gut. Dann mögen von mir aus die Therapeuten an ihren Depressionen verdienen.«
»Haben Sie manchmal Depressionen?«
»Ja. Wenn mein Großvater Gulasch kocht. Sein Geschmackssinn hat altersbedingt nachgelassen.«
Frau Pesternich lächelte Wallner spitzbübisch an.
»Dachte ich's mir doch. Ein Kontrollfreak!«
»Meinen Sie mich?«
Pesternich sah sich ostentativ im Raum um und öffnete ihre Hände mit einer fragenden Geste.
»Wie zum Teufel wollen Sie das in meine Gulaschbemerkung hineininterpretieren?«
»Wenn das Gespräch auf Ihre seelische Befindlichkeit kommt, ziehen Sie die Dinge ins Lächerliche. Auf diese Weise müssen Sie sich nicht damit auseinandersetzen. Sie leben offenbar mit Ihrem Großvater zusammen. Was ich ehrenwert finde. Aber vermutlich halten Sie ihn nicht mehr für ganz lebenstüchtig und organisieren seinen Alltag. Sie sind der Typ, der den Großvater zur Verwandtschaft schickt, wenn er in den Urlaub fährt, damit jemand auf ihn aufpasst.«
Wallner vergaß einen Augenblick, den Mund zuzumachen. »Was wäre daran falsch? Nur angenommen.«
»Würden Sie vorher fragen, ob er überhaupt wegfahren will?«
»Ich glaube, das führt zu nichts. Es geht hier nicht um meine familiären Verhältnisse. Ich wollte eigentlich über Leni Millruth reden.«
»Nun gut. Ich denke, es wäre in Frau Millruths Sinne, wenn Sie ihren Mörder finden. Was wollen Sie wissen?«
Wallner zog ein Blatt Papier aus seiner Jacke. Es war der Ausdruck einer Fragenliste, die er in Vorberei-

tung auf das Gespräch angefertigt hatte. »Warum war Leni Millruth in Therapie?«, begann er.

»Sie litt unter innerer Unruhe, Depressionen und Essstörungen, hatte den Drang, sich selbst zu verletzen, und dachte an Selbstmord. Sie glaubte, es läge an der fremden Umgebung hier in Erlangen und daran, dass sie nicht bei ihrer Familie war.«

»Hatte sie die Beschwerden vorher nicht?«

»Nein. Sie kam nach Erlangen, und zwei Monate später fing alles an. Nach einem Jahr kam sie zu mir.«

»Gibt es einen Namen für diese psychische Störung?«

»Borderline-Persönlichkeitsstörung. Kurz BPS.«

»Den Begriff habe ich schon mal gehört. War es Zufall, dass die Symptome erst hier auftraten?«

»In dem Fall würde ich sagen: Es war kein Zufall. Leni Millruth hatte bis zu ihrem Abitur in einer behüteten Umgebung gelebt. Ihre Familie hatte sie gestützt und stabilisiert. Als sie ihr Zuhause verließ, fiel diese Stütze weg, und es gab nichts mehr, das dem Chaos in ihrem Inneren Einhalt geboten hätte.«

»Wodurch wurde das Chaos in ihrem Inneren verursacht?«

»Was ich Ihnen jetzt sage, bleibt unter uns, bis ich Ihnen erlaube, es zu verwenden. Das ist meine Bedingung.«

»Reden Sie«, sagte Wallner und nahm einen Stift zur Hand.

Kapitel 40

BPS – ich nenne es einfach mal Borderline – ist eine sehr ernste Sache. Ein nicht unerheblicher Teil der Patienten begeht Suizid.«
»Welche Größenordnung?«
»Zwanzig Prozent.«
»Das ist viel.«
»Ja. Zu viel. Deswegen ist es wichtig, dass die Krankheit erkannt und richtig behandelt wird. Aber ich will nicht über die Therapie reden. Kaffee?« Pesternich griff zur Kaffeekanne.
»Danke, im Augenblick nicht.«
»Nun – BPS ist meist keine Krankheit, die man kriegt, weil es einen eben trifft. Wie Leukämie oder Grippe. Borderliner wird man durch ein Ereignis, das die Seele so schwer erschüttert, dass sie aus dem Gleichgewicht gerät.«
»Gewalt? Missbrauch?«
»Ja. Meist in der Kindheit. Viele Patienten kennen diesen Zusammenhang nicht. Ganz einfach, weil sie sich nicht an das Ereignis erinnern. Es wird vergessen. Irgendwo in den Tiefen der Psyche weggesperrt, damit man weiterleben kann.«
»Und was war es bei Leni Millruth?«
»Es hat ein Jahr Therapie gebraucht, bis die Erinnerung wiederkam. Ich war mir aber sicher, dass wir etwas finden würden. Sie wurde missbraucht. Im Alter von acht Jahren.«
»Von wem?«

»Von ihrem Vater. Es erstreckte sich anscheinend über eine relativ kurze Zeit. Dann hörte es auf.«
Wallner starrte auf die Kaffeekanne. »Von ihrem Vater?«
»Ja. Ist nicht so ungewöhnlich.«
»Sicher. Die Vorstellung, dass in dieser Musterfamilie achtjährige Mädchen vom Vater missbraucht werden, ist natürlich irritierend. Aber Kindesmissbrauch ist ja kein Phänomen der armen Leute.«
»Absolut nicht.«
»Wie sicher ist das? Ich meine, Leni Millruth konnte sich offenbar viele Jahre nicht mehr daran erinnern. Jetzt ging es ihr psychisch schlecht, und ihr fiel der Missbrauch ein. Ist das Gedächtnis da zuverlässig?«
»Nicht immer. Aber es ist ja nicht so, dass sich die Patientin generell erinnert, missbraucht worden zu sein. Es sind einzelne Situationen, die erinnert werden. Das ist mit viel Schmerz verbunden. Aber es ist relativ konkret.«
»Ich habe mal gelesen, dass einen das Gedächtnis auch täuschen kann. Weil es Dinge dazuerfindet, Teile ergänzt, an die keine Erinnerung mehr besteht.«
»Das kann jedem passieren. Das Gehirn neigt dazu, Erinnerungslücken mit anderweitig erlebten Vorkommnissen auszufüllen. Es gibt auch andere Gründe für fehlerhafte Erinnerungen. Bei Missbrauchsfällen kann es passieren, dass statt des Vaters ein anderer Täter identifiziert wird.«
»Warum?«
»Um den Vater zu schützen.«
»Warum will ein Kind seinen Vater schützen, wenn er ihm so etwas angetan hat?«
»Das ist im Prinzip eine vernünftige Reaktion. Wenn

ein Kind den Missbrauch durch die Eltern aufdeckt, zerstört es die Familie und damit die eigene Lebensgrundlage. Welches Kind will das? Dass es ohne den Vater oder die Eltern besser dran ist, kann sich ein Kind nicht vorstellen. Es weiß nur, bewusst oder unbewusst, dass dann die einzigen Menschen weg sind, die es ernähren und beschützen und ihm Liebe geben. Also wird es alles tun, um die Familie zu erhalten. Auch um den Preis, jahrelang missbraucht zu werden.«

»Abgesehen davon wird ein Kind kaum zur Polizei gehen und seine Eltern anzeigen.«

»Alles schon vorgekommen. Aber in der Regel natürlich nicht.«

»Hab ich das richtig verstanden: Leni Millruth wird mit acht Jahren von ihrem Vater missbraucht. Und dann lebt sie zehn Jahre glücklich oder zumindest ohne psychische Beschwerden im Elternhaus?«

»Es kann durchaus eine glückliche Zeit gewesen sein. Sie hat das, was sie belastete, verdrängt und vergessen. Ich habe ihr Elternhaus nie gesehen. Aber es muss sehr schön sein.«

»Es gibt schrecklichere Orte, um seine Kindheit zu verbringen.«

»Sie hat ein schönes Heim in den bayerischen Bergen, Eltern, die zwar nicht immer da sind, aber sich durchaus liebevoll um sie kümmern. Sie hat ihren Onkel und zwei große Brüder, die das Nesthäkchen verwöhnen. Die Schule fällt ihr leicht, und sie hat viele Freunde. Eine perfekte Kindheit, könnte man meinen. Wäre da nicht ein Mensch, den sie eigentlich liebt, der Dinge mit ihr tut, die sie nicht will, die sie nicht versteht und für die sie sich schämt.

Aber es geht, wenn man die Erinnerung daran verdrängt. Vielleicht ein paar seltsame Gefühle in der Pubertät, die Leni nicht zuordnen kann. Etwas, das sie auf merkwürdige Weise bedrückt, das sie aber nicht benennen kann. Sonst ist alles stabil, geordnet und behaglich. Es gibt keinen Grund, verrückt zu werden. Doch dann kommt der Bruch: Leni macht Abitur und geht in eine andere Stadt, um zu studieren. Mit einem Mal ist nichts mehr von dem vorhanden, das sie all die Jahre gestützt hat. Sie ist allein, und es macht ihr Angst. Die vertraute Umgebung ist verschwunden. Alles ist neu und verwirrend. Und niemand nimmt mehr Rücksicht auf die kleine Prinzessin.«

»Und durch diesen Schock, sag ich mal, wird das, was verschüttet war, wieder aufgerührt und hochgespült?«

»Aufgerührt, ja. Aber es wird nicht ›hochgespült‹ in dem Sinn, dass man sich an das erinnert, was einem widerfahren ist. Das Schreckliche schafft sich zwar seinen Weg nach draußen. Aber in veränderter Form. Ängste steigen hoch, vor allem Verlassensängste. Depressionen. Aggressionen gegen sich selbst und auch gegen andere. Selbstmordgedanken. Es sind schlimme Dinge, die plötzlich mit einem passieren. Und man hat nicht die geringste Ahnung, warum.«

»Wusste die Familie von der Therapie?«

»Ich bin nicht sicher. Ich nehme an, dass sie es nicht erzählt hat. Also nicht einmal, dass sie überhaupt in Therapie war. Geschweige denn aus welchem Grund. Jedenfalls bis zum Zeitpunkt unserer letzten Sitzung. Das war in der Woche vor Weihnachten.«

»Können Sie sich vorstellen, dass ihr Tod an Weih-

nachten in irgendeiner Weise mit ihrer Krankheit zusammenhing?«
»Unter Umständen. Kommt darauf an, was Weihnachten passiert ist.«
»Genau das versuche ich herauszubekommen.«

Kapitel 41

Die Bescherung im Hause Millruth folgte einem seit Jahren bestehenden Ritual. Katharina sammelte die Geschenke ein. Alle anderen mussten das Wohnzimmer verlassen, während Katharina die Gaben auf einem eigens dafür vorgesehenen mehrstöckigen Tisch arrangierte. Vor jedes Geschenk wurde eine Kerze gestellt und angezündet. Wenn die Geschenke an ihrem Platz waren und alle Kerzen brannten, klingelte Katharina mit einem Silberglöckchen, Dieter öffnete die Schiebetür zum Salon, und die Familie kam im Gänsemarsch in das nur von den Kerzen und dem Weihnachtsbaum erleuchtete Zimmer. Katharina wählte ein Christkind aus, dem die Aufgabe zufiel, jedem sein Geschenk zu überreichen und die zugehörige Kerze auszublasen. Christkind zu sein, war eine Ehre, die einem naturgemäß nur alle paar Jahre zuteilwurde. Um ihr gerecht zu werden, musste das Christkind lustige Vermutungen darüber anstellen, was sich wohl unter der Verpackung versteckte und ob es dem Beschenkten gefallen würde. Der ungekrönte König dieser Veranstaltung war Dieter, der, solange er sich diesseits der Grenze zur Beleidigung aufhielt, schon für so manch unterhaltsame Bescherung gesorgt hatte. Dem einen oder anderen Weihnachtsgast, der nicht mit den Usancen der Familie vertraut war, fuhr ein wenig der Schreck in die Glieder bei dem, was er da zu hören bekam.
Während Katharina die Geschenke aufbaute, musste

die Familie in der Wohnküche warten, deren Ausmaße einem mittelgroßen Restaurant genügt hätten. Dieter humpelte auf Henry und Jennifer zu.

»Du hast hoffentlich keine Geschenke mitgebracht«, bellte er Jennifer an.

»Nur Kleinigkeiten. Henry hat gemeint, mit Büchern kann man nichts falsch machen.«

»Das ist richtig. Du darfst bloß nichts reinschreiben. Sonst kann man sie nicht weiterverschenken.«

Man hörte von irgendwoher ein schmatzendes Geräusch. Kurz darauf kam Bewegung in die Wartenden. Die Unruhe klärte sich schnell: Othello hatte die Küche verlassen, um sich in der Lobby auf den hundert Jahre alten Perserteppich zu übergeben. Jetzt stand er vor dem breiigen Haufen und blickte ratlos auf die Umstehenden.

»Hat er was Falsches gegessen?«, fragte Henry.

»Leni hat ihn mit Zimtsternen gefüttert«, sagte Adrian. »Kein Wunder, dass er kotzt.«

»Ich hab ihm zwei Zimtsterne gegeben. Davon kotzt er nicht.«

»Du hast ihm den ganzen Teller hingestellt. Ich hab's doch gesehen.«

»Entschuldige. Ich wusste nicht, dass ich überwacht werde.«

»Ich hab zufällig hingesehen, okay? Was wird denn das wieder für ein Gezicke?«

»Ich sage nur: Das kommt nicht von den Zimtsternen. Vielleicht findet er einfach die ganze Veranstaltung hier zum Kotzen.«

Wolfgang trat einen Schritt auf Leni zu. »Kleines – komm. Nicht an Weihnachten.« Er nahm ihre Hand. Sie ließ es geschehen, atmete aber schwer.

»Warum bleibst du, Herrgott noch mal, nicht weg, wenn du unsere Familie zum Kotzen findest?« Adrian wurde lauter.

»Weil ich mir von dir nicht vorschreiben lasse, wann ich kommen darf!«, schrie sie zurück.

Wolfgang hielt Leni davon ab, sich auf Adrian zu stürzen. Inzwischen war Jennifer mit Küchentüchern gekommen, um Othellos Haufen wegzuwischen.

»Lass das!«, sagte Leni. »Das soll gefälligst jemand anderer machen.«

»Es macht mir nichts aus. Ich bin das gewohnt.«

»Es ist aber nicht dein Hund.« Sie nahm Jennifer die Tücher aus der Hand und hielt sie Adrian hin. »Hier. Du hast noch kein einziges Mal seine Scheiße weggeräumt. Heute ist ein guter Tag, um damit anzufangen.«

»Ich hab die Töle aber nicht mit Plätzchen gefüttert. Mach's selber weg!«

»Wo er recht hat, hat er recht«, sagte Dieter. Er hatte sich zu dem Brei auf dem Teppich hinuntergebeugt und stocherte mit einem Finger darin herum. »Vom Gefühl her würde ich sagen: Zimtsterne. Eindeutig lässt sich das freilich nur am Geschmack erkennen. Möchte jemand Gewissheit?«

»Hör auf! Das ist ekelhaft.« Leni verzog angewidert ihr Gesicht. »Warum stehst du eigentlich nie auf meiner Seite? Egal, worum es geht, du ergreifst immer Partei für die anderen.«

»Hängt vielleicht mit dem Zeug zusammen, das du von dir gibst. Natürlich: Man kann jedem in die Fresse hauen und dann erwarten, dass alle einen liebhaben. Kann man. Ich kann aber auch mal überlegen, woran das liegt, wenn die anderen Probleme mit mir haben. Dafür müsste man eventuell sein egozentrisches Weltbild überprüfen. Okay. Ist nicht jedermanns Sache. Aber dann verlang nicht, dass ich auf deiner Seite stehe.«

»Ich denke, wir sollten jetzt aufhören.« Wolfgang war zwischen Vater und Tochter getreten. »Ich will die Diskussion nicht um jeden Preis abwürgen. Aber da können wir auch morgen drüber reden. Mit etwas weniger Alkohol im Kopf. Einverstanden?«

Dieter besann sich kurz und bemerkte den Hund, der fragend zu ihm aufblickte. Das schien ihn zu besänftigen. »Tut mir leid, Leni. Nimm's nicht persönlich.«

»Gott bewahre. Ich hab mich nie angesprochen gefühlt.« Lenis Blick war weiterhin feindselig.

»Dein Onkel hat gesagt, wir sollen aufhören.«

»Na gut.« Sie reichte ihm die Hand, er schlug ein. Wolfgang sah zu Adrian. Der gab sich einen Ruck und ging einen Schritt auf seine Schwester zu. »Gib mir mal das Küchentuch.«

In der Tür stand Katharina. »Warum kommt denn keiner? Ich habe schon mehrfach geläutet.«

Die Familie musste sich noch einmal in der Küche versammeln, noch einmal verschwand Katharina hinter der Tür zum Salon. Und noch einmal klingelte sie mit dem silbernen Glöckchen. Alle waren bemüht, die Form zu wahren. Und so ging es im Gänsemarsch in den Salon, die Kerzen strahlten wie eh und je, Katharina trat vor die versammelte Familie, einen Heiligenschein in der Hand, den man vermittels eines dünnen Drahtgestells über dem Kopf schweben lassen konnte, und verkündete, wer dieses Jahr als Christkind die Geschenke verteilen durfte.

Die Wahl fiel auf Henry. Henry nahm ehrerbietig die Blechaureole entgegen und schickte sich an, seines heiligen Amtes zu walten.

»Warum eigentlich Henry?«, fragte Leni.

Katharina zuckte unmerklich zusammen. In über dreißig Jahren hatte niemand diese Frage gestellt. »Wir haben die Wahl des Christkinds nie begründet, sondern immer die Weisheit der Mutter geachtet. Die nehme ich schließlich nur Weihnachten in Anspruch. Ich könnte meine Gründe nennen. Aber das käme mir ganz und gar unweihnachtlich vor. Findest du nicht auch?«

»O ja. Sicher. Ich frage nur, weil Henry eigentlich letztes Jahr dran war, wie du selber sagtest.«

»Um genau zu sein sagte ich, Henry wäre letztes Jahr dran gewesen. Aber er war in Südafrika. Und deswegen warst du das Christkind.«

»Richtig. Und wenn jemand nicht da ist, dann muss er eben aussetzen. Also so seh ich das. Ich meine, es hat jeder selbst in der Hand, ob er hier ist.«

Katharina schien zu überlegen, ob sie auf die Konfrontation eingehen oder nachgeben und das retten sollte, was an weihnachtlicher Stimmung noch übrig war. »Schau – es ist ja nicht so, dass seit Urzeiten festgelegt ist, wann wer dran ist. Wir sollten da ein bisschen flexibel bleiben.«

»Ja, so ist es. Du allein bestimmst, nach irgendwelchen Regeln, die außer dir keiner kennt. Und, offen gesagt, nervt es mich, dass Weihnachten immer nur deine Show ist. Du gibst vor, was hier passiert. Du bist Gott, verstehst du. Weil du aus jedem von uns das Christkind machen kannst.«

»Hallo! Leni!« Henry sah seine Schwester voller Unverständnis an. »Das ist nur ein Spaß. Es geht um nichts. Nur darum, wer ein bisschen Stimmung machen darf. Ein Spaß. Mehr nicht.«

»Ach so! Ein Spaß. Für einen Spaß ist das Ganze ziemlich durchinszeniert. Wir warten aufs Glöckchen, und dann marschieren wir ein wie ins Hochamt und führen uns auf wie die Deppen. Soll ich mal die spitzen Bemerkungen wiedergeben, die letztes Jahr gefallen sind, weil du an dem Spaß nicht teilgenommen hast?«

»Nein danke. Ich bin sicher, keine davon war böse gemeint.«

Er sah seine Mutter an. Im Kerzenschein bemerkte er, wie ihr die Tränen übers Gesicht rannen. Leni ging zu ihr hin, wirkte aber eher genervt als mitfühlend.

»Jetzt wein halt nicht. Das ist nicht fair. Nur weil ich mal ein paar Dinge in Frage stelle.« Sie strich ihrer Mutter über die Wange. Katharina nahm Lenis Hand.

»Du machst uns alles kaputt. Siehst du das nicht? Oder interessiert es dich nicht? Das funktioniert nur, wenn jeder mitmacht. Wenn jemand aussteigt, dann lässt er alle wie Knallchargen in einem lächerlichen Stück aussehen. Es war immer die Illusion, die uns zusammengehalten hat. Wir haben gespielt. Und wir haben gerne gespielt. All die Jahre. Und du hast es auch gerne gespielt. Aber seit du weggegangen bist, hast du dich verändert. Ich weiß nicht, was dich dazu treibt, unsere Familie zu zerstören. Aber ich weiß, dass ich das nicht zulassen werde. Wir sind eine Familie, wie es nur noch wenige gibt. Wir halten zusammen und achten einander und vertrauen uns. Zumindest war das bis jetzt immer so.«

»Tatsächlich? War das immer so?«

»Ja, verdammt! Das war so! Natürlich gibt es mal Streit. Das ist halt so und gehört dazu. Aber am Ende des Tages sind wir eine Familie, ein Blut. Und nichts kann uns trennen. Das ist, worauf es ankommt.«

»Ich glaube, es wird Zeit, dass dir jemand die rosa Brille von der Nase nimmt.«

»Leni, hör auf!«, mischte sich Adrian ein. »Wenn du Menschen verletzen willst, dann fahr zurück nach Erlangen und beleidige Leute auf der Straße. Aber lass uns in Ruhe. Und wenn es dir schon egal ist, wie sich deine Familie dabei fühlt, dann nimm wenigstens Rücksicht auf Jennifer. Was du hier aufführst, ist wahnsinnig peinlich für sie. Hast du gar keinen Anstand?«

»Ich lach mich tot! Um die arme Jennifer geht's dir also! Meinst du die Freundin deines Bruders, die du vorhin auf das Peinlichste angebaggert hast? Die Jennifer, über die du dir anschließend mit unserer Mutter das Maul zerrissen hast? Die ihr alle anseht, als hätte sie die Krätze.«

»Was redest du da für einen Mist!« Adrian blickte hilfesuchend zu seiner Mutter.

»Warum siehst du Mama an? Die wird dir auch nicht helfen. Sie wird nämlich gleich sehr enttäuscht von dir sein. Wenn ich ihr erzähle, was die Spatzen in München vom Dach pfeifen.« Sie machte eine kurze Pause. Es blieb still. »Frau Intendantin Annegret Sailer soll seit neuestem einen jungen Lover haben. Und der junge Mann hat prompt Karriere an ihrer Bühne gemacht, obwohl er vorher als eher mittelmäßiger Schauspieler bekannt war.«

Katharina wandte den Blick langsam ihrem Sohn zu. Sie konnte den Ekel nicht verbergen, der sie bei der

Vorstellung überkam, was Adrian mit der verhärmten Annegret im Bett getrieben hatte.
»Sie redet Unsinn. Sie redet seit einem Jahr Unsinn. Du glaubst doch nicht ernsthaft, ich würde mit Annegret ...«
»Leni!« Katharina würgte ihren Sohn ab. »Ich hätte es nie für möglich gehalten, dass ich meine eigene Tochter einmal vor die Tür setzen würde. Aber du lässt mir keine andere Wahl.«
»Ihr wollt, dass ich verschwinde? Kein Problem. Nur noch zum Thema Familie. Und dass wir uns alle so vertrauen und liebhaben. Ist es schon mal jemandem aufgefallen, wie sehr sich Mama und Onkel Wolfgang liebhaben?«
»Es reicht!« Katharina verlor die Fassung. Ihre Stimme überschlug sich.
»Ja! Mir reicht's. Dein Gefasel von der tollen Familie. Du fickst seit dreißig Jahren den Bruder deines Mannes. Keiner redet darüber. Aber jeder weiß es. Außer Papa natürlich.«
In die auf diesen Satz folgende Stille sagte Dieter: »Für wie dämlich hältst du mich? Natürlich weiß ich es.« Er zündete sich eine Zigarre an und ignorierte das von Katharina verhängte Rauchverbot. Es war kein günstiger Zeitpunkt, ihn darauf hinzuweisen. »Dreißig Jahre, das überrascht mich allerdings ein bisschen. Woher willst du das wissen? Du bist doch erst zwanzig.«
»Ich hab mich bei Adrian erkundigt.«
Adrian erwartete einen Blick seiner Mutter. Der blieb aus. Sie hatte die Augen geschlossen.
»Du weißt das? Und sagst nichts?«, flüsterte Katharina.

»Wir haben uns arrangiert. Ich will mich nicht beklagen.« Dieter paffte manieriert den Zigarrenrauch in die Luft und lächelte seine Frau an. Wolfgang setzte ein bedauerndes Gesicht auf.
»Es tut mir leid«, sagte Katharina. »Ich wusste nicht ...«
»Mama, es muss dir nicht leidtun. Wenn es darum geht, den anderen mit der Verwandtschaft zu betrügen, ist er nicht besser als du. Eher schlimmer.«
Dieter fiel das Gesicht zusammen. Das erste Mal an diesem Abend schien ihn etwas aus der Fassung zu bringen. Katharina bemerkte diese Veränderung und war beunruhigt.
»Wie bitte? Ich habe deine Mutter in meinem ganzen Leben nicht betrogen«, sagte Dieter.
»Ich fürchte, da hast du was vergessen. Aber das kann passieren. Ich hatte es auch vergessen. Einfach verdrängt. Nach einem Jahr Psychotherapie ist es mir wieder eingefallen. Klingelt's jetzt?«
»Kannst du mir bitte erklären, was dieses Gerede zu bedeuten hat?«, drängte Katharina, wenngleich sie sich vor dem unvermeidbar kommenden Unheil fürchtete.
»Das würde mich auch interessieren«, sagte Dieter. »Wenn es das ist, was ich vermute, dann bin ich gerade in einem ziemlich absurden Film.«
»Ich rede davon ...« Leni presste die Lippen zusammen. Ihre Augen wurden nass, und sie sprach mit erstickter Stimme weiter. »Ich rede davon, dass mein Vater mit mir geschlafen hat, als ich acht Jahre alt war. Im alten Pferdestall. Mit dreizehn habe ich mich gewundert, warum ich keine Jungfrau mehr bin. Seit ein paar Wochen weiß ich es wieder.«

»Jetzt reicht's aber!« Dieter warf seine Zigarre in einen Papierkorb. »Ich weiß nicht, was du da zusammenphantasierst. Aber ich habe dich in meinem Leben nie angefasst. Das ist schlicht gelogen.«

»Dass du alles abstreiten würdest, war mir klar. Aber was ist mit euch? Wollt ihr auch nicht wahrhaben, dass euer Vater ein Kinderschänder ist?«

»Bist du nur hergekommen, um unsere Familie kaputt zu machen?« Adrian hatte sich einen Whisky eingegossen. »Ich weiß, wie du mit acht warst. Du warst glücklich. Du warst unser Nesthäkchen. Und glaube mir: Da ist nichts passiert.«

Leni lachte fassungslos. »Wie willst du denn das beurteilen? Du warst doch gar nicht mehr da.«

»Ich war oft genug da. Und ich sag dir, was passiert ist: Früher hat sich alles nur um dich gedreht. Jeder hat dir deinen Arsch hinterhergetragen. Und kaum bist du aus dem Haus, entdeckst du, dass du nicht der Mittelpunkt der Welt bist. Klar. Das muss hart gewesen sein. Und wenn man empfindsam ist, kriegt man eben Depressionen. Für Depressionen geht man zum Therapeuten, und dort fällt einem ein, dass man missbraucht worden ist. Das hat man ja oft genug gelesen.«

Leni liefen die Tränen übers Gesicht. »Du bist so ekelhaft.«

»Ich hab damit nicht angefangen!«, schrie Adrian sie an. »Du hast angefangen und widerliche Lügen über mich verbreitet. Also erwarte nicht, dass ich dir helfe. Und noch was: Selbst wenn an diesem Quatsch irgendetwas dran sein sollte, was mit Sicherheit nicht der Fall ist – selbst wenn! Dann würde ich mir an deiner Stelle überlegen, ob ich wirklich meine Familie zerstören muss. Nur um billige Rache zu nehmen.«

»Du meinst, ich soll alles runterschlucken und mein Maul halten?«
»Ja, Herrgott. Du hast zwölf Jahre ganz gut damit gelebt. Wenn's denn wahr wäre. Was soll dabei rauskommen, wenn du es jetzt rausposaunst?«
»Gerechtigkeit. Wie wär's damit?«
»Gerechtigkeit? Für wen? Es würde in allen Zeitungen stehen, Mamas Karriere wäre ruiniert. Meine wahrscheinlich auch. Und auf Henry würden sie im Krankenhaus mit dem Finger zeigen. Du würdest Menschen ruinieren, die nichts mit der Sache zu tun haben. Nur damit es dir ein bisschen besser geht. Und ob es das täte, wage ich stark zu bezweifeln.«
Leni blickte mit offenem Mund in die Runde. Dieter starrte zu Boden und schüttelte ohne Unterlass seinen Kopf. Katharina weinte, und Jennifer suchte Henrys Hand, fand sie aber nicht, denn Henry verschränkte die Arme vor der Brust. Wolfgang ging zu Leni, nahm sie kurz in den Arm und strich ihr übers Haar. Dann wandte er sich an die anderen.
»Okay, das war jetzt ziemlich viel auf einmal. Wir haben leider alle einiges getrunken. Oder vielleicht auch zum Glück. Was ich meine, ist: Morgen früh sieht die Welt wieder anders aus. Dann sollten wir in Ruhe über alles reden. Was immer Leni passiert ist – und ich glaube natürlich nicht, dass Dieter …«, er suchte nach einem passenden Ausdruck, »… etwas Falsches getan hat. Vielleicht gab es etwas anderes in Lenis Kindheit, das sie geschockt hat und von dem wir nichts wissen.« Jeder außer Jennifer wusste, dass Wolfgang auf den Unfall anspielte, den Leni verursacht und der Hanna Lohwerks Gesicht entstellt hatte.

Wolfgang reichte Leni ein Glas Wein. Sie trank es in einem Zug aus. »Leni – wir sind immer noch deine Familie, auch wenn du gerade ziemlich ausgeteilt hast.«

»Es tut mir leid für dich«, schluchzte sie.

»Kein Problem. Du hast ein paar Dinge angesprochen, über die wir ohnehin mal hätten reden sollen. Vielleicht nicht an Weihnachten und vielleicht nicht über alle auf einmal.« Er reichte ihr ein Papiertaschentuch.

»Ich hab wohl nicht mehr viele Freunde hier, wie?« Leni schneuzte in das Papiertaschentuch.

»Egal. Das sind Verwandte. Die bleiben dir.«

Leni lachte und heulte. »Was soll ich denn jetzt machen?«

»Ich bring dich ins Bett, okay?«

Wolfgang kam nach einer Viertelstunde wieder hinunter in den Salon und fand die Familie schweigend vor.

»Wie geht es ihr?«, fragte Katharina.

»Geht schon. Sie ist schnell eingeschlafen. Ihr dürft das nicht so ernst nehmen. Sie hat viel getrunken.«

»Ich wusste gar nicht, dass sie eine Therapie macht. Warum erzählt sie uns das nicht?« Katharina schenkte sich aus der Rotweinflasche ein. Sie zitterte, dass der Flaschenhals ans Glas schlug. Wolfgang nahm ihr die Flasche ab und goss ein.

»Du hättest es nicht gut gefunden.«

»Warum glaubst du das?«

»Weil du nicht akzeptieren willst, dass in dieser Familie etwas nicht stimmt. Wozu sollte deine Tochter eine Therapie brauchen.«

»Ja. Vielleicht hast du recht.«

Wieder kehrte Schweigen ein. Jeder war beflissen, sein Glas mit Alkohol zu füllen. Dieter zündete sich eine weitere Zigarre an. Katharina drehte ihm den Kopf zu. Er sagte nichts, blies mit spitzem Mund den Kienspan aus und prüfte die Glut.

»Willst du nicht irgendetwas sagen?« Katharina saß Dieter in einem Ohrensessel gegenüber, die Hände auf den Lehnen, die Augen halb geschlossen.

»Ich will wenigstens Weihnachten in meinem Haus rauchen.«

»Und sonst?«

»Was sonst? Soll ich mich zu diesem Unsinn äußern, den deine Tochter mir vorwirft? Ist jemand hier, der eine Erklärung haben will?«

»Wie sähe die aus?«, fragte Adrian.

»Dieser Therapeut hat ihr irgendeinen Stuss eingeredet. Die manipulieren die Leute, bis sie irgendwas erzählen, was ihnen in ihren Psychokram passt. Am besten Missbrauch. Da kannst du nie was falsch machen.«

»Therapeuten reden dir nichts ein. Ich hab selbst eine Therapie gemacht.«

»Ach – interessant. Weiß ich gar nichts davon.« Er blickte zu seiner Frau. »Du hast es natürlich gewusst.«

»Adrian hatte keine Probleme. Es ging darum, mehr über sich selbst zu erfahren. Das machen Schauspieler eben.«

»Danke für die Aufklärung. Ich bin selber einer.« Er wandte sich wieder an Adrian. »Was willst du mir eigentlich unterstellen? Dass ich Leni missbraucht habe? Das wagst du mir ins Gesicht zu sagen?«

»Ich unterstelle überhaupt nichts. Das Einzige, was

ich gesagt habe, ist, dass Therapeuten ihren Patienten nichts einreden.«

»Das habe ich verstanden. Ich bin noch nicht ganz verblödet. Nur impliziert es, dass Lenis wundersam wieder aufgetauchte Erinnerungen richtig sind. Was wiederum bedeutet, dass ich meine achtjährige Tochter gevögelt habe. Das wäre die Schlussfolgerung. Stimmst du mir zu?«

»Ich ziehe keine Schlussfolgerungen. Das kann jeder für sich selbst entscheiden.«

»Du feiger kleiner Wichser! Steh halt zu dem, was du sagst.«

Adrian stand plötzlich auf und ging einen Schritt auf seinen Vater zu. »Na gut. Wenn du es hören willst: Ich weiß nicht, wer recht hat. Es steht Aussage gegen Aussage.«

»Also traust du mir das zu, ja?«

Adrian zögerte. »Nein. Das traue ich dir nicht zu.«

»Aber?«

»Versteh mich nicht falsch: Wann immer so was rauskommt, sind die Leute bass erstaunt. Nein, ich trau's dir nicht zu. Aber ich bin verunsichert. Und jeder hier, der was anderes von sich behauptet, lügt.«

Dieter prüfte die Blicke der anderen. Doch die meisten wichen ihm aus. Katharina nicht. »Ich nehme an, Adrian und du seid euch auch in dieser Frage einig«, sagte Dieter.

Katharina stand auf und ging zu ihrem Mann, setzte sich auf die Lehne seines Sessels und legte den Arm um seine Schulter. »Ich glaube nicht eine Sekunde daran, dass du unserer Tochter so etwas antun könntest. Ich weiß nicht, warum sie diese Dinge erzählt. Es wird irgendeinen Grund geben. Aber er hat nichts mit

dir zu tun. Da bin ich mir sicher.« Als sie seine Hand ergriff, zögerte sie den Bruchteil einer Sekunde.
»Es tut gut, dass du das sagst.« Dieter lächelte melancholisch. »Auch wenn ich diesen Blick kenne. Es ist der Blick, mit dem du mir immer gesagt hast: Ich könnte dich nie betrügen.«
Sie ließ seine Hand los. »Du bist geschmacklos.«
»Henry – du sagst nichts?«, sagte Dieter.
»Ich habe nie etwas mitbekommen. Nie. Und ich bin mir, egal, was andere hier denken, hundertprozentig sicher, dass du Leni im Leben nicht angerührt hast.« Henrys Blick war ehrlich.
»Danke.« Dieters Zynismus wich einem Moment sentimentaler Dankbarkeit.
»Na gut«, sagte Adrian. »Nachdem jetzt für alle Zeiten geklärt ist, dass Henry seinem Vater in Nibelungentreue zur Seite steht, sollten wir über praktische Dinge nachdenken.«
»Was meinst du damit?«
»Was ich meine? Ich hab keine Lust, dass Leni morgen loszieht und überall rumerzählt, dass sie von ihrem Vater vergewaltigt wurde. Ich weiß ja nicht, wie ihr das seht.«
»Sie wird sich wieder beruhigen«, sagte Wolfgang, der gerade eine neue Flasche Bolgheri entkorkte. »Ich werde morgen noch mal mit ihr reden. Wir sollten sie aber ernst nehmen. Egal, was sie für Sachen erzählt – sie ist in ernsthaften Schwierigkeiten. Sagt euch Borderline-Syndrom etwas?«
»Hat sie dir das gerade erzählt?«, fragte Henry.
»Ja.«
»Borderline ist kein Spaß. Das endet oft im Selbstmord. Wir müssen da irgendwas tun.«

»Dann macht mal«, sagte Dieter. »Ich nehme nicht an, dass sie auf meine Hilfe Wert legt.«

»Sie kann von mir jede Hilfe bekommen, die sie braucht«, sagte Adrian. »Aber ich will, dass sie Ruhe gibt und unsere Familie nicht ins Verderben stürzt. Tut mir leid, aber das hat für mich Vorrang. Abgesehen davon kann Papa ins Gefängnis kommen, wenn sie Ernst macht. Das kann auch nicht in deinem Sinn sein, oder, Henry?«

Henry schwieg und schien nachzudenken. Katharina hatte sich auf die Couch gesetzt, die Hände vors Gesicht geschlagen und weinte wieder still und mit leicht zuckenden Bewegungen. Adrian setzte sich zu ihr und legte seinen Arm um sie. Dieter zog mit schmerzverzerrtem Gesicht seinen wehen Fuß näher an den Stuhl heran.

»Sie wird nichts gegen dich unternehmen.« Henry sah Dieter besorgt an. »Sie hört auf mich. Ich sorg dafür, dass sie keinen Quatsch macht.«

»Aha! So habt ihr euch das vorgestellt!« Leni stand auf der Treppe. Keiner wusste, wie lange sie zugehört hatte. »Ihr wollt mich zum Schweigen bringen. Aber ihr werdet euch noch alle wundern!« Hass flackerte in ihren Augen, als sie sich abwandte und nach oben ging.

Kapitel 42

Wallner schüttete Kondensmilch in seinen Kaffee. »Haben Sie in der Therapie über die Familie gesprochen? Ich meine abgesehen vom Vater.«
»Wir haben fast nur über die Familie geredet.«
»Dann kennen Sie die Verwandtschaft also recht gut.«
»In mancher Beziehung wahrscheinlich besser als sie sich selbst. Aber das Bild der Familie stammt natürlich ausschließlich von meiner Patientin und ist damit subjektiv gefärbt.«
»Ich hatte den Vorzug, mir selbst ein Bild machen zu können. Wollen wir unsere Kenntnisse zusammenlegen? Ich will wissen, wie die Familie intern funktioniert.«
»Da kann ich Ihnen ein bisschen was berichten. Wo fangen wir an?«
»Bei der Mutter?«
»Das macht Sinn«, sagte Frau Pesternich und nickte.

Katharina Millruth war achtundfünfzig Jahre alt und auf dem Höhepunkt ihrer Karriere als Schauspielerin. Sie verkörperte im Fernsehen attraktive fünfzigjährige Frauen, die ihre von Krisen geschüttelten Familien mit Mutterwitz und viel Liebe zusammenhielten und durch die Fährnisse der modernen Zeiten steuerten. Sie liebte diese Rollen. Die Zuschauer liebten sie in diesen Rollen.
Katharina selbst kam aus einer Familie, die auseinan-

dergerissen wurde, als die Mutter starb. Katharina war zu dieser Zeit dreizehn Jahre alt und das zweitjüngste der vier Geschwister. Die älteste Schwester war zwanzig und ging nach Kanada. Die zweitälteste Schwester war siebzehn und blieb beim Vater. Katharina und ihr zwölfjähriger Bruder kamen nach Hildesheim zu einer Tante, weil der Vater sich nicht in der Lage sah, mehr als ein Kind zu erziehen. Die Tante war bemüht, Katharina und ihrem Bruder ein Heim zu geben, hatte jedoch ein Alkoholproblem, weshalb man ihr das Sorgerecht nach einem Jahr entzog. Die Geschwister kamen nach Murnau zu einer anderen Verwandten, die nicht trank, sich aber nichts aus Kindern machte. Sobald sie alt genug war, ging Katharina nach München auf die Schauspielschule und ihr Bruder nach Berlin, wo er 1974 an einer Überdosis Heroin starb. Von ihren Schwestern hörte Katharina nie wieder.
Mit vierundzwanzig heiratete Katharina den neun Jahre älteren Schauspieler Dieter Millruth. Zwei Monate nach der Hochzeit brachte sie einen Jungen zur Welt, dem sie den Namen Adrian gab, in Anlehnung an den von Katharina damals bewunderten Adriano Celentano. Zwei Jahre später kam Henry zur Welt. Er verdankte seinen Namen Henry Fonda. Nach Henrys Geburt widmete Katharina sich ausschließlich der Kindererziehung. Erst mit fünfunddreißig nahm sie wieder eine Rolle an, weil die Einkünfte ihres Mannes nicht ausreichten, um der Familie das Heim zu bieten, das Katharina sich vorstellte. Dieter war ein mittelmäßiger Schauspieler und verärgerte Produzenten, Regisseure und Kollegen mit seiner zynischen, zuweilen selbstgerechten Art. Die Familie lebte in einer Sozialwohnung in München-Neuperlach. Als

Katharina wieder vor die Kamera trat, wurde alles anders. Die Regisseure mochten sie, die Zuschauer ebenfalls. Sie bekam mehr und mehr Angebote, und die Gagen stiegen.

Mit achtunddreißig war Katharina noch einmal schwanger geworden, brachte ein Mädchen zur Welt und gab ihr den Namen Marlene. Marlene wurde in dem Landhaus geboren, das Katharina in den achtziger Jahren für ihre Familie am Schliersee gekauft hatte. Marlene, die von allen Leni genannt wurde, war ein heiteres Kind und lachte viel.

»Katharina Millruth ist die Seele und der Motor der Familie«, sagte Frau Pesternich. »Sie bestimmt, was gemacht wird, sie gibt die Regeln vor und wer in der Familie willkommen ist und wer nicht. Das rührt daher, dass ihre eigene Familie auseinandergerissen wurde. Offenbar neigt Katharina Millruth dazu, die Zeit zu glorifizieren, als ihre Familie noch intakt war. Und genauso soll die Familie auch jetzt sein: ein Hort der Geborgenheit, wo sich alle vertrauen und die Familienbande für jeden das Wichtigste sind.«

»Ich sehe nicht viel fern. Aber es klingt so wie die Filme, in denen Katharina Millruth spielt.«

»So ist es. Die Filme, in denen sie mitspielt, verkörpern ihre Ideale. Die Familie ist das einzig Verlässliche im Leben und hält immer zusammen, auch wenn es mal stürmische Zeiten gibt.«

»Und abgesehen davon, dass die Tochter erschossen wurde, ist die Familie so, wie Frau Millruth sie sich wünscht?«

»Natürlich nicht. Das fängt damit an, dass sie seit dreißig Jahren ein Verhältnis mit ihrem Schwager hat.«

Wallner ließ die Kaffeetasse sinken, aus der er gerade trinken wollte. »Wolfgang Millruth? Der Onkel, der verurteilt wurde?«
»Exakt der.«
»Und das stört Katharina Millruth nicht in ihrem Familienbild?«
»Wir alle gehen Kompromisse ein. Ich habe keine Ahnung, wie Katharina Millruth das mit sich ausmacht. Vielleicht hat sie sich eine gute Begründung zurechtgelegt. Etwa, dass es letztlich zum Wohl der Familie ist, wenn ihr Sexualleben erfüllt ist. Oder sie verfährt so wie mit anderen Problemen in der Familie: Sie ignoriert es. Sie hat auch ignoriert, dass ihre Tochter Essstörungen hatte und Depressionen, dass ihre Unterarme voller Brandmale waren. Einfach ausgeblendet.«
»Ich vermute, Katharina Millruht hat auch von dem Missbrauch nichts mitbekommen.«
»In diesem Fall hat sie vermutlich tatsächlich nichts geahnt. Wenn sie etwas bemerkt hätte, wäre sie eingeschritten. Sie ist eine starke Frau, die für ihre Kinder kämpft. Soweit sich Leni erinnern konnte, haben die Übergriffe stattgefunden, wenn ihre Mutter nicht da war. Das kam öfter vor. Vor allem wenn sie auswärts bei Dreharbeiten war. Ihr Vater war häufiger zu Hause. Ganz einfach, weil er nicht so gut im Geschäft war.«
»Wie war das Verhältnis der Mutter zu den Kindern, wenn sie so oft weg war?«
»Durchaus liebevoll. Soweit es ihre Arbeit erlaubte, verbrachte sie die Zeit zu Hause. Es wurde viel in München gedreht. Da war sie nur tagsüber weg. Natürlich war immer jemand zu Hause, der sich um Leni gekümmert hat. Die Brüder, die ja wesentlich

älter waren, der Vater, der Onkel, der auf dem gleichen Grundstück wohnt, und vor allem die Kindermädchen. Meistens Au-pairs. Die Familie hatte Au-pair-Mädchen, bis Leni dreizehn war.«
»Wie war das Verhältnis der Mutter zu den einzelnen Kindern? Gibt es da Abstufungen?«
»Leni war das Nesthäkchen und ist fast wie ein Einzelkind aufgewachsen. Als sie sechs war, waren ihre beiden Brüder schon erwachsen. Da gibt es keine Rivalität wie unter normalen Geschwistern. Jemand, der so viel älter ist, ist keine Konkurrenz. Erst in den letzten Jahren hatte sich das geändert. Als Leni selbst erwachsen wurde, stand sie plötzlich mit ihren Brüdern auf einer Stufe. Adrian, der Ältere, ist wohl der Favorit der Mutter. Er ist wie sie Schauspieler und versucht, seiner Mutter nachzueifern. Außerdem ist er nach Lenis Aussage sehr charmant, wenn er will, und tut sich leicht mit Frauen. Das imponiert seiner Mutter. Henry wäre der Wunschsohn jeder anderen Familie. Er ist intelligent, fleißig, hat Medizin studiert und macht gerade seinen Facharzt in Neurologie. Aber das ist kein kreativer Beruf und zählt in der Familie Millruth nicht. Zudem hatte Henry noch nie eine Freundin. Das alles wertet ihn in den Augen seiner Mutter ab.«
»Zu Weihnachten hat Henry eine Freundin mitgebracht.«
»Tatsächlich?«
»Sie war Krankenschwester in der Klinik, in der er arbeitet.«
»Das arme Mädchen. Ich vermute, das waren unvergessliche Weihnachten für sie.«
»Anzunehmen. Was ist mit Adrian?«

»Wie gesagt: ein Frauentyp. Aber nach dem, was Leni erzählt hat, kein begnadeter Schauspieler. Und wohl auch sonst nicht sonderlich erfolgreich. Sie hat vermutet, dass ihre Mutter ihm immer wieder Geld geliehen oder geschenkt hat. Zwischen den beiden bestand eine ganz besondere Bindung. Was sich auch darin zeigte, dass Adrian die gleichen Familienideale kultivierte wie seine Mutter. Die Familie ging ihm über alles. Zu einer längeren Beziehung mit einer Frau hat es aber trotzdem nicht gereicht. Auch Adrian hat übrigens komplett ignoriert, dass es Leni schlechtging.«

»Hatte Leni ein besseres Verhältnis zu Henry?«

»Ja. Henry wusste durchaus, was mit ihr los war. Er ist ja Neurologe und daher psychologisch vorgebildet. Aber er hat sich auch mehr für seine Schwester interessiert als Adrian. Leni hat regelmäßig mit Henry telefoniert.«

»Wusste Henry von der Therapie?«

»Das kann ich Ihnen nicht sagen. Ich glaube aber, sie hat es nicht einmal ihm gesagt.«

»Stand Henry dem Vater näher?«

»Ja. Allerdings nicht etwa, weil sich die beiden von der Mentalität her ähneln. Auch der Vater hegt eine profunde Geringschätzung für normale Brotberufe. Es war mehr eine Notgemeinschaft. Weil Katharina und Adrian einen festen Block bildeten, hat sich der Vater nolens volens Henry zugewandt. Und das scheint auch keine Beziehung auf Augenhöhe zu sein. Für Henry ist die Beziehung zu seinem Vater extrem wichtig. Weil er weiß, dass er bei seiner Mutter immer nur die Nummer zwei sein wird. Deswegen verteidigt er seinen Vater gegen alle Angriffe.

Und da gab es einige. Dieter Millruth ist kein einfacher Mensch.«

»Den würde ich gern zuletzt behandeln. Was ist Wolfgang Millruths Stellung in der Familie?«

»Wolfgang Millruth ist eine tragische Figur. Er ist vollkommen abhängig von seinem Bruder und seiner Schwägerin.«

»Da macht er keinen Hehl draus. Ich hatte aber den Eindruck, dass er sich mit seinen Lebensumständen arrangiert hat. Er macht einen relativ zufriedenen Eindruck. Wenn wir mal von der Sache mit seiner Nichte absehen. Da wissen wir noch nicht, was für eine Rolle er wirklich gespielt hat. Aber wenn man davon nichts wüsste, würde man sagen, der Mann ist ein glücklicher Handwerker.«

»Da kennen Sie ihn besser als ich. Trotzdem ist es natürlich schwierig, sich am Ende seines Lebens einzugestehen, dass man sich nicht selbst ernähren kann. In der Familie spielt er ein bisschen das ausgleichende Element. Selbst das Verhältnis mit Katharina passt da rein.«

»Wie das?«

»Wenn das nicht wäre – vielleicht hätte sie ihren Mann längst verlassen.«

»Und Dieter Millruth – kommen wir mal zu ihm –, der weiß nicht, dass ihn seine Frau und sein Schwager seit dreißig Jahren hintergehen?«

»Leni vermutete das.«

»Ich hatte den Eindruck, dass Dieter Millruth ein großes Mundwerk hat, aber nicht der Hellste ist.«

»Dieter Millruth ist der Typ, bei dem man nie einschätzen kann, was unter der Narrenkappe verborgen ist. Vielleicht weiß er mehr, als sein Umfeld ihm zutraut. Das ist für manche Menschen eine Art, mit Demütigungen umzugehen. Mehr wissen, als die anderen ahnen. Das schafft Überlegenheit.«

»Glauben Sie, so jemand könnte einen Mord begehen?«

»Sie meinen, die eigene Tochter umbringen, um sich vor Strafe zu schützen?«

»Ich frage mich halt: Was ist passiert? Irgendjemand hat in der Weihnachtsnacht Leni Millruth erschossen. Und wir gehen davon aus, dass es nicht Wolfgang Millruth war. Außerdem gibt es Hinweise, dass es kein Unfall, sondern Vorsatz war. Also Mord. Und es ist möglich, dass dieser Mord in Zusammenhang mit dem Missbrauch vor zwölf Jahren steht. Wenn es jemand aus der Familie war – würde die Familie denjenigen schützen?«

»Sehr schwierig vom grünen Tisch aus zu beurteilen. Mag sein.«

»Alle stehen unter Schock. Und jedem ist klar, dass die Polizei unangenehme Dinge aufdecken wird. Die ganze Familie wird davon betroffen sein. Die Medien werden die Geschichte genüsslich ausschlachten. Also präsentiert man der Polizei einen Täter, bevor sie zu viel Dreck aufwirbeln kann.«

»Wieso ausgerechnet Wolfgang Millruth?«

»Sie sagten es ja: Der Mann ist materiell abhängig und damit in einer schwachen Position. Das muss nicht heißen, dass er erpresst wurde. Vielleicht spielte auch eine gewisse Dankbarkeit mit, die Chance, seinen Wohltätern etwas zurückzugeben. Oder er fühlte sich verpflichtet, es zu tun. Das können Sie als Psychologin vermutlich besser beurteilen. Ein paar Jahre Gefängnis wären für ihn vermutlich akzeptabel gewe-

sen. Hätten vielleicht sogar seinen Stolz wiederhergestellt. Das Gefühl, nichts mehr schuldig zu sein.«
»Ist er im Gefängnis?«
»Nein. Er hat eine Bewährungsstrafe bekommen. Aber das war ja nicht sicher. Er hätte genauso gut fünf Jahre kriegen können.«
»In Ordnung. Ich kann mir vorstellen, dass Wolfgang Millruth die Tat auf sich nimmt. Was ich mir nicht vorstellen kann: Wie soll die Familie damit leben, dass ein Mörder unter ihnen ist?«
»Ich bin kein Psychologe. Aus meiner Sicht kann ich Ihnen nur sagen: Das war vermutlich eine Augenblicksentscheidung. In dem Moment sieht man nur zwei Dinge. Erstens: Die Familie ist in Gefahr. Und zweitens: Es ist nun mal passiert und kann nicht mehr ungeschehen gemacht werden. Wir wissen nicht, was dem Mord vorausgegangen ist. Vielleicht ist etwas vorgefallen, das sogar Verständnis unter den anderen Familienmitgliedern generiert hat. Es kann übrigens sein, dass sich die Einschätzung der Dinge im Lauf der Zeit ändert. Dass der Druck doch unerträglich wird und jemand gegen die Omertà verstößt. Wer wäre der wahrscheinlichste Kandidat?«
»Das Mädchen, das Henry mitgebracht hat.«
»Mit der habe ich gesprochen. Sie ist leider noch nicht so weit. Vielleicht hat sie Geld bekommen. Aber ich glaube, Sie haben recht. Sie ist unsere Zeugin.«

Kapitel 43

Es war kein anderer Wagen zu sehen, als Sofia Popescu auf dem Waldweg am Seeufer ankam. Sofia stieg trotzdem aus. Es musste der Platz sein, an dem sie sich verabredet hatten. Der Tag war grau und wolkenverhangen, ein föhniger Wind blies von den Bergen her nach Norden. Wegen des Südwindes hörte man nur verhaltene Verkehrsgeräusche von der nahen A 8 zwischen München und Salzburg. Am Wochenende mochte sich der eine oder andere Wanderer hierher verirren. Unter der Woche war es menschenleer an dem kleinen See. Als Sofia zu ihrem Auto zurückging, hörte sie Motorengeräusch, kurz darauf kam der graue Geländewagen den Waldweg entlang.
»Hier ist kein Restaurant«, sagte Sofia, nachdem der Fahrer des Geländewagens neben ihr gehalten und das Fenster heruntergelassen hatte.
»Ich weiß. Ich hab das verwechselt. Vielleicht war hier früher mal eins. Wollen wir trotzdem hierbleiben?«
Sofia machte eine unschlüssige Geste.
»Warum setzen wir uns nicht ans Ufer. Ist ja nicht so kalt.«
Sofia sah sich um. »Na gut. Auf eine Zigarette.«

Sie setzten sich, Sofia rauchte, und während der Wind den Rauch verblies, erzählte er davon, wie Leni Millruth zu Tode gekommen war.
»Das ist sehr schlimm«, sagte Sofia. »Glaubst du wirklich, sie wollte sterben?«

»Das muss man fast vermuten, so wie sie sich verhalten hat.«

»Dann ist alles geklärt mit ihrem Tod?«

»Ja. Was soll nicht geklärt sein?«

»Ich weiß nicht. Diese Frau, die mich angerufen hat ...«

»Hanna Lohwerk.«

»Hanna, genau. Die hat gesagt, irgendwas stimmt nicht und dass ich Lenis Lamm mitbringen soll. Das Plüschtier.«

»Das Lamm?«

»Leni hat es mir geschenkt. Als ich damals nach Rumänien zurückgefahren bin.«

»Und was ist damit?«

»Ich weiß es nicht. Es sieht ganz normal aus.«

»Ich glaube, da ist auch nichts dran. Leni hat viele wirre Dinge erzählt. Aber wenn du willst, kann ich mir das Lamm ja mal ansehen. Vielleicht fällt mir was dazu ein.«

Sofia zögerte mit einem Mal. »Ich ... ich hab es nicht mehr.«

Ihm war, als sei ein Ruck durch sie gegangen. Als habe ein Gedanke ihren Geist vergiftet. Sie zog hektisch an der Zigarette und vermied den Blickkontakt mit ihm. Hatte sich sein Gesichtsausdruck verändert? Seine Stimme? Oder war der vertrauensselige Dunst um sie herum plötzlich aufgerissen? Ahnte sie, wer neben ihr saß? Die Sache lief aus dem Ruder.

»Aha. Wo ist es denn?«, fragte er.

»Ich habe es der Polizei gegeben«, sagte Sofia und starrte krampfhaft auf ihre Zigarette. Ihre Wangen waren gerötet.

Seit Sonntag hatte er sie beobachtet. Nicht Tag und

Nacht. Aber so gut er konnte. Er hielt es für ausgeschlossen, dass sie bei der Polizei gewesen war. Einmal war sie von einem Streifenwagen angehalten und gefilzt worden. Sie hatte den gesamten Wageninhalt auf der Straße ausbreiten müssen. Da war das Lamm dabei gewesen. Aber die Polizei hatte es nicht an sich genommen. »Oh, der Polizei«, sagte er. »Warum das denn?«

»Wie gesagt – ich habe an dem Lamm nichts finden können. Vielleicht kann die Polizei ja was finden. Alte Blutspuren, DNA. Irgendwas.«

»Aber nach was sollen die denn suchen? Ich meine, das sind Ermittlungen. Und dafür müsste es ein unaufgeklärtes Verbrechen geben.«

»Weiß auch nicht. Das muss die Polizei entscheiden.«

Sofia war am Vortag zu Hanna Lohwerk gefahren. Sie hatte eine große Tasche dabeigehabt. Möglicherweise war das Plüschtier in der Tasche gewesen. »Was ist mit Hanna Lohwerk? Sie wollte doch das Lamm haben. Was hat sie denn dazu gesagt, dass du es der Polizei gegeben hast?«

»Sie hat mir ja gesagt, dass ich es der Polizei geben soll.«

»Und hat sie auch gesagt, warum?«

»Sie ... sie weiß es wohl auch nicht genau. Wahrscheinlich bildet sie sich irgendwas ein. Die Frau ist ja ein bisschen komisch.«

»Ja, das ist sie wohl.«

»Es wird langsam kalt.« Sie blies in ihre Hände, drückte die Zigarette aus, als habe sie es eilig, und stand auf. »Ja dann ...«

»Ja«, sagte er und stand ebenfalls auf. Sie lächelte schnell und wandte sich ihrem Wagen zu. »Ach sag

mal …« Sie drehte sich noch einmal zu ihm um und sah ihn fragend an. »Warum lügst du mich an?«
Sie versuchte zu lächeln. »Wie bitte?«
»Du warst nicht bei der Polizei. Du hast das Plüschlamm Hanna Lohwerk gegeben.«
Sie schwieg.
»Was, glaubst du, beweist dieses Lamm?«
»Keine Ahnung. Wahrscheinlich nichts. Es ist einfach ein Spielzeug.«
»Aber du würdest trotzdem zur Polizei gehen und sagen, sie sollen sich das Ding mal ansehen, oder?«
Sie schüttelte panisch den Kopf. »Nein. Das würde ich nicht machen. Ich fahre heute noch nach Rumänien zurück. Ich hab gar keine Zeit, zur Polizei zu gehen.«
»Verstehe«, sagte er. »Leider hast du mich gerade schon mal angelogen. Ich weiß halt nicht, was ich dir glauben kann.«
»Ich fahr jetzt nach Rumänien zurück, okay? Jetzt sofort.« Sie blickte zu ihrem Wagen auf dem Waldweg. Daneben stand nur der graue Geländewagen. Kein Wanderer kam des Wegs an diesem trüben, kleinen See unter bleigrauem Himmel. Die kahlen Bäume rauschten im Föhn, Äste schlugen aneinander. Am Horizont ein Gehöft. Selbst da zeigte sich weder Bauer noch Tier. Nur das ferne Rauschen der Autobahn zeugte davon, dass noch andere Menschen auf diesem Planeten lebten.
Sie drehte sich um, stolperte über ihre eigenen Füße und trippelte hastig in Richtung ihres Wagens.
Er ging ihr nach. Ihn beschäftigte die Frage, was er mit ihrem Auto machen sollte.

Kapitel 44

Kreuthner hatte Schartauer als Zeugen dazugebeten. Er wusste, dass man ihm nur bedingt glauben würde.

»Also«, sagte Mike. »Wo ist die Frau Popescu?«
»Im Seehamer See.«
»Woher wiss' ma des?«
»Des wiss' ma von am V-Mann, wo mir jetzt net nennen können. Ihr wisst's ja, wie des is mit die V-Leut. Sensible G'schicht immer. Na jedenfalls ist der Wagen zu meinem V-Mann gekommen.«
»Wie das?«
»Mei ...«
Mike wurde langsam ungeduldig. »Rück endlich mit deiner Information raus oder verschwinde.«
»Mein V-Mann ...«, sagte Kreuthner leise und sah sich um, als lauerten in Mikes Büro Spione im Aktenschrank. »Mein V-Mann hat an Brief gekriegt. In dem Brief hat wer behauptet, da tät a stillgelegter Wagen am Seehamer See stehen und den könnt mein V-Mann kostenlos abholen.«
»Deinem V-Mann ist das nicht komisch vorgekommen?«
»Der is jetzt keiner, der wo viel fragt, verstehst? Er is hing'fahren, und dann ist da dieser Dacia rumgestanden. Ohne Kennzeichen. So what? Kommt ja öfter vor.«
»Des is a klassischer Fall von Dereliktion«, brachte sich Schartauer ein.

»Wo hat er denn den Ausdruck her?«
»Er hat a Fortbildung gemacht. Jedenfalls, das Eigentum an dem Wagen ist aufgegeben worden. Und dann kannst ihn auch mitnehmen.«
»Das Auto ist praktisch herrenlos gewesen«, präzisierte Schartauer.
»Warum sollte die Frau Popescu das Eigentum an ihrem Wagen aufgeben?«, fragte Mike.
»Weil sie's nimmer braucht.«
»Und warum braucht sie's nimmer?«
»Vielleicht weil sie tot ist?«
»Wenn jemand tot ist, kann er nicht die Nummernschilder abschrauben.«
»Vielleicht hat sie's vorher gemacht, weil sie gewusst hat, dass sie bald tot ist«, spekulierte Kreuthner.
»Auch dann hat man, glaub ich, Besseres zu tun, als die Nummernschilder von seinem Wagen abzumachen. Aber lassen wir den Quatsch. Wo ist Frau Popescu jetzt?«
»Na, im Seehamer See. Da ist der Wagen gestanden. Folglich kann die Frau net weit sein.«
»Du meinst, sie hat sich in den See gestürzt? Oder ist da ermordet worden?«
»Das liegt doch auf der Hand. Vielleicht war der, wo den Brief geschrieben hat, ihr Mörder.«
Mike quälten mehr als starke Zweifel. Zugegeben, Kreuthner hatte gelegentliche Glückstreffer. Aber darauf konnte er seine Ermittlungen nicht stützen.
»Bist du sicher, dass es der Wagen von der Popescu war?«
»Ja logisch. Ich hab den doch erst kontrolliert.«
»Aber wenn keine Nummernschilder mehr dran waren?«

»Das kann man auch ohne Nummernschild erkennen.«

»Ich nehme an, du hast den Wagen beschlagnahmt.«

»Natürlich. Also natürlich *wollt* ich ihn beschlagnahmen. Leider ist das Beweismittel bei der Beschlagnahme vernichtet worden.«

»Wie vernichtet man ein Auto bei der Beschlagnahme?«

»Schrottpresse«, murmelte Kreuthner zerknirscht.

Mike blickte zu Schartauer. »Kannst du bestätigen, dass das der Wagen von Sofia Popescu war?«

Schartauer zuckte mit den Schultern. »Mei ...«

Kreuthner sandte einen Blick zur Decke. »Geh, zefix! Du hast den Wagen gesehen. Der war zehn Meter vor dir gestanden.«

»Ja und? Was weiß ich, wem der gehört hat ohne Kennzeichen. Ich bin net amal sicher, ob das a Dacia war. Die sehen doch alle gleich aus.«

Kreuthner sah Mike um Verständnis flehend an.

»Hat dein V-Mann diesen Brief wenigstens noch?«

Kreuthner hob verzweifelt die Hände. »Er hat ihn schon ins Altpapier.«

Mike wurde es jetzt doch zu bunt. »Du möchtest was? Dass ich Taucher und Spurensicherung an den Seehamer See schicke? Auch wenn kein Mensch weiß, ob und was für ein Wagen da gestanden ist? Und ob's der ist, den du gesehen hast?«

»Einen Versuch wär's wert.«

»Bezahlst du den Einsatz?«

Mike war ein ignoranter Sturschädel. Da war ja Wallner kreativer. Aber Kreuthner war keiner, der aufgab. Sie nahmen die Straße nach Seeglas, das zwischen

Gmund und Tegernsee lag. In Seeglas befand sich ein Strandbad mit Restauration, daneben ein Stützpunkt der Wasserwacht. Badegäste gab es um die Zeit noch nicht. Aber die Wasserwacht nutzte die Osterfeiertage, um sich auf die Aufgaben der kommenden Badesaison vorzubereiten. Kreuthner hatte den Wagen auf dem Parkplatz vor den Bahngeleisen geparkt. Die letzten hundert Meter gingen sie zu Fuß.

»Jetzt sag halt endlich, was du vorhast«, quengelte Schartauer.

»Schalt halt 's Hirn ein.«

Schartauer versuchte es und steckte seine Zunge in den Mundwinkel. Mehr kam dabei nicht heraus.

»Der Mike hat uns ja keine Taucher bewilligt«, half Kreuthner nach. »Mir wissen aber, dass die Gesuchte irgendwo im Seehamer See umeinandschwimmt.«

»Ich hab keine Ahnung, wo die ist.«

»Dann glaub's mir einfach. Ich hab in diesen Dingen immer recht, oder?«

»Mei ...«

»Und weil mir net auf der Brennsupp'n daherg'schwommen san, sagen mir: Scheiß auf die Taucher vom Mike. Das können mir schon lang.«

»Du willst selber tauchen?«

Kreuthner gab Schartauer einen Klaps auf die Schulter und ging weiter in Richtung Diensthütte der Wasserwacht. Der Wachleiter Ignaz Schrummel führte gerade eine Gruppe Jugendlicher in die Geheimnisse der stabilen Seitenlage ein.

»Servus Nazi, was treibst denn da?«, sagte Kreuthner. Zwei der jungen Leute stammten offenbar nicht aus Bayern. Ihnen trieb die Begrüßung entsetztes Befremden ins Gesicht. Sie konnten nicht wissen, dass sie keineswegs in eine Wehrsportveranstaltung geraten waren, sondern dass Herrn Schrummels Vorname in dieser Gegend so abgekürzt wurde, ungeachtet der nicht unproblematischen Konnotation. Kreuthner wandte sich sodann an die jungen Leute. »Glaubt's eahm nix. Der hat mehr Leut aufm Gewissen wie die Al Kaida.«

Schrummel versetzte Kreuthner einen Faustschlag auf die Schulter, dass der ins Wanken geriet; der Mann von der Wasserwacht, ein austrainierter Taucher, hatte ein Kreuz, dass er seitwärts zur Tür hineingehen musste. »Der Kreuthner is noch gar net da und red schon blöd daher. Was brauchst denn?«

»An Anzug und a Flasch'n. Das ist der Beni.« Er deutete auf Schartauer. Man begrüßte sich flüchtig. Schrummel wies die jungen Leute an, die stabile Seitenlage für zehn Minuten allein zu üben und keinen Scheiß zu machen. Dann ging er mit Kreuthner und Schartauer in die Diensthütte und suchte eine Pressluftflasche heraus. Kreuthner begutachtete die Flasche.

»Wie viel ist denn drin?«

»Für dich langt's neunzig Minuten. Wennst net unter zehn Meter gehst.«

»Seehamer See«, sagte Kreuthner.

»Siebzehn an der tiefsten Stelle. Schaun mir mal, ob mir an schicken Anzug für dich ham. Welche Größe?« Schrummel ging zu einer Art Garderobe, wo Neoprenanzüge an Bügeln aufgehängt waren.

»XL.«

Schrummel sah Kreuthner zweifelnd an. »Da übertreibst jetzt aber.«

»Is für ihn.« Kreuthner deutete auf Schartauer. Der

begriff nur mit Verzögerung die Bedeutung der letzten drei Worte.

»Für mich?«

»Ich kann leider net selber. Aus medizinischen Gründen.«

»Alkohol und tauchen geht ganz schlecht z'samm, ha Leo?« Schrummel hieb Kreuthner seine Pranke ins Kreuz.

»So genau hamma's gar net wissen wollen. Hast jetzt was in XL?«

Schrummel griff einen Anzug heraus.

»Moment mal«, wandte Schartauer ein. »Ich kann doch gar net tauchen.«

»Natürlich kannst tauchen. Da musst net amal schwimmen können.«

»Ich hab das noch nie gemacht.«

»Ich zeig dir, wie's geht. Ich bin a alter Hase. Frag an Nazi.«

»Das letzte Mal, wie mir 'n hochgeholt ham, war er praktisch tot. Fünf Weißbier hat er dring'habt und geht tauchen! Da hamma ihn leider aus der Wasserwacht verabschieden müssen. Aber zur Weihnachtsfeier laden mir ihn immer noch ein. Vom Feiern versteht er mehr wie vom Tauchen.«

»Jetzt noch amal ...« Schartauer war höchst beunruhigt. »Ich soll neunzig Minuten im Seehamer See tauchen? Der hat höchstens drei Grad.«

»Deswegen kriegst ja den Anzug. Außerdem langt dir die Luft höchstens für a Stund. Wer Angst hat, atmet schneller. Bis dahin musst du die Leich gefunden haben. Oder hast Schiss?«

»Ich bin bei so was überhaupts net versichert. Was is, wenn was passiert?«

»Da passiert nix. Ich bin ja dabei.«
Schartauer machte nicht den Eindruck, als würde ihn das beruhigen.
»Jetzt fang net 's Weinen an. Is doch nur für a Stund. A bissl im Wasser umeinandpritscheln. Und wenn mir die Leich entdecken ...«, Kreuthner kniff die Augen zusammen, als er Schartauer fixierte, »... dann samma die Kings. Kannst dir des blöde Geschau vom Mike vorstellen? Da werden s' Augen machen, die Cracks von der Kripo. Wenn der Schartauer und der Kreuthner ermitteln, dass es die Herrn Kriminaler schwindlig wird.«
Schartauers Miene verriet unverändert Verstörung.
»Es is ja net, dass ich net will. Ich mach mir nur Sorgen, weil ich net weiß, was auf mich zukommt.«
Schrummel nahm Kreuthner zur Seite und flüsterte: »Willst den wirklich runterschicken? Ich tät mir des überlegen. Der hat doch die Hosen voll.«
»Ich weiß, was ich tu«, flüsterte Kreuthner zurück. »So«, sagte er lauter. »Flossen brauch ma auch.«

Kapitel 45

Der Plan war einfach: Schartauer sollte nach einem bestimmten Schema den Seegrund absuchen, beginnend nahe der Stelle, an der Lintinger den Dacia gefunden hatte. Kreuthner band seinem Kollegen ein Bergsteigerseil um die Brust, so dass er ihn im Notfall jederzeit an die Oberfläche ziehen konnte. Darüber hinaus sollte Schartauer alle fünf Minuten auftauchen und berichten, was er gesehen hatte und wie es ihm ging.
»Meinst, der Anzug ist dicht?«, fragte Schartauer, als er am Ufer vor sechs Millionen Kubikmetern eiskalten Wassers stand.
»Der is am Anfang net dicht. Da läuft erst mal Wasser rein. Aber das erwärmt sich durch die Körpertemperatur.«
»Da läuft Wasser rein?«
»Ich sag doch: Das erwärmt sich! Herrschaftszeiten!« Kreuthner gab Schartauer einen Stoß. Der geriet durch das Gewicht der Pressluftflasche ins Torkeln und stürzte in den See, der an dieser Stelle zwar flach war, aber tief genug, um einen auf dem Rücken liegenden Mann vollständig mit Wasser zu bedecken. Schartauer quiekte wie ein Mädchen, stand auf, so schnell er konnte, und fiel abermals ins Wasser. Inzwischen setzte die angekündigte Erwärmung ein, und die Öffnungen des Anzugs wurden durch das Wasser abgedichtet. Kreuthner warf Schartauer die Taucherbrille zu.

»Reinspucken, auswaschen und aufsetzen. Dann durchs Mundstück normal atmen.«

Kreuthner saß am Ufer des Sees und starrte auf das blau-rote Kunststoffseil in seiner Hand. Es bewegte sich immer wieder. Die Blasen auf der sonst ruhigen Seeoberfläche zeigten Kreuthner die Position des Kollegen an. Immerhin blieb er unten und schwamm hin und her. Fünf Minuten waren noch nicht ganz um, als Schartauer auftauchte und etwas in der Hand hielt. Er warf den Gegenstand zu Kreuthner ans Ufer. Es war eine Damenhandtasche. Kreuthner inspizierte den aufgeweichten Inhalt, fand aber nichts, das auf die Identität der Besitzerin schließen ließ. Also schickte er den jungen Kollegen wieder nach unten, um weiter nach der Leiche zu suchen. Schartauer tauchte drei weitere Male auf, ohne mehr als eine Vielzahl von Schlingpflanzen entdeckt zu haben. Dann tauchte er nicht mehr auf. Nicht nach fünf Minuten, nicht nach sechs und nicht nach acht Minuten. Das Seil zuckte, blieb aber, wo es war. Außerdem fiel Kreuthner auf, dass die Luftblasen stets an der gleichen Stelle aufstiegen. Schartauer bewegte sich unter Wasser offenbar nicht mehr fort. Da Kreuthner nun Bedenken kamen, zog er an dem Seil. Doch so sehr er zog, Schartauer rührte sich nicht von der Stelle. Irgendetwas hatte ihn eingeklemmt oder hinderte ihn auf andere Weise am Auftauchen. Eine halbe Stunde war er bereits unten. Die Luft in seiner Flasche würde für höchstens eine weitere halbe Stunde reichen. Eher weniger, weil viel dafür sprach, dass der Kollege gerade hyperventilierte. Kreuthner wurde heiß unter der Dienstmütze.

»Du, Nazi, sag amal ...«, Kreuthner hatte in seiner Not Schrummel angerufen. »Wie lang braucht ihr mit Ausrüstung bis zum Seehamer See?«
»Zwanzig Minuten bis a halbe Stund. Warum? Is was passiert?«
»Kann man noch net genau sagen. Aber er taucht nimmer auf.«
»Ach du Scheiße. So, wie der schätzungsweise rumhampelt, hat er keine Luft mehr, bis wir da sind. Bei der Feuerwehr in Weyarn gibt's zwei Taucher. Ich ruf die an. Und an Sanitäter wirst auch brauchen.«
»Ich wollt da eigentlich net so a Aufg'schau veranstalten.«
»Willst deinen Kollegen jetzt rausholen oder net?«
»Schon. Aber halt ... diskret.«

Zwanzig Minuten später waren drei Löschzüge, ein Notarztwagen und zwei Streifenfahrzeuge am Seehamer See, dazu ein Wagen der Miesbacher Kripo, dem Janette und Mike entstiegen. Schartauer konnte in letzter Minute gerettet werden. Er hatte sich mit der Pressluftflasche in den Schlingpflanzen am Seegrund verfangen und war in Panik geraten, was dazu führte, dass er sich immer mehr verhedderte und Luft verbrauchte wie ein Stier. Die Flasche war so gut wie leer, als die Rettungstaucher ihn an die Oberfläche zogen. Als Schartauer in den Notarztwagen verfrachtet wurde, kam er kurz zu Bewusstsein. Kreuthner nutzte die Gelegenheit, um an die Trage zu treten.
»Was is mit der Leich? Hast die Leich gesehen?«, flüsterte er gepresst. Schartauer hustete schwach, verdrehte die Augen und verabschiedete sich wieder in seine Ohnmacht.

Mike wartete mit verschränkten Armen vor seinem Dienstwagen und bedeutete Kreuthner, sich gemeinsam mit ihm in den angrenzenden Wald zu begeben, um ungestört zu sein.

»So!«, sagte Mike. »Langsam reicht's. Ham's dir ins Hirn g'schissen?«

»Wieso? War *ich* da unten?«

»Du hast den armen Kerl runtergeschickt. Hat der wenigstens mal an Tauchkurs gemacht?«

»Hab ich ihn net gefragt. Der ist erwachsen und weiß, was er tut. Und abgesehen davon: Wer hat denn keine Taucher anfordern wollen? Wer war denn das? Frag dich doch mal selber, ob das hätt passieren müssen. Du hättst es nämlich verhindern können.«

»Für jemanden, der so tief in der Tinte steckt wie du, riskierst a ganz schön dicke Lippe.«

Kreuthner wich Mikes Blick aus. Der sah zum See, wo die Feuerwehr ihre Sachen zusammenpackte. »Ihr habt nach der Leiche von der Sofia Popescu gesucht, oder?«

»Die is hier irgendwo! Glaub's mir halt! Mir ham a Damenhandtasche gefunden! Die Taucher wären jetzt eh da. Die könnten doch locker a Stund dranhängen.«

»Vergiss es!« Mike stapfte zu seinem Wagen, drehte sich aber noch einmal um. »Und diesmal bist fällig. Ich kann absolut nichts mehr für dich tun.«

»Mike!«, rief Kreuthner mit weinerlicher Verzweiflung in der Stimme und rannte dem Kripo-Kollegen nach. »Jetzt mach halt keinen Schmarrn!« Mit diesen Worten schlug Kreuthner der Länge nach hin, fluchte, rappelte sich auf und sah nach, worüber er gestolpert war. Doch es war weder Ast noch Baumwurzel. Vielmehr sprangen ihm vier knallrote Punkte ins Auge, die sich zu seiner Erleichterung nicht als Spritzer seines eigenen Blutes erwiesen. Es war der Nagellack auf den Fingernägeln einer weiblichen Hand, die aus dem weichen Waldboden zu wachsen schien. Der Daumennagel war nicht zu sehen, da er in eine andere Richtung deutete.

»Da!«, sagte Kreuthner im festen Tonfall eines Mannes, der einmal mehr recht gehabt hatte.

Kapitel 46

Wallner war auf dem Weg von Erlangen nach München, als ihn Mikes Anruf erreichte.
»Wie ist sie zu Tode gekommen?«
»Ein Schlag auf den Hinterkopf hat ihr den Schädel zertrümmert. Vielleicht waren es auch mehrere Schläge. Vermutlich mit einem Hammer. Tina und Oliver sind gerade an der Leiche. Sie liegt wohl schon ein paar Tage im Waldboden. Aber die Temperaturen sind ja noch relativ niedrig. Da hat sie sich gut gehalten. Der Täter muss sie von hinten überrascht haben. Es gibt keine Abwehrspuren am Körper und allem Anschein nach auch keine Hautreste unter den Fingernägeln.«
»Wie überrascht man jemanden von hinten in der freien Natur? Da muss sich einer schon gut anschleichen können.«
»Ist ziemlich laut hier.«
»Stimmt. Die Autobahn. Aber vielleicht musste sich der Täter gar nicht anschleichen.«
»Schätze auch, dass das Opfer ihn kannte. Wahrscheinlich hat sich der Täter mit ihr hier verabredet. Gibt's bei dir was Neues?«
Wallner berichtete kurz von dem Gespräch mit der Therapeutin und bat, diskret mit den Informationen umzugehen.
»Gut, nehmen wir an, es war nicht Wolfgang Millruth. Wer dann?«
»Es kommt fast jeder in Frage. Der Vater, um sich

zu schützen. Die Mutter, um die Familie zu schützen. Adrian, der ältere Bruder, auch um die Familie zu schützen. Henry, um den Vater zu schützen. Die Freundin von Henry wohl eher nicht. Zumindest sehe ich da kein Motiv. Aber die weiß irgendwas. Ich denke, jemand sollte ihr sagen, dass Sofia Popescu tot ist.«

Er hatte bei Jennifer Loibl angerufen und gesagt, er sei gerade in der Gegend und ob er auf eine Tasse Kaffee vorbeikommen könne. Das Gefühl war auf beiden Seiten beklommen. Sie hatten sich lange nicht gesehen, wenn man von einer sehr kurzen Begegnung im Gerichtssaal vor gut drei Wochen absah. Beim Hereinkommen fiel ihm auf, dass der Schlüssel von innen in der Tür steckte. Im Verlauf des Besuchs, während seine Gastgeberin auf der Toilette war, nahm er einen Wachsabdruck des Wohnungsschlüssels.
Sie redeten zunächst über Belangloses, dann über den Prozess. Schließlich fragte sie ihn: »Hat dich Katharina geschickt?«
»Nein. Wie kommst du darauf?«
»Weiß nicht. Vielleicht ist sie nervös, weil die Polizei im Haus war.«
»Natürlich ist sie ein bisschen nervös. Aber sie weiß, dass sie sich auf dich verlassen kann.«
»Ja. Das kann sie.« Jennifer Loibl machte einen unruhigen Eindruck.
Unter einem Stuhl in der Zimmerecke entdeckte er das rosa Plüschlamm.
»Sehr witzig, dieses rosa Plüschtier. Hast du das schon als Kind gehabt?«
»Ja. Es … es ist ziemlich alt. Hat schon einiges mitgemacht. Noch einen Kaffee?«

Er wollte annehmen, um Zeit zu gewinnen. Vielleicht ergab sich eine Gelegenheit, das Lamm ohne Aufsehen an sich zu nehmen. Die Sache sollte gewaltlos über die Bühne gehen. Wenn er eine allzu breite Blutspur durchs Land zog, wuchs die Gefahr, sich zu verraten. Allerdings musste er davon ausgehen, dass Jennifer Loibl zumindest ahnte, was es mit dem Plüschtier auf sich hatte. Konnte er es sich leisten, sie am Leben zu lassen? Während ihm diese Gedanken durch den Kopf gingen, sah er auf der Straße gegenüber einen Wagen einparken. Er hatte ein Miesbacher Kennzeichen. Aus dem Auto stieg Wallner.
»Vielen Dank«, sagte er und stand auf. »Aber ich muss wieder weiter.«
Im Treppenhaus ging er ein Stockwerk hinauf, um dem Kommissar nicht zu begegnen. Tatsächlich tauchte der alsbald auf und verschwand in der Loiblschen Wohnung. Der Gedanke, dass die Frau in diesem Augenblick von einem Kripo-Kommissar gedrängt wurde, ihr Wissen über die Vorfälle an Weihnachten preiszugeben, beunruhigte ihn. Es war Zeit für Plan B.

Kapitel 47

Jennifer Loibl war nicht eben froh gewesen, den Kommissar vor ihrer Tür zu sehen, hatte ihn aber hereingelassen, nachdem er erklärt hatte, er habe ihr eine wichtige Neuigkeit mitzuteilen. Es war noch Kaffee vom vorangegangenen Besuch da, den sie Wallner anbot.
»Der Name Sofia Popescu sagt Ihnen was?«
»Ich wüsste jetzt nicht …« Sie goss Wallner eine Tasse aus der gläsernen Kaffeekanne ein. »Milch? Zucker?«
»Milch bitte.«
Sie reichte ihm die Tasse. »Die Milch steht vor Ihnen«, sagte sie.
»Als ich Ihnen im Krankenhaus sagte, Sofia Popescu sei verschwunden, machten Sie durchaus den Eindruck, als wüssten Sie, von wem ich rede.«
»Ich hab den Namen schon mal gehört.«
»Sie war eines der Kindermädchen von Leni Millruth gewesen. Heute wurde sie gefunden.«
»Was heißt … gefunden?«
»Das heißt, dass sie ermordet und im Wald vergraben wurde.«
Ihre Züge erstarrten, aber sie versuchte, sich nichts anmerken zu lassen. »Ich kannte sie zwar nicht. Aber es tut mir sehr leid.« Ihr Atem ging schneller.
»Sie sind zu Recht beunruhigt«, sagte Waller und ließ die Worte eine Weile im Raum stehen. Andächtig verrührte er die Milch in seiner Kaffeetasse

und trank einen Schluck. Auch Jennifer Loibl sagte nichts, rutschte aber zunehmend nervös auf ihrem Sessel herum.

»Ist das alles, was Sie mir sagen wollten?«

»Nein.« Wallner setzte die Tasse ab und sah sich im Raum um. Sein Blick streifte das pinkfarbene Plüschtier in der Ecke. »Ich möchte Sie bitten, das nicht auf die leichte Schulter zu nehmen. Aber ich denke, das tun Sie auch nicht.«

»Was meinen Sie?«

»Irgendjemand hat an Weihnachten Leni Millruth getötet. Und es war ganz offensichtlich nicht der, der für die Tat verurteilt wurde. Jetzt hat jemand das ehemalige Au-pair-Mädchen und Hanna Lohwerk ermordet. Beide standen in Beziehung zu Familie Millruth, insbesondere zu Leni, und möglicherweise zu den Ereignissen an Weihnachten. Ich weiß nicht, ob Ihnen einen Parallele zu sich selbst auffällt.«

»Wie sollte die aussehen?«

»Das wissen Sie besser als ich. Was immer an Weihnachten passiert ist – Sie haben mehr gesehen, als Sie der Polizei verraten haben. Und das weiß auch jemand anderer.«

»Ich weiß gar nichts. Nur das, was ich der Polizei gesagt habe.«

»War es viel wert? Zehntausend? Fünfzigtausend?«

»Was?«

»Ihr Schweigen.«

Jennifer Loibl starrte mit offenem Mund auf den Tisch.

»Machen Sie keinen Unsinn. Sie sind der Situation nicht gewachsen. Da draußen läuft jemand herum, der vermutlich schon drei Frauen umgebracht hat. Er war vielleicht kein Killer, als Sie ihn kennengelernt haben. Jetzt ist er einer.«

Jennifer Loibls Handy gab einen Ton von sich. Eine SMS war eingegangen. Sie blickte beiläufig auf das Display. Doch was sie da sah, erregte ihre Aufmerksamkeit. Es war René, der Oberarzt. Sie bat um Entschuldigung und begab sich mit dem Handy in die Kochnische, um die SMS zu lesen.

In der Tat hatte René viel mitzuteilen. Eigentlich hatte er Ostern mit seiner Familie verbringen wollen, sich aber eingestanden, dass er dazu keine Lust hatte. Stattdessen gebe es eine Hütte in den Bergen, in die er sich zurückziehen wolle. Sollte sie zufällig noch nichts vorhaben, würde er sich sehr über einen Besuch freuen. Jennifer Loibl blieb fast das Herz stehen vor Glück. Sie tippte eine Antwort ins Handy, sagte sich dann aber, dass sie eine Schamfrist verstreichen lassen musste. Sonst sähe es so aus, als sitze sie den ganzen Tag vor ihrem Handy und warte auf Nachricht von René. Sie kehrte zu Wallner zurück. Der war inzwischen aufgestanden.

»Sie wollen gehen?«, fragte Jennifer Loibl.

»Ja. Überlegen Sie gut, was Sie tun. Sie können mich jederzeit anrufen. Sie haben meine Karte noch?« Er legte zur Sicherheit eine weitere Visitenkarte auf den Tisch. »Aber tun Sie's bald.«

Wallner sah in die Augen der jungen Frau und hatte das Gefühl, dass sie über kurz oder lang anrufen würde. So viel Geld hatte man ihr nicht gegeben, dass sie ihr Leben dafür riskieren würde. Er hoffte nur, dass es nicht bereits zu spät war.

Kapitel 48

Die SMS war lang und enthielt eine Wegbeschreibung. Sie musste zum Spitzingsee fahren und von dort die Straße Richtung Valepp nehmen. Nach zwei Kilometern links in einen Forstweg, der an einer Schranke endete. Von da waren es zehn Gehminuten zu einer Jagdhütte. Wieder und wieder las sie den Text und sah sich im Internet Satellitenbilder an, bis sie die Hütte entdeckte. Unscharf, aber erkennbar eine romantische Hütte in den Bergen. Es war halb sieben. Bis acht würde es hell bleiben. Sie könnte die Hütte fast noch bei Tageslicht erreichen, wenn sie jetzt aufbrach. Doch was für einen Eindruck würde das machen? Nein, so leicht durfte sie nicht verfügbar sein. René würde jede Achtung vor ihr verlieren. Heute Abend hatte sie anderes zu tun. Samstagabend hatte man Verabredungen, wenn man Single war. Wenn nicht, war das ein schlechtes Zeichen. Sie musste sich eingestehen, dass sie am Samstagabend oft keine Verabredung hatte.

Eine andere Frage betraf die Kontaktaufnahme. Sie hätte René gerne angerufen. Aber er hatte eine SMS geschickt, um sie einzuladen. Das hatte etwas Geheimnisvolles. Es war ein romantisches Spiel. Sie musste die Regeln einhalten, sonst war die Romantik dahin. Es war ein bisschen wie früher, als sich Liebende noch Briefe schrieben. Morgen früh wolle sie kommen, schrieb sie René zurück. Und dass sie sich freue.

Er hatte so etwas schon vermutet. Karsamstag war zum Glück ein normaler Einkaufstag, und er hatte den Nachschlüssel bereits anfertigen lassen. Wäre sie gefahren, hätte er in aller Ruhe in die Wohnung gehen und das Plüschlamm an sich nehmen können. Aber das Mädchen wollte sich offenbar interessant machen und schrieb etwas von einer anderweitigen Verabredung, die sie heute Abend hätte, machte aber keine Anstalten, das Haus zu verlassen. Für einen Augenblick überlegte er, ob er nicht nachts in die Wohnung einbrechen sollte. Aber das Risiko war groß. Am Ende gäbe es Geschrei, und die Nachbarn würden die Polizei rufen. Warum das Risiko eingehen? Er würde bis morgen früh warten. In der Zeit würde nichts passieren, was ihm gefährlich werden konnte. Und doch überkamen ihn wieder Zweifel: Was wusste die Frau? Würde sie irgendwann zur Polizei gehen? Er hatte einen blutigen Weg eingeschlagen und ahnte, dass auch der Rest dieses Weges nicht sauber sein würde.

Wallner hatte mit Mike telefoniert, doch es gab keine neuen Erkenntnisse. Dann rief er Vera an. Sie klang seltsam. Auf eigenartige Weise abwesend.
»Ist was passiert?«, fragte Wallner.
»Nein. Was soll passiert sein?«
»Keine Ahnung. Du klingst irgendwie – anders.«
Vera schwieg.
»Sehen wir uns heute Abend?«
»Ich muss mal schauen. Ich … ich kann's dir noch nicht sagen.«
Wallner war beunruhigt. Die Frage war rhetorischer Natur gewesen. Warum sollten sie sich nicht sehen?
»Hast du was anderes vor?«

»Ich weiß es noch nicht.«
»Was heißt, du weißt es noch nicht? Es ist doch kein Problem, wenn du dich mit jemandem verabredet hast. Nur sag's mir halt.«
»Ich hab mich nicht verabredet.«
»Und warum weißt du nicht, ob wir uns sehen können?«
»Kannst du nicht ein Mal vergessen, dass du Polizist bist? Du veranstaltest gerade ein Verhör mit mir.«
»Vielleicht tue ich das. Aber wenn du an meiner Stelle wärst, könntest du mit dem, was du sagst, auch nicht viel anfangen.«
»Lass uns jetzt aufhören. Ich ruf dich in einer Stunde noch mal an, okay?«
Wallners Unruhe wuchs. Aus dem Lautsprecher seines Handys hörte er im Hintergrund eine Stimme, die einen Arzt ausrief.
»Bist du in einem Krankenhaus?«, fragte er.
Vera zögerte. Nur eine Sekunde. Aber sie zögerte. »Ja. Bin ich.«
»Warum? Ist doch was passiert?«
Wieder dauerte es, bis eine Antwort kam. »Christian ist hier«, sagte sie schließlich.
»Aha«, Wallner zögerte. »Was hat das zu bedeuten?«
»Nichts Gutes. Es geht wohl aufs Ende zu.«
»Das tut mir sehr leid.« Wallner überlegte, wie er sich verhalten sollte. Veras Ex-Mann lag im Sterben. Wollte sie allein sein? Würde sie Wallner als Eindringling empfinden? Oder brauchte sie seinen Beistand? »Wo bist du?«
»Im Rechts der Isar.«
»Wo genau?«
»Onkologie. Station drei Strich vier.«

»Ich bin in fünfzehn Minuten bei dir.«
»Du musst das nicht machen, Clemens.«
»Ich würde es aber gern machen. Es sei denn, du möchtest lieber alleine sein.« Vera sagte nichts.
»Möchtest du lieber allein sein?«
»Vielleicht können wir einfach einen Kaffee zusammen trinken.«

Christian war nicht bei Bewusstsein. Die Ärzte hatten multiples Organversagen festgestellt. Der Krebs war offenbar ins Endstadium getreten. Vera sah aus, als hätte sie geweint. Wallner holte aus dem Automaten zwei Becher Kaffee und setzte sich zu ihr auf eine Bank. Es roch nach Desinfektionsmittel und anderen Dingen, nach denen es in Krankenhäusern roch.
»Wie ernst ist es?«, fragte Wallner.
»Er hat nur noch ein paar Tage, wenn überhaupt.«
»Das ist ... furchtbar. Aber es war ja schon länger abzusehen.«
»Es ist wahrscheinlich das Beste für ihn. Das war kein Leben mehr.« Tränen tropften aus ihren Augen in den Kaffee. Wallner reichte ihr ein Taschentuch.
»Es tut mir leid für dich. Du hast damit nichts zu tun, und ich sollte eigentlich auch nicht hier sein«, sagte sie mit belegter Stimme und verstopfter Nase.
»Das ist völlig in Ordnung. Ihr seid immer noch befreundet. Natürlich kannst du ihn besuchen, wenn es ihm schlechtgeht.«
»Clemens ...« Sie wischte sich die Nase ab und sah ihm in die Augen. »Wenn er tot ist, wird es *mir* sehr schlechtgehen. Wirst du damit leben können?«
»Muss ich wohl. Ich hab's nicht gern, wenn es dir schlechtgeht.«

»Es wird mir wegen Christian schlechtgehen.«

»Ich weiß. Ist mir klar, dass ihr nicht einfach nur gute Freunde seid. Ihr habt euch nie richtig getrennt, weil seine Krankheit dazwischenkam. Aber da kann niemand etwas dafür. Man lässt jemanden nicht im Stich, wenn er stirbt.«

Sie sagte nichts, legte ihre Arme um seinen Hals und ihren Kopf an seine Brust. Er zog sie zu sich und strich ihr übers Haar. Dann nahm er ihr Gesicht in die Hände und küsste sie auf ihre feuchten Wangen.

»Es war von Anfang an klar, dass es nicht einfach wird. Und dass dieser Moment kommen wird.«

»Macht es dir gar nichts aus?«

»Natürlich tut es mir weh. Aber ... vielleicht sollten wir Christian verabschieden und dann über den Rest nachdenken.«

Vera nickte und wärmte sich am Kaffeebecher. Ein Krankenpfleger tauchte auf. »Wir sind fertig«, sagte er. »Sie können wieder rein.«

»Kommst du mit?«, fragte Vera.

»Klar«, sagte Wallner.

»Es wird nichts weiter passieren. Er ist seit einiger Zeit bewusstlos.«

Der Monitor über Christians Kopf zeigte Blutdruck, Herzfrequenz und andere Messwerte an. Sie waren im Moment alle im grünen Bereich.

»Hallo, Christian«, sagte Wallner. Aber Christian atmete mit geschlossenen Augen weiter unter der Sauerstoffmaske und sagte nichts. Es gab kein Anzeichen dafür, dass er die Veränderung in seiner Umgebung wahrgenommen hatte. Als Vera ihn ansprach, gab er ein leises Stöhnen von sich und bewegte den Kopf fast unmerklich. Wallner war Christian zuvor

vier Mal begegnet. Am Anfang ahnte man nicht, dass er krank war, wenn man es nicht wusste. Wusste man davon, bekamen die leichten Schatten um Christians Augen eine andere Bedeutung, und es fiel auf, dass er mehr Falten im Gesicht hatte, als seinem Alter angemessen. Christian war Wallner nicht unsympathisch. Aber er wollte keine Freundschaft mit ihm schließen. Es war offensichtlich, dass ein Teil von Vera bei Christian geblieben war. Diesen Teil gönnte er Christian nicht. Er wollte Vera ganz für sich haben. Das hatte nur teilweise mit der Kontrollsucht zu tun, die ihm von anderen unterstellt wurde. Er hatte das Gefühl, dass ihre Beziehung unvollständig war, solange sich Vera nicht wirklich von Christian verabschiedet hatte. Aber wie verabschiedete man sich von einem Sterbenden? Wallner dachte manchmal darüber nach, wie es sein würde, wenn Christian tot war. Er hoffte, dass es dann einfacher würde. Wenn er sich bei diesen Gedanken erwischte, schämte er sich und versuchte, an etwas anderes zu denken.
»Wo ist seine Mutter?«
»Die ist nach Hause gefahren und schläft ein paar Stunden. Ihr geht es ja selber nicht so gut.«
»Verstehe«, sagte Wallner und sah zu Christian, der unter der Sauerstoffmaske dahindämmerte.

Sie saßen lange an Christians Bett und redeten über Dinge, die nichts mit Christian und Krankheiten zu tun hatten. Wann sie den ausgefallenen Urlaub nachholen wollten, welche Entwicklungen es in dem Mordfall gab und warum Manfred Lebensmittel bei der Miesbacher Tafel holte, obwohl er nicht bedürftig war.

»Ich glaube, er baut geistig ab. Ist mir schon öfter aufgefallen, dass er unkonzentriert ist und Dinge vergisst. Neulich sitzt er bei mir im Wagen und fragt plötzlich: ›Wo sind wir?‹ Das war auf einer Strecke, die er tausendmal in seinem Leben gefahren ist.«

»Das ist mir auch schon passiert«, beruhigte ihn Vera. »Du bist in Gedanken, und dann siehst du auf die Straße und brauchst einen Moment, bis du dich wieder orientiert hast. Manfred ist völlig in Ordnung im Kopf.«

»Und dass er einfach aus dem Zug aussteigt und zurückfährt?«

»Der hat keinen Bock auf seinen Bruder. Die hassen sich.«

»Nicht wirklich.«

»Glaub's mir. Das ist keine Hassliebe. Das ist die reine Abneigung. Manfred hat beschlossen, dass er Alfred nicht mögen muss, nur weil er mit ihm verwandt ist. Ich find's gut, dass er das so durchzieht.«

Christian gab mit einem Seufzer zu verstehen, dass er auch noch da war. Vera nahm seine Hand. Er atmete ruhiger.

»Ich muss mal aufs Klo und mich frisch machen. Willst du hierbleiben?«

»Wenn er aufwacht, ist es besser, wenn jemand da ist, oder?«

»Ja. Aber das wird wohl nicht passieren.« Sie gab Wallner einen Kuss und ging aus dem Zimmer.

Wallner stellte sich neben das Bett und betrachtete Christian. Seine Wangen waren eingefallen, die Haut im Gesicht grau. Tiefe Lachfalten umgaben die Augen. Wallner überlegte, warum sich Vera von Christian getrennt hatte, einem fröhlichen Menschen, der andere zum Lachen brachte, der Unbeschwertheit ausstrahlte und die Stimmung aufhellte, wo immer er auftauchte. Es musste noch einen anderen Christian geben. Einen, dessen gute Laune einem auf die Nerven ging, weil sie vielleicht Fassade war, einen, der sich nur für sich selbst interessierte, der es nicht ertragen konnte, wenn er nicht im Mittelpunkt stand. Vielleicht lagen die Gründe ja auch in den unterschiedlichen Erwartungen an das Leben. Wallner dachte darüber nach, dass jeder Mensch diese zwei Seiten hatte. Die eine, die Freunde und Außenstehende sahen, und die andere, die man nur im Vergrößerungsglas einer Beziehung sehen konnte. Jetzt, im Angesicht des Todes, traten für Vera naturgemäß die guten Seiten in den Vordergrund. Wie viel Spaß sie miteinander gehabt hatten, wie er sie zum Lachen gebracht hatte, wie er einmal ein ganzes Zugabteil unterhalten hatte und wie er ihr gesagt hatte, er wolle mit ihr alt werden. Bliebe das so? Würde Christian, wenn er unter der Sauerstoffmaske aufgehört hatte zu atmen, zur Lichtgestalt erstarren und Vera für alle Zeiten ohne Makel in Erinnerung bleiben? So wie man sich an die Kindheit erinnerte: Dass man jeden Tag des Sommers im Strandbad verbracht hatte, obwohl einem der Verstand sagt, dass die Sommer damals nicht weniger verregnet gewesen waren als heute.

Wallner dachte an seine tote Tochter. Sie war erst ein paar Wochen alt gewesen, als sie starb. Da hatte man keine Schattenseiten. Andere Menschen hatte er im Augenblick des Verlustes verklärt. Seine Ex-Frau etwa, als sie sich eingestehen mussten, dass ihre Ehe den Tod des Kindes nicht überlebt hatte. Ließ man ein bisschen Zeit verstreichen, wurde der Blick kla-

rer, und man konnte auch die andere Seite des Menschen erkennen. Trotzdem belastete Wallner die Frage, ob sie Christian als ewige Last in ihrer Beziehung mitschleppen würden.
Christian bewegte den Kopf, blinzelte, unter den Lidern rollten die Augen, schließlich schlug er sie auf. Ein Moment der Orientierung, dann erkannte er, wer neben seinem Bett stand. Er nahm die Plastikmaske ab.
»Ich bin's, Clemens«, sagte Wallner vorsichtshalber.
»Ich bin ja nicht blind. Hey, was machst du denn hier?«
»Ich hab gehört, du bist im Krankenhaus.«
»Nett von dir.« Christian lächelte, die Falten um seine Augen wurden tief und fröhlich, aber seine Stimme war schwach.
»Eigentlich besuche ich Vera. Und nachdem ich schon mal da war, hab ich gedacht, ich schau mal, ob du wach wirst. Vera müsste gleich wieder da sein.«
Christian nickte müde. »Habt euch wohl nicht viel gesehen in den letzten drei Tagen. Tut mir echt leid.«
Wallner stutzte. »Du bist seit …«
»Donnerstag. Seit Donnerstag bin ich hier. Bin bei uns im Aufzug zusammengeklappt.«
»Ist das wegen dem Krebs?«
»Ja. Das ist die letzte Runde.« Christian versuchte, entspannt zu bleiben, aber seine Stimme war belegt, und er kämpfte mit den Tränen.
»Das weiß man nie«, sagte Wallner.
Christian nickte. »Nein. Aber spüren kann man's.«
Wallner starrte die Bettdecke an, Christian die Zimmerdecke. Er setzte die Sauerstoffmaske wieder auf und schloss die Augen.

»Alles okay?«, fragte Wallner.
»Ja. Nur müde.« Christians Herzfrequenz hatte sich auf über hundert erhöht.
»Ich schau mal, ob ich Vera finde, ja?«
»Danke«, sagte Christian und fasste Wallner am Ärmel. Wallner sah ihn an. Christian zog die Atemmaske vom Mund. »Wenn ich wieder wegkippen sollte: Sag ihr, sie muss nicht rund um die Uhr hier sein. Das macht sie nur fertig, und ich schlafe sowieso die meiste Zeit.«
Wallner nickte. Christian machte die Augen zu und ließ den Kopf nach hinten sinken. Wallner konnte nicht genau erkennen, ob er eingeschlafen war.

Er traf Vera auf dem Gang. Ihr Gesicht wirkte wieder frisch. Sie hatte sich gewaschen und geschminkt und sah ihn jetzt fragend und leicht besorgt an.
»Ist was passiert?«
»Er ist aufgewacht. Ich wollte dich holen.«
»Danke.« Vera wollte eilig zum Krankenzimmer gehen.
»Vera ...«
Sie drehte sich noch einmal zu Wallner um.
»Warum hast du mir nicht gesagt, dass du schon die ganze Zeit hier bist?«
Vera stand mit offenem Mund und sprachlos wie ein ertapptes Kind vor ihm und versuchte, etwas zu formulieren, das als Erklärung hätte durchgehen können. Von irgendwoher kam ein schrilles Läuten. Erst beim zweiten Mal realisierte Wallner, dass es sein Handy war.
»Leo, was gibt's?«, fragte er. Unmittelbar darauf zeichnete sich auf seiner Miene Verwunderung,

schließlich Sorge ab. »Das gibt's doch nicht ... ich bin in München. Aber ich fahr sofort los.« Er steckte das Handy in seine Jacke. Vera sah ihm traurig in die Augen. »Lass uns morgen darüber reden. Ich muss sofort nach Miesbach.«
»Wegen dem Mord?«
Wallner schüttelte den Kopf. »Manfred ist verhaftet worden.«

Kapitel 49

Kreuthner stand auf dem Parkplatz und rauchte eine Zigarette, als Wallner vor dem Polizeigebäude eintraf. Auf dem Weg teilte er Wallner mit, was nach bisherigem Erkenntnisstand vorgefallen war.
»Im Gemeindesaal ham s' a Essen gehabt von der Tafel. Praktisch a Osteressen.«
»Aber Karsamstag ist doch noch Fastenzeit?«
»So genau geht's da net. Ich glaub fürn Ostersonntag ham s' net genug Helfer gehabt. Da wollen die Leut daheimbleiben.«
»Aha. Ja und dann?«
»Dann sind mir gerufen worden. Es gäb a Schlägerei, hat's geheißen. Also mir hin und tatsächlich: Die Sennleitnerin mit am ausgekugelten Arm und Verbrennungen am Kopf und vor der Hütt'n.«
»Wie vor der Hütt'n?«
»Na ja, wie sagt man: im Dekolleté.«
»Aha?«
»Und dein Opa mit zwei Schnittwunden am Hirn. Is aber nix Ernstes.«
»Ja um Himmels willen – was ist denn da passiert?«
»Frag ihn selber. Die Sennleitnerin kommt auch gleich. Die hat in die Notaufnahme nach Agatharied müssen.«
Manfred saß in Wallners Büro, um die Stirn einen weißen Verband, darunter finster dreinblickende Augen. Die Hände waren auf einen hölzernen Wanderstock gestützt.

»Servus Manfred«, sagte Wallner. »Wie geht's dir?«
»Wie's einem halt geht nach am Überfall.«
»Wer hat dich überfallen?« Wallner setzte sich auf einen Stuhl Manfred gegenüber.
»Die Sennleitnerin, das brutale Weibsstück.«
»Wieso macht die das?«
»Ich bin spazieren gegangen. Und wie ich am Gemeindesaal vorbeikomm, ist mir kalt gewesen. Da denk ich mir: Gehst amal kurz hinein und wärmst dich auf. Kaum bin ich drin, kommt sie daher. Wie eine Furie. Und will mich rauswerfen, wo ich kaum noch hab hatschen können.«
»Woher kommt die Wunde am Kopf?«
»A Glas hat s' mir übern Kopf geschlagen, des Mistviech, des hagelbuacherne.«
»Was hast du dann gemacht?«
»Ich? Nix.«
»Die Sennleitnerin hat ins Krankenhaus müssen.«
»Selber schuld. Über meinen Hackelstecken ist sie gestolpert.«
»Und hat sich den Arm ausgekugelt. Okay. Aber wieso hat sie sich verbrannt?«
»Weil da gleich der Tisch mit der Gulaschsupp'n gestanden is. Nachdem sie's gewaffelt hat, hockt s' am Boden, und in dem Augenblick kippt der große Topf mit der Supp'n um und ihr übern Kopf und ... in den Ausschnitt. Du kennst es ja, die Sennleitnerin.« Manfred deutete mit den Händen einen kräftigen Körperbau an. »Die Gulaschsupp'n ist da praktisch komplett im Ausschnitt verschwunden.«
»Also du wolltest dich nur da drin aufwärmen. Sonst war nichts?«
»Glaubst mir net?«

»Ich wunder mich nur, weil du letzthin ja schon mal bei der Tafel warst und da sogar Sachen mitgenommen hast.«

»Die hab ich wieder zurückgebracht. An dem Tag war ich a bissl verwirrt. Des is der Blutdruck.«

»Der Blutdruck?«

»Ich hab des auch net gewusst. Aber der Arzt hat's mir erst neulich gesagt. Wenn der Blutdruck spinnt, wirst blöd im Kopf.«

»Dann hoffen wir mal, dass der Arzt deinen Blutdruck in den Griff kriegt.«

Von draußen hörte man eine laute Frauenstimme. Sie gehörte unzweifelhaft Anneliese Sennleitner. Als sie hereinkam, stieß sie einen spitzen Schrei aus und forderte, dass man Manfred, den sie als gemeingefährlich bezeichnete, einsperren solle. Frau Sennleitner war die gute Seele der Stadt. Wann immer es etwas für Erdbebenopfer, Bürgerkriegsflüchtlinge oder gefährdetes Brauchtum zu sammeln gab: Sie war an vorderster Front und organisierte Basare, Wohltätigkeitsbälle und einmal sogar einen Lastwagen mit warmer Kleidung und Spielzeug für ein Waisenhaus in Armenien. Auch dass der Laster unversehrt an seinem Bestimmungsort ankam, verdankte er, wie Mitreisende berichteten, einzig dem resoluten Auftreten von Anneliese Sennleitner gegenüber korrupten Polizisten und Grenzbeamten.

»Jetzt mach amal langsam, Anni«, sagte Kreuthner. »Des is bestimmt alles nur a Missverständnis.«

»Missverständnis?« Frau Sennleitners Stimme sprang drei Oktaven höher. »Ich hab Verbrennungen zweiten Grades. Und frag net wo!«

»Wennst zu blöd zum Hatschen bist.« Manfred hatte inzwischen die Arme vor seiner Brust verschränkt und den Wanderstock in seine Armbeuge eingehängt. »Jetzt provozier sie nicht auch noch«, sagte Wallner. »Das mit der heißen Suppe ist kein Spaß.«

»Na, des tut scheißweh. Und mein Dirndl ist auch versaut.«

»Du bist über den Hackelstecken vom Manfred gefallen? Stimmt das?«, setzte Kreuthner die Vernehmung fort.

»Erst amal möchte ich wissen, wer hier der Chef ist. Leitest du die Ermittlungen?«

»Ermittlungen ist vielleicht ein bisschen hoch gegriffen«, sagte Wallner. »Wir wollen nur mal wissen, was passiert ist. Aber leiten in dem Sinn tut der Leo. Ich bin ja als Verwandter befangen.«

»Gut«, sagte Anneliese Sennleitner und wandte sich an Kreuthner. »Er hat also erzählt, ich wär über seinen Hackelstecken gefallen?«

»Was ist aus deiner Sicht passiert?«

»Er hat ihn mir mit Fleiß zwischen die Haxen gesteckt, wie ich grad zum Telefon hab gehen wollen, um die Polizei anzurufen.«

»Der Stecken ist a bissl vorgestanden. Des war doch keine Absicht.«

»Keine Absicht?! Der hat förmlich nach meinem Fuß geangelt. Mit dem Griff da, mit dem Hackl. Und wie ich am Boden gelegen bin, hat er noch angezogen, der Hinterfotz, der g'scherte.«

»Ich hab nur geschaut, dass ich den Stecken wieder freikrieg. Sonst hätt's dich ja gleich noch amal hinlassen.«

»Wie ist denn das so weit gekommen?«, fragte Kreuthner.

»Weil ich ihm gesagt hab, dass er gehen soll, weil er überhaupts keine Berechtigung hat für die Tafel.«

»Er sagt, er hätt sich nur kurz aufwärmen wollen.«

»Seit zwei Stund is er dagesessen. Außerdem hat er an Alkohol dabeigehabt.«

»Ein Weißbier hab ich mir mitgebracht. Falls mir langweilig wird.«

»Langweilig? Bei was?«

»Na beim Sitzen halt.«

»Du nimmst beim Spazierengehen ein Weißbier mit?« Wallner war doch erstaunt.

»Und a Weißbierglas. Hat er alles dabeigehabt.«

»Hast du ihm das Weißbierglas übern Kopf g'haut?«

»Schmarrn. Ich hab ihn zwei Mal aufgefordert, dass er's wegtut. Und dann hab ich's ihm wegnehmen wollen. Weil des geht net, dass einer a Bier trinkt und die anderen dürfen net.«

»Des Weißbierglas is mein Privateigentum. Das lass ich mir net wegnehmen«, raunte Manfred.

»Stimmt. Er hat's net hergeben wollen. Ich hab versucht, dass ich's ihm aus die Finger zieh. Aber das ist nicht gegangen. Da hab ich's dann lassen.«

»Und wie ist es dann zu der Verletzung gekommen?«

»Na beim Loslassen. Da ist seine Hand mit dem Glas praktisch zurückgeschnalzt. Er hat sich das Glas selber übern Schädel g'haut. Und da ist es kaputt gegangen.«

»Weil ich mich so aufregen hab müssen! Früher ham s' alte Leut noch mit Respekt behandelt.«

»Die ham sich früher auch net so aufg'führt!«

»Noch mal – nur dass ich's versteh«, sagte Wallner. »Du bist zwei Stunden bei der Tafel gesessen? Zum Aufwärmen?«

»Mei, wie ich mal gesessen bin, hab ich nimmer naus wollen in die Kälte.«

»Es hat neunzehn Grad gehabt«, sagte Anneliese Sennleitner.

Manfred zuckte entschuldigend mit den Schultern. »Des is für mich wie für andere fünf Grad. Ich bin ja nimmer zwanzig. Ich hab koa Hitz nimmer.«

Wallner beugte sich zu Manfred und flüsterte ihm zu: »Kannst du mir erklären, was das Ganze sollte? Da warst du doch nicht zum Aufwärmen drin.«

»Beweis mir's Gegenteil.« Manfred verschränkte seine Arme noch fester vor der Brust.

Wallner war des Spiels überdrüssig und bat Anneliese Sennleitner nach draußen.

»Ich hab schon mit meinem Anwalt telefoniert«, sagte sie, als sie draußen waren. »Der meint, da krieg ich Schmerzensgeld.«

»Jetzt komm. Der Manfred ist ein bissl eigen. Aber er meint's nicht bös.«

»Was macht er denn überhaupts bei der Tafel? Habts ihr nimmer genug zum Essen daheim?«

»Bei euch arbeitet doch auch eine Jana Kienlechner.«

»Ja. Und?«

»War die heute da?«

»Die wollt eigentlich kommen, hat dann aber abgesagt. Wieso?«

»Ich glaube, mein Großvater hat auf die Dame gewartet.«

»Geh Schmarrn, oder?«

Wallner zuckte mit den Schultern.

Kapitel 50

Manfred und Anneliese Sennleitner hatten sich wieder vertragen. Manfred hatte sich entschuldigt, dass ihm sein Hackelstecken »ausgekommen« sei. Im Gegenzug hatte Anneliese Sennleitner auf die ihrer Vorstellung nach astronomisch hohen Schmerzensgeldansprüche für den verbrühten Busen verzichtet.

Auf dem Weg nach Hause hatten Wallner und Manfred beim »Schnitzelwirt« Schnitzel mit Kartoffelsalat mitgenommen.

»So eine Z'widerwurz'n«, murmelte Manfred und steckte sich ein Schnitzelstück von der Größe eines halben Bierdeckels in den Mund.

»Du hast bei der Tafel aber auch nichts zu suchen.«

»Ich hab ja gar nix gegessen. Und mein Getränk hab ich mir sogar selber mitgebracht. Net amal mehr sitzen darf ich da. Des is doch unmenschlich. Und Diskriminierung ist des auch. Da bin ich ja lieber arm wie alt.«

»Jetzt sag halt endlich, was du da gewollt hast. Und erzähl mir nichts von wegen Aufwärmen. Dafür bringt man sich kein Weißbier mit.«

Manfred kaute vorsichtig auf dem Schnitzel, denn einige seiner Zähne saßen nicht mehr ganz fest. »Früher hat man die Schnitzel dicker gemacht.«

»Heute macht man sie halt dünner.«

»Des ist doch Beschiss. Da kriegst nämlich nur noch die Hälfte vom Fleisch.«

»Das stimmt nicht, weil dafür sind sie ja größer. Aber jetzt lenk nicht ab. Was hast du bei der Tafel gewollt?«
»Ich hab auf wen gewartet.«
»Ah geh?« Wallner richtete sich einen schönen Bissen mit Schnitzelstück und Kartoffelsalat obendrauf. Der Schnitzelwirt war berühmt für seinen Kartoffelsalat. »Kenn ich den, auf den du gewartet hast?«
»Na.«
»Lass mich raten: eine junge Frau?«
»Möglich.«
»Wie alt?«
»Um die dreißig.«
»Und die arbeitet da, oder holt die sich was zu essen?«
»Nein, die arbeitet da freiwillig.«
Wallner schüttelte den Kopf. »Immer noch der alte Stenz. Was willst denn von der?«
»Nix. Die is einfach nett.« Der Kartoffelsalat war für Manfred besser zu kauen als das Fleisch. Er stibitzte etwas von Wallners Teller. »Und man weiß ja nie, was passiert.«
»Was soll denn passieren? Dass sie über dich herfällt?«
»Es gibt Frauen, die bevorzugen reifere Männer. Mir persönlich tät's ja grausen. Aber das ist dene ihr Problem.«
»Die Hoffnung stirbt zuletzt, wie?«
»Wie meinst jetzt das?«
»Wann ist denn zuletzt was gegangen?«
»Des is mir jetzt zu intim. Ich frag dich das ja auch net.«
»Hast recht. Das geht mich nichts an. Ich will eigentlich Folgendes sagen: Es gibt sicher viele Frauen, die

finden dich charmant und nett und mögen dich. Aber eben als ... als älteren Herrn.«
»Is mir auch recht. Ich mach gern an Opa. Hier darf ich ja nicht.«
»Was ist mit mir? Zähl ich nicht als Enkel?«
»Das war was anderes. Ich hab dich ja aufziehen müssen wie a Vater.«
»Tut mir leid, dass es noch keine Urenkel gibt. Aber vielleicht wird's ja mit der Vera was. Gib uns ein bisschen Zeit.«
»Wennst so weitermachst, wird des nix mit Kindern.«
»Was meinst du?«
»Ihr habts Urlaub. Und was machst du? Hockst den ganzen Tag im Büro. Das macht die net lang mit.«
Wallner wurde nachdenklich. »Ja, vielleicht hast du recht«, sagte er. »Dabei fällt mir ein, dass ich sie noch anrufen wollte. Lass uns nachher weiterreden.«
Er stand auf, um hinauszugehen. Manfred hielt ihn zurück.
»Was ist?«, fragte Wallner.
»Verbock's net.« Wallner lächelte. »Das sag ich net wegen den Urenkeln. Ich sag's, weil so eine wie die Vera findst so schnell nimmer. Hör ein Mal aufs Alter!«

Wallner saß auf der Terrasse, die Frühlingsnacht nach diesem harten Winter war lau. Wallner hatte trotzdem seine Daunenjacke an. Er blickte nachdenklich auf das Telefon in seiner Hand, fragte sich, ob es eine gute Idee war, sie anzurufen, und ob er das Thema, das ihn beschäftigte, überhaupt anschneiden sollte. Aber er konnte nicht einfach darüber hinweggehen.
»Wo bist du?«
»Immer noch im Krankenhaus.«

»Wie geht's Christian?«

»Er schläft. Ich hab gestern noch kurz mit ihm gesprochen. Seitdem ist er nicht mehr aufgewacht.«

»In seinem Zustand schläft man eben viel.«

Eine Pause trat ein. Er überlegte, wie er es sagen sollte.

»Ich war ziemlich überrascht, dass du schon die ganze Zeit im Krankenhaus warst.«

»Es tut mir leid. Ich hab dich angelogen.«

»Aber warum?«

»Ich weiß nicht … ich glaube, ich hatte Angst, dass es dich verletzt.«

»Du hast mir das Gefühl gegeben, dass ich derjenige bin, der sich von seiner Arbeit nicht losreißen kann. Das hat mich schon ein bisschen getroffen.«

»Das war nicht okay. Aber letztlich stimmte es ja trotzdem.«

»Ja. Irgendwo schon.«

Es wurde wieder still. Ein Igel raschelte durch den Garten.

»Macht es dir was aus, dass ich bei Christian bin?«

»Ich kann's nicht einordnen. Hab ich daneben noch Platz?«

»Ja. Das hast du. Sehr sehr viel Platz. Es ist nur so, dass Christian nicht mehr lange hier sein wird. Das macht mich traurig, und ich könnte jeden Augenblick heulen. Es tut mir leid.«

»Ich komm morgen zu dir, wenn du möchtest. Ins Krankenhaus. Möchtest du das?«

»Ja. Möchte ich.«

»Ich werde mit Manfred frühstücken. Und dann fahr ich.«

Sie sagte Wallner zum Abschied, dass er ihre große Liebe sei. Und dass sie sich schlecht fühle, weil sie ihn angelogen hatte. Wallner sagte, das sei nicht wichtig. Wichtig sei, dass sie darüber gesprochen hätten. Aber er fragte sich nach dem Telefonat, wann sie ihm gesagt hätte, dass sie bei Christian im Krankenhaus war, wenn er nicht zufällig selbst darauf gekommen wäre.

Ostersonntag

Kapitel 51

Jennifer Loibl kam an diesem sonnigen Ostersonntagmorgen mit einer großen Reisetasche aus dem alten Mietshaus in Nymphenburg. Die Tasche verstaute sie auf dem Rücksitz ihres neuen MINI Cooper, bevor sie damit in Richtung Mittlerer Ring aufbrach. Er wartete eine Weile, um sicherzugehen, dass sie nicht zurückkam. Der Nachschlüssel passte.
In der Wohnung erwartete ihn eine Enttäuschung: Das Plüschlamm war nicht da. Zuerst hatte er vermutet, dass Jennifer Loibl es weggeschlossen hatte. Das Apartment war nicht groß, und es gab nicht viele Möglichkeiten, wo sich das Plüschtier befinden konnte. In fünfzehn Minuten hatte er alle in Frage kommenden Orte abgesucht. Das Ergebnis war negativ. Es gab nur eine Erklärung: Das Lamm war in Jennifer Loibls Reisetasche.
Er hatte mit Komplikationen dieser Art gerechnet. Deswegen hatte er Jennifer nicht in ein Restaurant am anderen Ende der Stadt gebeten, wie ursprünglich geplant. Das hätte ihm zwar zwei Stunden Zeit verschafft, mehr als genug, um das Apartment zu filzen. Doch so oder so würden die quälenden Zweifel bleiben, ob Jennifer Loibl nicht bereits zu viel wusste. In diesem Fall wäre es günstiger, das Mädchen an einem Ort zu wissen, an dem man ungestört war.
Als er vor die Tür trat, wehte ein warmer Frühlingswind die ersten Blütendüfte herbei. Der Himmel war blau und die Kirschbäume in den Vorgärten weiß. Er

beschloss, die Fahrt ruhig angehen zu lassen. Er hatte alles so vorbereitet, dass sie auf ihn warten würde.

Vor dem Spitzingsee stand sie im Stau. An einem zweiundzwanzig Grad warmen Ostersonntag war es nicht anders zu erwarten. Sie legte eine James-Blunt-CD ein, öffnete beide Seitenfenster und ließ das Schiebedach zurückfahren. Es gab keinen Grund zur Eile, er würde in der Hütte auf sie warten. Auch René würde wissen, dass man an einem Tag wie diesem mindestens zwei Stunden zum Spitzingsee brauchte.
Als sie eine halbe Stunde später am See ankam, nahm sie die Straße Richtung Valepp und fuhr das enge Tal entlang. Nur noch die Spitzen der Berge waren von Schnee bedeckt. Sie bog in den Forstweg ab, so wie es in der SMS beschrieben war. Es dauerte nicht lang, und sie erreichte eine eiserne Schranke, vor der sie den Wagen abstellte und zu Fuß weiterging. Nach einem zehnminütigen Spaziergang durch den sehr einsamen Wald gelangte sie auf eine kleine Lichtung. Die Hütte lag in der fast sommerlichen Sonne, nur in einer schattigen Mulde hinter dem Haus befand sich noch Schnee. Die Fensterläden standen offen. Aber die Tür war verschlossen, und es war niemand zu sehen. Sie betrat die hölzerne Veranda. An der Tür war ein Briefumschlag mit einer Reißzwecke befestigt. Auf dem Umschlag stand in Großbuchstaben: FÜR JENNIFER. Ihr Herz klopfte, als sie ihn öffnete. Darin befand sich der Schlüssel zur Hütte.
Bevor sie die Hütte aufsperrte, umrundete sie einmal das Haus, um zu schauen, ob René nicht in der Nähe war. Offenbar war er irgendwo unterwegs und wollte sie nicht draußen stehen lassen. Es war kein Mensch

zu sehen oder zu hören. Nur das geschwätzige Treiben der Vögel drang an ihr Ohr, und am Ende der Lichtung blickte ein Reh scheu zur Hütte und verschwand dann im Wald.
Das Innere der Hütte war genau so, wie es sich Jennifer für ein romantisches Wochenende vorstellte. Sehr viel Holz, ein bemalter Bauernschrank, antik. Ein Hüttenherd, mit dem auch geheizt wurde. Und trotz aller Romantik gab es Strom für Kühlschrank und Kaffeemaschine. Sie warf ihre Reisetasche auf die geschnitzte Eckbank aus Fichtenholz und suchte nach Kaffee und Filtern.

Er entdeckte den MINI sofort auf dem Parkplatz. Die Reisetasche war nicht mehr auf dem Rücksitz. Die Motorhaube war allerdings noch warm, was ihn wunderte. Hatte sie einen Umweg gemacht?
Er wartete zehn Minuten ab, denn er wollte ihr nicht schon im Wald begegnen. Dann machte er sich zu Fuß auf den Weg, obwohl er einen Schlüssel für die Schranke hatte. Alles, was er brauchte, war in der Hütte. Nur Klebeband und Rohypnol hatte er nebst einem T-Shirt zum Wechseln und zwei großen Müllsäcken in seinem Rucksack.

Jennifer Loibl saß barfuß auf der sonnenbeschienenen Veranda. Sie hatte sich einen Kaffee gemacht und blickte auf die Berge, die hinter den Baumspitzen des Waldes hervorlugten. Sie überlegte, ob sie René anrufen und sagen sollte, dass sie da war. Nach kurzem Zögern entschied sie, dass das nicht zu aufdringlich war. René würde sich bestimmt freuen, von ihrer Ankunft zu hören. Als sie die Nummer gewählt hatte, meinte sie, aus der Ferne ein Klingelgeräusch zu hören. Vielleicht war es auch nur ein Vogel gewesen. René ging jedenfalls nicht dran, und sie sprach ihm auf die Box, dass sie an der Hütte angekommen sei.

Der Anruf hatte ihn erschreckt. Er war bereits in Sichtweite der Hütte. Das Klingeln hatte sie vermutlich auch gehört. Er hatte das Handy gegen seinen Bauch gedrückt und mit den Händen so gut es ging abgeschirmt. Wenn er es ausgemacht hätte, wäre sie womöglich stutzig geworden, wobei das im Grunde genommen nun nicht mehr von Belang war.

Als sie seine Box besprochen hatte und auf den Knopf mit dem roten Hörer drückte, bewegte sich etwas am unteren Waldrand. Jennifer stand auf und blickte dem Ankömmling freudig entgegen, bis sie merkte, dass es nicht René war, sondern ein Wanderer, der da des Weges kam. Und wie der Mann näher kam, sah sie, dass sie ihn kannte.
»Hallo! Das ist aber eine Überraschung«, sagte sie, als er lächelnd vor der Veranda stand.
»Ich mache meinen Osterspaziergang. Was machst du hier?«
»Das ist die Hütte eines Freundes. Er hat mich über Ostern eingeladen.«
»Schön. Hast gutes Wetter erwischt.«
»Ja. Es ist zauberhaft. Willst du einen Kaffee? Hab gerade welchen gemacht.«
»Ich will nicht stören.«
»Tust du nicht. Mein Freund ist gerade nicht da.«
Sie tranken Kaffee und sprachen darüber, was es für ein Zufall sei, dass man sich heute schon wieder traf.

Er sagte, er glaube nicht an Zufälle. Sie sagte, sie auch nicht. Aber sie wüsste auch nicht, was das Schicksal ihnen damit zu sagen beabsichtigte. Er blieb vage, was das anbetraf.

»Wie war die Fahrt hier raus? Ziemlicher Stau, was?«

»Ja. Ist aber normal an so einem Tag.«

»Stimmt. Bist du in einem Stück durchgefahren?«

Sie sah ihn überrascht an. »Nein. Ich habe noch schnell bei Bekannten vorbeigeschaut. Aber wie kommst du da drauf?«

»Keine Ahnung. Ich weiß wirklich nicht, warum ich die Frage gestellt habe. Zufall war's wohl nicht.«

Sie lachte. »Nein. Wahrscheinlich nicht.«

Er verabschiedete sich kurz auf die Toilette und zog die Hüttentür hinter sich zu. Er brauchte ein paar Sekunden, bis sich seine Augen an die Dunkelheit gewöhnt hatten. Dann sah er die Reisetasche auf der Eckbank. Er öffnete den Reißverschluss und zog den Spalt auseinander. Es war schnell klar, dass die Tasche außer Kleidungsstücken, einem Kulturbeutel und ein paar Kondomen nichts enthielt. Er hatte die Tasche praller in Erinnerung. Vermutlich war das Lamm noch darin gewesen, als sie ins Auto gestiegen war. Wo war es jetzt? Im Wagen? Oder hatte sie es unterwegs weggeschafft? Vielleicht bei den Freunden gelassen?

Kurz bevor er wieder auf die Veranda trat, hörte er ein Handy klingeln. Als er die Tür öffnete, hielt ihm Jennifer Loibl sein Telefon entgegen.

»Da ist eine Nachricht für dich eingegangen. Entschuldige, dass ich es aus deiner Jackentasche genommen habe.«

Ihr Blick fiel auf das Display. »Das ist ja witzig. Da hat

eine Jennifer angerufen!« Sie sah ihn an, als hätte sie gerade im Lotto gewonnen.
»Es ist ein Naturgesetz, dass Koinzidenzen immer gehäuft auftreten. Wusstest du das?«
»Echt?«
»Hab ich mal gelesen.« Er schaltete das Handy aus.
»Willst du es gar nicht abhören?«
»Nein. Von Jennifer kommen nie gute Nachrichten. Von der jedenfalls nicht. Das hat Zeit bis morgen.« Er steckte das Handy in seine Hosentasche. »Was waren das für Freunde, die du besucht hast?«
»Kennst du nicht. Die wohnen auf dem Weg hierher.« Er überlegte, ob er weiterbohren sollte. Doch klingelte in diesem Augenblick ein anderes Handy. Es war das Gerät mit seiner eigenen Karte. Es befand sich in der Innentasche seiner Jacke, die über der Stuhllehne hing. Jemand hatte ihm auch hier auf die Box gesprochen. Diesen Anruf hörte er ab. Was er hörte, machte ihn kurz nachdenklich. Dann setzte er wieder ein Lächeln auf.
»Möchtest du noch einen Kaffee?«, fragte er sie.
»Weiß nicht. Ich hab schon so viel Kaffee getrunken.«
»Ach komm. Ich trink ungern allein.«
»Na schön. Ich hol uns noch einen.«
»Nein, nein.« Er stand auf und drückte sie mit der Hand auf die Bank zurück. »Ich mach das. Halt du mal dein hübsches Gesicht in die Sonne.«
Er nahm seinen Rucksack mit in die Hütte. Als er ihre Kaffeetasse gefüllt hatte, versenkte er zwei Rohypnol darin und half ihnen mit einem Löffel beim Auflösen. Die Dosis war sehr stark. Es sollte schnell und zuverlässig wirken.
»So, runter damit, bevor er kalt wird«, sagte er und prostete ihr mit seiner eigenen Kaffeetasse zu.

Kapitel 52

Wallner hatte angeboten, beim Bäcker frische Semmeln für das Osterfrühstück zu holen. Während er in einer langen Schlange vor dem Laden stand, rief er Vera an. Sie klang müde und sagte, Christians Zustand sei unverändert. Wallner versprach, nach dem Frühstück zu ihr zu kommen. Kaum hatte er aufgelegt, rief Mike an und fragte, ob Wallner kurz Zeit habe. Wallner rang mit sich und sagte dann Manfred Bescheid, dass es ein bisschen länger dauern würde mit den Semmeln.

Mike war auch am Ostersonntag im Büro. Ebenso Oliver, obwohl er gerne zum Klettern gegangen wäre. Aber beide hatten das Gefühl, dass man jetzt am Fall dranbleiben müsse – zumal denkbar war, dass es noch mehr Tote geben würde.
»Ein Spaziergänger hat am Dienstag zwei Wagen am Seehamer See gesehen. Einer davon war ein Geländewagen. Metallic. Marke wusste er nicht.«
»Graumetallic?«
»Ja, irgendwas mit grau.«
»Können wir damit was anfangen vor Gericht?«
»Wenig. Interessanter ist eigentlich das Handy des Opfers. Der Täter hatte es mit der Handtasche im See versenkt. Die hat der Kreuthner immerhin raufgeholt. Das muss man ihm lassen.«
»War's nicht der Schartauer?«
»Wie auch immer: In den Tagen vor ihrem Tod hat

Sofia Popescu fünfzehn Mal mit Hanna Lohwerk telefoniert. Und zwei Mal mit der Ex-Freundin von Henry Millruth.«
»Jennifer Loibl?«
»Genau die. Du hast doch mit ihr geredet. Ist da was rausgekommen?«
Wallner überlegte. »Nichts Konkretes. Sie hat aber abgestritten, dass sie Sofia Popescu kennt.«
»Was offensichtlich gelogen ist.«
»Scheint so. Ich bin mir sicher, dass sie sich bei mir melden wird. Als ich ihr gesagt habe, dass der Kerl, der die beiden anderen Frauen umgebracht hat, wahrscheinlich auch hinter ihr her ist, hat sie ziemlich geschluckt.«
»Was hatten die drei Frauen eigentlich miteinander zu tun?«, fragte Oliver.
»Es ging mit Sicherheit um das, was an Weihnachten passiert ist. Nehmen wir mal an, Leni Millruth hat an Weihnachten die Bombe hochgehen lassen und allen erzählt, dass ihr Vater sie als Kind missbraucht hat. Am nächsten Morgen ist sie tot. Die Familie beschließt, die Sache unter den Tisch zu kehren. Wolfgang Millruth hat ein bisschen was gutzumachen und nimmt die Sache auf sich. Freiwillig oder vielleicht auch nicht so freiwillig. Er hat jedenfalls Glück und kommt mit einer Bewährungsstrafe davon.«
»Wissen die anderen in der Familie, wer der Täter ist?«
»Alle wahrscheinlich nicht. Kann auch sein, dass es gar keiner weiß. Es muss ihnen aber klar sein, dass es einer aus der Familie war. Und dass die Geschichte, wenn sie bekannt wird – also der Missbrauch zum Beispiel –, ziemlich unangenehm wird.«

»Vor allem, wo die olle Millruth immer einen auf saubere Familie macht.« Oliver schlug die Akte auf und sah sich eine Liste mit Adressen an. »Und du meinst, die Lohwerksche und die Ex von Henry tun sich zusammen und erpressen die Familie, oder wie jetzt?«
»Allein das Wissen, dass die Tat vertuscht wurde, und dazu diese Missbrauchsgeschichte – da könnte man schon ein bisschen Geld rausholen.«
»Gut. Vielleicht haben sich Hanna Lohwerk und Frau Loibl zusammengetan«, mischte sich Mike wieder ein. »Aber was für eine Rolle spielt die Rumänin?«
»Ich weiß es nicht. Sie war vor zwölf Jahren Leni Millruths Kindermädchen. Das ist ungefähr die Zeit, in der der Missbrauch stattgefunden hat. Vielleicht hat sie was davon mitgekriegt.«
Mike schnitt einem osterlammförmigen Kuchen den Hintern ab und tauchte ihn in seinen lauwarmen Kaffee. »Stück Osterlamm?«
»Nein danke. Ich werd gleich frühstücken.« Nachdenklich betrachtete Wallner das verstümmelte Osterkuchenlamm.
Mike bugsierte das tropfende Kuchenteil in seinen Mund. »Wer uns im Augenblick schwer weiterhelfen könnte, wär deine Krankenschwester. Willst du sie nicht mal anrufen?«
Wallner griff zum Telefon und wählte Jennifer Loibls Festnetznummer. Es war nur der Anrufbeantworter dran. Wallner bat um Rückruf. Dann versuchte er es mit der Handynummer.

Es war dunkel, kalt und feucht. Der Geruch von Schimmel hing in der Luft. Marimbatöne kamen von weit her. Sie schlug langsam die Augen auf. Ein Schleier schien über ihren Augen zu liegen. Ihr Kopf schmerzte, die Hände waren ihr eingeschlafen, und sie musste erst eine Weile nachdenken, bevor sie sie finden konnte. Sie waren unter ihrem Rücken. Hatte sie so geschlafen? Und warum hier in diesem finsteren, schimmligen Keller? Sie wollte die Hände hervorziehen, um sie auszuschütteln, damit wieder Leben und Gefühl in die Finger kamen. Es gelang ihr nicht. Sie musste wohl erst ihr Gewicht von den Armen nehmen. Sie rollte sich auf die Seite und stieß einen kleinen Fluch aus, brachte aber die Lippen nicht auseinander. Stattdessen blähten sich ihre Backen auf. Irgendetwas war auf ihrem Mund. Es musste Klebeband sein. Als sie es sich vom Gesicht reißen wollte, wurde ihr bewusst, warum sie die Hände nicht hinter ihrem Rücken hervorholen konnte. Sie waren nicht nur taub. Sie waren gefesselt. Die Marimba spielte wieder. Durch den Schleier vor ihren Augen sah sie in der Dunkelheit ihren Rucksack auf einem alten Stuhl mit Farbresten an der Lehne. Die Töne kamen aus dem Rucksack. Es war ihr Handy. Jemand rief sie an. Sie wollte sich aufsetzen. Als sie es versuchte, riss sie ein dicker Hanfstrick am Hals zurück. Erneut die Marimba. Wo war sie? Was war das für ein Keller? Und wer hatte sie gefesselt? Adrenalin schoss durch ihre Adern und wischte den Schleier von den Augen. Sie war jetzt hellwach, ihr Herz schlug bis zum Hals. Der Kommissar hatte recht behalten. Sie war in eine tödliche Falle getappt.

Wallner legte auf, nachdem er Jennifer Loibl auf die Box gesprochen hatte. Er verabschiedete sich von den Kollegen und fuhr zurück zum Bäcker. Die Schlange war etwas kürzer geworden, aber lang genug, um ein paar Telefonate zu führen. Dass Jennifer Loibl nicht erreichbar war, behagte Wallner nicht.

Auf der Neurologie meldete sich eine Schwester Birga.

»Ich weiß, dass Frau Loibl heute frei hat«, sagte Wallner. »Aber vielleicht wissen Sie ja trotzdem, wo ich sie erreichen kann.«

»Ich geb Ihnen mal die Schwester Sarah. Die kennt die Jennifer besser. Warten S' kurz.«

Nachdem Schwester Birga und Schwester Sarah eine Weile neben dem Telefon diskutiert hatten, meldete sich Schwester Sarah. »Hier spricht Schwester Sarah. Worum geht es denn?«

»Wallner, Kripo Miesbach. Wir suchen die Frau Loibl.«

»Ich weiß ja net, ob ich Ihnen Auskunft geben darf. Bin ich dazu verpflichtet?«

»Nein, sind Sie nicht. Aber Frau Loibl wird Ihnen sicher dankbar sein. Sie ist möglicherweise in Lebensgefahr, und wir können sie nicht erreichen.«

»Des is jetzt kein Trick, dass ich Ihnen was sag, oder?«

»Nein.«

»G'wiss net?«

Wallner brannte die Sonne auf den Kopf, es roch aus der Bäckerei nach frischem Brot, und er hatte Hunger. »Schwester Sarah – es ist wirklich ernst. Stellen Sie sich vor, Sie erfahren morgen, dass Frau Loibl tot ist, und müssen sich sagen, dass Sie es hätten verhindern können. Keine schöne Vorstellung. So was hängt einem das ganze Leben nach.«

»Na gut, wenn's so ernst ist: Sie hat mir gesagt – aber das dürfen Sie nicht offiziell verwenden …«

»Ich werde schonenden Gebrauch davon machen. Was hat sie Ihnen gesagt?«
»Sie hat eine Einladung bekommen, vom Dr. Weber. Der ist hier Oberarzt auf der Station. Er hat eine Hütte am Spitzingsee. Dahin hat er sie eingeladen.«
»Haben Sie mal die Nummer von Dr. Weber?«

Wallner erreichte René Weber auf der Dachterrasse seiner Wohnung in München-Gern, wo er den warmen Feiertag mit seiner Schwester und deren neugeborenem Kind genoss.
»Jemand sagte mir, Jennifer Loibl wäre bei Ihnen.«
»Nein, die habe ich das letzte Mal am Freitag im Krankenhaus gesehen.«
»Sie haben sie also nicht auf eine Hütte am Spitzingsee eingeladen?«
»Eine Hütte am Spitzingsee?«
»Sie haben keine Hütte am Spitzingsee?«
»Nein. Ich bin nur am Spitzingsee, wenn dort irgendwelche Fachkongresse oder Seminare stattfinden.«
»Ich vermute, Jennifer Loibl hat sich auch nicht bei Ihnen gemeldet.«
»Nein. Allerdings habe ich Probleme mit dem Handy.«
»Inwiefern?«
»Ich kann zwar anrufen. Aber ich bekomme keine Anrufe. Wir haben es ausprobiert. Wenn man mich anruft, läutet es nicht. Aber meine Mailbox geht dran. Ich hab beim Provider angerufen. Aber die sagen, es wär alles in Ordnung.«
»Haben Sie Ihre Box mal abgehört?«
»Stimmt. Das könnte ich machen. Bleiben Sie kurz dran.«

Nach einer halben Minute meldete sich René Weber wieder.

»Die Sache wird immer merkwürdiger. Da meldet sich die Box einer anderen Telefonnummer. Das gibt's doch nicht!«

»Das kann eigentlich nur eins bedeuten ...«

»Was denn?«

»Nehmen Sie doch mal die SIM-Karte aus Ihrem Handy.«

Kurz darauf sagte der irritierte Oberarzt: »Die Karte ist von einem anderen Provider. Ich versteh das nicht.«

»Jemand hat Ihre Karte gestohlen und sie durch eine andere ersetzt. Lassen Sie Ihr Handy manchmal unbeaufsichtigt?«

»Im Krankenhaus ist es im Arztzimmer. Wenn ich bei den Patienten bin, kann ich eh nicht telefonieren. Sagen Sie: Was soll das? Wer hat mir meine SIM-Karte geklaut?«

»Das«, sagte Wallner, »würde ich auch gerne wissen.«

Kapitel 53

Der Duft frischer Semmeln verbreitete sich im Wagen, während Wallner Mike anrief und von der vertauschten SIM-Karte in Dr. Webers Handy berichtete.
»Warum macht man so was? Kann der Kerl seine Stimme so verstellen, dass sie denkt, es wär der fesche Arzt?«
»Vielleicht hat er ihr eine SMS geschrieben.«
»Könnt sein. Was machen wir? Orten?«
»Ja. Schau, dass du möglichst schnell einen Beschluss bekommst.« Wallner gab Webers Handynummer durch.
»Ich setz Oliver drauf an. Kann natürlich dauern am Ostersonntag«, sagte Mike. »Aber wenn wir Glück haben, hat er ein GPS-Handy.«
»Ich glaube, das ist ein Denkfehler«, sagte Wallner. »GPS ist doch ans Gerät gebunden, oder? Wir können aber nur die SIM-Karte orten. Wir wissen ja nicht, in welchem Handy die steckt. Und wir sollten versuchen, das Handy von Jennifer Loibl zu orten. Soweit ich gesehen habe, ist das so ein Teil mit GPS. Die Nummer hast du ja.«
»Na, bis wir da einen Beschluss kriegen ...«
»Gibt es niemanden, der das ohne Beschluss hinbekommt?«
»Wie bitte? So ein Vorschlag von dir?!«
»Ich bin im Urlaub und denke nur laut.«
»Meinst du, sie ist tatsächlich hier im Landkreis?«

»Denk schon. Checkt ihr mal sämtliche privaten Hütten am Spitzingsee? Wem die gehören und so?«
»Da müsste jemand ins Grundbuchamt einbrechen.«
»Irgendeinen Grundbuchmenschen wirst du schon auftreiben. Schau in die Telefonliste vom Amtsgericht. Da stehen auch Privatnummern drin.«
»Okay. Und dann werde ich zu den Millruths rausfahren. Ich hab die Faxen dicke. Die sollen endlich mit der Wahrheit rüberkommen, bevor noch jemand stirbt.«
»Mach das. Ich komm vielleicht nach.«
»Nein. Wirst du nicht. Du kümmerst dich um Manfred.«
»Ja, schon gut.«
»Was ist eigentlich mit Vera?«
»Erzähl ich dir ein andermal.«
»Habt ihr Stress?«
»Ist ziemlich kompliziert. Später, in Ordnung?«

Die Haustür war abgeschlossen. Alle Türen und Fenster zu, die Stühle auf der Terrasse noch zusammengeklappt. Keine Spur von Leben im Haus. Wallner rief nach seinem Großvater. Stille. Wallner stand in der Küche, die Bäckertüte in der Hand. Warum war Manfred nicht da? Schließlich fand Wallner den Zettel auf dem Küchentisch. Dort stand in zittrigen Buchstaben:

BIN ANDERWEITIG FRÜHSTÜCKEN, ABENDS WIEDER DA, M.

Was sollte das? Er hatte sich extra die Zeit freigeschaufelt, um mit seinem Großvater zu frühstücken, und der verschwand einfach. Gut, Wallner war zwischendurch kurz im Büro gewesen. Über eine Stunde, wie er nach einem Blick auf die Küchenuhr feststellen musste. Trotzdem – das war doch keine Art. Und wo war Manfred hingegangen? Wallner musste nicht lange überlegen, bis ihm ein Verdacht kam.

Kreuthner hatte Dienst und befand sich angeblich in der Holzkirchner Innenstadt. Allerdings meinte Wallner, klirrende Bierkrüge und andere Biergartengeräusche im Hintergrund zu hören.
»Du warst doch schon mal bei dieser Jana Kienlechner. Wo wohnt die denn genau?«
»Was brauchst denn von ihr?«
»Nichts. Manfred ist möglicherweise zu ihr gefahren.«
»Das check ich sofort«, sagte Kreuthner. »Fünf Minuten, dann bin ich da.«
»Danke, aber du hast ja in Holzkirchen zu tun. Ist da eigentlich ein Biergarten am Marktplatz?«
»Ja, ja, viel los hier. Ich meld mich in fünf Minuten wieder.«

Eine Viertelstunde später standen Kreuthner, Wallner und Schartauer an der kleinen Landstraße. Die Stelle bot freie Sicht auf das Anwesen mit den Tonkugeln und den tibetischen Gebetsfahnen im Garten.
»Da, am Biertisch. Mit dem Kind auf dem Schoß«, sagte Kreuthner und reichte Wallner das Fernglas. Wallner überzeugte sich selbst davon, dass sein Großvater inmitten einer Schar junger Leute an einem Biertisch saß, den man im Garten aufgestellt hatte. »Den musst du da rausholen. Sonst fangt er noch 's Koksen an. Des is doch keine Gesellschaft für an alten Mann.«
»Das sieht er, glaub ich, anders. Ich schau da mal hin. Vielen Dank erst mal.«

Kapitel 54

Als Wallner auf dem Hof vorfuhr und aus dem Wagen stieg, kam ihm Jana Kienlechner entgegen. Etwas feindselig fragte sie, ob sie ihm helfen könne.
»Ich denke schon. Mein Name ist Wallner. Ich suche meinen Großvater.«
Die Miene der jungen Frau veränderte sich auf eine Art, die nichts Gutes verhieß. »Tatsächlich?«
»Ja, ich habe Anlass zu der Vermutung, dass er bei Ihnen ist.«
»Hat er gesagt, Sie sollen herkommen?«
»Nein. Hat er nicht. Es ist nur so, dass wir eigentlich zum Frühstück verabredet waren.«
»Offenbar hat es Ihr Großvater vorgezogen, nicht mit Ihnen zu frühstücken. Was ich im Übrigen gut verstehen kann.«
»Können Sie das?«
Jana Kienlechner streckte ihren Kopf nach vorn, was aggressiv wirkte und wohl auch so gemeint war. »Ich an seiner Stelle würde auch nicht bei jemandem bleiben, der mich tagelang alleine und ohne Essen zurücklässt, obwohl ich alt und gebrechlich bin und mich nicht selbst versorgen kann.«
Manfred kam um die Ecke. Sein Schritt wurde erstaunlich behende, als er Jana und seinen Enkel beisammenstehen sah. »Servus, Clemens, was machst denn du da?«, fragte er mit aufgesetzter Unbekümmertheit.
»Ich unterhalte mich mit Frau Kienlechner. Sie erzählt mir gerade interessante Dinge. Nämlich, dass

man dich tagelang ohne Essen allein lässt. Und dass du nicht mehr in der Lage bist einzukaufen.«
»Ohne Geld wäre das sowieso ziemlich schwierig«, mischte sich Jana Kienlechner ein, und ihre Stimme zerteilte die samtene Frühlingsluft wie ein Samuraischwert. »Ihr Großvater muss zur Tafel gehen, um etwas zu essen zu bekommen. Ich an Ihrer Stelle würde mich zu Tode schämen.«
Wallners Mund stand offen, die Augenbrauen waren hochgezogen. Manfred lachte das Lachen des frohgemuten, alles verzeihenden Greises und legte seine Hand großväterlich auf Jana Kienlechners Unterarm. »Jetzt übertreibst a bissl. So schlimm is er gar net.«
»Nein, nein. Jetzt nimm ihn nicht in Schutz, Manfred. Damit rechnet er doch. Dass er davonkommt. Weil du dich nicht wehrst. Mit alten Menschen kann man's ja machen. Die verzeihen alles. Nur weil man mit ihnen verwandt ist.«
Manfred versuchte mit heftigem Klopfen auf Jana Kienlechners Unterarm, ihren Redefluss zu unterbrechen. Aber die Frau war in Fahrt. Wallner verschränkte die Arme vor seiner Brust. Ihm kam in den Sinn, wie abwehrend diese Haltung wirken musste, sagte sich dann aber, dass verschränkte Arme genau das ausdrückten, was er im Augenblick fühlte, und blieb, wie er war.
»Ich nehme jede Schuld auf mich. Allerdings wüsste ich gern, wie die Anklage genau lautet.«
»Manfred, lass dich nicht einschüchtern. Er kann dir hier nichts tun.«
Manfred setzte an, etwas Beschwichtigendes zu sagen. Doch Wallner kam ihm zuvor. »Wie lange habe ich dich alleine zu Hause gelassen?«

»Sechs Tage. Nach zwei Tagen war nichts mehr zu essen im Kühlschrank. Und nachdem sich Ihr Großvater von Leitungswasser und Sägemehl ernähren musste, hat er seinen Stolz niedergerungen und ist zur Tafel gegangen, um endlich wieder etwas in den Magen zu bekommen.«

»Sechs Tage!«, sagte Wallner und zog die verschränkten Arme noch ein wenig höher. »Wie die Zeit vergeht. Kam mir gar nicht so lange vor.«

»Oh, jetzt werden wir auch noch ironisch. Sie lassen wirklich nichts aus, um Ihrem Großvater zu zeigen, dass Sie ihn nicht ernst nehmen. *Ich* nehme ihn ernst.«

»Das finde ich sehr verdienstvoll. Aber vielleicht fehlt Ihnen auch ein bisschen Hintergrundwissen. Bis jetzt kennen Sie die Geschichte ja nur aus einer Perspektive.«

»Wenn davon nur zehn Prozent wahr sind, wär's schlimm genug.«

»Langsam machen Sie mich neugierig. Aber vielleicht sollten wir uns erst mal zu zweit unterhalten?« Wallner sah zu Manfred, der peinlich berührt lachte.

»Jetzt tun mir uns amal alle wieder beruhigen.« Manfred nahm erneut Jana Kienlechners Arm. »Vielleicht hab ich mich hier und da a bissl unklar ausgedrückt. So dass möglicherweise so a Eindruck entstanden ist, wie wenn mein Enkel sich net um mich kümmern tät.«

»Der Eindruck ist allerdings entstanden. Und du musst nichts von alledem zurücknehmen. Nur weil er jetzt vor dir steht und dich unter Druck setzt.«

»Nein, nein. Ich nehm ja nix zurück. Es ist ja nur ... also ob des jetzt sechs Tage waren oder wie lang auch immer. Ich glaub net, dass ich sechs gesagt hab. Aber vielleicht hab ich das auch versehentlich ... ich weiß es nimmer.«

»Und wenn's zwei Tage waren, wär's genauso gemein.«

»Vielleicht war's auch kürzer. Aber ist ja egal. Ich sollt jetzt mal mit ihm allein reden. Bin gleich wieder bei euch.«

Jana Kienlechner gab ein knurrendes Geräusch von sich und sah böse zu Wallner. Im Weggehen flüsterte sie Manfred zu: »Lass dich nicht unterbuttern. Wenn du Hilfe brauchst – ich bin nur ein paar Meter weg.«

Manfred nickte großväterlich und wartete, bis sie außer Hörweite war. Dann sahen sich die beiden Männer ins Gesicht, schnitten ratlose Grimassen und schwiegen. Wallner setzte sich schließlich auf eine verwitterte Bank an der holzverschalten Scheunenwand. Manfred setzte sich neben ihn. Eine Weile wurde nicht gesprochen, da jeder der beiden seine ersten Worte sorgfältig abwog, um nicht allzu viel Schaden anzurichten.

»Zu Hause sind sechs Semmeln«, sagte Wallner endlich.

»Die wo übrig bleiben, kannst ja einfrieren. Die schmecken wunderbar, wenn man s' aufbackt.«

»Natürlich.« Pause. »Ich habe auch zwei Bienenstiche gekauft.«

»Das ist schlecht mit der Sahne. Ich mein zum Aufheben.«

»Ich glaub, die muss man am nächsten Tag wegtun. Aber vielleicht ess ich auch beide. Mal sehen.«

Nachdem die Aufbewahrung nicht gegessener Le-

bensmittel besprochen war, tat sich erneut ein Loch auf im Gespräch.
»Macht einen netten Eindruck hier«, nahm Wallner den Faden wieder auf.
»Ja. Sehr nette Leute.« Manfred hatte einen trockenen Zweig aufgelesen und stocherte damit im Staub herum.
»Was hast du denen erzählt?«
Manfred malte akribisch eine Acht in den Staub.
»Mei – ich hab mich a bissl interessant gemacht. Bei die jungen Mädel kommt das an, wenn s' was Gutes tun können. An alten, einsamen Mann retten zum Beispiel.«
»Scheint zu funktionieren.«
»Du, ich bin net der Dings ... der Brad Pitt oder so. Ich muss mir was anderes einfallen lassen.«
Wallner schwieg.
»Es tut mir leid. Ich hab doch net ahnen können, dass ihr euch so bald begegnet. Ich stell das auch richtig. Ich geh gleich hin, und dann mach ich euch bekannt und sag, dass des a Schmarrn war, was ich erzählt hab.«
Wallner schaute, als sei er nicht ganz einverstanden.
»Was is? Schaust so, wie wenn's dir net passen tät.«
»Lass mal. Du musst ja mit den Leuten klarkommen, nicht ich. Ist mir eigentlich egal, was die von mir denken.«
»Aber mir vielleicht net.«
»Vor einer Stunde war's dir noch egal.«
»Aber jetzt hat sie dich kennengelernt. Vorher warst ja nur a Gespenst. Da is es wurscht, verstehst?«
»Ich glaube, ja. Aber lass es trotzdem erst mal sein.«
Erneutes Schweigen. Wallner lag etwas anderes auf dem Herzen.

»Ich weiß nicht, wie ich es sagen soll«, begann er. »Ostern war für dich immer ganz wichtig. Aber du ... na ja, du willst es lieber mit den Leuten hier verbringen als mit mir.«
»Das geht net gegen dich. Aber du hast doch im Moment eh keine Zeit. Ich find's nett von dir, dass du sagst, mir frühstücken zusammen. Aber nach zwei Stund musst doch eh wieder weg. Wegen dem Mord. Oder wegen der Vera.«
»Hast recht. Ich bin ... wenig da in letzter Zeit. Ich hab auch irgendwo ein schlechtes Gewissen gehabt wegen Ostern. Deswegen hab ich mir ja gedacht, es wär netter für dich, wenn du es mit deinem Bruder und seiner Familie verbringst.«
»Du hättst mich aber auch mal fragen können, was ich netter find.«
»Warum mach ich das eigentlich nicht?«
»Weil du meinst, du musst immer alles allein entscheiden. Du bist immer für alles zuständig. Ich kann aber ganz gut auf mich selber aufpassen. Bis Pflegestufe drei is noch a bissl hin.«
Wallner sah seinen Großvater von der Seite an. »Bestimme ich über dein Leben, ohne dich zu fragen?«
Manfred legte seinen knochigen Arm auf Wallners Schulter. »Du bist kein schlechter Kerl. Eigentlich sogar a ganz guter Kerl.«
»Danke.«
»Ich möchte auch gar keinen anderen Enkel.«
»Kriegst du auch nicht.«
»Nur – manchmal meinst es zu gut, verstehst? Mach dich a bissl locker. Ich komm schon zurecht. Und wennst mal wenig Zeit hast – sag's.« Er stieß Wallner

den Ellbogen in die Seite. »Des fehlt noch, dass mir's Zicken anfangen wie die Weiber. Oder?«

»Nein, das machen wir nicht.« Wallner gab Manfred ebenfalls einen Rempler, bedachte aber nicht, dass Manfred leicht war wie Papier und am äußersten Ende der maroden Bank saß. Der alte Mann verlor das Gleichgewicht und war plötzlich verschwunden. Wallner sprang auf, um seinem Großvater auf die Beine zu helfen.

»Entschuldige. Das war ein bissl fest.«

»Geht schon«, hüstelte Manfred.

»Was machen Sie da?«, ertönte Jana Kienlechners stählerne Stimme.

»Nix. Mir ham uns unterhalten, und da hab ich's Gleichgewicht verloren«, beeilte sich Manfred, sie zu beschwichtigen.

»Wie war die Unterhaltung?«

»Mein Großvater hat mir den Kopf gewaschen«, sagte Wallner.

Jana Kienlechner hielt Manfred einen anerkennenden, nach oben gereckten Daumen entgegen.

»Soll ich dich heute abend abholen?« Wallner klopfte Manfred den Staub von der Jacke. »Ich muss tatsächlich noch was Dienstliches machen.«

»Ich fahr Ihren Großvater schon nach Hause«, sagte Jana Kienlechner.

Sie verabschiedeten sich, und Manfred kehrte zu seiner alternativen Osterfeier zurück, Wallner zu seinem Wagen. Doch in dem Moment, da sich Wallner umdrehte, sah er etwas im Augenwinkel. Er glaubte einen Augenblick, sich zu täuschen. Aber dann durchzuckte ihn eine Erkenntnis.

Kapitel 55

Jana Kienlechners Blick hätte Wallner unter anderen Umständen auf dem Absatz kehrtmachen lassen. Aber es ging möglicherweise um Leben und Tod.
»Haben Sie etwas vergessen?«, fragte Jana Kienlechner.
»Sagen Sie, gehört das dem Kleinen?« Wallner deutete auf ein Kind, das ein pinkfarbenes Plüschlamm umklammerte.
In Jana Kienlechners Gesicht blinkte kurz Irritation auf. »Das ist eine sehr merkwürdige Frage.«
»Ich weiß.«
»Wurde das Tier als gestohlen gemeldet?«
»Nein.« Wallner lachte bemüht. »Es ist nur so – ich glaube, ich habe das Lamm vor kurzem woanders gesehen. Kennen Sie eine Krankenschwester namens Jennifer Loibl?«
Jana Kienlechner erstarrte.
»Kann das sein, dass Sie es von ihr haben?«
»Klären Sie mich mal auf, um was es eigentlich geht.«
»Ich fürchte, da müssen Sie mich aufklären. Ich kann Ihnen nur so viel sagen: Ich habe dieses Plüschtier gestern bei Frau Loibl in der Wohnung gesehen. Ich war bei ihr, weil sie wahrscheinlich eine wichtige Zeugin in einem Mordfall ist. Aber aus irgendwelchen Gründen will sie nicht mit der Polizei reden.«
»Bist immer noch da?« Manfred kam mit einem Kuchenteller aus dem Haus.

»Bin gleich verschwunden. Ich muss nur kurz was fragen.«

Manfred setzte sich an einen der Biertische und machte sich über seinen Kuchen her, behielt Wallner aber im Auge.

»Wo war ich?«, wandte sich Wallner wieder an Jana Kienlechner.

»Sie will nicht mit der Polizei reden.«

»Ah ja. Jedenfalls habe ich das rosa Lamm gesehen und mir nichts dabei gedacht. Jetzt ist es mir wieder eingefallen. Sie selbst haben meinem Kollegen Hanke vor kurzem davon erzählt. Es ist das Plüschtier, das Sofia Popescu aus Rumänien mitgebracht hat.«

»Richtig. Hat sich da eigentlich was ergeben?«

»Mit Sofia Popescu?«

»Ja.«

Wallner sah Jana Kienlechner unschlüssig an. Sie wusste es noch nicht. »Es tut mir leid, Ihnen das sagen zu müssen. Sofia Popescu ist nicht in Rumänien angekommen.«

»Ist ihr was passiert?«

»Sie ist tot.«

Die junge Frau verlor das erste Mal, seit Wallner ihr begegnet war, die Fassung. Die Gesichtszüge entglitten ihr, der Mund stand offen. »Was heißt tot? Wie ist sie ...?«

»Sie wurde ermordet. Man hat sie gestern am Seehamer See gefunden.«

Jana Kienlechner atmete tief in den Bauch, schluckte, wusste nicht, wo sie ihre Hände lassen sollte, steckte sie schließlich mit hochgezogenen Schultern in ihre Jeanstaschen und sagte: »Gehen wir rein.«

In der Küche roch es nach alten Zwiebeln und Holz. Das kleine Fenster ließ wenig Licht herein. Jana Kienlechner klammerte sich an ihre Teetasse.

»Hanna Lohwerk hat Sofia und Jennifer zusammengebracht. Jennifer Loibl hatte an Weihnachten irgendetwas mitbekommen, als Leni erschossen wurde. Ganz hab ich das nicht verstanden. Aber es hatte etwas damit zu tun, dass die Tochter der Millruths als Kind missbraucht worden war. Und Jennifer wusste auch, dass dieses Plüschlamm in Rumänien war und dass es irgendetwas beweist. Aber was es war, wusste sie wohl nicht so genau.«

»Was hatten die drei vor?«

»Hanna Lohwerk hat gesagt, man müsste den ins Gefängnis bringen, der Leni das damals angetan hatte. *Ich* glaube ja, die wollte Geld von den Millruths.«

»Wie haben Sie Jennifer Loibl kennengelernt?«

»Sie ist mal aus München gekommen, um Hanna Lohwerk zu besuchen, und hat Sofia bei uns abgeholt. Dann sind die beiden nach Hausham gefahren.«

»Wieso ist das Lamm jetzt wieder hier?«

»Sofia hat es Hanna Lohwerk gegeben. Die hatte Angst, dass es wegkommt, und hat es Jennifer gegeben. Sie dachte, in München ist es sicher. Jennifer ist heute an den Spitzingsee gefahren, um jemanden zu besuchen. Sie wollte das Lamm nicht mitnehmen. Und sie wollte es auch nicht bei sich in der Wohnung lassen. Ich glaube, sie hat Angst vor jemandem.«

»Das Problem ist, dass wir sie nicht erreichen können. Der Bekannte, der sie angeblich in seine Hütte an den Spitzingsee eingeladen hat, weiß davon nichts. Er hat gar keine Hütte.«

»Wie gibt's das denn?«

»Wir vermuten, dass mit den SIM-Karten fürs Handy getrickst wurde. Das Ganze ist jedenfalls sehr beunruhigend. Um ehrlich zu sein: Wir fürchten, dass Jennifer Loibl die Nächste auf der Liste des Mörders ist.«
Wallner konnte an Jana Kienlechners Halsadern erkennen, wie heftig ihr Herz schlug.
»Und jetzt?«
»Ich brauch dieses Plüschtier. Wir müssen es untersuchen.«

Das Kind hieß Julian, war vier Jahre alt, hatte das Lamm auf den Namen »Osterhasi« getauft und war seit einer Stunde nicht von dem Tier zu trennen. Wallner beschloss, die Verhandlungen anderen zu überlassen. Zuerst versuchte Jana Kienlechner ihr Glück, sprach freundlich auf den Jungen ein und fragte, ob Julian ihr das Lamm nicht geben wolle. Der Knabe schüttelte den Kopf. Die Mutter des Kindes wurde zu Rate gezogen.
»Schau mal, Julian«, sagte die. »Das haben wir doch ausgemacht, dass das nicht dein Lämmle ist. Die Mammi hat gesagt, dass du mit dem Lämmle spielen darfst. Aber du darfst es nicht mitnehmen. Das haben wir doch gesagt, oder?«
Julian versuchte vergeblich, sich an eine derartige Abmachung zu erinnern.
Wallner ging in die Küche und suchte nach Werkzeugen, mit denen man Plüschtiere sezieren konnte. Nach einer Weile hörte er von draußen einen hohen, langgezogenen Ton. Jana Kienlechner kam in die Küche und hatte das Plüschlamm in der Hand.
Sie legte das Tier vor Wallner auf den Küchentisch.
»Ich hoffe, das war es wert.«

Wallner betrachtete das Lamm. Nichts Auffälliges war daran zu erkennen. Das linke Ohr war eingerissen, eines der Knopfaugen hing ein wenig aus dem Kopf heraus. Das Fell war abgenutzt. Das Tier war seinem kindlichen Besitzer überallhin gefolgt. Doch was sollte es über die Geschehnisse vor zwölf Jahren aussagen?
Wallner nahm ein scharfes Messer aus dem Messerblock. Am Rücken des Lamms befand sich eine Naht, deren Faden nicht zur Farbe des Fells passte. Offenkundig hatte jemand die Naht einmal aufgetrennt und wieder zugenäht.
»Sie haben schon nachgesehen, ob was drin ist«, erklärte Jana Kienlechner.
»Und?«
»Da war nichts drin. Sie wollten das Teil aber nicht ganz kaputt machen.«
»Wir sollten das Ding röntgen lassen. Vielleicht ist ja doch irgendwas drin.«
Wallner musterte die restlichen Nähte. Sie waren in der Farbe des Fells, also anscheinend im Originalzustand. Schließlich drückte er gegen den Hinterkopf des Tieres. Das Lamm nickte, und dabei stellte sich heraus, dass auch der Kopf mit einer nachträglich erneuerten Naht am Körper befestigt war, die mit unregelmäßigen, fast unbeholfenen Stichen ausgeführt worden war. Wallner setzte das Messer an dem Faden an und durchtrennte ihn, so dass er ihn zur Gänze herausziehen konnte. Dem Lamm fiel der Kopf ab. Darin befand sich Holzwolle und ein Hohlraum, in dessen Öffnung Wallner zwei Finger stecken konnte. Nach einigem Tasten stieß er auf etwas. Es war aus Papier oder Pappe, auf der einen Seite rauh, auf der

anderen glatt. Vermutlich ein Foto. Es war gebogen, aber zu groß, als dass Wallner es mit zwei Fingern durch die Öffnung hätte ziehen können. Anscheinend war das Foto ursprünglich zusammengerollt durch die Öffnung in den Kopf geschoben worden, wo es sich dann wieder aufgerollt hatte. Jana Kienlechner bot Wallner eine Pinzette, eine Häkelnadel und eine Spaghettizange an. Keines der Instrumente brachte ihn weiter. Das Foto blieb im Kopf.
»Ich fürchte, uns bleibt nur eine Möglichkeit«, sagte Wallner mit besorgter Miene.
»Nämlich?«
»Geflügelschere.«
Jana Kienlechner nickte stumm und griff in die Schublade unter der Arbeitsfläche. Wallner überlegte, wie er vorgehen wollte, stach schließlich mit einer der beiden Scherenzangen in den Hinterkopf und trennte den Schädel dann mit kräftigen Schnitten von hinten nach vorn bis zur Stirn auf, in der Hoffnung, das Foto dabei nicht zu zerschneiden. Am Ende der Prozedur lag der Kopf aufgeklappt vor Wallner auf dem Küchentisch.
In diesem Moment kam von hinten ein Aufschrei, der Wallner das Blut in den Adern gefrieren ließ. Das Kind Julian stand in der Küchentür. Nacktes Entsetzen in den Augen starrte es auf Wallner – die Geflügelschere in der Hand und vor sich das zerteilte Lamm. Fast im selben Moment war die Mutter zur Stelle, sah, was Julian sah, hielt dem Kind die Augen zu und zog es weg.
»Das tut mir leid«, sagte Wallner. »Ich hoffe, es hinterlässt keine bleibenden Schäden bei dem Kleinen.«

Mit spitzen Fingern holte er das Foto aus dem offenen Lammkopf. Als er es auseinanderrollte, blieb ihm die Sprache weg. Jana Kienlechner sah ihm über die Schulter und sagte leise: »Um Gottes willen! Wer ist das?«

Kapitel 56

Die Hände hinter ihrem Rücken blieben taub, egal, was sie mit ihnen anstellte. Die Fesseln schnürten zu stark in die Handgelenke. Die Angst lag wie ein Zentnergewicht auf Jennifers Brust und machte, dass sie ihren Herzschlag im Hals spürte. Am liebsten hätte sie hemmungslos geweint. Aber als Krankenschwester wusste sie, dass ihre Nasenschleimhäute anschwellen würden. Da sie ein Klebeband auf dem Mund hatte, bestand die Gefahr zu ersticken. Sie musste sich beherrschen. Solange sie die kalte, schimmlige Luft durch die Nase einatmen konnte, hatte sie eine Chance. Sie wusste nicht, was ihr Entführer plante, nur, dass es für ihn ein großes Risiko sein würde, sie am Leben zu lassen. Sie hatte ihn gesehen und wusste, was er getan hatte. Sie hörte ein Geräusch hinter der Kellertür.
Unmittelbar darauf wurde die Tür aufgezogen. Es war eine einfache Tür, zusammengenagelt aus Brettern, die Angeln knarzten, es gab keine Klinke. Anscheinend wurde die Tür nur von einem Vorhängeschloss gesichert. Die Kellerdecke war niedrig, er musste sich ducken. Ohne Licht zu machen, ging er zu ihr und setzte sich neben sie auf die Matratze. Seine Augen waren weder brutal noch gefühllos. Sie waren so, wie sie immer gewesen waren. Ein wenig nachdenklich, mit einem Anflug von Bedauern. Als er das Tape wegriss, brannte die Haut um ihren Mund.
»Schreien hat keinen Sinn. Es würde dich keiner

hören, und ich müsste dir ein neues Band draufkleben.«
»Was willst du von mir?«
»Ich denke, das weißt du.«
Sie überlegte, was sie sagen sollte. Vielleicht sollte sie versuchen, Zeit zu gewinnen. »Tut mir leid, ich komm nicht drauf. Ich bin etwas benebelt. Hast du mir was in den Kaffee getan?«
»Ich hätte dir auch was über den Kopf hauen können. Aber das lässt sich schwerer dosieren als eine Tablette. Es war der schonendste Weg.«
»Wenn du etwas von mir wissen willst – du hättest fragen können.«
»Ich will nichts von dir wissen, ich will etwas von dir haben. In deinem Auto habe ich es nicht gefunden. Kannst du dir jetzt denken, was es ist?«
Sie schüttelte den Kopf.
»Ich habe ein bisschen den Eindruck, du nimmst mich nicht ernst.«
»Doch, das tue ich. Du kannst alles von mir haben. Sag einfach, was du willst.«
»Ich will zuerst einmal sichergehen, dass ich nicht verarscht werde.«
»Ich verarsch dich nicht. Ehrlich.«
»Dann sag mir, was ich suche. Noch ein kleiner Tipp: Es war bis vor kurzem noch in deiner Wohnung. Als du zur Hütte gekommen bist, hast du es nicht dabeigehabt.«
»Kannst du mir die Fesseln wegmachen? Oder wenigstens lockerer? Die Hände sterben mir ab.«
»Warum tust du das?«, sagte er und stand auf. »Du bist nicht in der Position, Spiele zu spielen. Du willst Zeit gewinnen. Aber wozu? Glaubst du, Herr Dr. We-

ber kommt angeritten, um dich zu retten? Der hat nicht die geringste Ahnung, wo du bist. Und das gleiche gilt für alle anderen Menschen auf diesem Planeten.«
Für einen Moment war er in den dunkelsten Teil des Kellerraums abgetaucht. Geräusche verrieten, dass er etwas suchte. Es klang, als schiebe er metallene Dinge auf einem Tisch hin und her. Als er wieder auftauchte, hatte er eine Rolle silberfarbenes Tape in der Hand, von dem er ein etwa zwanzig Zentimeter langes Stück abriss. Die Rolle warf er in die Dunkelheit zurück, das abgerissene Stück klebte er Jennifer auf den Mund. Sie wehrte sich und redete auf ihn ein, es nicht zu tun. Schließlich fixierte er ihren Kopf zwischen seinen Knien. »Jennifer, ich will das Lamm. Hast du das verstanden?«
Sie nickte mit weit aufgerissenen Augen.
»Sagst du mir, wo es ist?«
Sie brachte erstickte Laute hervor, die ihn offenbar dazu veranlassen sollten, das Klebeband zu entfernen.
»Das war eine Frage, die du mit ja oder nein beantworten kannst. Es ist also nicht erforderlich, dass ich das Band wieder von deinem Mund wegmache. Noch einmal: Sagst du mir, wo das Vieh ist?«
Sie überlegte, ob sie nicken sollte. Was würde er mit ihr machen, wenn sie ihm nicht sagte, was er wissen wollte? Und wenn sie es ihm sagte, was würde er Jana antun?
»Du zwingst mich, gemein zu werden. Das bereitet mir kein Vergnügen. Aber es bereitet mir auch kein Problem. Wenn man mal die Grenze überschritten hat, verroht man schnell, weißt du? Ein Leben ist irgendwie nicht mehr so unantastbar. Es ist da, und im

nächsten Moment ist es nicht mehr da. Einfach weg. Das geht relativ leicht. Ich meine nicht physisch. Es ist oft Knochenarbeit. Ich rede von der psychischen Seite. Die sogenannte Hemmschwelle. Wenn man die mal überwunden hat, stellt man überrascht fest, dass sie eigentlich nie da war. Ich glaube, jeder ist in der Lage zu töten. Aber das ist nur eine persönliche Vermutung von mir. Entschuldige, wenn ich dich so vollquatsche. Ich habe nicht oft die Gelegenheit, mit jemandem darüber zu reden, wie du dir denken kannst.«
Er hielt inne und sah die Angst in ihren Augen.
»Ich hör jetzt auf damit. Am Ende fang ich noch an, mich zu rechtfertigen. Das wäre ja nachgerade ekelhaft.« Er legte seine Hand auf ihren Bauch, direkt unter dem Rippenbogen, und spürte unter dem Stoff des Tank-Tops ihr Herz pochen. »Also – wo ist Lenis Plüschlamm? Sagst du es mir?«
Sie nickte, und das Schwarz ihrer Pupillen füllte beinahe die Iris aus.
»Ich möchte nur keine Enttäuschung erleben, wenn wir dir das Band vom Mund ziehen. Irgend so einen Spruch wie ›Ich weiß nicht, wo es ist‹ oder ›Zu Hause in meiner Wohnung‹. Das hätte ich ganz ungern. Verstehst du das?«
Sie nickte heftig.
»Ich bin mir halt nicht sicher. Prophylaktisch sollte ich dir vor Augen halten, was passiert, wenn du mich enttäuschst.«
Ihr Herz schlug noch heftiger unter dem gerippten Stoff.
»Folgendes wird passieren«, sagte er und hielt ihr mit zwei Fingern die Nase zu.

Kapitel 57

Wallner kam kurz nach Mike bei der Villa an. Nur Katharina und Wolfgang Millruth waren im Haus. Katharinas Mann Dieter und die beiden Söhne Adrian und Henry waren in der Nähe des Spitzingsees unterwegs, um eine Bestandsaufnahme im Jagdrevier zu machen. Für die meisten jagdbaren Tiere war jetzt Schonzeit.
Katharina Millruth hatte auf der Terrasse einen Kaffeetisch gedeckt, auf dem auch eine große Auswahl an Ostersüßigkeiten ausgebreitet war. Mike hatte das Gespräch eröffnet und seinen Gastgebern erklärt, dass er jetzt die Wahrheit über die Ereignisse an Weihnachten erfahren müsse. Das Leben von Henry Millruths Ex-Freundin Jennifer Loibl sei in Gefahr. Wolfgang sah Katharina an, die verkrampft wirkte und anscheinend überlegte, wie sie auf die Situation reagieren sollte.
»Ich nehme an, Sie haben die Gerichtsakten gelesen. Oder waren in der Verhandlung«, sagte Wolfgang Millruth.
»Beides.«
»Dann wissen Sie ja, was Weihnachten passiert ist.«
»Nein, das weiß ich nicht. Ich weiß nur, dass Sie Ihre Nichte nicht erschossen haben.« Er wandte sich an Katharina Millruth. »Warum decken Sie den Mörder Ihres Kindes?«
Sie atmete kurz durch, um danach beherrscht zu antworten: »Ich finde Ihre Unterstellung reichlich unverfroren. Um nicht zu sagen beleidigend.«

»Soll ich Ihnen einen Tipp geben – so von Polizist zu Schauspielerin?« Katharina Millruth rührte angespannt in ihrem Kaffee, sah Mike dabei aber in die Augen. »So reagiert keine Mutter, der man zu Unrecht vorwirft, den Mörder ihres Kindes zu decken.« Katharina Millruth rührte noch eine Weile weiter in der Tasse. Wolfgang sah sie an, aber sie erwiderte seinen Blick nicht, sondern fixierte Mike. Schließlich sagte sie: »Sie gehen jetzt besser.«
Mike dachte nicht daran zu gehen. Er wusste, dass der Widerstand bröckelte. Wolfgang Millruth hätte geredet, durfte aber offenbar nicht. »Wieso glauben Sie, dass Jennifer Loibl in Gefahr ist?«, fragte er.
»Sie ist heute Morgen verschwunden und hatte Kontakt mit Hanna Lohwerk und Sofia Popescu, die beide ermordet wurden. Wir haben Grund zu der Annahme, dass sie jetzt auf der Liste des Mörders ganz oben steht.«
Wolfgang blickte zu seiner Schwägerin. Etwas Bittendes, Aufforderndes lag in diesem Blick.
»Mag sein, dass sich die Dame in Schwierigkeiten gebracht hat. Ich sehe allerdings nicht, wie wir da behilflich sein könnten.«
Es klingelte an der Haustür. Katharina Millruth war sichtlich verärgert, dass noch jemand am Feiertag störte. Es war Wallner. Er wurde ebenfalls, wenn auch mit wenig Begeisterung, auf die Terrasse zum Kaffee eingeladen.
»Ich nehme an, Sie kommen in der gleichen Sache wie Ihr Kollege«, sagte die Gastgeberin.
»Das ist richtig. Sind Sie schon weitergekommen?«
»Nein«, sagte Mike. »Herr Millruth und seine beiden Söhne sind im Wald. Und meine Gesprächspartner be-

harren darauf, dass sich an Weihnachten alles so abgespielt hat, wie es bei Gericht vorgetragen wurde.«
»Gut«, sagte Wallner. »Dann sage ich Ihnen mal, was wir vermuten.«
Er nahm einen Briefumschlag aus seiner Jacke und legte ihn vor sich auf den Tisch. Die Millruths schwiegen und warteten mit sichtbarer Anspannung, was Wallner zu sagen hatte.
»Wir vermuten, dass Weihnachten Dinge aus der Vergangenheit Ihrer Tochter zur Sprache gekommen sind. Ihre Tochter wurde missbraucht, als sie etwa acht Jahre alt war?«
»Wer behauptet so etwas?«, fragte Katharina Millruth. Wallner öffnete den Briefumschlag, entnahm ihm ein altes, welliges Polaroidfoto und reichte es seinen Gastgebern. »Wir haben dieses Foto in einem Plüschtier gefunden, das früher einmal Ihrer Tochter gehört hat. Sie hat es damals Sofia Popescu geschenkt, als die nach Rumänien zurückgekehrt ist. Ist das Leni?«
Katharina Millruth stockte der Atem, als sie das Foto sah. In ihrem Gesicht kämpfte Schrecken mit Ekel und Empörung. Wolfgang Millruth schien es nicht anders zu gehen. Sie legte das Foto mit dem Bild nach unten auf den Kaffeetisch und schloss die Augen. Jegliche Farbe war ihr aus dem Gesicht gewichen. Wolfgang nahm ihre Hand.
»Katja, wir können es nicht für alle Ewigkeit weglügen. Es wird uns einholen. Es ist ein Fluch.«
Mit einem Mal verwandelte sich das Gesicht der beherrschten Frau in eine Fratze des Hasses. Sie schlug mit der Faust auf den Tisch, dass die Tassen klirrten, und schrie mit überkippender Stimme: »Er hat sie auch noch fotografiert!!«

Nach diesem Aufschrei schlug sie die Hände vors Gesicht und weinte laut und hilflos und von Krämpfen geschüttelt, als sei in ihrem Inneren ein Staudamm geborsten. Ihr Schwager nahm sie in den Arm, wo sie einen Moment verweilte, um sich ihm dann wieder zu entziehen und ins Haus zu laufen. »Entschuldigen Sie uns einen Moment«, sagte Wolfgang Millruth und ging ihr nach.

Mike nahm das Foto, zögerte kurz und drehte es um. Es zeigte Leni Millruth im Alter von acht Jahren. Sie saß nackt auf einem Bett, die Beine gespreizt, und sah in die Kamera. Ihr Blick war verstört. Mike atmete durch und legte das Foto wieder mit der Bildseite nach unten auf den Tisch. Die beiden Männer sagten eine Weile nichts und hingen ihren Gedanken nach. Aus dem Haus drangen gedämpft Geräusche, die davon zeugten, dass Katharina Millruth die schlimmste Stunde ihres Leben durchmachte.

»Kommen die wieder?«, fragte Mike.

»Ich hoffe«, sagte Wallner und sah auf die Uhr. Es war kurz vor halb vier. Sie tranken ihren Kaffee aus. Auf die Süßigkeiten hatte keiner Appetit.

Nach zehn Minuten kamen die Millruths aus dem Haus. Katharinas Augen waren rot und verquollen. In diesem Zustand hatte sie außerhalb der Familie vermutlich noch niemand gesehen. Und Wallner bezweifelte, dass man sie innerhalb der Familie so kannte. Die Schauspielerin hatte kein Make-up mehr im Gesicht und war solchermaßen um zwanzig Jahre gealtert. Sie schluckte und putzte sich noch einmal die Nase. Dann setzte sie sich aufrecht auf ihren Stuhl, und eisige Entschlossenheit legte sich über ihr Gesicht. Wallner fragte sich, ob Schauspieler solche plötzlichen Wandlungen des Ausdrucks trainierten.

»Sie wollen wissen, was Weihnachten passiert ist?«
Wallner und Mike hielten eine Antwort für überflüssig.

»Meine Tochter hatte einiges getrunken. Vielleicht auch, um sich Mut anzutrinken. Jedenfalls kam es zu einem Streit mit – nun ja, im Grunde mit allen anderen Familienmitgliedern. Im Zuge dieses Streits sagte Leni viel Kompromittierendes über fast jeden von uns. Ich glaube, sie hat so gut wie alle beleidigt. Und zum Schluss offenbarte sie uns, dass sie sich in therapeutischer Behandlung befand. Wegen eines Borderline-Syndroms.«

Wallner hörte aufmerksam zu und machte Notizen, obwohl Katharina Millruth ihm in dieser Hinsicht nichts Neues erzählte. Aber er musste wissen, welche Informationen er von ihr hatte und welche von der Therapeutin. Nur erstere konnte er verwenden. »Borderline hat meistens eine Ursache in der Geschichte der Patientin, wenn ich das richtig im Kopf habe.«

»Ja, das war bei ihr so.« Sie wies auf das Foto. »Sie haben ja selbst gesehen, was man mit ihr als Kind gemacht hat.«

»Und wer hat das Foto gemacht?«

Katharina starrte lange auf die Rückseite des Polaroidfotos. »Mein Mann Dieter«, presste sie schließlich hervor.

»Entschuldigen Sie, wenn ich jetzt sehr in Ihre Intimsphäre eindringe. Warum sind Sie vorhin zusammengebrochen?«

»Sie haben das Foto doch gesehen«, sagte sie und näherte sich wieder der Tränenschwelle.

»Es ist furchtbar für eine Mutter, ihr Kind so zu sehen. Trotzdem – Sie wussten, dass es passiert war.«
»Nein!«, sagte Katharina Millruth, ihre Stimme klang bestimmt, nahezu aggressiv. »Ich wusste nicht, dass es passiert war!«

Kapitel 58

Im Feuerkorb war noch Glut gewesen. Dieter hatte, nachdem er an diesem Heiligen Abend aus dem Salon nach draußen gegangen war, um alleine zu sein, frische Scheite aufgelegt, an denen jetzt Flammen hochzüngelten. Er saß in einem Campingstuhl und starrte ins Feuer, als Katharina auf die Terrasse kam. Es war so kalt, dass sie beim ersten Atemzug husten musste. Die Kälte brannte auf der Haut, als sei jeder Lufthauch mit kleinen Rasierklingen bestückt.
Es war schwer, da hinauszugehen nach allem, was geschehen war. Was sollte sie sagen, wo sie doch selbst nicht wusste, was sie glauben sollte? Sie stellte sich neben Dieter. Der Rauch biss in den Augen, aber das Feuer wärmte ihr Gesicht. Sie suchte seinen Blick und fand ihn. Aus seinem Campingstuhl sah er zu ihr hoch. Der Blick war nicht beschämt, um Vergebung bittend. Er war wütend.
Sie wusste nicht recht, was sie sagen sollte. Deshalb sagte sie: »Und? Ist was dran?«
»Nein, Herrgott!«
»Ist ja gut. Aber du kannst hoffentlich verstehen, dass mich das beschäftigt.«
»Glaubst du wirklich, dass ich ein Kind berühren würde? Unsere eigene Tochter? Traust du mir das zu?«
»Nein. Das traue ich dir nicht zu. Aber eines Tages wacht man auf, und sie sagen einem, dass der eigene Mann ein Serienmörder ist. Oder mit Kinderpornos

handelt. Und du fällst aus allen Wolken. Ich habe vor so etwas immer Angst gehabt. Wie gut kennst du den anderen? Wie viel weißt du über seine dunklen Seiten?«

»Du glaubst es also doch?«

»Schwörst du mir bei allem, was dir heilig ist, dass du sie nicht angerührt hast?«

»Ich fasse es nicht.«

»Was? Dass deine Tochter diese Dinge über dich behauptet?«

»Dass ... dass ich mich gegen so etwas verteidigen muss. Ich bin kein Päderast. Warum sie das erzählt? Ich weiß es nicht. Wahrscheinlich glaubt sie es selber.«

»Schwörst du, dass du es nicht warst?«

»Wenn ich es getan hätte, wäre es mir doch scheißegal, ob ich beim Leben meiner Eier einen Meineid schwöre.«

»Du weichst mir aus. Ich weiß nicht, was ich davon halten soll.«

Dieter nahm einen Schürhaken, der neben ihm auf dem Terrassenboden lag, und stocherte in den brennenden Scheiten herum. »Wenn's dir was gibt – ja, ich schwöre. Such dir aus, auf was.«

»Beim Leben von Leni?«

Dieter zog eine Grimasse, die seine Fassungslosigkeit zum Ausdruck bringen sollte. »Was ist das denn für ein verdrehter Mist? Hat das irgendeinen Sinn? Von mir aus. Beim Leben meiner Tochter, die behauptet, ich habe sie missbraucht. Und dazu soll mich auch noch der Blitz treffen. Sofort und da, wo's weh tut.«

»Kannst du nicht ein Mal ernst bleiben? Nicht einmal in dieser Situation?«

»Ich bin ernst. Ernst, getroffen und enttäuscht. Nicht von Leni. Sie weiß nicht, was sie tut. Wahrscheinlich hat der Therapeut so lange auf sie eingeredet, bis sie auf diese Missbrauchsgeschichte gekommen ist. Ich weiß es nicht. Oder sie hat sich das selber zusammengereimt. Wie ich sie kenne, ist sie überzeugt, dass es passiert ist. Das ist schlimm genug für mich. Die entscheidende Frage aber ist doch: Was glaubst *du*? Was spürst du? Du kennst sie, und du kennst mich. Und du hast achtzehn Jahre mit uns beiden in diesem Haus gewohnt. Hast du irgendetwas bemerkt?«
»Nein. Natürlich nicht. Sonst hätte ich doch was getan.«
»Das weiß ich nicht.«
Katharina sah ihren Mann an, zögerte, steckte ihre Hände unter die Achseln. »Du glaubst, ich hätte das ignoriert?«
»Ich halte es für möglich. Nicht, wenn es offensichtlich gewesen wäre. Aber kleine Zweifel hättest du unter den Teppich gekehrt. Aus Angst, aus deinem Traumfamilientraum aufzuwachen.«
Katharina betrachtete schweigend das Feuer, das jetzt heftig loderte, und überlegte, ob Dieter recht hatte.
»Denk zurück. Selbst wenn du damals gar nichts bemerkt hast – es müsste doch irgendetwas geben, von dem du rückblickend sagst: Ja klar! Jetzt, wo ich es weiß, kann ich es deuten. Bin ich mit der Kleinen öfter alleine in den Stall gegangen? War sie verstört, nachdem sie mit mir zusammen war? Irgendetwas hätte dir doch mal auffallen müssen.«
Katharina atmete tief durch und versuchte, sich zu erinnern. Doch es kam lange nichts. Dann fiel es ihr mit einem Mal ein. »Sie wollte eine Zeitlang nicht,

dass ich sie bade. Sie wollte, dass ich das Bad verlasse, und ich durfte sie nicht sehen.«

»Wann soll das gewesen sein?«

»Ich glaube, da war sie acht Jahre alt.«

»Ist das nicht eine normale Phase, die jedes Kind mal hat?«

»Ja, kann sein. Du hast mich gefragt, ob mir rückblickend etwas aufgefallen ist. Das ist mir aufgefallen. Es bedeutet für sich allein gar nichts. Aber es ist mir aufgefallen.«

Dieter stand aus seinem Campingstuhl auf und humpelte in Richtung Terrassentür.

»Wo willst du hin?«

»Ich hol nur den Cognac.«

»Doch nicht mit deinem kaputten Fuß. Setz dich wieder.« Sie holte eine Flasche Cognac, die neben der Terrassentür auf einem Pflanzentisch stand, und reichte sie ihrem Mann, der sich wieder hingesetzt hatte. »Hast du ein Glas?«

»Brauch ich nicht.« Er zog den Korken von der Flasche und nahm einen ordentlichen Schluck. Dann hielt er die Flasche Katharina entgegen.

»Nein«, sagte sie, blickte aber unentschlossen auf die Flasche. »Oder gib her.« Auch sie nahm einen Schluck und sah in die Nacht hinaus. Im Tal unten leuchteten die Christbäume in den Gärten.

»Weißt du, warum ich diese ganze Farce hier all die Jahre mitgemacht habe? Dass wir heile Familie spielen und du meinen eigenen Bruder vögelst? Weißt du das?«

»Warum?«

»Weil ich dich trotzdem liebe.« Er sah sie aus dunklen Augen an, traurig und unergründlich die Augenhöhlen, die mit den Jahren tiefer geworden waren und in die das Licht des Feuer nicht fiel, wenn er sich ihr zuwandte. Nur auf den Schläfen und auf seiner gewaltigen Nase zitterte der rote Widerschein der Flammen.

»Warum liebst du mich – nach allem, was ich dir angetan habe?«

»Es gab immer diese gemeinsame Wellenlänge. Dieses blinde Verstehen. Wir mussten nie erklären, wie wir etwas meinten. Wir haben uns vielleicht angelogen, uns Dinge verheimlicht. Aber wir haben uns nie missverstanden. Das ist selten. Ich glaube, so einen Menschen findet man nur einmal im Leben. Die paar Jahre, habe ich gedacht, kann ich warten – bis Wolfgang keinen mehr hochkriegt und zu senil ist, um rauszukriegen, wo ich sein Viagra versteckt habe.«

Sie kniete sich neben ihn und nahm seine kalten Hände. Sie waren alt geworden. Aber ihre waren es auch. Sie hatte seine Hände verehrt, als sie noch neu an der Bühne war. Sie waren wohlgeformt und groß. Er konnte damit seine Worte effektvoll unterstreichen, aber auch vollkommen durch Gesten ersetzen. Doch, sie hatten immer verstanden, was der andere meinte und wie er es meinte. Das hatte sie bei keinem anderen Menschen erlebt. Auch nicht bei Wolfgang. Sie legte ihren Kopf an Dieters Brust und sah ins Feuer. Sie waren füreinander geschaffen. Warum gab es so viel, das sie auseinandertrieb?

»Glaubst du wirklich, dass ich unsere Tochter missbraucht habe?«, sagte er schließlich und strich ihr dabei übers Haar.

»Nein«, sagte sie, nachdem sie ein paar Augenblicke zu lange nachgedacht hatte.

»Du lügst.«
»Nein«, sagte sie. »Aber ... Herrgott – ich weiß nicht!« Als sie ihn ansah, glänzte es feucht in seinen dunklen Augenhöhlen.

Henry und Adrian tranken den teuren Bolgheri wie Wasser. Katharina hasste Dekadenz. Aber an einem Abend wie diesem gab es Wichtigeres. Adrian war wütend. Auf Leni. Auf ihren Auftritt und ihre Drohung, an die Öffentlichkeit zu gehen.
»Ich glaube ihr einfach nicht. Sie tut das, um sich wichtigzumachen. Na schön, wenn sie es hier in der Familie macht an einem Abend mit viel Alkohol – meinetwegen. Aber was machen wir, wenn sie mit ihren Phantasien an die Öffentlichkeit geht? Das wird unsere Familie nicht überleben.«
»Ich werde morgen noch mal vernünftig mit ihr reden«, sagte Wolfgang.
»Ja, versuch mal, vernünftig mit ihr zu reden. Das glaubst du doch selber nicht, dass die Vernunft annimmt. Wenn die sich was einbildet, dann zieht sie es durch.«
»Wir müssen sie jedenfalls davon abhalten, etwas öffentlich zu machen«, sagte Henry. »Selbst wenn sie ihr bei Gericht nicht glauben – Papas Ruf ist in jedem Fall ruiniert.«
Dieter humpelte heran und setzte sich neben Henry auf die Couch. Er legte eine Hand auf seine Schulter, wie er es bei Henry öfter tat. Bei Adrian nie. »Sie wird schon zur Vernunft kommen.«
»Glaubst du das?« Er sah seinen Vater an. »Ich glaub's nicht.«
Adrian war aufgestanden und ging unruhig im Zim-

mer umher. »Wir können doch nicht zulassen, dass eine Verrückte – tut mir leid, sie ist es nun mal –, dass sie unsere Familie zerstört.« Er ging kopfschüttelnd im Kreis und murmelte grimmig vor sich hin. Schließlich goss er sich eine halbe Flasche Rotwein ins Glas, nahm drei kräftige Schlucke, blickte, bühnenreif, mit ausgebreiteten Armen, in der einen Hand die Flasche, in der anderen das Glas, auf die Anwesenden und schrie: »Ich jedenfalls werde es nicht zulassen!«

Kapitel 59

Am nächsten Morgen standen Katharina und Wolfgang stumm vor der Leiche, über die Wolfgang eine Decke gebreitet hatte. Es war eisig im ehemaligen Pferdestall, ihr Atem kondensierte. An manchen Stellen sah gefrorenes Blut unter der Decke hervor. Seit Katharina ihre tote Tochter entdeckt hatte, war eine Viertelstunde vergangen. Nach dem ersten Zusammenbruch beim Anblick der Leiche hatte Katharina es unter Aufbietung all ihrer Kräfte geschafft, ihre Gedanken auf einen einzigen Punkt zu fokussieren: die Rettung der Familie.

»Was sollen wir machen?« Wolfgang wirkte hilflos und zitterte immer noch.

»Ich weiß es nicht. Wenn es einer aus der Familie war …«

»Ich kann das nicht glauben. Das bringt keiner von uns über sich.« Er starrte auf die gefrorenen Blutrinnsale.

Auch Katharina fröstelte und steckte die Hände in ihren Hosenbund.

»Wir haben alle zu viel getrunken gestern. Das macht mir Angst.«

Wolfgang blickte durchs Fenster zum Haupthaus hinüber. Es war so still da drüben. Schliefen wirklich alle?

»Ich fürchte, wir müssen das der Polizei überlassen. Sie werden rausfinden, wer es war.«

Katharina schüttelte heftig den Kopf.

»Was heißt das?« Wolfgang war irritiert.

»Wenn die Polizei ermittelt, werden sie den ganzen gestrigen Abend aufrollen. Dieses Mädchen, das Henry mitgebracht hat, sie hat nicht den geringsten Grund, etwas zu verschweigen. Sie werden die Missbrauchsgeschichte aufdecken und dass wir seit Jahren ein Verhältnis haben. Dann werden sie mich in den Medien in Stücke reißen, und die Paparazzi werden Jagd auf uns machen. Auf uns alle. Wie Adrian gesagt hat: Das wird die Familie nicht überleben.«

»Du machst mir Angst. Wie kannst du nur so ruhig sein?«

»Mir ist das Schlimmste passiert, was einer Mutter passieren kann. Aber ich muss stark bleiben. Sonst geht meine Familie vor die Hunde. Ich darf jetzt nicht die Nerven verlieren. Verstehst du das?«

»Was sollen wir tun?«

»Die Polizei darf nicht ermitteln.«

»Du willst doch nicht die …«, er zögerte, »… die Leiche verschwinden lassen?«

»Natürlich nicht. Es reicht, wenn der Täter sich stellt und der Polizei eine Geschichte erzählt, in der verschiedene Dinge nicht vorkommen. Und das müssen wir uns genau überlegen. Wie diese Geschichte aussehen sollte.«

»Du willst also, dass sich der Täter stellt.« Er nickte. Es war mehr Feststellung als Frage. »Und wenn es keiner zugeben will?«

»Das glaube ich nicht. Niemand kann mit dieser Schuld leben.«

»Zehn Jahre im Gefängnis sind eine lange Zeit. Oder wie viel bekommt man dafür?«

Sie schwieg, dachte nach und achtete darauf, dass ihr

Blick sich nicht an der Pferdedecke verfing. Sie ging zum Fenster und sah hinüber, wo sie alle noch schliefen und keine Ahnung hatten, was der Weihnachtstag ihnen bringen würde. Bis auf einen. Wolfgangs Stimme riss sie aus ihren Gedanken.
»Katharina ...«
Sie drehte sich um. Er wirkte verändert.
»Wenn sich keiner bekennt, hätte ich einen Vorschlag.« Hilflosigkeit und Unsicherheit waren aus seinem Gesicht gewichen. Er strahlte im Gegenteil Beherrschtheit und Ruhe aus. Die Ruhe eines Mannes, der entschieden hat, welchen Weg er gehen muss. »Ich verdanke dieser Familie viel. Vor allem dir und Dieter.«
»Du schuldest uns nichts.«
»Ich schulde euch mehr, als ich zurückzahlen kann. Lass mich etwas von meiner Schuld abtragen.«
»Nein. Das kann ich nicht annehmen.« Ihre Stimme war panisch.
»Im Gegenteil. Das kannst du nicht ablehnen. Denn was ich tun werde, werde ich für die Familie tun.«
»Auf keinen Fall! Du darfst nicht ins Gefängnis gehen. Was mach ich ohne dich?«
»Ich sage nicht, dass ich der Einzige bin, der ein Opfer bringt.« Er nahm ihre kalten Hände und wärmte sie unter seinem Pullover. »Wir müssen uns eine Geschichte überlegen, mit der ich möglichst schnell wieder bei dir bin.«
Katharina nickte und küsste ihn. Schließlich konnte sie nicht mehr an sich halten und sah zu ihrem toten Kind. Eine Viertelstunde lang weinte sie alles, was sie an Tränen hatte. Dann ging sie ins Haupthaus und rief die Familie zusammen.

Kapitel 60

»Das heißt, Sie wissen nicht, wer Ihre Tochter erschossen hat?«, fragte Mike.
Katharina Millruth schwieg, schüttelte schließlich langsam den Kopf.
»Interessiert es Sie nicht? Ich meine, Sie müssen doch jeden aus der Familie verdächtigen. Ihren Mann, Ihre zwei Söhne. Wie kann man so leben?«
»Irgendwie geht es. Wir denken nicht mehr daran. Nur beim Prozess ist alles noch einmal hochgekommen.«
»Haben Sie eine Vermutung, wer es war?«
Sie zuckte mit den Schultern. »Es kann Dieter gewesen sein. Aber vielleicht war es auch Adrian. Er war an Heiligabend so wahnsinnig wütend auf Leni.«
»Auch Henry kann man nicht ausschließen«, sagte Wolfgang. »Er hängt an seinem Vater. Vielleicht wollte er ihm seine Treue beweisen. Keine Ahnung. Jedenfalls war auch Henry ziemlich betrunken. Es kann ja sein, dass es im Affekt passiert ist. Nehmen wir an, er hat sie nachts im Pferdestall angetroffen und versucht, es ihr auszureden. Oder sie zumindest dazu zu bringen, keine Anzeige zu erstatten. Sie konnte sehr verletzend sein.«
»Aber deswegen die eigene Schwester zu erschießen ...«
»Das kann sich keiner vorstellen. Natürlich nicht.« Sie nahm ihre Tasse vorsichtig in beide Hände und betrachtete den Kaffeesatz. »Dennoch ist es passiert.«

»Wer von Ihnen hatte noch Kontakt zu Jennifer Loibl?«
Wolfgang Millruth zuckte mit den Schultern.
»Henry hat unmittelbar nach Weihnachten mit ihr Schluss gemacht«, sagte Katharina Millruth.
»Er hat sie nie wiedergesehen?«
»Jedenfalls hat er nichts davon erzählt. Die anderen hatten meines Wissens keinen Kontakt zu ihr. Wir haben sie ja kaum gekannt.«
»Gut«, sagte Mike. »Geben Sie uns jetzt bitte die Handynummern Ihrer Söhne und Ihres Mannes.«
Mike rief alle drei Nummern an und sprach jedes Mal eine Bitte um Rückruf auf die Mailbox.
»Wenn sie im Wald sind, schalten sie die Handys meist aus«, sagte Katharina Millruth.
»Sind alle drei zusammen weggefahren?«
»Adrian ist vorausgefahren. Henry und mein Mann etwas später. Aber jeder mit seinem eigenen Wagen.«
»Wann sind sie weg?«
»Vor zwei oder drei Stunden.«
Mike und Wallner wurden langsam nervös.
»Wie können wir sie sonst erreichen?«
»Gar nicht. Sie werden sich irgendwann melden.«
»Das ist mir definitiv zu spät.« Mike stand auf, blickte über den Schliersee zu den Bergen, die die beiden großen Seen des Landkreises trennten.
»Die Jagdpacht ist also am Spitzingsee?«, fragte Wallner.
Wolfgang Millruth bejahte das.
»Haben Sie dort zufällig eine Hütte?«
»Nein. Wozu auch? Wir würden sie ohnehin nicht nutzen.« Katharina Millruth sah ihren Schwager, eine Bestätigung erwartend, an. Der machte eine vage Geste.

»Hattest du nicht Oliver zum Grundbuchamt geschickt?«, wandte sich Wallner an Mike.
»Ja. Aber der hat noch nicht zurückgerufen. Schauen wir mal.«
Mike rief Oliver auf dem Handy an. Der hatte mittlerweile einen Rechtspfleger namens Joseph Gscheindl aufgetrieben. Schon den Namen auszusprechen, hatte Olivers Berliner Zunge Probleme gemacht. Noch mehr allerdings, dem Mann zu erklären, dass er einem ihm unbekannten Preußen am Ostersonntag Zutritt zu den Räumlichkeiten des Miesbacher Grundbuchamtes verschaffen und ihm obendrein etwas im Computer heraussuchen sollte. Zum Glück konnte sich Oliver daran erinnern, den Namen Gscheindl irgendwo in Zusammenhang mit der Erstbesteigung eines Berges in Patagonien in den achtziger Jahren gelesen zu haben. Das war zwar der ältere Bruder des Rechtspflegers gewesen, und er war auch nicht bis auf den Gipfel gekommen, sondern hatte beim Absturz zwei andere Bergkameraden mit in den Tod gerissen. Gscheindl freute sich trotzdem, dass der Preuße seinen Bruder kannte, und erfüllte Oliver seinen Wunsch. Oliver war tatsächlich fündig geworden. Eine Hütte zwei Kilometer südlich des Sees gehörte ausweislich des Grundbuchs Dieter Millruth.
Katharina Millruth war erstaunt und konnte sich das nicht erklären. Sie wusste nichts von dieser Hütte.
»Er hat sie Ende der achtziger Jahre gekauft«, gestand Wolfgang Millruth.
»Du wusstest davon?«
»Ja. Ich hab da sogar ab und zu übernachtet, wenn Jagdsaison war. Ich dachte, du weißt Bescheid.«

Nein, das hatte sie nicht gewusst. Und ihr Blick verriet, dass sie sehr verärgert war.
»Du hast ihm ja auch nicht immer alles erzählt.«
»Darum geht's nicht.«
»Worum dann?«
»Kann es sein, dass er Leni dahin mitgenommen hat, wenn ich weg war?« Sie packte ihren Schwager am Arm und zerrte an ihm. »Ist er mit ihr dahin gefahren? Das musst du doch mitbekommen haben?«
»Ich weiß es nicht. Natürlich ist er mal mit ihr weggefahren. Zum Baden, zum Reiten, zum Bergsteigen. Glaubst du, er hätte mir gesagt, ich fahr jetzt mit deiner Nichte in meine einsame Hütte und, und …?«
»Wie kommt man zu der Hütte?«, wollte Wallner wissen.
Wolfgang Millruth beschrieb den Weg zur Schranke und von da zur Hütte. Auf dem Weg nach draußen nahm Mike sein Handy aus der Jacke und wählte eine Nummer.
»Wen rufst du an?«
»Wir brauchen mindestens eine halbe Stunde, wahrscheinlich länger. Der Kreuthner ist meines Wissens in der Gegend unterwegs.«
»Ein anderer nicht, oder?«, sagte Wallner.
Mike schüttelte bedauernd den Kopf.

Kapitel 61

Sie hatte sich gewehrt. Die Todesangst hatte ungeheure Kräfte in ihr freigesetzt. Es hatte nichts genutzt. Sie war gefesselt, und er war stärker. Er hatte ihr die Nase mit eisernem Griff zugehalten, und je mehr sie zuckte und sich wehrte, desto schneller sank der Sauerstoffspiegel in ihrem Blut. Schließlich war nicht mehr genug vorhanden, um das Gehirn zu versorgen. Sie wurde ohnmächtig. Nicht für lange. Er schüttete ein Glas Wasser über ihr Gesicht und kniete sich neben die Matratze.

»Das möchtest du nicht noch einmal erleben, da bin ich mir sicher«, sagte er und strich ihr mit dem Mittelfinger über die Nase. Sie schmerzte. Er hatte zugedrückt wie ein Schraubstock. Aber das war ihr geringstes Problem. Er würde sie wieder nach dem Plüschlamm fragen. Wenn sie keine Antwort gab, würde er ihr noch einmal die Luft nehmen. Sie wusste nicht, ob sie das ein weiteres Mal aushalten konnte. Vielleicht würde sie nicht mehr aufwachen. Wenn sie ihm sagte, wo das Plüschtier war – würde er Jana am Leben lassen? Vielleicht würde er nur hinfahren und ihr sagen, er komme von Jennifer und solle das Lamm abholen. Er musste sie nicht umbringen. Und es waren noch andere im Haus, Jana war nicht schutzlos. Doch was würde mit ihr selbst geschehen? Wenn er sie nicht mehr brauchte, weil er hatte, was er wollte.

»Pass auf! Ich frage dich jetzt noch einmal: Wo ist das Lamm? Sagst du es mir?«

Sie nickte heftig mit weit aufgerissenen Augen. Seine Hand schwebte auf ihr Gesicht zu, um das Tape vom Mund zu reißen. Da hörte sie von oben ein Handy klingeln. Er hielt inne, lauschte, stand schließlich auf und ging hinaus.
Sie wartete auf die Rückkehr seiner Schritte. Sie kamen nicht. Stattdessen meinte sie zu hören, dass sich seine Schritte noch weiter entfernten. Wo wollte er hin? Aus einiger Entfernung vernahm sie ein Bellen – das tiefe Bellen eines großen Hundes. War das Othello, der Labrador der Millruths? Wo kam der mit einem Mal her? War noch jemand gekommen? Jennifer verstand das alles nicht und lauschte, ob sie etwas hören konnte, das ihr die Orientierung erleichtete. Doch auch das Bellen hörte auf. Dann war Stille. Von ganz weit her meinte sie, menschliche Stimmen zu hören. Aber womöglich war das mehr Wunsch als Wahrnehmung.
Sie wartete. Wie lange, konnte sie nicht sagen. Jede Minute war wie eine Ewigkeit. Ihre Augen hatten sich mittlerweile an die Dunkelheit gewöhnt, und sie machte diverse Gegenstände in ihrem Verließ aus. Eine Schaufel, zwei alte Bergsteigerrucksäcke, wie man sie aus Luis-Trenker-Filmen kannte. Ein Regal mit alten Farbtöpfen, Sportschuhen und einer ausrangierten Kaffeemaschine. Neben dem Regal ein länglicher Gegenstand, eine Schaufel mit spitz zulaufendem Blatt, wie sie erkennen konnte, wenn sie den Kopf etwas drehte. Das Schaufelblatt war alt und an den Rändern schartig, und es starrte vor Rost. Sie lauschte in das Dämmerlicht hinein. Nichts. Draußen Vogelgezwitscher. Doch im Haus war es still. Sie wartete weitere fünf Minuten, dann wagte sie, sich auf

die Seite zu drehen, rollte sich auf den Bauch und zog die Beine unter ihre Brust. Zweimal kippte sie zur Seite auf die Matratze, bis sie es schaffte aufzustehen. Ihre Beine waren an den Knöcheln zusammengebunden. Sie hüpfte zur gegenüberliegenden Wand, bis sie den Spaten erreicht hatte. Beim Hinsetzen verlor sie erneut das Gleichgewicht und prallte gegen das Regal. Die Kaffeemaschine fiel ihr auf den Kopf, dann auf den Boden, wo die gläserne Kanne in feinste Scherben zerbarst.
Sie hielt still, lauschte. Hatte er es gehört? Eine Weile verharrte sie in absoluter Starre. Keine Schritte. Der Schweiß lief ihr über die Augenbrauen und an den Schläfen hinab, obwohl es im Keller nicht warm war. Als sich nach einer weiteren Minute immer noch nichts rührte, klemmte sie den Schaufelstil zwischen ihrem Rücken und der Wand ein und suchte mit den Händen die rostige Kante des Blattes. Da ihre Hände taub waren, erahnte sie es mehr, als dass sie es spürte. Sie setzte das Seil, mit dem ihre Hände gefesselt waren, an der Blattkante an und rieb hin und her. Das kostete Kraft, das Blatt wich immer wieder zur Seite aus und bot keinen rechten Widerstand, bis es ihr gelang, die Schaufel stabil in die Ecke zwischen Wand und Regal einzuklemmen.
Sie schabte und schabte und rammte sich mehrmals das Metall in die Handballen. Doch sie spürte keinen Schmerz. Nur als sie Daumen und Mittelfinger aneinanderrieb, war ihr, als habe sie eine ölige Flüssigkeit auf den Fingerkuppen. Es musste Blut sein. Immer wieder rutschte die Schaufel aus ihrer Position und kippte lärmend gegen das Regal. Dann hielt Jennifer still und horchte ins Haus hinein. Einmal meinte

sie, das Knarren einer Diele zu hören. Aber ein Haus machte viele Geräusche, versuchte sie, sich zu beruhigen, und fuhr fort, ihre Fesseln zu zerschneiden. Nach nicht enden wollenden Anstrengungen riss die letzte Faser des Seils. Ihre Hände waren frei. Schmutzig, blutig, taub und von Schnitten übersät. Sie versuchte, das Tape vom Mund zu ziehen. Aber es ging nicht. Ihre Finger waren gefühllos. Nur ein Kribbeln kündigte an, dass das Blut langsam in sie zurückkehrte. Ebenso wenig gelang es ihr, die Fesseln an den Füßen aufzuknoten. Sie starrte ihre nutzlosen Hände an, und Tränen der Wut stiegen ihr in die Augen. Mit wilden Bewegungen schüttelte sie ihre Arme, um die Wiederbelebung zu beschleunigen.
»Dich kann man doch keine halbe Stunde allein lassen.« Er stand auf der Kellertreppe. Der Ausdruck in seinem Gesicht war kälter geworden.

Kapitel 62

Der Streifenwagen hielt vor der Schranke. Schartauer löste seinen Gurt und wollte aussteigen.
»Wo willst denn hin?«, fragte Kreuthner.
»Zu Fuß weiter. Das ham s' doch gesagt. Bis zur Schranke und dann zu Fuß.«
»Wozu ham mir an Streifenwagen, wenn mir dann doch zu Fuß gehen?«
»Aber mir ham keinen Schlüssel für die Schranke.«
»Na, hamma net. Aber a Hirn hamma, wo mir uns erst amal fragen können, ob mir überhaupt an Schlüssel brauchen.«
Schartauer sah auf die grün lackierte Eisenschranke, die den Forstweg in Richtung Hütte versperrte. Einen Meter links von der Schranke war eine kleine Felswand, keine zwei Meter hoch. Aber doch eine Felswand, fast senkrecht. Rechts neben der Schranke ging es ins Tal hinunter, allerdings erst nach eineinhalb bis zwei Metern. Da hätte ein Wagen knapp Platz gehabt, wäre nicht am Rand des Abhangs eine mannshohe Jungfichte gestanden, die die Durchfahrt auf einen Meter verengte.
»Links oder rechts vorbei?«
»Links? Wie denn?«
»Rechts passen mir auch net durch.«
»Ich seh da nur so an mickrigen Christbaum.«
»Willst den umnieten?«
»Du Scherzkeks. Hier geht's um Leben und Tod. Glaubst, da kommt's auf des bissl Grünzeug an?«

»Und du meinst, dann is es breit genug für den Wagen?«

Kreuthner schenkte Schartauer ein selbstgefälliges Lächeln und setzte ein Stück zurück.

»Soll ich aussteigen und dich einweisen?«

»Entspann dich und schau zu, wie man so was macht.«

Mit diesen Worten gab Kreuthner Gas und fuhr sehr knapp rechts neben die Schranke.

»Wichtig ist, dass du den gesamten Platz ausnutzt. Der Wagen is net so breit, wie er ausschaut.«

Ein hässliches Knirschen unterbrach Kreuthners Vortrag. Dann folgte ein Knall. Der Schrankenpfosten hatte den Türgriff abgerissen. Kreuthner sagte nichts mehr und setzte den Wagen wieder ein Stück zurück. Auch Schartauer war klar, dass Kreuthner sich jetzt konzentrieren musste und es besser war, Bemerkungen zu unterlassen. Beim Zurücksetzen war unvermeidlich noch einmal jenes Knirschen zu vernehmen. Kreuthner ließ die Scheibe herunter und begutachtete den tiefen Kratzer in der Wagentür. Beim nächsten Versuch kam er zwar am Schrankenpfosten vorbei, doch verschwand die junge Fichte, die Schartauer soeben noch im Seitenfenster der Beifahrertür gesehen hatte, mit lautem Rascheln und Knacken aus dem Blickfeld. Schartauer hielt seinen rechten Daumen nach oben und machte ein anerkennendes Gesicht, das sich jedoch unmittelbar darauf in einen Ausdruck höchsten Erstaunens verwandelte, denn nicht nur die kleine Fichte sackte rechts weg, sondern auch der Streifenwagen. Später, als der Wagen mit dem Heck an einer großen Buche zu stehen gekommen war und die Polizisten sich aus dem Fahr-

zeug gekämpft hatten, stellte sich heraus, dass die Fichte auf einem unterspülten Überhang gewurzelt hatte.
»Das wär eh irgendwann abgegangen«, relativierte Kreuthner das Missgeschick. Sie setzten den Weg zu Fuß fort.

Er hatte das Mädchen mit der Faust an der Schläfe getroffen. Es war zusammengesackt. Dann hatte er Jennifer zur Matratze geschleift, auf den Bauch gedreht und ihr die Hände wieder gefesselt. Jetzt stand er vor dem reglosen Körper und überlegte, was er tun sollte. Er brauchte sie nicht mehr. Sie war nur noch eine Gefahr. Eine größere Gefahr als alle vor ihr. Es gab nur eine Lösung. Dass er so zögerlich war, irritierte ihn. Er hatte es mehrfach getan. Sie schlief, es wäre ganz einfach. Noch einmal die Nase zuhalten. Vielleicht reichte es, ihr Gesicht nach unten auf die Matratze zu pressen. Warum zögerte er? Es würde das letzte Mal sein. Oder war er schon so weit, dass er es aus anderen Gründen tat? Würde er nicht mehr aufhören können? Jennifer Loibl amtete ruhig, ihre geschlossenen Augen strahlten Frieden aus, sie machte leise Geräusche. Wenn es so etwas wie Gerechtigkeit gab, musste das schlafende Mädchen weiterleben und er von der Erde radiert werden. Nur – Gerechtigkeit existierte nicht. Jennifer gab einen kindlichen Laut von sich, und es überkam ihn – nur für einen Augenblick – der Wunsch, das Mädchen am Leben zu lassen. Er könnte etwas Gutes tun, bevor er ins Gefängnis ging, um seine Taten zu sühnen und Seelenfrieden zu finden. Indes – das Gefängnis schien ihm kein Ort, an dem jemand Seelenfrieden versteckt hatte. Mit dem See-

lenfrieden verhielt es sich wohl so wie mit der Gerechtigkeit – es war ein leuchtendes Ziel, wenn man es ansteuerte. Irgendwann aber würde man erkennen, dass es eine Fata Morgana war.
Langsam gewann die Klarheit in seinem Kopf wieder die Oberhand. Er war weit gegangen. Sollte er kurz vor dem Ziel stehen bleiben und sich von rührseligen Trugbildern einlullen lassen? Nein, das war nicht die Lösung. Er betrachtete seine Hände, dann das schlafende Gesicht mit dem silbernen Klebeband auf dem Mund. Die Nasenflügel blähten sich ein wenig beim Einatmen. Er würde ihren Kopf nehmen und die Nase zudrücken, wie er es vorhin schon einmal getan hatte. Nur etwas länger. Zwei, drei, höchstens vier Minuten musste er durchhalten, dann war alles vorbei. In diesem Moment hörte er von draußen Stimmen.

Neben der Hütte stand ein grauer Geländewagen, dessen Besitzer offenbar einen Schrankenschlüssel hatte. Die Tür war geschlossen. Die beiden Polizisten umrundeten das Gebäude und entdeckten niemanden. In die Fenster konnte man nicht sehen, denn die Hütte stand auf abschüssigem Gelände und ragte deshalb auf der Giebelseite zu hoch über den Boden hinaus, erst der ehemalige Stall war ebenerdig. Sie gingen auf die Terrasse, und Kreuthner klopfte an die Tür. Unmittelbar darauf hörten sie Schritte, und ein Mann öffnete. Kreuthner erkannte Dieter Millruth. Der sah die Kommissare erstaunt an.
»Was kann ich für Sie tun?«
»Dürfen wir reinkommen?«
»Nein«, sagte Dieter Millruth, trat zu den Polizisten auf die Terrasse und schloss die Haustür hinter sich.

»Warum bei dem schönen Wetter in der Hütte hocken? Genießen Sie die Sonne. Dann haben Sie auch was von Ostern.« Er verschränkte die Arme vor dem Körper und lehnte sich an den Türstock. »Also – was gibt's?«
»Sind Sie allein hier?«
»Ja. Warum?«
»Sie kennen eine Jennifer Loibl?«
»Der Name kommt mir bekannt vor. Weiß aber im Augenblick nicht, wo ich ihn hintun soll.«
»Das war die Freundin von Ihrem Sohn Henry. Weihnachten war die bei Ihnen.«
»Ach Gott, ja. Stimmt. Henry hat sich von ihr getrennt. Ich hab sie seit Weihnachten nicht gesehen.«
»Tatsächlich. Sind Sie sicher?«
»Wie senil seh ich denn aus? Ein Tipp für den weiteren Verlauf dieses Gesprächs: Fragen Sie nie wieder, ob ich mir sicher bin. Ich bin mir immer sicher. Wenn nicht, dann sage ich es.«
»Das ist ja sehr gut, dass Sie so ein tolles Gedächtnis haben. Es ist nur so, dass hier irgendwas merkwürdig ist. Wenn mir uns nicht sehr täuschen, hält sich die genannte Jennifer Loibl nämlich hier auf.«
»Wo hier?«
»Hier. In dieser Hütte.«
»Ich kann Ihnen nur noch einmal versichern: Dem ist nicht so. Woher wollen Sie das überhaupt wissen?«
»Die Dame hat a GPS-Handy. Das letzte Signal ist von hier gekommen. Das kann man auf den Meter genau orten.«
»Tja – da steht Aussage gegen Aussage.«
»Macht's Ihnen was aus, wenn wir uns in der Hütte mal umschauen? Dann samma auch gleich wieder weg.«

»Es macht mir etwas aus. Das ist mein Grund. Und dass Sie hier auf dieser Terrasse stehen dürfen, haben Sie nur meiner wohlwollenden Duldung zu verdanken. Ich möchte Sie jetzt allerdings bitten, mein Grundstück zu verlassen.«

Kreuthner musterte Dieter Millruths Gesicht. Hinter der spöttischen Fassade schien sich Nervosität zu verbergen. Dem Mann stand um den Mund herum der Schweiß. Ebenso in den Augenbrauen. War das nur die Hitze? Oder war es Angst?

»Ich müsste mal telefonieren. Dürfen wir so lange bleiben?«

»Ungern. Aber meinetwegen.«

Kreuthner zückte sein Handy. »Sie haben gar nicht gefragt, warum wir die Frau suchen?«

»Geht mich ja nichts an.«

»Wenn jemand von der Polizei wen sucht und denkt, der ist bei mir, dann tät ich schon mal fragen, wieso der gesucht wird.«

»Was wollen Sie mir jetzt unterstellen? Mangelndes Interesse an meinen Mitmenschen? Da haben Sie wahrscheinlich recht. Andere Menschen interessieren mich in der Tat nicht sonderlich.«

Kreuthner hatte eine Verbindung und trat ans Terrassengeländer. Schartauer folgte ihm.

»Servus Mike. Du, mir ham hier a kleines Problem. Der Herr …« Kreuthner drehte sich um und sah, dass Dieter Millruth verschwunden war. »Der Herr lasst uns net ins Haus. Und an Beschluss hamma ja net.«

»Hast du net immer einen dabei?«, feixte Mike.

»Sehr witzig. Aber jetzt amal ernsthaft. Was machen wir?«

»Ich stell mal auf laut. Der Kollege Wallner sitzt neben mir im Wagen.«
»Servus Clemens«, kam es aus dem Lautsprecher.
»Servus Leo. Wie war das? Der Herr Millruth lässt euch nicht ins Haus?«
»Genau. Ich mein, mir könnten einfach reingehen. Aber ich hab schon genug Ärger am Hals.«
»Ja, das seh ich auch so. Was ist denn dein Eindruck? Lügt der Mann?«
»Hundertpro. Der verheimlicht uns irgendwas. Der schaut einen an, wie wenn er Dreck am Stecken hätt.«
»Na gut, dann überlegen wir mal, was auf dem Spiel steht: Unter Umständen hat er die Frau in seiner Gewalt. Ihr letztes Handysignal kam von der Hütte. Das ist kein Zufall. Ich würde sagen: Gefahr im Verzug.«
»Nimmst es auf deine Kappe?«
»Ich bin gar nicht im Dienst. Mike?«
»Ich kann das von hier aus nicht beurteilen. Wenn du sagst, da ist Gefahr im Verzug, dann tu was. Wenn nicht, warte, bis wir da sind. Kann noch zehn Minuten dauern.«
»Dann stehts ihr aber vor dem gleichen Problem.«
»Stimmt auch wieder. Also, ich überlass es dir.«
»Alles klar. Ach übrigens – es hat an leichten Schaden am Streifenwagen gegeben. Nicht dass ihr euch wundert, wenn ihr an der Schranke vorbeikommt.«
»Geh komm! Was hast denn jetzt wieder angestellt?«
»Nur a Blechschaden«, sagte Kreuthner und legte auf. Er sah sich auf der Terrasse um und blickte dann zur Hüttentür. »Was treibt denn der Bursche?«
»Keine Ahnung«, sagte Schartauer. »Gutes Gefühl hab ich keins.«
»Was meinst? Gefahr im Verzug?«

Schartauer zuckte mit den Schultern. Kreuthner zog seine Waffe und rief: »Herr Millruth! Kommen Sie raus. Was machen Sie da drin?«

Es kam keine Antwort. Im Haus war es totenstill. Kreuthner deutete mit dem Kopf auf die Tür. Schartauer hatte ebenfalls seine Waffe gezogen. Vorsichtig drückte Kreuthner die Klinke nach unten. Die Tür war nicht verschlossen und ließ sich mit einem sanften Knarren öffnen. Die Polizisten brauchten einen Moment, bis sich ihre Augen an die Dunkelheit in der Stube gewöhnt hatten. Es herrschte ländliche Gemütlichkeit vor, viel Holz, viel Fell, viele Geweihe an der Wand. Nur Dieter Millruth fehlte. Kreuthner und Schartauer gingen auf eine Tür im hinteren Teil der Stube zu. Dahinter offenbarte sich ihnen ein Schlafzimmer mit Annehmlichkeiten, die man in einer Jagdhütte nicht unbedingt vermutet hätte: Flachbildschirm, opulente Bar, seidene Bettwäsche und viel Messing und Chrom.

»Nicht schlecht«, staunte Kreuthner.

»Gefällt Ihnen mein Schlafzimmer?« Die Polizisten drehten sich um. Dieter Millruth stand in der Haustür. Im Gegenlicht konnte man ihn nicht genau erkennen. Aber er hatte einen länglichen Gegenstand in der Hand.

»Mit dieser doppelläufigen Büchse kann ich Ihnen beiden eine verpassen. Und ich bin ein ziemlich guter Schütze. Legen Sie Ihre Pistolen vor sich auf den Boden.«

»Hören S' auf mit dem Schmarrn. Dafür kommen S' ins Gefängnis.«

»Ich verteidige nur mein Eigentum gegen Übergriffe. Sie begehen gerade Hausfriedensbruch. Wenn ich Sie

versehentlich erschieße, wird mir jeder glauben, dass Sie irgendeinen Scheiß gemacht haben, der das rechtfertigt. Man kennt Sie ja im Landkreis.«
»Das hat doch keinen Taug nicht. Geben S' auf! Das Spiel ist aus!« Kreuthner hörte selbst, dass in seinen Worten wenig Überzeugung lag.
Dieter Millruth feuerte einen Schuss in die Zimmerdecke. Holzsplitter flogen durch den Raum. »Legen Sie die Pistolen auf den Boden. Es ist immer noch ein Schuss drin.«
Kreuthner tat, wie ihm geheißen, und gab Schartauer ein Zeichen, seine Waffe ebenfalls auf den Boden zu legen.
»Wenn Sie jetzt so freundlich wären, mir die Pistolen mit dem Fuß rüberzuschieben.«
Kreuthner kickte die Pistolen in Richtung Tür. Dieter Millruth verstaute sie in seinem Gürtel.
»Sie knien sich jetzt auf den Boden.«
Kreuthner ging auf die Knie. Sein Blick fiel auf eine Bodenluke. »Geht's da in den Keller?«
»Das geht Sie gar nichts an.« Er entsicherte eine der beiden Pistolen. »So, wie machen wir jetzt weiter.«
»Sie ham doch keine Chance. Meine Kollegen san schon auf dem Weg.«
»Natürlich.«
In diesem Moment spürte Dieter Millruth etwas Kaltes an seinem Hinterkopf. »Lassen Sie die Waffen fallen. Keine hektischen Bewegungen. Einfach fallen lassen.«
Mike stand hinter Millruth in der Tür und hielt ihm eine Pistole an den Kopf. Die Büchse und zwei Pistolen fielen auf den Holzboden der Hütte. Anschließend legten Mike und Wallner Dieter Millruth Hand-

schellen an. Kreuthner stand auf und holte sich seine Waffe bei Mike ab. »Was ich gesagt hab. Gefahr im Verzug. Der Bursche is a Killer.«

»Sie sind hier widerrechtlich eingedrungen. Das wird ein Nachspiel haben.«

»Wo ist Jennifer Loibl?«, wollte Mike wissen.

»Ich weiß es nicht. Das habe ich Ihrem Kollegen schon gesagt.«

»Also, auf geht's. Durchsuch ma die Hütt'n.«

»Haben Sie einen Durchsuchungsbefehl?«

»Beschluss heißt das. Den brauch ich nicht, wenn jemand in der Gegend herumschießt.«

Die beiden Uniformierten und Mike machten sich daran, die Hütte zu durchsuchen. Wallner blieb bei Dieter Millruth.

»Kommt Ihnen das Foto bekannt vor?« Wallner zeigte Dieter Millruth das Polaroidfoto seiner nackten, achtjährigen Tochter. Er sah es nur kurz an. Aber auf seinem Gesicht zeichneten sich Überraschung und Ekel ab.

»Das ist widerlich. Ist das Leni?«

»Ja. Vor etwa zwölf Jahren. Das Foto ist jetzt wieder aufgetaucht.«

»Wer hat das gemacht?«

»Wir vermuten, dass Sie das gemacht haben.«

»Ich?!«

»Wir wissen inzwischen, was an Weihnachten vorgefallen ist.«

»Ich habe meine Tochter nicht missbraucht. Herrgott noch mal! Wer immer das getan hat – ich war's nicht!«

»Das lässt sich herausfinden.«

»Und wie?«

»Sehen Sie diese silberne Vase im Hintergrund? Dort spiegelt sich der Fotograf. Es ist klein und so verzerrt, dass man nichts erkennen kann. Aber es gibt Computerprogramme, die das entzerren. Dann wissen wir, wer der Fotograf ist.«

Kreuthner kam durch die Kellerluke herauf und wirkte sehr aufgeregt. »He Leut – da im Keller, des müssts euch anschauen!«

Kapitel 63

Sie standen in dem niedrigen, dunklen Keller, dessen Decke gemauert war, vermutlich die Gewölbereste eines früheren Gebäudes. An den dunkelbraunen Wänden hingen Aktfotos, die meisten in Schwarzweiß. Die Modelle waren Frauen aller Altersklassen. Aus den Frisuren und Accessoires konnte man auf die Entstehungszeit schließen. Die ersten Fotos mussten in den achtziger Jahren entstanden sein, die letzten erst vor kurzem. Die Qualität der Bilder, von denen einige deutlich pornographischen Inhalt hatten, ließ auf einen begabten Amateur schließen. In einer Ecke des Raums war ein Fotolabor. Hier wurde offenbar noch mit Film gearbeitet. Dieter Millruths Entscheidung, sich das Material nicht von fremden Leuten entwickeln zu lassen, wurde nachvollziehbar, wenn man sich die Modelle genauer ansah. Es handelte sich zum Großteil um Schauspielerinnen. Einige davon waren heute sehr bekannt.
»Mit den Fotos könnte ich ein Vermögen machen. Einige der Mädels würden das heute ungern veröffentlicht sehen. Aber als Gentleman genießt man und schweigt.«
»Wo haben Sie die Aufnahmen gemacht?«
»Hier in der Hütte. So eine Berghütte zieht Frauen an wie Motten das Licht. Als ich fünfundvierzig war, hab ich die hübschen Fünfundzwanzigjährigen hergebracht. Ist heute nicht mehr ganz so leicht. Und wenn eine mal mitgeht, hat sie einen Großvaterkomplex.

Das macht dann auch keinen Spaß. Wie Sie sehen«, er deutete auf die neueren Fotos, »habe ich in letzter Zeit die Erotik der Fünfzigjährigen entdeckt.«
»Sie haben früher mit Polaroid fotografiert?«
»Sehen Sie sich doch um! Das sind erwachsene Frauen, keine Kinder. Ich bin nicht pädophil.« Er sah einen Augenblick nachdenklich zu seinem Fotolabor.
»Kann ich mal dieses Foto haben?«
»Mach ihm bitte die Handschellen wieder ab«, sagte Mike zu Kreuthner.
»Wieso? Der hätt mich fast erschossen.«
»Er hat hier das Hausrecht, und du hast keinen Durchsuchungsbeschluss gehabt. Und Gefahr im Verzug war's auch keine, wie wir jetzt festgestellt haben.«
»Es war aber eindeutig a Putativnotwehr«, verteidigte Schartauer ihr Vorgehen.
»Ihr sollt keine Volksreden halten, sondern tun, was ich euch anschaff«, sagte Mike und hielt Dieter Millruth das Polaroidfoto hin, während Kreuthner die Handschellen löste. »Was wollen Sie damit?«
»Da ist ein Wandkalender im Hintergrund.« Millruth deutete darauf. »Vielleicht kriegen wir raus, wann das Foto gemacht wurde.«
Mike reichte Millruth das Foto, der damit zum Fotolabor ging.
»Ich nehme an, das hier«, Mike machte eine alles umfassende Handbewegung, »ist der Grund, warum Ihre Frau von der Hütte nichts weiß.«
»Und das wird auch so bleiben. Sonst mach ich Ihnen die Hölle heiß.«
»Von der Hütte an sich weiß sie seit knapp einer Stunde. Sie sollten vielleicht aufräumen, bevor Sie sie hier rumführen.«

Dieter Millruth hatte das Polaroidfoto unter eine Lampe gelegt und betrachtete es mit einer großen Lupe.
»Und? Können Sie was erkennen?«
Dieter Millruth winkte Mike zu sich und forderte ihn mit einer Geste auf, selbst zu sehen.
»Freitag, neunzehnter Juni 1998«, stellte Mike fest.
»Ein Abreißkalender. Das muss nicht das genaue Datum sein. Aber ungefähr wird es schon hinkommen.«
»Das ist Lenis Zimmer. Soweit ich weiß, war sie immer sehr sorgfältig mit ihrem Kalender. Weil sie oft darauf wartete, dass ihre Mutter oder ich von Dreharbeiten wiederkamen.«
»Und was sagt uns das Datum?«, wollte Wallner wissen.
»1998 war ich von Mitte Juni bis Ende Juli mit einer Operettenaufführung auf Tournee. Ich war in der Zeit keinen Tag zu Hause. Ich weiß es deshalb so genau, weil mich meine Frau auf der Tournee wegen des Unfalls von Hanna Lohwerk angerufen hat. Da war ich in meinem Hotelzimmer in Rostock – mit einer Dame aus dem Chor.« Er zögerte einen Augenblick und sah mit zusammengekniffenen Augen zur Decke. »Warten Sie, der neunzehnte Juni, Freitag. Das *war* der Tag! Der Tag des Unfalls.«
Wallner ging nachdenklich im Keller umher. »Wie alt waren Ihre Söhne damals?«
»Henry ist Jahrgang achtundsiebzig. Also war er zwanzig. Adrian zwei Jahre älter. Zweiundzwanzig. Warum?«
»Irgendjemand muss dieses Foto gemacht haben.«
»Sie glauben, einer von beiden hat sich an seiner eigenen Schwester vergriffen? Jetzt wird's ziemlich abseitig.«

»Wäre nicht der erste Fall. Der Jüngere hat wohl ein etwas schwieriges Verhältnis zu Frauen, meine ich herausgehört zu haben?«
»Henry ist ein Spätstarter. Jennifer war seine erste Freundin. Mit zweiunddreißig. Aber daraus zu schließen, dass er ...«
»Ich schließe gar nichts. Ich mache mir nur Gedanken. Wo sind Ihre Söhne jetzt?«
»Henry ist gleichzeitig mit mir hergefahren. Er wollte sich mit Adrian weiter oben am Berg treffen.«
»He Freunde«, Kreuthner war hereingekommen. »Ich war noch mal oben. Das hier war unter der Sitzbank auf der Terrasse.« Er hielt ein Adressbüchlein hoch.
»Wem gehört das?«, fragte Mike.
»Steht natürlich net drin. Aber es gibt da mehrere Loibls, nur keine Jennifer. Schätze, das ist die Verwandtschaft von ihr.«
»Das heißt, sie war hier. Sonst hätte man ihr Handy nicht geortet.« Mike sah hilfesuchend zu Wallner. Aber der war in eigene Gedanken versunken.
Als er Mikes Blick bemerkte, sagte er nur: »Lass uns fahren.«

Kapitel 64

Eine halbe Stunde nachdem die Kommissare die Villa am Schliersee verlassen hatten, waren Adrian und Henry kurz hintereinander zu Hause eingetroffen. Wolfgang wurde dazugebeten, um einen Familienrat abzuhalten. Katharina wirkte ruhig und beherrscht. Nur dass ihr mehrfach Dinge aus der Hand fielen, zeugte von ihrer inneren Anspannung.

»Die Polizei war hier«, sagte Katharina. »Ich will jetzt die Wahrheit wissen.« Mehr sagte sie nicht, bis auch Dieter zu ihnen stieß. Der sah sich beim Eintreten in den Salon einer schweigenden Familie gegenüber.

»Was ist los?«, fragte er.

»Setz dich«, sagte Katharina und ging hinaus. Nach einer Weile kam sie wieder und hielt Dieter eine Schrotflinte ins Gesicht.

»Ich will endlich die Wahrheit wissen!«, schrie sie und zitterte am ganzen Leib. »Was hast du mit meiner Tochter gemacht?«

»Sie haben dir das Foto gezeigt.« Er sagte das mehr im Ton einer Feststellung und nickte dabei nachdenklich.

»Wie konntest du das tun? Ich begreife das nicht. Sag's mir! Gib mir irgendeine Erklärung!«

»Dass es dieses abscheuliche Foto gibt, bedeutet nicht, dass ich es war!«

»Wer sonst?«

»Ich weiß es nicht. Es sitzen hier noch andere im Raum, die in Frage kommen.«

In den Gesichtern von Adrian, Henry und Wolfgang mischten sich Unglaube und Empörung.

»Willst du behaupten, einer von uns war das?« Adrian stand auf und ging zu seiner Mutter.

»Ich behaupte gar nichts, Herrgott! Ich sage nur: Ich war es nicht. Und nimm endlich die verdammte Flinte von meinem Gesicht!«

»Das tue ich, sobald ich weiß, was damals passiert ist, oder wenn ich abgedrückt habe.«

»Komm, Mama! Beruhige dich wieder und gib mir das Gewehr«, sagte Henry, der jetzt ebenfalls aufstand und Anstalten machte, zu Katharina zu gehen.

»Setz dich hin.« Da war ein Unterton in Katharinas Stimme, der Henry veranlasste, ihrer Bitte Folge zu leisten.

Dieter, anfangs noch von pastoraler Ruhe, wenn man berücksichtigte, dass ein geladenes Gewehr auf seinen Kopf gerichtet war, wurde zusehends nervöser und fing an zu schwitzen. Er begriff, dass sich seine Frau in einem Gemütszustand befand, in dem sie fähig war, ihn zu töten.

»Du hast unser Kind vergewaltigt, und du hast mir ins Gesicht gelogen. Ich weiß nicht mehr, warum ich dich damals geheiratet habe, ich weiß nur, dass ich es heute bereue. Und dass du für das büßen wirst, was du getan hast.«

Wolfgang hatte einen sehr wachen Blick auf das Gewehr und seine Geliebte. »Katharina – es ist nicht deine Sache, für Gerechtigkeit zu sorgen. Tu bitte das Gewehr weg.«

»Halt dich da raus.« Sie kam mit dem Gewehrlauf näher und drückte ihn schließlich Dieter auf die Stirn. Dieter schluckte und schloss die Augen. »Du leugnest es also immer noch. Sei wenigstens einmal ein Mann und gib es zu, bevor du zur Hölle fährst.« Dieter Millruth war paralysiert und unfähig, auch nur ein Wort herauszubringen. Der Schuss versetzte alle am Tisch in einen Todesschrecken.

Er hatte es eilig gehabt wegzukommen, sich aber dennoch so viel Zeit genommen, sie mit vier Spanngurten an der Matratze zu fixieren, zwei für den Rumpf, je einer für Beine und Kopf. Sie konnte sich ein wenig aufrichten, wenn sie sich anstrengte. Aber das kostete mehr Kraft, als sie hatte. Etwa ein halbes Dutzend alter Decken lagen auf ihrem Gesicht. Die hatte er ihr hastig übergeworfen, um sicherzustellen, dass sie keinen Lärm machte. Es gab eine kleine Luftkammer, aber der Sauerstoffanteil in der Atemluft wurde immer geringer, und von außen kam zu wenig frische Luft nach. Sie fragte sich, ob er wiederkommen würde. Oder war das der Tod, den er für sie bestimmt hatte? Langsam unter einem Haufen alter Decken zu ersticken?

Mike und Wallner waren durch das offene Einfahrtstor auf das Grundstück gefahren, ohne zu läuten. An der Haustür hatten sie laute Stimmen gehört und beschlossen, die Unterhaltung nicht zu stören. Vielleicht war die Familie gerade in einem Prozess der Wahrheitsfindung begriffen. Die Tür war nicht abgesperrt, und so betraten Mike und Wallner unbemerkt das Haus. Als sie sahen, dass Katharina Millruth ihren Mann mit einer Flinte bedrohte, und das in einem Zustand beängstigender Erregung, schoss Mike in die Zimmerdecke, und Wallner entwand der Frau das Gewehr, bevor die richtig begriff, was vorgefallen war. Sie stand zitternd im Raum und starrte den Kommissar an.

»Das ist nicht die Lösung Ihrer Probleme. Es reicht, dass Ihre Tochter erschossen wurde.«

Katharina setzte sich auf einen Stuhl und wartete wie alle anderen darauf, was die Polizisten ihnen zu sagen hatten.

»Sie denken also«, begann Mike, »dass Ihr Mann Ihre Tochter erschossen hat. Wir sind da nicht ganz so sicher. Aber wir glauben zumindest, dass der Mörder sich hier im Raum befindet.« Mike sah in die Runde. Außer Dieter Millruth hatte keiner das Bedürfnis, Mike in die Augen zu sehen. »Frau Millruth geht, wie gesagt, davon aus, dass es ihr Mann war. Hat jemand eine andere Vermutung?«

Da niemand antwortete, wertete Mike das als ein Nein.

»Nun – wir haben noch einmal gründlich nachgedacht. Was dabei herausgekommen ist, wird Ihnen Kriminalhauptkommissar Wallner berichten. Der ist zwar im Urlaub, aber psychologisch beschlagener als ich.«

»Das augenfälligste Motiv«, begann Wallner ohne weitere Einleitung, »hatte sicher Herr Dieter Millruth. Er war von seiner Tochter beschuldigt worden, sie im Kindesalter missbraucht zu haben. Wäre sie damit an die Öffentlichkeit gegangen oder hätte es gar einen Strafprozess gegeben, wäre es das Ende seiner Schauspielkarriere gewesen und vermutlich sein Ruin in allen Belangen.«

Dieter Millruth wollte etwas einwenden, aber Wallner bremste ihn mit einer Handbewegung. »Hören

Sie einfach zu. Ich stelle keine Behauptungen auf, sondern zeige nur die verschiedenen Möglichkeiten auf.«

Dieter Millruth lehnte sich in seinem Sessel zurück und verschränkte die Arme vor der Brust.

»Adrian Millruth hatte noch am Heiligen Abend gefordert, etwas dagegen zu unternehmen, dass Leni die Familie zerstört. Sie sind«, er wandte sich an Adrian, »soweit ich das beurteilen kann, ein Mensch, dem die Familie viel bedeutet. Vielleicht wollten Sie die Familie vor Ihrer Schwester schützen. Sie hatten viel getrunken. Waren möglicherweise nicht mehr ganz Herr Ihrer Handlungen.«

Adrian sah Wallner ohne sichtbare Gefühlsregung in die Augen.

»Oder nehmen wir Sie«, Wallner fixierte Henry Millruth. »Ich glaube, Sie haben eine relativ gute Beziehung zu Ihrem Vater. Sie wollten sicher nicht, dass er ins Gefängnis geht. Am Ende für etwas, das nur der bekanntermaßen lebhaften Phantasie Ihrer kleinen Schwester entsprungen war. Sie haben in der Nacht noch versucht, Ihre Schwester umzustimmen. Mit Ihnen sprach sie eher als mit Ihrem Bruder. Aber Leni wollte davon nichts wissen, wurde aggressiv und ausfällig gegen Sie und Ihren Vater. Da ist es mit Ihnen durchgegangen ...«

Henry schüttelte den Kopf.

»Nur ein denkbares Szenario. Ebenso denkbar, dass *Sie* die Familie schützen wollten.« Wolfgang Millruth war an der Reihe. »Wenn das alles hier auseinandergebrochen wäre, wenn Ihr Bruder ins Gefängnis gekommen wäre und Frau Millruth kein Geld mehr verdient hätte, dann wäre es auch an Ihre eigene Exis-

tenz gegangen. Denn Sie haben nichts als diese Familie und dieses Heim.«
»Danke, dass Sie mich dran erinnern.«
»Nehmen Sie es nicht persönlich. Es ist nur eine Art Brainstorming. Kommen wir schließlich zu Ihnen, Frau Millruth. Auch Ihnen geht die Familie über alles. Andererseits – welche Mutter würde die eigene Tochter erschießen, um die Familie zu erhalten? Obwohl die Nerven blank lagen. Gehen Sie auch auf die Jagd?«
»Nein. Ich gehe manchmal mit. Aber ich schieße nicht.«
»Dann sind Sie von allen Anwesenden am wenigsten mit Waffen vertraut. Vielleicht war es ja ein Unfall.«
»Ich habe meine Tochter nicht getötet.«
»Hab ich auch nicht behauptet. Die angestellten Spekulationen gelten natürlich für den Fall, dass Dieter Millruth tatsächlich vor zwölf Jahren seine Tochter missbraucht hat. Ob das wahr ist, wissen wir nicht. Sollte jemand anderer aus der Familie den Missbrauch begangen haben, dann ergäbe sich daraus ein ganz eigenes Motiv. Und immerhin haben wir hier im Raum drei weitere männliche Familienmitglieder versammelt, die zu der Zeit, als der Missbrauch stattfand, erwachsen waren. Hatte etwa Wolfgang Millruth eine unbekannte Neigung, die auch seine Geliebte nicht kannte?«
Katharina Millruth sah zweifelnd zu ihrem Schwager.
»Adrian hat, wie man hört, großen Erfolg beim anderen Geschlecht. War sein Trieb so stark, dass er selbst vor seiner eigenen Schwester nicht haltmachte? Auf der anderen Seite Henry, der sich mit Frauen schwer-

tat. Musste er sich in Ermangelung von Alternativen an seiner Schwester vergreifen? Frau Millruth lasse ich in diesem Zusammenhang mal außen vor.«

Wallner machte eine kurze Pause, um nachzudenken. »Bemerkenswert wäre in diesem Fall natürlich der Umstand, dass Leni ihren Vater beschuldigt hat und nicht den wahren Täter. So etwas kommt vor. Ich habe mich erkundigt. Es kann jedoch sein, dass im Lauf der Therapie das Gedächtnis sozusagen nachbessert und sich das Missbrauchsopfer an den tatsächlichen Täter erinnert. Leni wäre für den Täter also eine lebende Zeitbombe gewesen. Die Frage ist nur: Warum erinnerte sich Leni an ihren Vater, wenn er gar nicht der Täter war?«

Wallner wandte sich unversehens an Adrian. »Wie war Ihr Verhältnis zu Ihrer Schwester?«

Adrian überlegte, sah zu seiner Mutter, dann zu seinem Vater. Schließlich sagte er: »Offen gesagt: eher problematisch. Wir sind uns aus dem Weg gegangen, wir haben nie telefoniert. Und wenn wir uns begegnet sind, dann auf Familienfeiern.«

»Ihr Verhältnis zu Leni war besser?« Wallner sah Henry an.

»Ja. Wir haben gelegentlich telefoniert. Manchmal hat sie mir auch Persönliches erzählt. Aber nicht sehr oft. Ich würde sagen, wir mochten uns als Geschwister. Aber eine gewisse Distanz war immer da.«

»Wie steht es mit Ihnen?«

Wolfgang Millruth zuckte mit den Schultern. »Unser Verhältnis war eigentlich ganz gut. Hab ich mir jedenfalls immer eingebildet.«

»Es *war* sehr gut. Du warst der Einzige, auf den sie gehört hat«, sagte Katharina Millruth. »Wenn sie Pro-

bleme hatte, ist sie zu dir gegangen. Nicht zu mir und nicht zu ihrem Vater. Zu dir.«
»Sie waren für Leni immer da, nicht wahr? Auch wenn ihre Eltern fort waren, um Filme zu drehen.«
»Nun ja, ich war sicher eine Konstante in ihrem Leben.«
»Kann man sagen, dass Sie ihre eigentliche Vaterfigur waren?«
Wolfgang Millruth sah seinen Bruder an. »Nein, so weit würde ich jetzt nicht gehen ...«
»Doch, es war schon so«, schnitt Dieter Millruth seinem Bruder das Wort ab. »Das war mir immer klar. Auf mich musst du keine Rücksicht nehmen.«
»Das ist möglicherweise der Punkt. Es gibt Fälle, habe ich mir sagen lassen, da wird der missbrauchende Vater in der Erinnerung des Opfers durch, sagen wir, einen Freund der Familie ersetzt. Warum? Weil das Opfer, einem natürlichen Instinkt folgend, seine Eltern schützt. Weil es nicht wahrhaben will, dass der Mensch, den es am meisten liebt, ihm so etwas Schreckliches angetan hat. Deshalb muss es ein anderer gewesen sein. Es wird sozusagen ein plausibles Double in die Historie eingefügt. In unserem Beispiel der Freund des Vaters. Was aber, wenn der Mensch, den das Opfer am meisten liebt, gar nicht der Vater ist, sondern beispielsweise der Onkel? Wäre es nicht denkbar, dass in der Erinnerung der Vater herhalten muss für einen Missbrauch, den in Wirklichkeit der geliebte Onkel begangen hat?«
Es war absolut still im Raum.
»Das Polaroidfoto von Leni wurde vermutlich am neunzehnten Juni 1998 aufgenommen, der Tag, an dem Hanna Lohwerk verunglückte und ihr halbes

Gesicht verbrannte. Der Tag ist verständlicherweise einigen Leuten im Gedächtnis geblieben. Unter anderem auch einem Mann namens Kilian Raubert. Wir haben auf dem Weg hierher mit ihm telefoniert. Er hatte damals eine Affäre mit Ihrem Au-pair-Mädchen Sofia Popescu. An dem Tag, als Leni Hanna Lohwerk vor den Wagen lief, war das Au-pair nicht bei Leni, wo sie eigentlich hätte sein sollen. Denn Sofia Popescu hatte ein Schäferstündchen mit Kilian Raubert. Allerdings kann man der jungen Frau keinen Vorwurf machen. Sie hatte Leni nämlich in bester Obhut zurückgelassen. Ihr Onkel Wolfgang hatte angeboten, auf Leni aufzupassen.«
Katharina Millruth entgleisten die Gesichtszüge, als sie erst Wolfgang ansah, dann ihren Mann Dieter.
»Das hast du nicht getan, Wolfgang. Sag, dass das nicht wahr ist.«
»Nein«, sagte Wolfgang. »Das sind reine Spekulationen. Ich hätte Leni nie berührt.«
Ein Zucken war in Dieter Millruths Gesicht gefahren, seine zynische Ruhe war dahin. Es kam für alle im Raum vollkommen unvorbereitet, als er mit einem Mal aufsprang und sich auf seinen Bruder stürzte. Er schlug wie besessen auf ihn ein, beschimpfte ihn unflätig und schrie dermaßen, dass seine Stimme schließlich versagte. Den vier anwesenden Männern war es fast nicht möglich, den Rasenden von seinem Bruder, der sich nicht wehrte, wegzuziehen.
Nachdem man Dieter in ein anderes Zimmer gebracht hatte, saß Wolfgang immer noch versteinert in einer Zimmerecke auf dem Boden und starrte auf ein Tischbein. Katharina stand vor ihm und schüttelte stumm und unablässig den Kopf.

»Er hat es nicht getan«, sagte sie den Kommissaren, als sie das Zimmer wieder betraten.
Mike ignorierte die Frau und stellte sich vor Wolfgang Millruth. »Jennifer Loibl war in der Hütte. Wohin haben Sie sie gebracht? Wohin?«

Kapitel 65

Jennifer Loibl war ohnmächtig, als die Polizei sie aus dem Keller der alten Remise befreite, aber sie lebte und trug außer Abschürfungen an den Handgelenken und einigen blauen Flecken keine körperlichen Schäden davon. Die seelische Verarbeitung ihrer Entführung würde voraussichtlich lange Zeit dauern und nicht ohne therapeutische Hilfe möglich sein. Wolfgang Millruth hatte Jennifer Loibl in der Jagdhütte seines Bruders betäubt, ihr Auto im Wald versteckt, Jennifer in seinem Wagen auf das Millruthsche Grundstück gebracht und in den Keller seines Hauses gesperrt. Er legte noch am gleichen Tag ein umfassendes Geständnis ab.

Es war gegen halb vier in der Weihnachtsnacht. Schnee fiel in dichten Flocken auf das Anwesen der Familie Millruth. Alle Fenster waren dunkel. Einzig im alten Pferdestall brannte Licht. Eine Gestalt stapfte durch den Neuschnee auf das beleuchtete Gebäude zu. Es war Wolfgang Millruth. Er trug eine Schrotflinte in der Hand.
Leni starrte ihren Onkel erschrocken an, als er mit dem Gewehr im Raum stand.
»Du hast mich vielleicht erschreckt. Was machst du mit der Flinte?«
»Ich dachte, es ist vielleicht ein Einbrecher. Was tust du hier?«
Leni kam hinter einem Stapel Bauernstühle hervor.

»Ich suche mein Lamm. Als Kind hatte ich dieses pinkfarbene Plüschlamm. Herr Lämmle. Kannst du dich erinnern?«

»Ja. Wieso suchst du mitten in der Nacht danach?«

»Ich habe etwas darin versteckt. Und ich glaube, es beweist, dass mein Vater mich missbraucht hat.«

»Was sollte das sein?«

»Ich weiß es nicht. Mein Gedächtnis weigert sich noch, es mir zu verraten. Um mich zu schützen, sagt meine Therapeutin. Ich weiß nur, dass es etwas sehr Schlimmes war. Es musste weg. Niemand durfte es sehen. Und so habe ich es in die Obhut von Herrn Lämmle gegeben.«

Wolfgang Millruth wurde bleich. Es musste das Foto sein. Jahrelang hatte er wie besessen danach gesucht.

»Wie hast du es in dem Lamm versteckt?«

»Dort, wo der Kopf angesetzt war, gab es ein Loch. Die Naht war gerissen. Da habe ich es hineingesteckt, und hinterher habe ich Sofia gebeten, es zuzunähen.«

»Komm, geh ins Bett. Du kannst morgen danach suchen. Ich helfe dir dabei.«

»Nein, nein. Ich habe nur vorsichtshalber noch mal hier nachgesehen. Und weil ich nicht schlafen kann. Ich bin mir ziemlich sicher, dass ich Herrn Lämmle damals Sofia geschenkt habe, als sie nach Rumänien zurück ist. Ich schau morgen mal in Facebook, ob ich sie finde.«

»Gute Idee.« Tausend beunruhigende Gedanken schossen Wolfgang durch den Kopf. »Und was, wenn nicht?«

»Was meinst du?«

»Wirst du dich jemals wieder daran erinnern, was du in diesem Plüschlamm versteckt hast?«

»O ja! Das werde ich. Nur eine Frage der Zeit, sagt meine Therapeutin. Irgendwann wird alles, was mir mein Vater angetan hat, glasklar vor meinen Augen stehen. Irgendwann werde ich mich an alles erinnern. Und glaube mir: Ich werde es nicht runterschlucken. Er wird dafür büßen.« In diesem Augenblick fiel ihr auf, wie bleich ihr Onkel war und dass sein Gesicht vor Schweiß glänzte. »Was hast du?«, fragte sie.
»Nichts. Es ist wohl der viele Alkohol.«
Er hob den Lauf der Flinte, bis er auf der Höhe von Lenis Bauch war. Es waren keine zwei Meter zwischen der Mündung und Leni.
»Pass bitte auf. Du zielst genau auf mich.« Lenis Stimme klang ein bisschen verwundert, aber auch nicht mehr, bevor der Schuss ihr die Eingeweide zerfetzte.

Kapitel 66

Vera saß auf einer Besucherbank. Sie hatte einen Plastikbecher mit Kaffee in der Hand und die Brille abgesetzt, so dass man die Ringe um ihre Augen sah. Ansonsten machte sie einen ruhigen Eindruck und lächelte Wallner erschöpft an.
»Wie geht's dir?« Er setzte sich neben sie.
»Christian ist vor einer Stunde gestorben.«
Wallner nickte und wusste nicht, was er sagen sollte.
»Es ist in Ordnung«, sagte Vera. »Ich bin hauptsächlich müde.«
»Und traurig?«
»Auch. Natürlich. Aber ich war jetzt vier Tage so traurig wie noch nie in meinem Leben. Es war ein langer Abschied von Christian. Ich hab's hinter mir.«
Sie lehnte sich an Wallners Schulter. Die beiden blieben so, bis Vera eingeschlafen war. Wallner ließ sie sanft nach unten gleiten, bis ihr Kopf mit den kastanienbraunen Locken auf seinem Schoß ruhte. Er angelte nach dem Kaffeebecher, den Vera neben sich abgestellt hatte, und trank ihn aus. Sie atmete gleichmäßig und tief. Wallner empfand Wärme, Frieden und Glück bei ihrem Anblick und war bereit, für immer so sitzen zu bleiben. Ein Bett mit einem unter einer Decke verborgenen Körper wurde vorbeigeschoben. Wallner fragte sich, ob es Christian war.
»Da seids ja!«, sagte jemand. Es war Manfred, den Wallner vom Auto aus angerufen hatte. Vera erwachte und blinzelte Manfred an.

»Hallo Manfred. Was machst du denn hier?«
»Ich hab gedacht, ich schau, ob ich mich nützlich machen kann. Kaffee holen oder so was. Oder einfach aufpassen, ob er aufwacht. Ich weiß noch, wie das bei meinem Vater war.«
»Das ist lieb«, sagte Vera. »Aber es ist schon vorbei.«
»Oh – ist der Christian schon …?«
»Ja. Ihm geht's jetzt besser.« Sie sah sich um. Die Beleuchtung war ungemütlich, und draußen war Nacht. »Wollen wir spazieren gehen?«

Sie gingen eine Weile, nicht zu schnell und nicht zu weit. Manfred war nicht mehr gut zu Fuß. Am Friedensengel setzten sie sich auf eine Parkbank. Einige Zeit sagte niemand etwas, bis Vera das Wort ergriff.
»Passt auf: Vielleicht ist es ein merkwürdiger Zeitpunkt, um euch das zu sagen. Aber irgendwie habe ich das Bedürfnis, es zu tun. Und wer weiß schon, wann der ideale Zeitpunkt für eine solche Nachricht ist. Ich meine, immerhin ist es ein lauer Frühlingsabend. Insofern ist der Zeitpunkt nicht vollkommen unpassend. Wenn, wie gesagt, das mit Christian nicht wäre. Oje, ich merke, dass ich müde bin und haarsträubenden Unsinn rede. Deshalb sollte ich langsam loswerden, was ich euch sagen will. Es handelt sich eigentlich nur um Folgendes: Ich … genauer gesagt, wir kriegen ein Kind.«
Wallner und auch Manfred wischten, nachdem sie begriffen hatten, was Vera gesagt hatte, rasch ein paar Tränen weg. Wallner behauptete, es sei die Anspannung der letzten Tage, die von ihm abfalle. So recht glauben wollte ihm das keiner.

Epilog

*Wolfgang Millruths Geständnis –
Auszüge:*

... Mein Verhältnis zu Hanna Lohwerk kann man als freundschaftlich bezeichnen. Ich denke, wir mochten und verstanden uns, weil wir in einer ähnlichen Lage waren: beide abhängig vom Wohlwollen der Familie Millruth, beide mit der Familie verbunden, aber nicht wirklich dazugehörig. Es war etwa im Februar, als sie anfing, mich über Weihnachten auszuhorchen. Ich wurde misstrauisch und habe mir Zugang zu ihrer Wohnung verschafft, um auf ihrem Computer die E-Mails zu lesen. Da waren auch Mails, die sie an Henrys Ex-Freundin Jennifer Loibl geschrieen hatte. Aus ihnen ging hervor, dass die Frauen Lenis Plüschlamm bei unserem ehemaligen Au-pair-Mädchen in Rumänien aufgetrieben hatten. Ich hatte damals ein Polaroidbild von meiner Nichte gemacht. Kurz darauf war sie verstört aus dem Haus gelaufen und Hanna Lohwerk direkt vor den Wagen. In dem Chaos nach dem Unfall ist Leni wohl zurückgegangen und hat das Foto an sich genommen. Ich konnte es jedenfalls nicht mehr finden. Seit Weihnachten war mir klar, dass sie das Foto in dem Lamm versteckt hatte.
... Hanna Lohwerk brauchte Geld für eine Schönheitsoperation in Amerika. Sie würde daher ohne Rücksicht Gebrauch von dem Foto machen. In der Nacht zum Gründonnerstag habe ich sie mit dem

Wagen verfolgt und hatte vor, sie bei passender Gelegenheit zu töten. Etwa zwischen einundzwanzig und zweiundzwanzig Uhr fuhr sie zur Spedition des Kilian Raubert. Hanna Lohwerks Besuch in der Spedition war von einer Überwachungskamera aufgenommen worden. Ich hielt das für eine günstige Gelegenheit, den Verdacht auf Kilian Raubert zu lenken.

… Nachdem ich Hanna Lohwerk getötet und ihren Computer an mich genommen hatte, fuhr ich mit der Leiche zur Spedition zurück und legte sie in den Laderaum eines Lieferwagens. Vorher hatte ich das Kabel der Videokamera durchtrennt. Es war mir bewusst, dass man als Mörder eine Leiche kaum im eigenen Wagen verstecken würde. Aber die wahre Erklärung für die Leiche im Lieferwagen wäre so abwegig, dass wohl niemand darauf kommen würde.

… Sofia Popescu habe ich am Dienstag vor Ostern getötet. Sie hat wohl geahnt, dass ich etwas mit dem Tod meiner Nichte zu tun hatte, und wollte zur Polizei gehen.

… Es ist mir heute unbegreiflich, dass ich Leni erschossen habe, den Menschen, der mir in meinem gesamten Leben am meisten bedeutet hat. Aber meine Angst war damals übermächtig. Die Angst, dass eines Tages ihre Erinnerung zurückkehrt. Es war mir erträglicher, sie tot zu sehen, als mit ihrer Verachtung zu leben …

Kreuthner hingegen gestand gar nichts:

Nein, Kreuthner kam einmal mehr ungeschoren davon. Kilian Raubert revidierte überraschend seine Aussage, wonach zwischen ihm und Kreuthner ein Autorennen stattgefunden hatte. Stattdessen bekannte er sich schuldig, zu schnell gefahren zu sein. Kreuthner habe ihn deswegen angehalten. Seine erste Aussage habe er aus Verärgerung über Kreuthner gemacht. Das Disziplinarverfahren gegen Kreuthner wurde daraufhin eingestellt. Gerüchten zufolge ging Rauberts Sinneswandel auf einen Deal mit Kreuthner zurück. Der soll seinem Spezl versprochen haben, dessen Affäre mit Sofia Popescu aus dem Strafprozess gegen Wolfgang Millruth herauszuhalten. Darauf hatte Kreuthner natürlich keinen Einfluss. Aber Kreuthner wusste: Die Sache war für den Ausgang des Verfahrens bedeutungslos, und Wallner und Mike hatten nicht vor, sie im Abschlussbericht zu erwähnen.

Was den gefälschten Durchsuchungsbeschluss betraf, so ließ man die Angelegenheit mit Rücksicht auf die von Kreuthner angestiftete Monika Podgorny unter den Tisch fallen, würde aber in Zukunft mehr als nur ein wachsames Auge auf Kreuthner haben.

Danksagung

Ich bedanke mich bei all meinen Lesern und Fans, die dazu beigetragen haben, dass meine bisherigen Bücher erfolgreich wurden, vor allem bei Helga und Mimi. Besonderer Dank gilt meinem Freund und Partner beim Drehbuchschreiben Thomas Letocha für inspirierende Gespräche und etliche kluge Ideen, die er zu diesem Buch beigesteuert hat, Dr. Gisela Schmitt, die mir viele Einblicke in die psychologischen Aspekte der Geschichte vermittelte, Maria Hochsieder, die dem Manuskript den letzten Schliff gab, und meiner Lektorin Andrea Hartmann, die mit sicherem Auge die Stellen ausfindig gemacht hat, an denen dieses Buch noch verbessert werden konnte, und für ihre profunden Vorschläge zur Umsetzung dieser Verbesserungen.

Mehr über Andreas Föhr auch unter www.facebook.com/andreas.foehr oder www.knaur.de/foehr

Hat Ihnen dieser Roman gefallen?
Entdecken Sie auf den nächsten Seiten eine neue
und packende Story aus der Feder von ...

Andreas Föhr

Schwarze Piste

Kriminalroman

KNAUR TASCHENBUCH VERLAG

Simon Kreuthner war im Dezember des Jahres 2011, seinem dreiundsiebzigsten Lebensjahr, heimgegangen. In eine bessere Welt, wie der Pfarrer sagte. Es wurde allerdings allgemein angenommen, dass er vor dem Einzug ins Paradies noch einige Zeit im Fegefeuer verbringen würde. Denn er hatte sich zu seinen Lebzeiten der Schwarzbrennerei und zahlreicher anderer Vergehen schuldig gemacht. Nie hatte er Reue gezeigt noch auch nur den Versuch unternommen, ein ehrbares Leben zu führen.

Jetzt war er tot, und sein baufälliges Anwesen, ein zwischen Gmund und Hausham gelegenes Bauernhaus, hatte er seinem Neffen, Polizeiobermeister Leonhardt Kreuthner, vererbt. Der Grund war schuldenfrei, und im Haus war zwar keine Landwirtschaft mehr, aber eine seit fünfzig Jahren eingesessene Schwarzbrennerei. Manch einen nahm es Wunder, dass der Onkel ausgerechnet Kreuthner bedacht hatte. Das Verhältnis der beiden war durchaus nicht herzlich gewesen. Aber Simon hatte seine Entscheidung sorgfältig abgewogen. An das Erbe war nämlich eine Bedingung geknüpft, die heikel und juristisch besehen unwirksam war. Simon musste sich also bei seinem Erben darauf verlassen, dass er die Bedingung nicht einfach unter den Tisch fallen ließ. Außer einem Rest Anstand musste der Bedachte ein gerüttelt Maß kriminelle Energie mitbringen, um seiner Aufgabe nachzukommen. Zwar gab es in der Familie nicht wenige, die die zweite Bedingung erfüllten. Aber wer von all den Gaunern und Spitzbuben würde sich in die Nesseln setzen, nur um dem Onkel posthum einen Gefallen zu tun? Fast jeder von denen hatte eine Bewährung laufen, sofern er überhaupt auf freiem Fuß war. Da riskierte keiner, wieder einzufahren, wenn man draußen eine schöne Erbschaft verprassen konnte. Einzig und allein seinem Neffen Leonhardt traute Simon den erforderlichen Anstand zu. Das mochte im Angesicht des Lebenswandels, den Leonhardt Kreuthner pflegte, verwundern. Doch in Familiendingen war Kreuthner ungewohnt sentimental.

In Erfüllung des Auftrags, den Simon ihm auf dem Sterbebett in einem verschlossenen Briefumschlag zugesteckt hatte, begab sich Kreuthner an einem Tag Anfang Dezember mit einem Rucksack auf den Wallberg. Den Rucksack hinterlegte er zunächst im Restaurant der Bergstation und bat, vorsichtig damit umzugehen. Anschließend ging Kreuthner Ski fahren. Die schwarze Piste der ehemaligen Herrenabfahrt war bei durchschnittlichen Skifahrern gefürchtet, bei den guten aber ein Geheimtipp. Man konnte sie nur befahren, wenn es frisch geschneit hatte. Denn sie wurde nicht gewalzt, und bereits nach wenigen Tagen war sie so ramponiert, dass sie auch besseren Fahrern kaum noch Freude bereitete.
An diesem Tag fiel die meiste Zeit flockiger Schnee vom Himmel. Nur mittags tat sich für zwei Stunden ein Wolkenloch auf, und Kreuthner konnte auf der Terrasse des Wallberghauses das eine oder andere Weißbier genießen. Und

wie er in der Sonne saß und über die Berge nach Süden schaute, hinüber zum Blankenstein und weiter hinten zur Halserspitze und links davon zum Felsmassiv des Guffert und ganz weit hinten zu den Gletschern der Zillertaler Alpen – da hörte er eine dünne weibliche Stimme. »Ist da noch frei?«

Am Tisch stand eine Frau von etwa fünfunddreißig Jahren. Ihr Skioverall war vor vielen Jahren in Mode gewesen, jetzt aber alt und abgetragen, die Skischuhe ebenso. Die Haare hellblond, mittellang und dünn, das Gesicht war weiß mit vollen Lippen, nicht ins Auge springend schön, doch auf den zweiten Blick ansprechend. Sie schien in sich gekehrt und sah Kreuthner an, als fürchte sie ernsthaft, dass er sie nicht Platz nehmen ließe. In der Hand hielt sie ein Tablett, darauf ein Teller Pommes frites, eine Plastikflasche Wasser ohne Kohlensäure und eine Gabel.

»Hock dich her. Is noch alles frei«, sagte Kreuthner und zog sein Weißbier an sich, denn die Frau machte einen ungeschickten Eindruck. Die Vorsicht erwies sich als berechtigt. Beim Hinsetzen verhakte sich ein Skischuh der Frau zwischen Tisch und Bank, und das Tablett fiel ihr aus der Hand, woraufhin sich die Pommes über den Tisch verteilten. Die Frau entschuldigte sich hektisch und begann, die Kartoffelstreifen aufzusammeln. Sorgsam reihte sie sie nebeneinander auf dem Teller auf. Als die verfügbare Fläche belegt war, legte sie die nächste Schicht gitterförmig auf die untere.

»Machst du des immer mit deinen Pommes«, erkundigte sich Kreuthner, nachdem er ihr eine Weile zugesehen hatte.

»Ich hab's gern ordentlich«, sagte die Frau und steckte sich nachdenklich ein Pommes-Stäbchen in den Mund. Dann stapelte sie weiter.

»Okay ...« Kreuthner nahm einen Schluck Weißbier und wandte seinen Blick nach Süden zum Horizont. »Die Bratwurst hier is auch net schlecht. Da musst net so viel ordnen.«

»Das mag sein. Nur ... ich bin Vegetarierin.«

Kreuthner betrachtete die Frau mit einer Mischung aus Neugier und Erstaunen.

...

»Tja, ich pack's dann wieder«, sagte Kreuthner, nahm sein Weißbierglas und stand auf.

Gegen vier holte Kreuthner seinen Rucksack aus dem Restaurant und stapfte etwa hundert Meter in Richtung Gipfel. Es waren keine Skiläufer mehr zu sehen, denn in Kürze würde es dunkel werden. Kreuthner konnte keine Zeugen gebrauchen für das, was er vorhatte. Er stellte sich auf eine Stelle mit guter Aussicht und holte das Blechbehältnis aus dem Rucksack. Das Tal lag weiß und friedlich tausend Meter unter ihm, in dessen Mitte ein großer schwarzer Fleck, der aussah wie eine Zipfelmütze mit Beinen – der Tegernsee. Im Norden verschwamm die Landschaft im grauen Dunst der hereinziehenden Nacht, von Südwest kamen letzte Sonnenstrahlen und erleuchteten das große Kreuz auf dem Gipfel des Wallbergs. Simon

hatte, obwohl zeit seines Lebens einigermaßen katholisch, verbrannt werden wollen. Die Vorstellung, in der Erde zu verfaulen, war ihm unerträglich gewesen. Verstreuen sollten sie ihn respektive seine Asche. Und zwar auf dem höchsten Berg am Tegernsee, dem Wallberg. Das war in Deutschland nicht erlaubt. Deshalb hatte Kreuthner den Onkel nachts heimlich aus dem Grab holen müssen.
Der Himmel war teils blau, teils von grauen Wolken bedeckt, und ein kalter Wind blies Schneeflocken vorbei, als Kreuthner die den Onkel enthaltende Urne öffnete. Er überlegte kurz, ob er etwas Feierliches sagen sollte, aber es wollte ihm nichts einfallen. Schließlich sagte er die Worte, die er so ähnlich im Fernsehen gehört hatte: »Simmerl – es war mir eine Ehre, dich gekannt zu haben.« Dabei wurden ihm die Augen feucht, und er musste schlucken. Eine Erinnerung wurde wach, wie ihn Onkel Simmerl einst in die Geheimnisse des Schwarzbrennens eingeweiht hatte und sie zusammen den ersten von Kreuthner gebrannten Obstler verkostet hatten. Da war er elf Jahre alt gewesen. Mit diesem bewegenden Gedanken im Herzen drehte er die Urne um und übergab Simon Kreuthners Asche dem Bergwind. Der blies sie mit böiger Wucht in Richtung Setzberg, und genau aus dieser Richtung hörte Kreuthner kurz darauf jemanden rufen: »He! Was soll das?!«
Zwanzig Meter unterhalb stand eine graue Gestalt auf Skiern, die hustete und sich die Asche vom Skianzug klopfte. Wie es aussah, hatte sie den ganzen Onkel abbekommen. Als Kreuthner bei ihr ankam und sich für sein Missgeschick entschuldigte, sah er, dass es die Frau war, die er mittags auf der Terrasse getroffen hatte.

»Verdammt! Was war denn das?«, fragte sie hüstelnd und wischte sich die Augen aus.

»Nur a bissl Asche. Wart, des hamma gleich. Ich bin übrigens der Leo.« Kreuthner klopfte sie ab.

»Lass, das geht schon. Ich mach es mit Schnee weg. Sonst wird das nicht richtig sauber. Ich heiße Daniela« Nachdem sie das gesagt hatte, stand Daniela still auf der Stelle und blickte blinzelnd in den Himmel.

»Was ist los?«

»Ich habe Asche in den Augen.«

»Tut mir echt leid. Aber ich hab nicht gedacht, dass noch wer da ist. Was machst denn hier um die Zeit?«

»Ich wollte die Einsamkeit genießen. Ich hab ja nicht gewusst, dass jemand hier Asche verstreut. Was ist das überhaupt für Asche? Ich hoffe, nicht dein Hund oder deine Katze oder so was.«

»Mein Hund? Ja so a Schmarrn. Wie kommst denn da drauf?«

»Ist auch egal«, sagte Daniela und stakste durch den Schnee.

»Kann ich helfen?«

»Danke, ich komm klar.«

Die Frau verschwand hinter einer großen Latschenkiefer und Kreuthner sah, wie sie mit Schnee die Asche von ihrem Skianzug rieb und sich das Gesicht säuberte. Die Sonne war im Südwesten untergegangen, und die Nacht zog herauf. Kreuthner sah hin und wieder zu der Frau. Sie brauchte lang, denn sie war gründlich. Unglaublich gründlich. Im Osten wurde es jetzt finster.

»Du musst a bissl hinmachen. Es is gleich dunkel.«

»Du musst auch nicht auf mich warten.«

Kreuthner überlegte, ob er das Angebot annehmen sollte. Aber das brachte er nicht über sich, dass er eine Frau nachts im Winter allein auf dem Wallberg zurückließ. Also wartete er. Lang. Sehr lang. Als Daniela hinter den Latschen hervorkam, standen die Sterne am Himmel. Zum Glück auch der Mond, so dass man die Piste erkennen konnte.
»Geht's wieder?«
Daniela nickte. »Wo fahren wir runter?«
»Herrnabfahrt. Die kenn ich wie meine Westentasche. Bei dem Mond kein Problem.«
Daniela sah zweifelnd den dunklen Berg hinab.

Wo sind wir denn?« Danielas Stimme klang gereizt, aber auch brüchig, als kämpfe sie mit den Tränen.
»Wir müssten gleich auf die Rodelbahn stoßen. Das kann nimmer weit sein. Obacht!« Der zurückschnalzende Fichtenzweig schlug Daniela heftig und unerwartet ins Gesicht. Sie schrie auf und fluchte. »Ich hab doch Obacht gesagt«, rechtfertigte sich Kreuthner.
»So ein Mist! Meine Kontaktlinsen sind rausgefallen.«
»In den Schnee?«
»Ja wohin denn sonst?«
Kreuthner blickte zurück, konnte Daniela aber nur erahnen, obwohl sie keine drei Meter entfernt war. Hier mitten

im Nadelwald war es – wie Onkel Simon (berühmt auch für seine treffenden Vergleiche) sagen würde – dunkel wie im Bärenarsch. »Wie willst denn hier Kontaktlinsen finden?«
»Ich seh aber nichts ohne Kontaktlinsen.«
»Macht im Augenblick net viel Unterschied, oder?«
Kreuthner stapfte mit seinen Skiern durch den knietiefen Schnee zu Daniela zurück.

Es war ein erhabener Moment gewesen, als sie beide oben am Beginn der Herrenabfahrt gestanden waren. Der Vollmond hatte am Himmel geleuchtet und auf den Schnee geschienen, dass man jede Spur, jeden kleinsten Buckel sehen konnte wie am Tag. Unter ihnen der See mit tausend Lichtern, umrahmt von Neureuth, Hirschberg, Kampen und Fockenstein. Am nördlichen Horizont leuchtete München rötlich unter einer fernen Smoglocke. Der Hang war verspurt. Der Schnee zu unregelmäßigen Haufen aufgeworfen, aber kalt und noch nicht schwer, und an keiner Stelle kam der Dreck durch. Kreuthner fuhr vor, setzte einige Schwünge in die steile Piste und wartete weiter unten auf Daniela. Sie erwies sich als geübte Fahrerin, die mit den Schneeverhältnissen gut zurechtkam. Ihr Atem ging schnell, und sie lächelte sogar, als sie neben Kreuthner zum Stehen kam. Es hatte seinen eigenen Reiz, bei Vollmond Ski zu fahren, am Berg unterm Sternenzelt, und die Nacht so kalt und klar.
Was ihrer beider Aufmerksamkeit entgangen war, wie sie auf den See geschaut hatten und auf München ganz oben im Norden, das war die Wolkenwand, die von Südwesten kam. Eben jetzt, als Kreuthner am Waldrand entlangfuhr,

wo der Schnee am besten war, schob sie sich unversehens vor den Mond, und es wurde dunkel. So dunkel, dass Kreuthner mit einem Mal in ein schwarzes Loch fuhr und nicht mehr sehen konnte, was ihm auf der Piste entgegenkam. Er versuchte zu bremsen. Doch das brauchte Zeit, denn der Hang war steil und Kreuthner in der Falllinie. Unversehens stauchte ihn ein Buckel zusammen, dass seine Brust fast auf die Knie schlug. Kreuthner geriet in Rücklage, was seine Fahrt zusätzlich beschleunigte, und ehe er begriff, was mit ihm geschah, schoss er in den an dieser Stelle locker mit Jungbäumen bestandenen Bergwald hinein, überschlug sich mehrfach und blieb schließlich, den Kopf talwärts, liegen. Er hörte Daniela, die ängstlich nach ihm rief. Dann einen spitzen Schrei, der auf ihn zukam, ein Schatten, ein Aufprall und eine Schneewolke, die über ihm niederging. Daniela war bei ihm angekommen.
Nachdem sie sich aus dem Schnee gearbeitet und ihre Skier wieder angeschnallt hatten, wollte sie zur Piste zurück. Kreuthner hielt das für unnötige Mühsal. Wenn man geradeaus den Berg hinunterführe, müsse man zwangsläufig auf die Wallbergstraße stoßen, die im Winter als Rodelbahn diente.
»Aber es ist eh so dunkel. Wenn wir durch den Wald fahren, sehen wir gar nichts mehr«, wandte Daniela ein.
»Die Wolke ist gleich wieder weg. Dann ist alles kein Problem«, beschwichtigte Kreuthner und fuhr los.
Die Wolke aber war ein Tiefdruckgebiet, das den Himmel für die nächsten zwei Tage bedecken sollte. Und so wurde es immer dunkler, je tiefer sie in den Wald gerieten. Daniela versank einmal in einem Loch und ein weiteres Mal in einem Bach, der unter der Schneedecke verborgen lag.

Der Bach führte zum Glück nicht viel Wasser, doch dauerte es zehn Minuten, bis sie sich mit Kreuthners Hilfe befreit hatte.

Das fahle Licht ihres Handys beleuchtete ein kleines Areal zu Danielas Füßen, die mitsamt Skischuhen und Skiern im Schnee verborgen waren. »Ich seh nichts. Du?«, fragte Kreuthner.
»Es ist alles verschwommen. Ich hab doch gesagt, dass ich ohne Kontaktlinsen nichts sehen kann.«
»Wie findest du sie sonst, wenn sie dir rausfallen?«
»Entweder mit der, die noch drin ist. Oder ich taste den Boden ab. Oder ich frag jemanden, ob er mir helfen kann.«
»Da hat was geblinkt. Bissl mehr nach rechts leuchten.«
Es war nur der Aluminiumverschluss einer Getränkedose.
»Wie kommt denn der hierher?«, sinnierte Kreuthner.
»Das ist mir scheißegal. Ich will meine Linsen wieder!«
»Wir könnten a Markierung hinterlassen und morgen weitersuchen.«

Daniela klammerte sich an dem Skistock fest, den Kreuthner nach hinten hielt. Sie kamen nur langsam voran, denn Daniela traute sich kaum mehr als zwei Meter am Stück zu fahren und weinte die meiste Zeit. Wenn sie nicht weinte, haderte sie mit Kreuthner, weil der sie erst mit Asche überschüttet und später gesagt hatte, dass die nächtliche Abfahrt kein Problem sei.
»Schau! Da vorn, da ist die Rodelbahn.« Kreuthner nahm eine hellere Stelle wahr, die etwa fünfzig Meter voraus lag. Die alte Wallbergstraße, die von Rottach auf den Berg hinaufführte und auf der einst Autorennen ausgetragen

wurden, hatte eine vergleichsweise geringe Steigung. Eine Abfahrt war selbst bei schlechten Lichtverhältnissen einfach. Wenn Kreuthner und Daniela sie erreichten, wären sie in wenigen Minuten an der Talstation der Wallbergbahn. Doch erwies sich Kreuthners Vermutung als falsch. Die helle Stelle war nur eine kleine Lichtung im Wald. Ein Wegweiser ließ darauf schließen, dass hier im Sommer ein Wanderweg entlangführte.

»Schau, da sind Wegweiser«, sagte Kreuthner, um Daniela Hoffnung zu machen.

»Was steht drauf?«

»Kann's net lesen. Ist zu dunkel.«

In diesem Moment tat sich im Tiefdruckgebiet ein Loch auf, und der Mond ergoss sein Licht auf die beiden nächtlichen Skiwanderer. »Kannst du's jetzt lesen?«

»Ja«, sagte Kreuthner. »Wallberg eineinhalb Stunden.«

»Mir ist kalt.« Daniela steckte die Hände unter ihre Achseln.

Kreuthner sah sich um, ob es nicht doch einen Ausweg gab. Einige Meter weiter erblickte er eine verschneite Bank, die zuvor die Finsternis verborgen hatte.

»Mei is des lustig. Da auf der Bank sitzt a Schneemann. Da hat einer einen Schneemann gebaut. Mitten im Wald!«, ergriff Kreuthner die Gelegenheit, die Stimmung der Truppe zu heben. Nachdem Daniela nichts sagte und nur die Nase hochzog, fuhr Kreuthner zur Bank und betrachtete den Schneemann. Man konnte den Eindruck gewinnen, dass er den Kopf in den Nacken gelegt hatte und zum Himmel schaute.

»Der hat bestimmt amal a gelbe Rüb'n als Nase gehabt. Vielleicht ist sie runtergefallen.« Kreuthner suchte im Schnee nach der Karotte.

»Hallo!! Ich will bitte nach unten. Wir müssen jetzt doch nicht nach Möhren suchen.«

»Ich hab auch nur gedacht, wenn wir die Nase finden und sie ihm wieder reinstecken, dann schaut das lustig aus und du musst lachen, und dann fahrt sich's gleich viel besser durch den Wald.«

Daniela hatte keine Worte. Sie bewegte die blaugefrorenen Lippen, aber nichts kam heraus. Wäre Kreuthner des Lippenlesens kundig gewesen, hätte er vielleicht die Worte »Du Arschloch« gelesen. So aber suchte er weiter nach der Mohrrübe.

»Vielleicht ist sie ihm in den Schoß gefallen.« Kreuthner wischte den Schnee von der Stelle, an der er die Schneemannoberschenkel vermutete, und stieß auf etwas. Es war aber keine Karotte. »Des is ja witzig. Die haben dem Schneemann Hosen angezogen. Das musst du sehen.«

»Ich will's nicht sehen. Und ich kann auch nichts sehen. Es ist Nacht, und ich hab keine Kontaktlinsen mehr. Können wir jetzt bitte zur Talstation fahren!«

Kreuthner setzte unverdrossen seine Ausgrabungen fort und stieß auf immer mehr Goretex. »Des gibt's ja net. Der is total angezogen. Von oben bis unten.« Kreuthner wischte den Schnee großflächig fort. Zum Vorschein kam etwas, das weder Mann noch aus Schnee war. Auf der Bank saß eine Frau, die den Kopf im Nacken, eine Hand nach unten von sich gestreckt hatte und in den Sternenhimmel zu starren schien. Allerdings waren die Augen geschlossen. Einer der Ärmel ihrer Skijacke war bis zur Armbeuge aufgeschnitten und der Unterarm von einer milchigen Kruste aus Eis bedeckt. Darunter schimmerte es rot.

»Was ist denn das?«, fragte Daniela, die nur wenige Meter

entfernt stand, die Frau auf der Bank ohne Kontaktlinsen aber nur verschwommen sehen konnte.

»Nix«, sagte Kreuthner. »Geh schon mal vor. Ich muss nur schnell telefonieren.«

Danielas Neugier war geweckt. Sie tappte mit den Skiern an den Füßen näher. Kreuthner stellte sich zwischen sie und die Bank. »Schau dir das nicht an. Das ist … ich weiß net, was es ist. Aber es ist jemand.«

»Wie – jemand?«

»Eine Frau. Und die ist schon länger hier.«

»Wieso sitzt die nachts auf der Bank? Das ist doch … kalt.«

Kreuthner nahm sein Handy in Betrieb und drückte auf zwei Tasten. »Ich hab net die leiseste Ahnung, was die Frau hier macht. Vielleicht hat sie an Herzinfarkt gehabt. So was passiert manchmal. Und wennst Pech hast, findst du sie den ganzen Winter nimmer. So gesehen, hat die Frau fast noch Glück ge… Servus! Hier ist der Leo Kreuthner von Miesbach. Ich bin grad am Wallberg … net am Haus oben, im Wald. Ich gib euch gleich die GPS-Daten durch. Mir ham a Problem – da hockt a Tote auf einer Bank.«

Während Kreuthner auf dem Smartphone seinen exakten Standort abrief, stapfte Daniela näher. Die gefrorene Leiche zog sie magisch an. »Geh, was machst denn da?«, fragte Kreuthner und griff nach ihrem Arm, während er auf das Display seines Handys blickte. Doch Daniela war schon an der Bank und starrte die Leiche an, dann legte sie eine Hand auf ihren Mund, und in ihrem Gesicht zeigte sich blankes Entsetzen. Unvermittelt griff sie in die Jacke der toten Frau und zog einen Schlüsselbund mit einem Hund als Anhänger hervor, ein schriller Schrei fuhr durch die Winternacht, und sie sank schluchzend zusammen.

*Der zweite Fall für Kommissar Wallner und
Polizeiobermeister Kreuthner*

Andreas Föhr

Schafkopf

Kriminalroman

Polizeiobermeister Kreuthner hat sich in einer durchzechten Nacht auf eine unselige Wette eingelassen: Er muss das Polizeisportabzeichen machen! Um seinen alkoholgeschwängerten Körper vorzubereiten, joggt er nun – noch nicht ganz ausgenüchtert – auf den Riederstein. Als er dem Kreislaufkollaps nahe am Gipfel ankommt, wird dem Bergwanderer neben ihm der Kopf weggeschossen. Kommissar Wallner und sein Team stoßen bei ihren Ermittlungen auf einen geheimnisvollen Vorfall, der zwei Jahre zurück liegt. Ein weiterer Mord geschieht, und allmählich laufen die Fäden an jenem Juniabend zusammen, an dem eine legendäre Runde Schafkopf gespielt wurde …

»Das macht den Charme des Krimis aus, dass die Charaktere gut geerdet und meist mit trockenem Humor ausgestattet sind. Föhr verschafft seinen Protagonisten mit wenigen Merkmalen eigene Persönlichkeiten.«

SÜDDEUTSCHE ZEITUNG

KNAUR TASCHENBUCH VERLAG

Andreas Föhr

Der Prinzessinnenmörder

Kriminalroman

Auf dem Heimweg von einer Zechtour macht Polizeiobermeister Kreuthner an einem eisigen Januarmorgen einen grauenvollen Fund. Unter dem Eis des zugefrorenen Spitzingsees entdeckt er die Leiche einer 15-Jährigen. Sie wurde durch einen Stich mitten ins Herz getötet und trägt ein goldenes Brokatkleid. Als man im Mund des Opfers eine Plakette mit einer eingravierten Eins findet, ahnen der ewig grantelnde Polizeiobermeister Kreuthner und sein Chef, Kommissar Wallner, dass dies nur der Anfang einer grauenvollen Mordserie ist.

Der mit dem Friedrich-Glauser-Preis ausgezeichnete Autor Andreas Föhr blickt mit seinem außergewöhnlichen Debütroman in mörderisch kalte Abgründe – mitten im idyllischen Oberbayern.

KNAUR TASCHENBUCH VERLAG